suhrkamp taschenbuch 2863

Aus dem Lande Hašeks und seines Schwejk, Kafkas und Karel Čapeks kommen diese Science-fiction-Erzählungen, die keineswegs die Zukunft prognostizieren, sondern sich als hintergründige Parabeln, Satiren, Humoresken und ironische Scherze darbieten. Skepsis, Witz und leichte Resignation über die Trostlosigkeit einer gar nicht schönen neuen Welt zeichnen diese verblüffend angelegten Geschichten, in denen eine raffinierte Logik mit immer wieder aufs neue überraschenden Kapriolen der Phantasie ein naives Fortschrittsdenken ad absurdum führt und den Glauben des Menschen an die erlösende Kraft der modernen Technik entlarvt. Der schwarze Humor ist nie zynisch, sondern zeichnet sich durch verbindliche Liebenswürdigkeit aus.

Josef Nesvadba, geboren 1926 in Prag, studierte Medizin und spezialisierte sich auf Psychiatrie. Seine schriftstellerische Karriere begann er mit Schauspielen und Filmdrehbüchern, wandte sich aber bald satirischen Science-fiction-Kurzgeschichten zu. Josef Nesvadba lebt in Prag.

Josef Nesvadba
Vampir Ltd.

Science-fiction-Erzählungen

Phantastische Bibliothek
Band 361

Suhrkamp

Aus dem Tschechischen übersetzt von Ernst Bertleff.

Die vorliegende Sammlung erschien unter dem Titel
Die absolute Maschine und andere Science-fiction-Erzählungen
erstmals 1983 als suhrkamp taschenbuch 961
(Phantastische Bibliothek Band 112),
sie wurde vom Autor revidiert und um die Erzählungen
Schrecklich schön, schön schrecklich
und *Fortsetzung in Regensburg* ergänzt.

Umschlagfoto: Jiri Kucera/Barrandov Biografia

suhrkamp taschenbuch
Erste Auflage 1998

Quellenhinweise am Schluß des Bandes
Suhrkamp Taschenbuch Verlag

Druck: Nomos Verlagsgesellschaft, Baden-Baden
Printed in Germany
Umschlag nach Entwürfen von
Willy Fleckhaus und Rolf Staudt

1 2 3 4 5 6 – 03 02 01 00 99 98

Inhalt

Die absolute Maschine

Am Ende hatte er überhaupt keinen Roboter gehabt. Am Ende war es wohl wirklich ein Hirngespinst dieses jungen Phantasten gewesen. Wir suchten überall, aber wir fanden nichts. Vielleicht hatte sich seine zweckmäßigste Erfindung spurlos in Nichts aufgelöst, vielleicht war sie so vollkommen, daß sie ihre Überreste selbst weggeräumt hatte. Es war aber auch möglich, daß er geflohen war. Und daß er sich irgendwo versteckte, um die Menschheit von einem anderen Punkt aus abermals zu gefährden. Und deshalb berichte ich hier über diese unfaßbare Begebenheit, die ich erlebt habe.

Die ganze Sache begann mit dem Tod des Herrn Čapek. Besser gesagt mit seinem Auftauchen. Ich entsinne mich, wie er eines Tages im vergangenen Herbst an unserer Wohnungstür klingelte. Er roch nach jenem sonderbar süßlichen Parfüm buddhistischer Tempel, das ich von meinem Freund, einem Orientalisten, her kenne. Ansonsten trug er Einheitskonfektion, niemand hätte in ihm den Globetrotter vermutet.

»Helene Glory?« fragte er. »Das heißt, Frau Ratio...?« Mein Mann hieß Ratio, ich hatte niemals seinen Namen angenommen, aber ich habe mich schon daran gewöhnt, von den Leuten so genannt zu werden. Ob man will oder nicht, man wird seinem Mann zugesprochen.

»Ich heiße nicht Glory...«, erwiderte ich kurz.

»Verzeihung«, entschuldigte er sich. »Das muß ich wohl aus diesem Bühnenstück haben.« Ich kam nicht dahinter, welches Bühnenstück er meinte. Ich kannte im Gegensatz zu ihm R.U.R. nicht auswendig. »Helene, Helene Glory...«, zitierte er, und mir wurde bald klar, daß wieder einer dieser Sonderlinge vor mir stand. Seit der Zeit, da mein Mann das Forschungsinstitut leitet, verfolgen ihn diese Leute in Scharen. Sogar in die Wohnung sind ihm schon einige nachgekommen. Sie wollen ihrem Universalmittel gegen Infektionen Geltung verschaffen, sie bieten unfehlbare Mittel gegen den Krebs an, Rezepte gegen das Altern, das Elixier des Lebens und den Stein der Weisen. Es hatte den Anschein, als stürbe die Alchimie niemals aus, wie der Spiritismus nicht ausstirbt und die menschliche Ungeduld, die Sehnsucht, die Wahrheit schneller zu ergründen als durch geduldiges Nachdenken und wissenschaftliches Forschen. Und außerdem wollen viele Menschen mit einem Schlag zu Ruhm gelangen, und töricht glauben sie, daß ihnen irgendeine umstürzlerische Entdeckung dazu verhelfen werde.

»Mein Mann ist nicht zu Hause«, sagte ich, ohne ihn anzuhören.

»Geben Sie zu ihm ins Institut.« Aber dort war er bereits gewesen. Und er hatte, wie er sagte, sein Rezept abgeliefert. Er wolle nur nachfragen, wie weit die Versuche fortgeschritten wären, wann er endlich Sulla sehen könne, das war die Roboterin aus dem ersten Akt von Čapeks Bühnenstück. Mein Besucher war vor kurzem heimgekehrt, er wohnte in einem kleinen Hotel in Nusle, er war gekommen, um dem Entstehen seines Roboters beizuwohnen, um nachzusehen, wie sich seine wissenschaftliche Konzeption bewährt, mit der er sich auf allen Weltmeeren beschäftigt hatte. Er war nämlich ein richtiger Seemann, das heißt, er war Schiffsarzt, er hatte volle vierzig Jahre lang Material für seine Arbeit über die künstliche lebende Materie zusammengetragen.

»Sie machen sich keine Vorstellung, welch fabelhaftes Milieu ein Schiff abgibt, wenn man wissenschaftlich arbeiten will. Regelmäßige Mahlzeiten, man wird nicht gestört, das bißchen Routinearbeit...« Seine Augen glänzten, er hätte wohl weitererzählt, es machte ihm nichts aus, daß ich ihn nicht einmal in den Flur bat, er war wie alle Sonderlinge. Unlängst hatte mir genau so ein Eindringling einreden wollen, daß mein Mann durchsetzen müsse, an Stelle von Sohlen zerschnittene Lederreste unter die Schuhe zu kleben, dadurch könne man angeblich Milliarden einsparen. Auch der hatte auf den ersten Blick gar nicht absonderlich ausgesehen, und er war pensionierter Schulleiter gewesen. Mir tun diese Leute leid. Viele von ihnen sind nicht nur ehrgeizige Narren. Sie haben sich lediglich ein unglückliches, lächerliches und nicht zu verwirklichendes Ziel gesetzt, aber ich bewundere oft ihre Ausdauer und ihren Fanatismus, Eigenschaften, die wohl jedem Menschen eigen sind, der im Leben etwas leisten will. Es ist die Ausdauer des Dilettanten, aber sie hat menschlich einen bedeutend höheren Wert als der Zynismus und der Hochmut vieler professionellen Weisen.

»Ich bin überzeugt, daß mein Mann Ihre Anregungen genau

prüfen wird, wenn Sie sie ihm überreicht haben und falls Sie sie tatsächlich in Hongkong für einen derart phantastischen Betrag gekauft haben, wie Sie sagen. Ich glaube, er wird Ihre Projekte begutachten und wird Ihnen bald schreiben. Ich werde ihn daran erinnern, seien Sie unbesorgt. Aber jetzt muß ich leider gehen. Und deshalb bitte ich Sie gar nicht erst herein. Sie könnten auch schwerlich mit mir über Ihre Probleme sprechen, ich verstehe von Naturwissenschaften nichts, ich bin bis zum heutigen Tag nicht einmal dahintergekommen, woran mein Mann eigentlich arbeitet...« Er schrieb mir die genaue Adresse seines Hotels auf, mitsamt der Zimmer- und Telefonnummer, er verabschiedete sich umständlich und schaute mir dabei fest in die Augen, als versuchte er mich zu hypnotisieren, vielleicht hatte er im Orient alle möglichen Wissenschaften studiert, aber es gelang ihm nicht, ich schloß hinter ihm schnell die Tür und begann den Koffer zu pakken.

Noch heute mache ich mir Vorwürfe, daß ich vergaß, meinem Mann von diesem Besuch zu erzählen. Bestimmt hätte er gelacht. Irgendein Herr Čapek wolle also Roboter konstruieren, nachdem sie der Schriftsteller Čapek erdacht hatte. Er macht stets so geistreiche Kommentare. Der Spott, mit dem er seine Mitmenschen bedenkt, war stets bösartig. Auch das mochte ich an ihm nicht. Ich hieß also Ratio, da schau her! Ratios Universal Robots. Wie viele Menschen bringen heute Phantasie und Wissenschaft durcheinander! Und wie viele von uns wollen sich die Arbeit, die mit dem Studium und Forschen verbunden ist, durch irgendeinen epochalen Schwindel ersparen. Nun wurde mir eigentlich erst recht bewußt, daß ich mir bereits die Ansichten meines Mannes über diese sonderbaren Erfinder zu eigen gemacht hatte. Und daß mir die Käuze früher sympathischer waren. Oder sie taten mir nur leid, ich weiß es nicht. Aber verspottet hatte ich sie ganz bestimmt nicht. Wenn Herr Čapek lächerlich war, weshalb hatte dann mein Mann die Dokumente von ihm angenommen? Nun, das alles war ja ein bedingter, konditioneller Dialog. In Wirklichkeit kam es gar nicht dazu, weil ich, wie man bereits weiß, Herrn Čapek wieder vergaß.

In der darauffolgenden Woche aber wurde mein Mann wirklich berühmt. Wirklich. Über Nacht wurde er berühmt. Bis zu diesem Zeitpunkt hatte freilich ein jeder gewußt, daß beim Forschungsinstitut ein Laboratorium für molekulare Biologie existiert, jedem Studenten der Biologie war die Entdeckung der molekularen Struktur des Hämoglobins bekannt, die angeblich einen Schritt zur Erkenntnis der Grundstruktur der lebenden Materie bedeutete, man kannte schon irgendeine Matrix, auf der Leben entstand, und in der ganzen Welt befaßten sich bereits viele Wissenschaftler mit diesen Forschungen, die Molekularbiologie wurde plötzlich populär und modern. Mein Mann aber sollte irgendwelche grundlegenden Strukturprobleme gelöst und es dadurch ermöglicht haben, so etwas wie ein primitives Protozoon zu schaffen, das einige Tage lang lebte, ja, das sich sogar zu teilen vermochte. Das waren keine Versuche mit dem Modell der lebenden Materie mehr. Keine künstliche Amöbe nach Bütschli, diese lächerliche Mischung von Öl und Soda in destilliertem Wasser, die sich bewegte, Fühler ausstreckte und Quecksilberklümpchen fraß, es war auch nicht Nelkenöl, in verdünntem Alkohol, diese Imitationen, die mir mein Mann zu Beginn unserer Bekanntschaft vorführte und durch die er mein Interesse für die Grundprobleme seines Faches wecken wollte. Nichts von alldem. Diesmal hatte er tatsächlich ein Lebewesen geschaffen, und die Fotografie dieses Protozoon veröffentlichten alle Zeitungen der Welt an Stelle von Mördern oder halbnackten Filmsternchen in der kapitalistischen Welt und an Stelle von ausländischen Delegationen oder Helden der Arbeit in unserer Sphäre. Er schleppte ganze Stöße Zeitungen nach Hause. Vielleicht hoffte er, ich würde seine Fotografien, die ebenfalls überall veröffentlicht wurden, herausschneiden. Ich weiß nicht. Wir hatten in der Folge einen ganzen Monat lang genug Papier zum Heizen, denn unsere Zentralheizung funktionierte noch immer nicht, so daß wir im Bad immer Feuer machen mußten.

Das Telefon in unserer Wohnung läutete vom Morgen bis zum Abend. Ich kam mir langsam wie seine Sekretärin vor. Er hielt mir sogar vor, daß ich zu seinen Kollegen nicht nett genug sei und daß ich ihnen nicht höflich genug mitteile, wann und wo der Vortrag meines Mannes über seine epochale Entdeckung stattfinde, oder wann welcher ausländische Gast einträfe, der am Kongreß in Liblice, der am Sonnabend begann, teilnehmen sollte. Es kamen wirklich viele, und bereits am Donnerstag schaltete ich das Telefon einfach ab. Sollte sich doch seine Sekretärin, die dafür bezahlt wurde, um diese Sachen kümmern. Ich mußte für Hans backen, man hatte mir gesagt, er äße am Sonnabend nichts anderes als die Hörnchen, die ich ihm immer mitbrachte. Ich stellte am Morgen nicht einmal das Radio an, das den Anfang des internationalen Symposions mit der Rede meines Mannes übertrug. Er mußte also tatsächlich eine wichtige Entdeckung gemacht haben. Aber die Hörnchen brannten an, auch hatte ich vergessen, Hans den Pullover zu waschen, und so hatte ich den ganzen Vormittag alle Hände voll zu tun.

Etwa um zehn Uhr kamen mich die Leute von der Polizei holen. Es waren zwei Uniformierte, die Ränge kann ich nie unterscheiden, ich sprach sie mit Genosse an, als wäre nur einer gekommen.

»Wir haben Ihren Namen im Notizbuch des Herrn Čapek gefunden...«, sagten sie und sahen ein wenig verlegen drein.

»Was hat er angestellt?«

»Er ist gestorben...« Es war also nicht Verlegenheit gewesen, sondern Trauer. Ein bißchen gekünstelt. Wahrscheinlich nahmen sie an, er wäre ein Verwandter von mir gewesen. Ich sagte ihnen alles, und ich erzählte ihnen auch, daß ich in den letzten zwei Jahren Dutzende ältere Herren auf die gleiche Weise kennengelernt hätte wie Herrn Čapek. Es täte mir aufrichtig leid, daß er gestorben sei. Hatte er Verwandte?

»Hier hat er überhaupt nichts zurückgelassen. Im Ausland hingegen ein beträchtliches Vermögen. Es siebt so aus, als wäre er tatsächlich nur wegen des Dozenten Ratio hergereist...«, sagten sie. »Er hatte eine sehr lange Flugreise hinter sich. Die hat ihm offenbar nicht gutgetan. Er starb an Herzschlag.«

»An Herzinfarkt...«, sagte der zweite. Ein Weilchen stritten sie, ob das das gleiche ist. »In seinem Hotelzimmer, heute früh. Wirklich schade, daß Sie nichts über ihn wissen. Wir müssen uns bei jenen Leuten erkundigen, deren Namen er notiert hatte. Außer Ihnen ist noch ein Fräulein Glory da. Wissen Sie vielleicht, wo sie wohnt?«

»Das ist eine Person aus einem Stück. Sie hat keine Adresse. Falls kein anderer Name im Notizbuch steht, werden Sie nicht sehr viel über Herrn Čapek erfahren...« Ich mußte mit ihnen kommen. Ich erkannte ihn sofort. Sein Gesicht war allerdings etwas gelblich und die Züge waren schärfer, da ihm das Blut aus dem Gesicht gewichen war. Alte Leute schauen manchmal einige Monate so aus, ehe sie sterben. Erst als man Herrn Čapeks Lider hob, wurde klar, daß er tot war. »Er ist wenigstens in seiner Heimat gestorben...«, sagte ich, »der Arme.« Dann eilte ich nach Hause zurück. Ich wollte den Besuch bei Hans nicht versäumen. Den Lebenden gebührt ja doch der Vorrang. Mit dem Geheimnis des Todes hatte ich mich bereits vertraut gemacht. Ich hatte mir vorgenommen, mich einfach nicht darum zu scheren, wie sich ja der Mensch um Dinge nicht scheren soll, auf die er keinerlei Einfluß hat. Ich hatte Pflichten, die dem Leben gehörten.

Ich unterschrieb ein paar Protokolle. Es stellte sich heraus, daß dieser Mensch die ganzen Tage allein im Hotel verbracht hatte, daß er nur mit dem Personal in Kontakt gewesen war und, nach allem zu schließen, mit uns, mit den Ratios. Weshalb hatte ich ihn damals nicht hereingebeten! Wie hätte ich allerdings wissen sollen, daß er hier niemanden hatte und daß er diese unzähligen Kilometer per Flugzeug nur zurückgelegt hatte, um mit mir zwischen Tür und Angel sprechen zu können. Es war mir peinlich. Weshalb holten sie auch ausgerechnet mich? Weshalb mußte ich diese Sache erledigen? –

»Haben Sie sich nicht bei meinem Mann erkundigt?« fragte ich sie. Sie antworteten, mein Mann hätte nichts zu sagen vermocht, er könne sich an keinen Herrn Čapek erinnern. Und sie wollten ihm seine Zeit nicht stehlen. Sie läsen doch Zeitung und wüßten sehr gut, welch wichtige Tage gerade jetzt Herr Ratio erlebe. Ich warf einen letzten Blick auf dieses ein wenig eigensinnige tote Antlitz und sagte den Leuten abermals, daß ich rasch nach Hause müsse. Es war ein armseliges Hotel. Als man mich hinunterbegleitete, knarrten alle Stufen, sie waren offenbar noch aus Holz, und die Teppiche, die sie bedeckten, waren an vielen Stellen geflickt. Dabei sollte dieser Sonderling im Ausland ein Vermögen besessen haben. Ich begriff überhaupt nichts mehr. Aber ich wollte mir die Sache vom Hals schaffen. War denn nicht völlig klar, daß ich überhaupt niemals mit dem Schicksal des Herrn Čapek in Berührung gekommen wäre, wäre ich nicht zufällig Ratios Frau? Es ging ja weniger um diesen armen Teufel hier, Menschen dieser Art, die einem leid tun müßten, gibt es viele, es ging mir vielmehr darum, daß sie mich aufhielten und in eine Sache hineinzogen, die mich nicht interessierte und die ich ganz bestimmt nicht enträtseln konnte. Ich habe ein Kind mit Ratio. Das ist alles. Und das genügt auch. Denn ich liebe dieses Kind.

Ich begann abermals eiligst den Koffer zu packen. Diese Stunden Sonnabend mittag sind die einzigen, in denen ich Beklemmung und Angst empfinde. Ich wollte nichts von der Besuchszeit versäumen. Ich wollte jeden Augenblick nutzen. Ich redete mir immer wieder ein, daß er sich auf mich freue, daß ich vielleicht einmal kommen werde, und dann wird er lachen, wenn er mich erblickt, oder er wird mir sogar ungeduldig zuwinken, wie das bei Kindern sonst der Fall ist.

Doch vor der Tür wartete Presl auf mich. Nervös ging er auf und ab.

»Haben Sie geklingelt?«

»Ich weiß es nicht...« Das war eine sonderbare Antwort. Er sah überhaupt sonderbar aus. Unausgeschlafen, Ringe unter den Augen, die Hände zitterten. Ich mochte ihn von allen Mitarbeitern meines Mannes am liebsten. Er war noch ein blutjunger Bursche, einer von diesen promovierten Wissenschaftlern, wie das heute bei uns heißt, und ich dachte oft an ihn wic an einen leiblichen Sohn, oft hatte ich mir gesagt, daß es schön wäre, wenn unser Sohn doch noch eines Tages im Institut arbeiten könnte und wenn er so begabt, lebhaft und fähig wäre wie dieser junge Presl. Er redete immer, als wäre er in Eile, auch wenn er ruhig dasaß. Als liefe sein Hirn auf vollen Touren, als müßte er so schnell sprechen, um mit seinen Gedanken Schritt zu halten. Nervös nahm er immer wieder seine Augengläser ab, und immer vergaß er etwas.

»Was werden Sie tun, wenn Sie eine Dozentur bekommen?« zog ich ihn einmal auf. »Dann vergessen Sie bestimmt, wo Sie beschäftigt sind...« Und es schien, als hätte er das heute tatsächlich vergessen, denn es lag doch auf der Hand, daß er im Hörsaal sitzen sollte, wo mein Mann gerade seinen Vortrag hielt, wie die übrigen seiner Gruppe, seines Teams, wie sie das nannten. Ich weiß nicht, weshalb sie dieses englische Wort verwenden, immer hatte ich die Vorstellung, daß sie am Morgen im farbigen Dreß und in Fußballschuhen ins Laboratorium gelaufen kommen wie auf einen Fußballplatz, unter den strenggütigen Augen des Professors, der wohl in schwarz ist und mit weißen Socken, als Schiedsrichter.

»Warum sind Sie nicht im Institut?«

»Weil ich mit Ihnen sprechen muß«, sagte er entschlossen. »Frau Helene! Sie müssen wissen, ich habe schrecklich mit mir gekämpft.« Und dieses schrecklich sagte er derart überzeugend, daß ich es ihm tatsächlich glaubte. Er gebrauchte gern große Worte. Toll, schrecklich, phantastisch, das war ganz Presl. »Aber ich muß es Ihnen sagen. Ich brauche nämlich einen Verbündeten. Darf ich, bitte, weiter…« Er erzwang sich den Eintritt. Ich mußte ihm gewähren, was ich Herrn Čapek vor einer Woche verweigert hatte, obwohl es schon viel später war als letzten Sonnabend und ich befürchten mußte, den ersten Autobus zu versäumen.

»Oder wollen Sie die Verbündete dieses…« Unschlüssig blieb er auf der Schwelle stehen.

»Wessen?«

»Dieses Mörders werden?«

»Eines Mörders?« Ich sah ihn entsetzt an. Er ging schnurstracks in mein Zimmer. Er kannte sich in unserer Wohnung gut aus. Mein Mann hatte sie in eine Art Hilfslaboratorium verwandelt. Er kam nicht nach Hause, um sich auszuruhen, er setzte hier vielmehr seine Arbeit fort. Sogar seine Mitarbeiter lud er für Sonnabendabend oder für den ganzen Sonntag nicht etwa ein, um mit ihnen auszuspannen oder zu klönen. Sie arbeiteten. Ich kannte sie alle. Sieben waren es, eine Glückszahl. Und wie es schien, hatten sie Ratio tatsächlich Glück gebracht.

»Ich weiß, daß Sie Ihren Mann nicht mehr lieben…«

»Das ist wohl meine Sache, nicht? Ich hätte mir nie gedacht, daß Sie sich mit Klatsch abgeben.«

»Erst in letzter Zeit, Frau Helene. Weil Klatsch in dieser Geschichte wirklich eine Rolle spielt. Man erzählt, Sie hätten sich in Ratio verliebt, als Sie neunzehn waren, Sie wollten damals Pianistin werden, Sie lernten ihn bei einem Konzert kennen. Seinetwegen haben Sie das Klavierspielen aufgegeben. Sie haben ihm bei seiner Arbeit geholfen. Und einmal sollen Sie ihm gesagt haben, daß er offenbar nur deshalb eine Pianistin geheiratet habe, weil er eine flinke Maschinschreiberin brauche, also nur wegen Ihrer langen Finger…« Das stimmte. Das hatte ich ihm einmal gesagt. Noch als Hans zu Hause war. Aber wie konnten das die Leute denn erfahren? So dünne Wände hatte doch unser Haus gar nicht.

»Meine Beziehung zu Ratio geht nur uns beide etwas an. Ich verstehe nicht, wieso Sie sich dafür interessieren. Wollen Sie mich vielleicht heiraten…«

»Mit so etwas treibt man keine Späße, Helene. Ich liebe Sie, seitdem ich in dieses Haus komme. Ich hätte das allerdings niemals ausgesprochen. Ich würde Sie augenblicklich heiraten. Leider wollen Sie niemanden heiraten. Wegen Hans. Es haben Ihnen schon viele Männer den Hof gemacht. Und schönere als ich...« Ich sagte ihm, daß ich in Eile bin. Ich wollte mit ihm nicht über seine Gefühlsprobleme sprechen. Es stimmt, seine Nase war ein wenig mißglückt, und die Brille, die er trug, unterstrich das noch. Aber dennoch war er ein netter Junge, ein sehr netter.

»Ich bin in Eile...« Ich ergriff die Klinke. Die Tür war verschlossen. Ich konnte die Schlüssel nicht finden.

»Ich habe sie in meiner Tasche«, sagte er. »Und ich gebe sie Ihnen nicht, selbst wenn ich mit Ihnen kämpfen müßte.«

»Weshalb?« hatte dieser Junge am Ende den Verstand verloren?

»Auch wenn Sie mit Ihrem Mann längst keinen Kontakt mehr haben, muß Ihnen aufgefallen sein, daß in letzter Zeit eine ungeheure Veränderung mit ihm vorgegangen ist...«

»Ich habe nichts gemerkt.«

»Und die heutige Tagung? Gibt es Ihnen nicht zu denken, daß er ein Problem gelöst hat, das die Wissenschaft im nächsten Jahrhundert zu lösen gehofft hatte? Dieser Mann ist praktisch der Schöpfer der lebenden Materie. Er ist fast so etwas wie ein Gott, wenn Sie wollen. Hatten Sie jemals den Eindruck, daß Sie mit einem Gott leben? Daß Sie zu Hause in der Wohnung den Schöpfer sitzen haben, Frau Helene?«

»Mein Mann war immer etwas sonderbar.«

»Sonderbar? Was verstehen Sie unter sonderbar? Er ist plötzlich ganz verwandelt. Keiner von uns hat doch erwartet, daß ihm so etwas gelingen würde. Wir hatten ihn gern, er war ein guter Wissenschaftler, geduldig, gründlich, er lehrte uns denken, er brachte uns bei, uns durch Experimente von der Richtigkeit unserer Ideen zu überzeugen, aber das alles können auch andere. Hatten Sie jemals den Eindruck, daß er ein Genie ist? Daß er eines Tages mit einer völlig neuen und revolutionären Konzeption hervortreten könnte, die binnen wenigen Wochen die ganze Welt in fassungsloses Staunen versetzt? Aber er selbst hat diese Idee nie gehabt, er sprach nie über sie, er erwähnte sie mit keinem Wort. Plötzlich kam er daher und war ein völlig anderer, er schuftete nächtelang, benahm sich rücksichtslos, schnauzte jeden an, der ihm in den Weg kam, kümmerte sich um niemanden, fragte nach nichts als nach seiner Arbeit, am Ende schlief er sogar im Institut, als hätte er plötzlich nur seinen Erfolg im Kopf, seine neue Konzeption. Und er feierte einen Triumph. Mir scheint er völlig verwandelt, Frau Helene...« Vielleicht kannte Presl ihn wirklich besser. Ich hatte mir oft gedacht, daß das besagte Team ja im Grunde so etwas wie eine Ehe war. Sie lebten ja ständig zusammen. Presl hatte ihn bewundert. Ich erinnerte mich, wie ihn Ratio zum ersten Mal zu uns in die Wohnung gebracht hatte, wie er ihm Bücher lieh, wie er als Freund zu ihm gesprochen hatte. Oft war ich nahe daran, dem jungen Wuschelkopf da zu sagen, er solle diesen Reden kein Gehör schenken, denn ein Mensch in seinem Alter könne sich nicht irgendeiner namenlosen Religion verschreiben, irgendeiner Gemeinschaft anonymer Wissenschaftler, die sich ihr ganzes Leben lang mit Molekülen befassen werden, die ihr Hirn mit einem einzigen Problem beschäftigen und darin Glück, Zufriedenheit, Freude, Liebe, Wonne und Befriedigung suchen, also alles, was der Mensch der Vorzeit im Urwald gesucht hat oder was noch heute Durchschnittsmenschen im Alltag suchen, Menschen, die viel aufgeschlossener und komplizierter leben als diese lebendig begrabenen Bücher- und Laboratoriumswürmer... Aber was hätte ich ihm statt dessen bieten können? Oft hatte ich mir gesagt, daß ich mit so einem Burschen durchbrennen sollte, um ihm zu zeigen, was Leben wirklich heißt. Aber ich hatte es wegen Hans nie getan, und jetzt war ich zu alt. Kann denn die Befriedigung, die einem ein logisches Problem bietet, alles ersetzen, was der Mensch vom Leben erwartet? Sind denn Schachspieler oder Kreuzworträtsellöser die allerglücklichsten Menschen?

»Vielleicht kennen Sie ihn wirklich besser. Ich habe keine Veränderungen an ihm festgestellt. Er ist nie anders gewesen. Nur hat er in letzter Zeit noch mehr gearbeitet. Und nun lassen Sie mich gefälligst gehen, sonst rufe ich um Hilfe. Ich muß zum Autobus. Sie selbst werden ihm eines Tages gleichen...«, sagte ich ärgerlich, weil er sich nicht rührte und weil er die Hand in die Tasche steckte, in der er die Schlüssel hatte, als wollte er sich nun zur Wehr setzen.

»Ich werde wie der wirkliche Ratio sein. Ich opfere mich der Wissenschaft, ich opfere mich der Erkenntnis, ich will eine neue rationalistische Gemeinschaft schaffen, die den Menschen in ein wahrhaft denkendes und erkennendes Wesen verwandelt, in den wahrhaften homo sapiens, dessen Hauptmerkmal der Altruismus sein wird, die Fähigkeit, seinem Nächsten uneigennützig zu helfen. So hat es mich stets Ihr Mann gelehrt. Deshalb will ich Wissenschaftler sein. Ich glaube, daß ich deshalb lebe. Aber was ich jetzt sehe, schaut ein wenig anders aus. Er hat sogar mit seiner Sekretärin ein Verhältnis. Mit einem Male…« Nun hatte ich wirklich genug.

»Hören Sie mich an, Presl, ich muß jetzt wirklich gehen. Ich habe gewußt, daß die Leute beginnen werden, ihn zu verleumden. Ich habe erwartet, daß man ihn nun wegen seiner Erfolge beneiden wird. Die Mittelmäßigen und Dummen werden immer neidisch sein, und sie werden immer die öffentliche Meinung bestimmen, weil sie, leider, die Mehrheit bilden. Vielleicht wird das einmal anders. Vorläufig müssen wir uns damit abfinden. Aber das einzige, was man dagegen tun kann, ist, sich um diese Verleumder nicht zu kümmern. Ihren Neid zu ignorieren. Ich hatte solch ein Gerede von den Nachbarn, von den Frauen Ihrer vortrefflichen Kollegen erwartet, die nichts anderes im Kopf haben, als sich Modejournale zu beschaffen und ihren Ehepartnern Hörner aufzusetzen, aber ich hätte niemals gedacht, daß Sie sich ihnen anschließen werden. Daß Sie, für den mein Mann so viel getan hat, beginnen werden, ihn zu verleumden. Und das auch noch vor seiner eigenen Frau! Ja, Sie behaupten auch noch, daß er ein Verhältnis mit seiner Sekretärin hat! Wahrscheinlich hat er sich auch ein neues Auto bestellt, ein neues Büro, einen luxuriösen Teppich, weitere Mitarbeiter, und das alte Gebäude ist ihm nicht mehr gut genug, er will einen Neubau aus Glas, nicht wahr? Reden Sie kein Wort mehr und geben Sie den Schlüssel her, oder ich beginne mit Ihnen wirklich herumzuraufen. Ich gehe zu meinem Sohn, es ist mir egal, ob ich Sie vertreibe. Ich will Hans um keine einzige Sekunde berauben…«

»Heute werden Sie nicht anders können. Seinetwegen. Sie hatten nämlich recht. Ihr Mann verlangt wirklich alles, was Sie da aufgezählt haben. Seit jener Zeit, da er sich gewandelt hat. Ja, er verläßt sich sogar auf Ihre Fahrten zu Hans. Heute hat er Olsen nur deshalb in seine Wohnung eingeladen, weil Sie nicht hier sein werden und weil er ihn mit Jana empfangen kann, die er überall an Ihrer Statt vorstellt. Deshalb habe ich den Schlüssel abgezogen. Ich muß Sie überzeugen. Ich will Ihnen nicht seine Wunschlisten vorlesen, ich will Ihnen nicht seinen neuen Wagen zeigen. Ich will Ihnen den neuen Ratio direkt in Aktion vorführen. Sie müssen ihn kennenlernen, wie ich ihn kennengelernt habe. Sie müssen mir dann bestätigen, daß ich recht habe. Denn, wie Sie wissen, dürfen wir in der Wissenschaft keinem subjektiven Dogma vertrauen und keiner Idee. Ich will einen zweiten Beobachter hinzuziehen. Den Kollegen will ich mich nicht anvertrauen, sie kennen ihn nicht gut genug, auch hängt keiner von ihnen so sehr an ihm wie ich.«

»Sie hängen an ihm?«

»Ich schätze den richtigen Ratio mehr als jeden anderen Menschen. Und ich opfere alles, um ihn zu retten...« Ich hatte den Eindruck, daß er wirklich wahnsinnig geworden war. Er hing an ihm und verleumdete ihn, er wollte ihn retten und zugleich vernichten, ich begriff das nicht, obwohl mir oft aufgefallen war, daß solche Empfindungen nebeneinander auftreten und daß es nicht nur die heilige Inquisition gewesen ist, die mit der subjektiven Überzeugung, sie zu retten, die Ketzer verbrannte und folterte. Ich dachte nicht daran, mit diesem Heiligen der modernen Wissenschaft hier zu raufen, ich drehte mich um und ging in die Halle. Dort stand das Telefon. Ich wollte das Institut anrufen. Sollten Sie kommen und ihren Mitarbeiter abholen, ohnehin wußte niemand, daß er hier war. Und mich konnten sie dann zum Autobus bringen. Aber die Nummer des Instituts war ständig besetzt. Ich wollte nicht aufgeben, aber diesen Verrückten hier noch einmal um die Schlüssel bitten wollte ich ebenfalls nicht. Ich stand über zehn Minuten beim Telefon, und dann hörte ich, daß jemand die Wohnungstür aufschloß.

Eine junge, elegante Dame trat ein, ich hatte sie noch nie gesehen. Sie mochte fünfzehn Jahre jünger sein als ich. Sie war mit Päckchen beladen, so daß sie mich zunächst gar nicht sehen konnte. In der Halle war es recht finster, sie griff blindlings nach dem Lichtschalter, sie kannte sich hier überraschend gut aus.

»Zieh die Schuhe aus«, sagte sie zu jemandem im Flur, »Sie hat offenbar das Parkett frisch gebohnert...« Und auch sie streifte die Schuhe mit den hohen Absätzen ab.

»Offenbar hat sie das wirklich«, sagte ich, weil ich peinliche Szenen nicht ausstehen kann und weil ich die beiden nicht beim Küssen ertappen wollte. »Offenbar hat sie das wirklich«, wiederholte ich und hielt noch immer den Hörer in der Hand, als mein Mann eintrat. Er hatte einen Smoking an. Nie hatte ich ihn im Smoking gesehen, und ich wußte genau, daß ich ihm keinen hatte nähen lassen. Daß er niemals freiwillig zum Schneider gegangen wäre, war mir klar, ebenso, daß ihm diesen Smoking die Päckchenträgerin hier besorgt hatte. »Wer ist dieses Fräulein? Möchtest du uns nicht bekanntmachen?«

»Du bist nicht zu Hans gefahren...?« sagte er ungeschickt, gleich im ersten Augenblick hatte er sich verplappert, mit den ersten Worten verriet er mir, daß er sie jeden Mittwoch und Sonnabendnachmittag in unsere Wohnung brachte. Seit wann wohl?

»Ich bin die Sekretärin des Herrn Dozenten«, sagte das Mädchen und schaute mir keck in die Augen. »Jana. Sie können mich auch Johanna nennen... Das trifft sich aber gut, daß Sie heute zu Hause sind. Wir erwarten... Das heißt, der Herr Dozent erwartet Gäste.«

»Ja, sehr wichtige, ganz unvermutet...« Nun wurde allmählich doch ein peinlicher Auftritt daraus. Sie logen beide, daß sich die Balken bogen, ich schaute sie nur ruhig an, und da logen sie noch mehr, bis Ratio in Notwehr mit mir zu brüllen begann, ich möge ihm helfen, ich wisse wohl nicht, worum es hier ginge, dieser Olsen, den er eingeladen habe, sei der Vorsitzende des internationalen Biologenverbandes oder von so etwas ähnlichem und es müsse sich heute nachmittag entscheiden, ob mein Mann ein internationales Stipendium bekommen würde, ob er irgendwo in Rom mit den bedeutendsten Wissenschaftlern arbeiten würde. Nur deshalb hätte er diese unzähligen Päckchen mitgebracht, Flaschen und Konserven, es ginge um seine Karriere, um die höchste Position, die heute ein Wissenschaftler in der Welt einnehmen könne und um die ihn jedermann beneiden würde...

Mich überraschte das sehr. Er sprach vom Neid, als wäre das das Höchste, als läge ihm etwas daran.

»Glauben Sie, man wird einen Mörder in die internationale Organisation berufen?« fragte Presl von der Tür her. Mein Mann sah ihn tadelnd an.

»Wo stecken Sie den ganzen Vormittag? Ich wollte Sie Olsen vorstellen. Was haben Sie gemacht?«

»Ich habe Ihr Alibi überprüft.«

»Was reden Sie da?«

»Ich war im Hotel, um Herrn Čapek zu besuchen. Das heißt, seine Leiche. Wie Sie wissen, ist der alte Arzt gestern ohne ärztliche Hilfe gestorben. Sie haben dem Erhebungsbeamten gesagt, daß Sie sich an ihn nicht erinnern können. Man holte dann Ihre Frau zu seiner Leiche.«

»Ich erinnere mich wirklich an keinen Čapek. Sind Sie Detektiv geworden? Ich dachte, Sie wollen Wissenschaftler sein.«

»Manchmal muß ein Wissenschaftler alles mögliche machen. Und im übrigen ist unsere logische Methodologie keinem Fach so verwandt wie der Arbeitsweise des Detektivs. Davon habe ich mich gerade anhand Ihres Falles überzeugen können.«

»Anhand meines Falles? Ich glaube, ich sollte Sie hinausschmeißen, junger Mann...« Ratio konnte sich endlich aufregen. Bei mir war er eindeutig im Unrecht gewesen. Aber der dort war ein junger Kerl, und außerdem auch noch sein Untergebener.

»Ich weiß nicht, weshalb man mich gerufen hat«, sagte ich, um ihm beizustehen. »Ich habe diesen Čapek nur einmal auf der Treppe gesehen. Du hättest das selbst mit dem Erhebungsbeamten erledigen können...«

»Besonders, da Sie sich an diesen Menschen sehr gut erinnerten. Sie haben ihm einen Brief geschrieben. Ich habe diesen Brief unter seiner Post gefunden. Ich habe ihn bei mir. Sie schreiben, daß seine Vorschläge sehr interessant seien und daß Sie sie überprüfen wollen. Sie schmeicheln ihm sogar. Sie danken ihm. Heute Nachmittag werde ich die Fotokopie dieses Briefes in den Händen haben.«

»Johanna, erinnern Sie sich an einen Herrn Čapek?« fragte Ratio, und es schien, als könne er sich tatsächlich nicht entsinnen. Jana entrüstete sich. Sie biß sich immer wieder auf die Lippen.

»Glaub ihm nichts... glauben Sie ihm nicht, Herr Dozent. Presl will sich nur rächen. Ich habe ihm den Laufpaß gegeben.«

»Wem zuliebe?« fragte ich, und da schwiegen sie.

»Das dürfte wohl klar sein«, antwortete Presl an ihrer Statt.

»Johanna hat diesen Brief selbst auf der Maschine geschrieben. Es war einer ihrer ersten Briefe. Das weiß ich ganz genau, weil von diesem Zeitpunkt an unser Institut tatsächlich an der neuen Konzeption zu arbeiten begann. An Ihrem heutigen Erfolg...«

»Jetzt erinnere ich mich. Und Sie wollen damit allen Ernstes andeuten, daß ich diesen armseligen Psychopathen bestohlen habe? Ich werde seine lächerlichen chinesischen Kritzeleien heraussuchen, sobald ich Zeit habe. Den Brief habe ich ihm nur aus Barmherzigkeit geschrieben. Ich wollte dem alten Herrn nicht die Hoffnung rauben, da er wegen einer Namensgleichheit einen so weiten Flug auf sich genommen hatte. Ja, das war der Mann, der das R.U.R. verwirklichen wollte. Allerdings hieße ich nur Ratio, das wäre auch alles, das sagte ich ihm damals. Darauf allein käme es schließlich an. Ich heiße so, es ist mein Name, ich bin keine Bühnenfigur, ich muß mit der Realität operieren...«, endlich lachte mein Mann, wenn auch ein wenig gezwungen, und hing schnell seinen Mantel an den Haken. »Wenn Sie wollen, kann Johanna mit Ihnen gehen, Sie können sich diesen Brief auf der Stelle ansehen.«

»Ich habe andere Beweise«, sagte Presl. »Er hat Sie vorgestern angerufen. Er wollte mit Ihnen zusammentreffen. Er sagte, er erwartete Sie wie immer in seinem Zimmer. Das bedeutet, daß er Sie täglich beraten hat. Ich sollte Ihnen diese Botschaft ausrichten, aber Sie waren bereits fort. Und am Abend war dann Herr Čapek tot.«

»Hören Sie, junger Mann, ich bin ein geduldiger Mensch. Ich habe mir bei Prüfungen schon allen erdenklichen Unsinn angehört. Aber von einem Akademiker... Die Todesursache wurde festgestellt. Hat man etwa irgendwelche Spuren von Gewaltanwendung entdeckt?« Mir kam es sonderbar vor, daß er überhaupt darüber redete, daß er sich mit Presl in dieses Gespräch einließ. Als müßte er sich tatsächlich rechtfertigen. Oder ging es einfach um die Lösung einer wissenschaftlichen Hypothese? Unterhielten sie sich etwa auf diese Weise, waren das vielleicht wissenschaftliche Rätselspiele, mit denen einer den anderen von der Unrichtigkeit seiner Ansichten zu überzeugen trachtete und bei der sie bereit waren, alles in Betracht zu ziehen, jede auch noch so absurde Annahme, wenn sie nur logisch aufrechterhalten werden konnte? Denn wir kennen das Antlitz der Wahrheit ja nicht, es kann uns auf den ersten Blick absolut unglaublich erscheinen, obwohl die Wahrheit meistens einfach und schlicht ist...

»Ja«, sagte ich. »Das ist Unsinn. Herr Čapek ist offenbar an Altersschwäche gestorben. Ich kenne dieses Sterben der Greise, ich habe es schon etliche Male miterlebt. Und ich habe auch sein Gesicht gesehen...« Presl lächelte überlegen. Er übergab mir die Schlüssel.

»Und gerade das läßt auf Mord schließen. Vergessen Sie nicht, daß der Mörder« – er zeigte auf Ratio – »soeben das Grundproblem des Lebens entdeckt hat. Wenn er lebende Materie schaffen kann, kann er sie auch vernichten, und zwar so, daß sein Opfer an normalen Abnutzungserscheinungen stirbt, wie Herr Čapek...« Jana begann zu lachen. Auch mir kam das absurd vor.

»Das ist ein recht passabler Syllogismus, Presl, aber jetzt sollte der Spaß doch ein Ende haben. Warum waren Sie wirklich heute vormittag nicht bei meinem Vortrag...«, fragte Ratio und wollte ihm den Arm auf die Schulter legen, wie ein richtiger Vater, als wollte er andeuten, daß er ihm nicht böse sei, daß er Spaß verstehe und dem Jungen alles verzeihe. Presl wich nicht zurück. Aber er sah noch immer nicht versöhnlicher drein.

»Weil ich den ganzen Vormittag überlegt habe, ob ich Sie nicht anzeigen soll.« Da begann Ratio zu brüllen, und nun war es ihm ernst damit, er wurde ganz rot im Gesicht.

»Und warum haben Sie es nicht getan? So laufen Sie doch! Verschwinden Sie! Augenblicklich! Und im Institut will ich Sie nicht mehr sehen...« Er zerrte ihn zur Tür.

»Achtung!« Jana dachte an alles. »Vor der Tür können die Olsens stehen. Sie müssen jeden Augenblick kommen...« Ratio ließ von Presl ab. Offenbar wollte er sich vor dem Mann, der ihn zum obersten Biologen der ganzen Welt ernennen sollte, nicht blamieren.

»Ich will Sie nicht anzeigen, weil ich Ratio kein Leid antun möchte...«

»Sie sind verrückt geworden«, sagte mein Mann.

»Fehlt Ihnen bestimmt nichts?« fragte ich ihn so freundlich wie möglich.

»Er war stets ein Sonderling. Er sinnierte und sinnierte, bis er spintisierte...«, fügte Jana hinzu. Presl sah uns durch seine dikken Brillengläser an, er wirkte völlig ruhig.

»Sie sind nämlich nicht Dozent Ratio...«

»Wer bin ich also?«

Presl überlegte.

»Ich kenne den Dozenten«, sagte er mit Wärme und begann abermals mit seiner rationalistischen Gesellschaft. »Der ist wirklich ein hervorragender Wissenschaftler. Vielleicht ist er überhaupt der größte, den es gibt. Er hätte sich um diesen Posten niemals gerissen. Es ist ihm gleichgültig, ob ihn die anderen anerkennen, er ist ein wirklicher Wissenschaftler, und die zukünftigen Menschen werden sein wie er...« Mein Mann war fast ein wenig gerührt.

»Aber warum verdächtigen Sie ihn dann, Freund?«

»Weil er mitsamt diesem unglücklichen Čapek eine lebende Materie erschaffen hat, seinen Roboter, seine biologische Maschine, die ihm in allem dient, die ihm seine Erfolge produziert, die für ihn sorgt und ihn dadurch gleichzeitig mordet. Geben Sie uns unseren Ratio zurück. Ich weiß sehr gut, weshalb Sie Čapek umgebracht haben. Er wollte Sie beherrschen, er wollte Sie unterjochen und vernichten, er war ja doch der wahre Erfinder. Sie haben ihn umgebracht, um sich zu befreien, jetzt sind Sie eine Maschine ohne Lenker. Sie sind eine Gefahr für die Menschen. Geben Sie uns augenblicklich den richtigen...« Presl sprach ganz leise. Nun stand wohl außer Zweifel, daß er wahnsinnig war. Doch wir hörten es klingeln. Das Ehepaar Olsen kam. Mir sollte heute offenbar kein einziger peinlicher Auftritt erspart bleiben.

»Wir wußten nicht, daß Sie verheiratet sind«, übersetzte mir Jana, denn ich selbst beherrsche keine Fremdsprache. Ich empfand es gewissermaßen als Erniedrigung, daß ich gerade sie als Dolmetscherin benötigte. Wir machten einander bekannt. Mein Mann wollte Presl nicht vorstellen.

»Auch wir haben uns schon einmal gesehen...«, sagte Olsen zu ihm, der offenbar ein Meister des internationalen wissenschaftlichen Zeremoniells war. Er schien mir eher ein Salonlöwe als ein Wissenschaftler. Seine Frau sei absolut entzückt, wie Jana übersetzte, absolut entzückt, daß nichts vorbereitet wäre. Sie freue sich, zu sehen, wie wir leben, und sie sagte das so wohlwollend, als würde sie gerne Zeugin sein, wie afrikanische Eingeborene das Blut ihrer Haustiere abzapfen und roh trinken. Ratio fragte sie, ob sie schon einkaufen gewesen wäre, da setzte sie eine derart höfliche Miene auf, daß ich meinem Mann auf den Fuß treten mußte. Offenbar war sie von zu Hause an andere Einkaufsmöglichkeiten gewöhnt. Sicher fuhr sie mit dem Chauffeur einkaufen. Olsen lobte wenigstens den Sliwowitz, Marke Jelinek, wir wußten also schon ein Geschenk für ihn, das ist immer sehr wichtig. Ein Geschenk und Janáček, alle kriegen ihren Janáček, im Plattengeschäft ziehen sie die Sinfonietta heraus, sobald ich in der Türe erscheine.

»Ich sage es, sofort sage ich es, ich mache Ihren Erfolg zunichte...«, drohte Presl von der Tür her.

»Was sagt dieser zauberhafte Jüngling?« fragte Frau Olsen, und Jana übersetzte es mit Ironie.

»Wollen wir nicht weitergehen...« Ratio führte die Gäste in die Wohnung und gab dann jedem je eine Konserve, ein Stück Brot und eine Tomate. Er rettete die Situation durch seine Liebenswürdigkeit, ich war neugierig, ob er den Konservenöffner finden würde, aber bestimmt wußte Jana auch schon, wo er liegt. Ich war nicht eifersüchtig auf sie, das Ganze kam mir eher wie Betrug vor. Es wurde mir klar, daß ich Ratio tatsächlich schon seit langem nicht mehr liebte. Aber hintergehen lasse ich mich bei keinem Spiel gern.

»Ich sage ihnen alles...«, wiederholte Presl und wollte in Ratios Arbeitszimmer gehen. Ich hielt ihn zurück. Mit einem Male sah ich einen kranken Menschen in ihm. Um so stärker erinnerte er mich an meinen Sohn.

»Gut denn, mein Freund. Sie haben mich durchschaut.« Ratio kehrte zurück und zeigte nicht die Spur eines Lächelns. »Sie haben mich durchschaut, ich bin tatsächlich Čapeks, das heißt Ratios Roboter und arbeite für meinen Herrn, ich diene ihm, so vollkommen ich vermag, auf Grund des elementaren Befehles. Kommen Sie morgen früh, dann können Sie mit dem richtigen Dozenten Ratio reden. Er wird aus seinem Laboratorium, wo er mit Problemen beschäftigt ist, die er jetzt für äußerst wichtig hält, hierher kommen. Er mag mit diesen Leuten hier nicht zusammenkommen, er will sich nicht mit überflüssigen Dingen beschäftigen, Sie werden ihn morgen sehen, aber jetzt gehen Sie und schlafen Sie sich aus...« Mit dieser offenkundigen Spiegelfechterei schob er ihn zur Tür hinaus.

»Aber morgen werde ich bereits die Fotokopien haben«, sagte Presl, und er kam mir eigentlich wie ein kleiner, eigensinniger Junge vor. Wie konnte er überhaupt wagen, mit meinem Mann anzubändeln! Und überhaupt, so eine Schnapsidee! »Ich entschuldige dich bei Olsens, fahr lieber zu Hans und bitte Karl für morgen früh zu uns«, sagte Ratio schnell zu mir. Karl behandelte unseren Jungen. – Er war ein guter Arzt. Das also war Ratios Plan. Er wollte Presl in eine Anstalt sperren lassen. Wirklich schlau! Die Olsens bearbeiten und Presl abschieben. Karl mochte Ratio, immer fragte er nach ihm, wenn ich Hans besuchte. Er hielt ihn sozusagen für ein Genie, die beiden waren ehemalige Schulkameraden, und Ratio soll der Gescheiteste der ganzen Klasse gewesen sein.

»Aber ich will nicht gehen. Ich bleibe.« Ich stritt nicht gern mit ihm. Bis jetzt hatte ich mich für unsere Ehe aufgeopfert, weil ich geglaubt hatte, daß ich eine Gemeinschaft, die nicht nur mich betraf, nicht allein deshalb zerstören durfte, weil es mir in ihr nicht mehr gefiel. Ich hatte gehofft, Hans könnte eines Tages zurückkehren, wir konnten wieder miteinander leben, und er würde dann einen Vater brauchen. »Ich blieb bei dir, weil ich daran glaubte, daß du nicht falsch bist, nicht verlogen, daß ich mich auf dich verlassen kann...« Plötzlich ergriff er meine Hand und schien nahe daran, mich zu küssen, als tröstete er ein Kind. Ich sah, daß er das wegen der Olsens tat, er war schon lange nicht so zärtlich zu mir gewesen.

»Du glaubst doch nicht ernstlich, daß ich mit Johanna etwas habe! Wir arbeiten zusammen, das ist alles. Sie ist die beste Sekretärin, die ich jemals hatte. Nur deshalb nehme ich sie ins Ausland mit. Meine Frau bist du. Ich weiß, daß du unser Heim nie verlassen würdest, weil wir Hans haben...« Er sagte das sehr charmant, und auf diese Weise teilte er mir eigentlich schonend mit, daß er sich von mir trennen wolle und daß diese Reise ins Ausland an das höchste biologische Institut eigentlich auch eine Reise zu einer anderen Frau sein sollte. So viel Diplomatie hatte ich ihm nicht zugemutet. Es war eine bodenlose Gemeinheit.

»Ich glaube zwar nicht, daß du dein eigener Roboter bist, aber ich muß gestehen, daß du dich tatsächlich gewandelt hast. Verändert Erfolg den Menschen so schnell?«

»Gewandelt, verändert, alle sagt ihr mir, daß ich mich verändert habe, was wollt ihr eigentlich von mir? Ihr glaubt wohl, ich müsse einfach hochmütig sein, da mir so etwas gelungen ist? Weil ihr wißt, daß ihr selbst so reagieren würdet? Ich bin immer der gleiche, aber ich will doch nicht auf alles, was ich vollbracht habe, verzichten, nur um meinen Kritikern eine Freude zu bereiten. Oder soll ich mich um so bescheidener geben, je mehr Leute mich hören wollen, je mehr Menschen auf mein Wort warten? Soll ich etwa gerade deshalb schweigen? Dann freilich müßt ihr zur Kenntnis nehmen, daß ich ein anderer geworden bin. Ich habe mich niemals darum bemüht, ich passe mich lediglich der neuen Situation an, denn ich muß mich neu einrichten, meine Mitarbeiter auswechseln, das Institut renovieren. Aus meinem Erfolg erwachsen mir Verpflichtungen, aber glaub mir, daß mich das überhaupt nicht freut. Es bedeutet eine Unmenge neuer und überflüssiger Sorgen, die mich von meiner Arbeit abhalten, die es mir unmöglich machen, wirklich zu denken, Arbeiten, die jeder x-beliebige für mich erledigen könnte..

»Zum Beispiel ein Roboter«, sagte ich. »Für diese Besorgungen könntest du ganz getrost einen Roboter verwenden, wenn du dazu in der Lage wärst...«

Wieder begann er zu lachen.

»So weit sind wir leider noch nicht, meine Teure. Es ist das gleiche, als hättest du von den Brüdern Wright verlangt, daß sie ein Düsenflugzeug konstruieren. Eines Tags werden wir solche Maschinen vielleicht wirklich bauen. Oder unsere Kinder werden sie bauen. Die Epoche der mechanischen Maschinen endet, die biologische Maschine ist im Kommen, aus künstlicher lebender Materie gemacht, viel billiger in der Herstellung und im Energieverbrauch. So eine Maschine wird ja mit ein paar Kartoffeln auskommen. Die Aktien der Erdölfelder werden dann überhaupt nichts mehr wert sein...« Er dozierte, als befände er sich in seinem Hörsaal. Er gab sich große Mühe, er erklärte mir dies und jenes, er ließ sogar seinen Olsen ein Weilchen warten, weil er morgen Karl hier haben wollte, offenbar fürchtete er sich vor einer weiteren Begegnung unter vier Augen mit Presl.

»Die Olsens sollen um zehn zum Rektor kommen«, meldete Jana von der Türschwelle her. »Könntest du ihn nicht herbitten? Er spricht ohnehin kaum französisch...« Die Taktik solcher Fakultätsbesuche beherrschte sie sehr gut. Ratio stimmte sofort zu, entschuldigte sich bei mir, sagte, ich möge Hans von ihm grüßen lassen, und eilte in sein Zimmer. Kurze Zeit später hörte ich ihn aus voller Kehle singen. Das konnte er. Wenn er wollte, war er ein Heros. Auf etwas muß ich ihm auch schließlich damals hereingefallen sein. »Das habe ich für Hans mitgebracht...« Jana reichte mir ein Päckchen. Was sich die wohl einbildete!

»Mein Junge darf keinerlei Süßigkeiten...«, sagte ich ablehnend. Ich war überzeugt, daß ihm ein Geschenk von so einer Person Übelkeit bereiten müßte. Und wer weiß, ob sie ihn nicht absichtlich vergiften wollte. Ich begann schon zu denken wie Presl. Auch ich sah bereits überall Mörder und Feinde. Ich mußte mich zusammenreißen. »Wirklich nett von Ihnen, aber er muß strenge Diät halten.«

»Ich wußte nicht, daß es bei dieser Krankheit eine Diät gibt.« Nun hatte ich wieder Wut auf sie. Am liebsten hätte ich sie geschlagen. Was konnte die von der Krankheit unseres Sohnes wissen! Verleumdungen, sonst nichts. Alles nur Verleumdungen. Und am Ende wußte ein jeder, daß mich Ratio wegen meiner langen Finger geheiratet hatte. Wie schnell wohl dieses Mädchen da maschineschreiben konnte? Er könnte doch ihr Vater sein! »Spielen Sie Klavier?« fragte ich sie. Aber sie kapierte sofort:

»Ich glaube nicht, daß der Herr Dozent in seinem Büro für eine Virtuosin Verwendung hätte.«

»Was für eine Virtuosin meinen Sie?«

»Eine Klaviervirtuosin.« Sie war nicht beleidigt. »Ich glaube, daß er jemanden braucht, der mit ihm empfindet und der mit ihm kämpft. Beobachten ist einfach...« Ganz dumm war sie nicht.

»Jetzt freilich wird er nicht mehr viel kämpfen müssen. Jetzt wird er Erfolge ernten. Denken Sie, daß er sich in diesem internationalen Institut abrackern wird? Das bezweifle ich.« Das kenne ich sehr gut. Ich habe diese Menschen oft beobachtet. Ich kann sie nicht ausstehen... Einmal hatte ich mir eine Chodentracht kaufen wollen, um sie anzuziehen und so den blasierten Vertreter der UNESCO empfangen zu können, der längst seinen Beruf verlernt hatte und zum professionellen Handlungsreisenden von Institut zu Institut geworden war. Vielleicht hätte es ihn ein wenig wachgerüttelt, wenn er die Frau eines europäischen Professors in so einer Verkleidung erblickt hätte. Jana wird sich Jerseypullis kaufen. Oder Röcke aus Leopardenfell. Kurz, was gerade Mode ist. Wie alle diese Mädchen. Plötzlich erkannte ich, daß Ratio gut daran getan hatte. Daß ich nie mit ihm ins Ausland gegangen wäre. Ja, er hatte gut daran getan. »Wohin werden Sie fahren?«

»Nach Rom«, sagte sie dankbar. »Olsen hat es ihm schon so gut wie versprochen. Das Institut dort liegt im EUR-Viertel, in zehn Minuten ist man am Strand in Ostia, hat Frau Olsen gesagt.« Plötzlich war sie wie ein Kind.

»Bestimmt wird es Ihnen gefallen. Und Sie werden dort vielleicht einen noch erfolgreicheren, schöneren und jüngeren Mann finden, als es Ratio ist...« Nein, nun konnte ich wieder nicht begreifen, daß er auf sie verfallen war. Das wäre doch meinem richtigen Mann niemals passiert. Mein richtiger Mann – ich ertappte mich dabei, daß ich bereits dachte wie dieser Phantast.

»Phantast? Warum?« Karl hatte heute gerade Dienst. Nur deshalb ließ man mich überhaupt noch in die Anstalt. Die Leute standen schon bei den abfahrenden Autobussen Schlange. Ich sagte ihm alles und bat ihn, am nächsten Morgen zu kommen. Dieser Presl hatte eine Untersuchung vielleicht wirklich nötig.

»Er bedroht niemanden. Wenn er auch glaubt, daß Ratio einen Roboter konstruiert hat, muß er noch lange kein Wahnsinniger sein. Ratio hat das künstliche Protozoon geschaffen, er wird deshalb von der ganzen Welt gefeiert. Heutzutage überrascht mich überhaupt nichts mehr. Die Menschen sind offenbar fähig, jede Maschine zu bauen, sie können schaffen, was ihnen beliebt. Es geht darum, ob sie auch alles begreifen. Die Wissenschaft wird immer komplizierter. Die einfachen und geradlinigen Regeln der Gründer gelten nicht mehr. Alles ist kompliziert geworden, und in den fundamentalen Fragen muß man jede Hypothese überprüfen, auch die absurdeste. Vielleicht ist diese Vorstellung vom Roboter für Doktor Presl lediglich eine Arbeitshypothese.«

»Er ist promovierter Biologe.«

»Darauf kommt es doch nicht an. Für ihn ist das einfach eine Arbeitshypothese, mit deren Hilfe er dahinterkommen will, warum sich Ratio gewandelt hat, mit der er seine Vorstellung vom idealen Ratio retten will. Mir kommt das überhaupt nicht unsinnig vor. Es ist eigentlich eine besondere Vorstellung vom Menschen, nichts weiter. Beachte doch, wie sich die Vorstellung vom Roboter verbreitet hat, welch umfangreiche Literatur darüber bereits existiert, wie oft der Mensch an solche menschlichen Maschinen denkt. Weil sie wahrscheinlich bestimmten Neigungen entsprechen, scheint der Mensch durch einen solchen idealen Helfershelfer, der ihm so wirksam wie möglich hilft und dadurch gleichzeitig schadet, tatsächlich bedroht zu sein. Presl hat sich eine Hypothese geschaffen, und die will er jetzt experimentell überprüfen. Ich bin gespannt. Mit einem seelischen Defekt hat das nicht viel zu tun. Da müßten ja alle seelisch defekt sein, die Theorien über die menschliche Psychologie ersinnen. Und dem ist in der Regel nicht so...« Ich saß immer gern in seinem Zimmer. An den Wänden hing stets eine ganze Bildergalerie. Es waren Werke seiner Patienten. Manchmal waren es eigenartig gezwungene Primitivismen, dann wieder gekünstelte mediale Zeichnungen. Karl lebte in einer eigenartigen Welt, die außerhalb unseres Daseins lag, einer Welt, in die man mit der Straßenbahn bis an die Endhaltestelle fährt und dann noch mit dem einzigen Bus, in dem schon jeder jeden kennt, weil alle das Kainsmal der Verwandtschaft mit Wahnsinnigen tragen. Sogar der Schaffner schreit uns nicht so barsch an wie die anderen Fahrgäste, wahrscheinlich sagt er sich, daß man unsere Nerven schonen müsse, oder er hat Angst vor uns.

Hans saß wie immer in seinem Zimmer. Er beantwortete meinen Gruß nicht und blickte verloren vor sich hin, wie ich es schon seit langem gewöhnt war. Weinen hatte ich verlernt. Ich wußte, daß ihm das gleichgültig war, oder daß es ihn vielleicht irgendwo in der Tiefe sogar verletzte. Ich besuchte ihn immer und redete mit ihm über alltägliche Dinge, über Spielsachen, ich erzählte ihm Neuigkeiten aus unserer Straße, über seine ehemaligen Spielkameraden. Ich gab mir selbst die Antworten und hoffte fortwährend, daß er auf etwas reagieren würde, daß etwas in ihm die ehemalige Verbindung mit der Welt neu knüpfen könnte, die irgendwann unterbrochen worden war und von der niemand wußte, wie sie wiederherstellen. Karl ging lächelnd und freundlich um uns herum, er versteht viele Dinge, er tut sehr gelehrt, aber wahrscheinlich kann er Hans auch nicht mehr helfen als ich.

»Vielleicht stellt er sich ebenfalls Roboter vor...«, sagte er mir heute, als wir zum Tor schritten, nachdem ich die Hörnchen auf den Tisch gelegt hatte und grußlos gegangen war. Das hatte man mir bereits beigebracht, ich durfte ihn nicht aufregen, man erzählte mir, daß er hier und da eines meiner Hörnchen esse, wenn er allein sei und sich unbeobachtet wähne. »Er ist ein intelligenter Junge. Er könnte noch gescheiter sein als Ratio. Vielleicht stellt er sich irgendwelche besonders schrecklichen Roboter vor, denn er lebt, wie du weißt, unter einer unbestimmten Beklemmung.« Ich erinnerte mich, daß mir Karl erzählt hatte, wie das Institut während des Krieges bombardiert worden war und wie die Patienten in den Flammen zurückblieben. Sie verbrannten untätig bei lebendigem Leib, weil die Schrecken ihrer Wahnvorstellungen noch viel grauenhafter waren. Erst jetzt begann ich zu weinen. Wie immer. Ich weinte den ganzen Weg vom Pförtnerhaus bis zur Straßenbahn vor mich hin. Ich hatte bereits gelernt, dabei still zu bleiben, so daß niemand etwas merken konnte. Es sah aus, als hätte ich Schnupfen.

»Wir werden beide Kugellager auswechseln...«, sagte eine Frau neben mir.

»Und wir müssen einen kleinen Motor kaufen.«

»Mit unserem Fernsehgerät haben wir nichts wie Ärger.«

»Der bringt es Ihnen fabelhaft in Ordnung...«

»Ich kaufe mir...« Sie nannten große Maschinen, kleine Maschinen, diverse Mechanismen, die Vorgänger der Roboter. Es schien mir, daß die einzigen Menschen, die die Maschinen mieden, unsere Verwandten waren, die Patienten. Vielleicht hatten sie deshalb unsere Familien verlassen und weilten deshalb in dieser Anstalt, einem Bauwerk aus der Zeit der Monarchie, in dem die Zeit stehengeblieben war. Ich hörte zu weinen auf, die Vierzehn fuhr gerade ein. Und plötzlich war ich froh, daß morgen früh Ratio diesem jungen Phantasten ohne Beistand gegenübertreten müsse.

Der Streit

Daheim war niemand, der Rektor war wohl nicht bereit gewesen, zu uns zu kommen, so hatten sie zu ihm fahren müssen. Jana hatte gründlich Ordnung gemacht, ich fand lediglich ein paar Krümel auf dem Teppich. Das Magnetophon war noch eingeschaltet. Sie hatten wohl Musik gehört. Ich wußte mit Sicherheit, daß sich Ratio aus Musik nicht viel machte, doch er hatte bereits herausbekommen, daß die Mehrzahl der Wissenschaftler die Musik als die einzige ihnen zugängliche Kunstgattung betrachtete, gewissermaßen in ihren Formen logischen Gebilden verwandt, und daß sie deshalb recht gern nicht nur Janáček hörten, sondern auch Orff und Schönberg oder Richard Strauss, und daher besitzen wir einige solche Tonbänder, einschließlich Hindemith. Aber für mich allein oder wenn Mitarbeiter meines Mannes bei uns waren, durften sie nicht gespielt werden, es waren schließlich Exportbänder, er ließ sie immer nur laufen, wenn Besuch aus dem Ausland da war. Dabei mußte man wenigstens nicht soviel reden. Ratio hatte kein Talent für Fremdsprachen, er hätte wohl mehr Sinn für ein mathematisches Esperanto gehabt, doch bis jetzt war noch niemand dahintergekommen, wie man mathematisch zum Beispiel Guten Abend sagen kann oder Nehmen Sie doch bitte noch ein Sandwich...

Am Morgen saß er in der Halle, er trug noch immer den Smoking, er roch nach Zigarettenrauch, aber bestimmt hatte er nichts getrunken, er saß ganz still da. Nach durchwachten Nächten war er stets noch mehr Ratio.

»Wo ist Karl?« fragte er unwirsch. Ich sagte es ihm.

»Der ist also auch so einer! Ein sogenannter Freund, nicht wahr? Und du, du konntest mich nicht anrufen? Soll ich jetzt wegen meines Mitarbeiters die Sanitäter alarmieren? Weißt du denn, wie peinlich das alles ist? Angesichts der Ammenmärchen, die man sich über wahnsinnige Wissenschaftler erzählt? Eine schöne Geschichte! In kürzester Zeit wissen es alle. Bestimmt wird das eine größere Sensation geben als meine ganze Entdekkung. Man wird viel lieber über den Mitarbeiter berichten, der wahnsinnig geworden ist. Ich kenne doch die Leute.«

Er hatte sie offenbar in den paar erfolgreichen Tagen kennengelernt, denn sonst sprach er nicht einmal mit unserer Aufwartefrau ein Wort.

»Schön und gut, aber er ist wahrscheinlich gar nicht verrückt.«

»Und das Zeug, das er zusammenredet?«

»Das kann eine durchaus distentable Hypothese sein, wie sie in der Wissenschaft...« Er nahm mich nicht ernst.

»Alles Unsinn. Karl frohlockt einfach, weil ich in Schwierigkeiten bin. Wahrscheinlich amüsiert sich bereits das ganze Institut auf meine Rechnung. Der kranke Sohn, und jetzt dieser Mitarbeiter, das ist der Preis für meinen Erfolg. Und alle sind froh, daß sie Durchschnittsmenschen sind und gesunde Söhne und Kollegen haben. Als bestünde da irgendein Zusammenhang! Das sind Trugschlüsse, es ist das typische Beispiel für unrichtiges Denken, von Sentimentalität und Kleinlichkeit beeinflußt. Ich begreife nicht, daß auch du mit ihnen gemeinsame Sache machen kannst. Aber ich warne dich. Ich werde meine Feinde nicht länger schonen. Ich vernichte jeden, jetzt besitze ich Macht genug dazu...« Er schrie mir diese Worte ins Gesicht. Das hatte ich nicht erwartet. Ich wich vor ihm zurück. Er war morgens manchmal schlechter Laune, aber jetzt bekam ich fast Angst vor ihm. Er war in Fahrt geraten wie eine Dampfwalze. Wie eine Lawine. Würde er am Ende tatsächlich mit Hilfe seiner Erfindung alles um sich vernichten? Das hätte ich niemals erwartet. Darin hatte er sich tatsächlich gewandelt. Er eilte zum Telefon. Doch es klingelte, ehe er den Hörer in die Hand nehmen konnte. Trotzdem hätte er wahrscheinlich getrost den Sanitätsdienst angerufen, wenn Presl nicht sofort auf der Schwelle ein langes Messer gezückt hätte.

»Genosse Dozent...« Er umarmte ihn. »Ich hatte solche Angst um Sie! Ich bin ja so froh, daß ich Sie sehe.« Es störte ihn überhaupt nicht, daß der heutige Ratio bis in die letzte Einzelheit mit dem Ratio von gestern abend identisch war, daß sogar der Smoking, den er trug, in jedem Fältchen dem gestrigen glich.

»Ich hatte schon Angst, daß er Sie töten würde. Bedenken Sie doch, was er mit Čapek gemacht hat...«

»Sie vergessen den fundamentalen Befehl, mein Junge.« Mein

Mann hatte sich offenbar entschlossen, das gestrige Spiel fortzusetzen, er führte Presl lächelnd ins Zimmer. »Wenn wir so einen Mechanismus konstruieren, müssen wir seiner Regulation irgendeinen fundamentalen Befehl zugrunde legen, wie man das bei theoretischen Maschinen macht...«

»Und welchen Befehl haben Sie ihm gegeben?« fragte Presl neugierig und trank ohne Bedenken den Kaffee, den Ratio selbst gekocht hatte, allerdings für Karl. »Welchen Befehl?« fragte er noch einmal und hielt das riesengroße Messer krampfhaft fest. Es war ein großes Küchenmesser, an beiden Seiten geschliffen, wie man es zum Schweineschlachten verwendet.

»Das fragen Sie noch?« sagte mein Mann tadelnd im Ton des Vorgesetzten. »Welchen Befehl geben die Menschen seit jeher ihren Maschinen, auch solchen, die keine automatische Regulation haben? Auch den einfachen, dem Hebel oder der schiefen Ebene? Nun? Diene, du mußt mir vollkommen dienen! Du mußt meine Arbeit erleichtern oder ersetzen...«

»Und darin liegt der ganze Fehler«, sagte Presl aufgeregt, und ich fürchtete, er könnte dieses Messer jeden Augenblick in unser Chippendaletischchen bohren wie ein notorischer Raufbold im Wirtshaus. Er zitterte nämlich, wahrscheinlich hatte auch er die ganze Nacht nicht geschlafen. Wenn man die beiden durch eine schalldichte Glaswand beobachtet hätte, wäre man überzeugt gewesen, sie diskutierten über ein hochinteressantes Problem, wobei dieses Messer offenbar als Meßinstrument für den Wert der vorgebrachten Argumente diente. »Dadurch haben Sie ihm ungeheure Möglichkeiten gegeben. Dem Menschen können nur die allereinfachsten Maschinen dienen. Wenn eine Maschine Ihnen ähnlich zu werden beginnt, wenn sie gar ist wie Sie, wenn sie also Ihr Roboter ist, kann sie den Begriff Menschlichkeit nicht erfassen und Ihnen durch ihren Dienst sogar schaden. Wir sind doch gerade deshalb Menschen, weil wir nicht nur Dinge tun, die uns nützen. Sie selbst haben das immer wieder bewiesen, auch diese Unterredung zum Beispiel, in deren Verlauf Sie mir das alles erklären, ist Ihnen von keinerlei Nutzen. Sie verlieren im Grunde ja nur Ihre Zeit, wie so oft, wenn sie mir die Grundprobleme Ihres Faches erklärten. Ich bin Ihnen dankbar.«

»Ich glaube, daß mir dieses Gespräch selbst Nutzen bringt...« Mein Mann konnte sich diesen Scherz nicht verkneifen. Er sah, während er sprach, vielsagend die Klinge vor seiner Nase an.

»Ich habe Ihnen dieses Messer gebracht, weil ich dachte, daß Sie mit dem Roboter Schwierigkeiten haben werden. Es nützt Ihnen ja auch nicht, Ihre Erfindung der Öffentlichkeit preiszugeben, also Ihren Roboter zu verraten. Weshalb sollten Sie mit den übrigen teilen? Dann würden Sie aus Ihrer Entdeckung einen geringeren Nutzen ziehen. Ich habe angenommen, daß der Roboter Čapek liquidiert hat und daß er jetzt auch Ihnen nicht gestatten wird, am fundamentalen Befehl zu rütteln...« Ratio griff augenblicklich nach dem Messer.

»Ich danke Ihnen, mein Junge. Ich bin froh, daß ich eine Waffe habe. Ich habe an eine Pistole gedacht, aber wo treibt man heutzutage schon ein Schießeisen auf? Es war alles andere denn leicht, meinen Roboter zu überwinden. Ich habe ihn noch immer nebenan im Laboratorium sitzen, wegen der bewußten Korrekturen...«, sagte er und lachte schon fast, als verriete er einem kleinen Jungen, wo sich gerade der heilige Nikolaus verstecke. Er stand auf und wollte sich entfernen. Ich wußte, was er vorhatte. Es gab zwei Telefonanschlüsse in der Wohnung. Der zweite Apparat befand sich im Laboratorium. »Ich bin mit den Korrekturen gleich fertig. Ich werde Ihre Waffe benutzen.«

»Müssen Sie ihn denn total vernichten?«

»Ja.«

»Kann ich Ihnen dabei helfen?«

»Nein.«

»Hängt das mit dieser seltsamen Form, mit seinem ungewöhnlichen Aussehen zusammen?«

Ratio lobte ihn wie beim Examen: »Richtig. Ich mußte ihn als meinen Doppelgänger konstruieren, das begreifen Sie bestimmt, denn niemand anders hätte sich für diesen Versuch zur Verfügung gestellt. Nächstens werden wir irgendwelche Dutzendtypen verwenden oder populäre Sportler...« Presl vertrat ihm den Weg.

»Das geht nicht«, sagte er und sah ganz unglücklich drein. »Dann würden sich doch die Leute in ihre eigenen Diener verlieben. Stellen Sie sich vor, wie gefährlich das wäre. Einen schönen Roboter oder eine schicke Roboterin kaufen zu können... Ich habe eher an Tiere gedacht. Sie wie Affen formen oder wie Hunde...«

»Haben Sie jemals einen Hund gesehen, der den Fußboden fegen kann? Oder der kocht? Ich glaube, es bleibt uns nichts anderes übrig. Meine Lösung ist wohl die beste. Wir werden für jeden einen Doppelgänger herstellen...« Er drängte ihn sanft zurück, und ich sah, daß er nur noch daran dachte, was er dem Arzt sagen sollte und wie ein allzu großer Skandal zu vermeiden wäre.

»Ich bewundere Sie, Ratio«, sagte Presl. Er sagte nur Ratio, ohne Titel. Mein Mann drehte sich zum letzten Male um. Es schien, als wäre er gerührt. »Ich hänge mehr an Ihnen als an irgendeinem anderen Menschen auf dieser Welt. Ich hätte mich an Ihrer Statt diesem Versuch unterzogen. Sagen Sie mir noch einmal, bitte...« Ratio zuckte mit den Schultern und sah das Mordinstrument, das er in der Hand hielt, noch einmal prüfend an, als wolle er sich vergewissern, daß es wirklich nicht anders ging, oder als überlege er sich diesen Schritt noch ein letztes Mal. Natürlich wäre es ihm sehr gelegen gekommen, wenn er mit diesem Jungen da ohne Schwierigkeiten fertig geworden wäre. »Ich hoffe, daß Sie mir dann Ihre Maschine zeigen«, meinte Presl schließlich und entschied dadurch natürlich alles.

»Selbstverständlich«, sagte mein Mann und schloß schnell die Tür hinter sich. Nun, da er Beweise erbringen sollte, konnte er die Komödie mit Presl nicht weiterspielen. Wie gut verstand er sich aber mit ihm! Offenbar hatten die beiden die gleichen Ideen und die gleichen Vorstellungen. Wodurch unterschied sich aber mein kühler und erfolgreicher Gemahl, der schließlich das einzellige Geschöpf geschaffen hatte, von diesem Phantasten hier? Oft hatte ich darüber nachgedacht, wie man mit solchen Leuten reden soll. Ich wußte sehr gut, daß es nichts nützte, ihnen ihre Vorstellungen auszureden; es war besser, sich für ihr Leben zu interessieren und die Situation heraufzubeschwören, aus der sie in ihre Phantasie fliehen.

»Weshalb haben Sie sich von Jana getrennt?« fragte ich, weil mir nichts anderes einfiel. Vielleicht waren solche phantastische Vorstellungen gar keine Verzeichnung der Wirklichkeit, für manche Leute mochten sie eine ganz treffende und richtige Beschreibung der sie umgebenden Welt darstellen. Auch Kurzsichtige sehen dort, wo wir Linien erkennen, verwischte Konturen, und die Blinden begreifen Formen mittels ihres Tastsinns, sicherlich sind das Formen von anderer Beschaffenheit. Andere Wesen finden sich mittels verschiedener anderer Sinne in der Welt zurecht, zum Beispiel Hunde mit ihrem Geruchsinn, und womit mochten es die sprichwörtlichen Marsbewohner wohl tun? Vielleicht war für Presl diese phantastische Beschreibung der Ereignisse die einzig richtige und einzig wahre, und es war wohl sinnlos, ihm etwas ausreden zu wollen.

»Warum habt ihr euch getrennt?« wiederholte ich, weil es schien, als hätte er meine Frage nicht gehört.

»Weil sie sich in den Roboter verliebt hat. Ich begreife, daß jemand die Maschinen des ausklingenden neunzehnten Jahrhunderts liebt, die ersten Lokomotiven, alte Automobile, Luftschiffe und Fesselballone, aber ich begreife nicht, wie man moderne, unpersönliche Motorroller, Limousinen und Roboter lieben kann.«

»Und das schmerzt Sie wohl sehr? Sie können sich doch ein anderes Mädchen suchen.«

»Ich habe eigentlich an Sie gedacht... Das sagte ich Ihnen bereits gestern. Es war überhaupt der erste Gedanke, der mir kam. Daß ich Ihnen vom Roboter erzähle und mit Ihnen dann irgendwohin in die Einsamkeit fliehe. Verstehen Sie mich, irgendwohin, wo es keine Menschen gibt, nur uns beide.« Und dabei schaute er mich derart entschlossen an, als dächte er daran, mich mit Gewalt zu entführen. »Weil es in der zivilisierten Gesellschaft für unsereinen keinen Platz mehr gibt, wenn der Roboter das Rennen macht. Wir würden miteinander leben, allein, nur wir zwei, ich würde den Boden bebauen, Sie würden sich um das Heim kümmern, ich würde auf die Jagd geben, wir würden uns in Felle kleiden, wissen Sie... Bei uns gibt es ja nur noch Kaninchenfelle. Wir dürften nichts im Dorf kaufen, keine Kerze, keinen Nagel, keinen Spaten. Nur so könnten wir frei sein, nur so könnte sich der Mensch von der durch Roboter beherrschten Zivilisation fernhalten. Wieder wie in der Urzeit leben. Aber das wäre wohl doch zu rücksichtslos. Krankheiten kämen, mit denen wir uns keinen Rat wüßten, schließlich würden Sie mich hassen, weil ich dann eigentlich resigniert hätte, und Frauen wollen, daß Männer siegen. Oder zumindest kämpfen. Ich kämpfe also Ihretwegen...« Diesmal sprach er bestimmt die Wahrheit.

»Wen lieben Sie nun wirklich? Ratio? Mich? Oder Johanna...?«

»Es geht nicht darum, wen ich liebe, es geht überhaupt nicht um mich. Ich habe gesagt, daß ich das tun müßte, damit das Leben überhaupt einen Wert bekomme.«

Aus Ratios Arbeitszimmer war die Stimme meines Mannes zu hören. Wahrscheinlich stritt er mit dem Arzt, der nicht sofort kommen wollte, weil er nicht begriff, wie ernst unsere Lage war... Presl erhob sich. Ich befürchtete, er wolle fliehen, aber er ging nicht zur Wohnungstür.

»Sollten wir ihm nicht helfen?« sagte er und sah sich nach einer Waffe um. »Ich habe erwartet, daß sich der Roboter nicht so ohne weiteres unterkriegen läßt. Vielleicht wird es nötig sein, das Institut anzurufen oder die Polizei.« Er jagte mir einen schönen Schrecken ein. Das hätte sich Ratio kaum bieten lassen. Er schrie jetzt in seinem Zimmer noch lauter als zuvor. Man konnte fast die einzelnen Worte verstehen, und zeitweise schien es, als antworte er sich selbst oder als antworte ihm eine andere Stimme. Auch mich begannen diese Phantastereien schon ganz zu verwirren.

»Warten Sie hier. Ich gehe hinein und sehe nach.« Er wollte mich nicht gehen lassen, er wollte das an meiner Statt besorgen, ich mußte in das Zimmer meines Mannes fliehen.

»Geh hinaus! Das ist meine Sache...«, schrie er mir erregt zu. Er telefonierte ja gar nicht, er lief im Zimmer umher, ohne Fliege und Sakko, im Hemd, das am Ellenbogen zerrissen war, und ich sah mich unwillkürlich nach seinem Widersacher um. Es sah aus, als hätte er gerade gerauft. Aber er war natürlich allein im Zimmer. »Ich habe kein Unrecht begangen. Ich habe mir nichts angeeignet. Ich bin schließlich der Leiter der Forschung...« Er verteidigte sich, als stünde er vor Gericht, und dann hörte ich plötzlich eine etwas anders klingende Stimme: »Aber er hat mir vertraut, er hat mich geliebt, ich habe vor ihm immer den idealen Wissenschaftler gespielt, und ich hatte kein Recht...« »Unsinn«, schrie die andere Stimme, und als ich die Tür schloß, mußte ich an Jekyll und Hyde denken, diese klassische Stevensonade über Persönlichkeitswandel. Es schien mir, als stritte hier Jekyll-Ratio mit Hyde-Ratio. Und diese Vorstellung war keinen Deut unsinniger als die andere, nämlich Ratio versus Roboter.

»Es kommt mir vor, als sei eher er selbst der Kranke«, sagte ich zu Presl, als hinter meinem Rücken Möbelstücke umstürzten. Wir hörten, wie die neuen, teuren Reagenzgläser auf den Boden geschleudert wurden.

»Ich bin niemals krank gewesen!« Ich konnte Presl nicht mehr zurückhalten.

Wir fanden meinen Mann zwischen den Trümmern des Laboratoriums. Niemand hätte in ihm den erfolgreichen Dozenten von gestern erkannt.

»Jetzt aber Schluß mit dieser Komödie, Presl. Sie wollen mich doch nicht zu Tode hetzen. Gut, Sie haben gesiegt. Koch uns Tee, wir haben ja noch nicht einmal gefrühstückt...« Ich ging Tee kochen und ließ die Tür offen, kein einziges Wort durfte mir entgehen. »Ich ergebe mich Ihnen auf Gnade und Ungnade«, fuhr mein Mann fort.

»Und wo ist Ihr Roboter?«

»Mensch, so hören Sie doch endlich auf!« begann Ratio wieder zu schreien. »Sie wissen verdammt gut, daß der Roboter nur in Ihrem Kopf existiert. Sie sind sehr klug, das habe ich immer gewußt. Gut, Presl, ich werde es allen bekanntgeben. Ich werde jedem sagen, daß in Wirklichkeit Sie der Autor meiner Erfindung sind, daß es ursprünglich Ihre Idee gewesen ist, daß ich bis in die letzten Einzelheiten Ihre Konzeption verwendet habe. Genügt das...?« Ich konnte mich nicht umdrehen, weil das Teewasser gerade zu kochen begann. So also lagen die Dinge! Dieser Čapek war lediglich Presls Parallele gewesen, seine Metapher, die ihm zu seinem Recht verhelfen sollte. Er hatte sich die ganze Geschichte mit dem Roboter ausgedacht, um die Unkorrektheit meines Mannes zu enthüllen, und es war ihm um nichts anderes gegangen als um seine eigenen Verdienste und seinen eigenen Erfolg. Er war genauso armselig wie die anderen. Und wie schön er über das primitive Leben zu lügen verstanden hatte! Fast hätte ich mir die Hand verbrannt. Ich konnte nicht einmal den Gashahn schließen, so zitterte ich. Im Zimmer hinter meinem Rücken herrschte nun Stille.

»Ich verstehe Sie nicht«, sagte Presl schließlich leise.

»Wieso? Genügt Ihnen das nicht? Verlangen Sie eine Selbstanklage von mir, wollen Sie, daß ich mich selbst als Dieb fremder Ideen enthülle? Mein Freund, ist das nicht doch ein wenig zu hart? Ich weiß, ich selbst habe Sie so erzogen, ich predigte Ihnen allzu eindringlich diese neuen Grundsätze, ich sprach über uneigennützige Zusammenarbeit, über das Gemeinschaftsgefühl in der Wissenschaft. Aber ich mache Sie aufmerksam, daß ich mich einzig und allein gegen diese Grundsätze versündigt habe, allein gegen dieses oberste Ideal. Sie selbst wissen doch, daß das Teamwork in der Wissenschaft üblich ist, Sie wissen auch, wie oft so eine Idee der Sache die endgültige Form verleiht, daß Mitarbeiter niemals über Priorität streiten und daß sie meistens als Kollektiv zeichnen. Das habe ich unterlassen, und das ist wohl mein Fehler, ich habe allen Ruhm für mich beansprucht; euch, meine sieben Mitarbeiter, habe ich übergangen. Hierin habe ich mich tatsächlich wie ein Roboter benommen, aber ich bin bereit, alles in Ordnung zu bringen. Ich werde eine Berichtigung in der Presse veröffentlichen. Es wird die Entdeckung des Dozenten Ratio und Kollektiv sein, einverstanden? Oder die Entdeckung des Ratioschen Kollektivs? Gut, dann die Entdeckung unseres Instituts. Ich werde auf meinen Namen verzichten, schauen Sie mich doch nicht so an, junger Mann, ich habe schließlich kein Verbrechen begangen. So etwas ist ja nicht strafbar, es fände sich kaum ein Kollege, der mein Tun auch nur verurteilen würde. Das ist nun einmal die übliche Praxis. Was also?« Ich stellte die Tassen vor sie hin. Es mußte ein schrecklicher Zweikampf gewesen sein, den Ratio vor einer Weile in seinem Laboratorium ausgetragen hatte. Was alles hatte er wohl überwinden müssen, da er sich vor seinem jüngsten Mitarbeiter derart demütigte! Wie übermächtig mußte er Erfolg und Ruhm begehrt haben, da er mir noch kurz zuvor gedroht hatte und noch gestern Abend Presl beseitigen und ihn in eine Anstalt stecken wollte!

»Ich wußte, daß Sie nicht der richtige Ratio sind, vom ersten Augenblick an wußte ich es. Ich wußte es bereits, als Sie dieses Messer hier anstarrten...«, sagte Presl, und mein Mann hätte fast den Tee auf den Teppich geschüttet.

»Was willst du von mir? Du Bube du! In deinem Alter habe ich noch nicht einmal Reagenzgläser auswaschen dürfen. Wo wärst du denn, wenn ich dich nicht ans Institut gebracht hätte? Auf den Knien müßtest du mir danken! Ideen kann ein jeder haben. Darin bist du nicht der einzige. Wichtig ist, wer sie entwickelt, verstehst du? Wenn ich dich aus dem Institut hinausschmeiße, kannst du deine Ideen in Hieroglyphen niederschreiben, sie werden wertlos sein. Du wirst genauso lächerlich enden wie dieser armselige Čapek, mit dem du mich vernichten willst, du wirst enden wie alle Sonderlinge. Viele Menschen wollen den großen Erfinder spielen. Du wirst einer von ihnen werden. Und ich schmeiße dich hinaus, wenn du nicht aufhörst. Ich kann dich ohne weiteres vernichten. Jana wird mir morgen bezeugen, daß du mich nur beschuldigt hast, weil du sie mit deiner krankhaften Eifersucht verfolgst. Du glaubst, daß ich mit ihr schlafe, gib es doch zu! Und deshalb hast du dir all dies ausgedacht. Nicht wegen des Idealbildes vom Wissenschaftler, wie du mir einreden willst, nicht wegen irgendwelcher erhabener Ideen, sondern aus gewöhnlicher, tierischer, primitiver Eifersucht, die viel, viel häßlicher ist als irgendeine Unterlassung beim Zitieren fremder Autoren. Du bist schlechter als ich. Du willst mich wegen einer Frau vernichten, aus diesem banalsten aller Gründe, der die Geschichte der menschlichen Erkenntnis vom Urbeginn an kompliziert hat. Aber daran werde ich dich zu hindern wissen.«

»Ich will den Roboter vernichten, ich will die defekte Maschine vernichten. Sie dienen Ratio gegen seinen Willen.«

»Was soll ich denn tun, damit du mir vergibst?« Ratio schien dem Weinen nahe. Er schlug nun wieder den sanften, verbindlichen Ton des Bittenden an, er schrie und drohte nicht mehr. Er verfügte tatsächlich über zwei Stimmen. Noch nie hatte ich ihn in so einer Verfassung gesehen. Presl stand auf.

»Ich besitze bereits die Fotokopien. Ich habe mich entschieden. Ich übergebe sie der Polizei. Wir dürfen keine Zeit verlieren. Ratio muß so schnell wie möglich gerettet werden. Sonst droht der ganzen Menschheit Gefahr...« Er wandte sich zur Tür. Doch dort tauchte Jana auf. Ich hatte nicht gewußt, daß sie meine Wohnungsschlüssel hatte. Sie trug ein funkelnagelneues Kostüm, als käme sie gerade von einer Modenschau.

»Er hat Ihnen nichts zu verzeihen«, sagte sie. »Und bei der Polizei wird ihn kein Mensch ernst nehmen. Ich habe bereits telefonisch mit seinem Hausarzt gesprochen. Er sagt, daß Presl ein bekannter Psychopath ist. Ich habe ihm erzählt, daß er mir gedroht hat, mich umzubringen. Ich habe ihm seine Briefe vorgelesen...«

»Ich habe dir nie einen Brief geschrieben.«

»Genau, wie du keinen Anruf von Herrn Čapek gehört hast. Dieser Mann hat niemals aus dem Hotel telefoniert. Und das Hotel verlassen hat er nur dreimal. Wir werden ebenfalls Sachen erdichten, genau wie du. Man wird dir nicht glauben, weil deine Geschichten phantastischer klingen als unsere. Und die Journalisten haben bei uns Gott sei Dank für Sensationen nicht viel übrig. Geh und erzähl deinen Unsinn, wenn du willst, du wirst ein böses Ende nehmen. Wir werden uns nicht mehr um dich kümmern. Wir müssen sofort ins Ministerium. Man hat eine wichtige Sitzung einberufen. Man will den Dozenten zur internationalen Kommission nach Moskau delegieren.«

»Aber dort wird er kaum ans Meer fahren können!« Ich

konnte mir diese Bemerkung nicht verkneifen. »Moskau ist kälter als Rom.«

Grußlos entfernte sich Presl. Ratio blickte ihm lange nach. Jana holte seinen Straßenanzug aus dem Schrank. Ich ging in mein Zimmer, den Koffer holen. Ich begann meine Sachen zu packen, während sie meinem ehemaligen Mann beim Umziehen half. Plötzlich kam es mir unbegreiflich vor, daß ich es so lange bei ihm ausgehalten hatte. Daß ich nicht schon längst erkannt hatte, mit was für einem Lügner ich lebe. Ich nahm nur das Allernotwendigste mit. Für die erste Zeit wollte ich zu Karl ziehen. Er hatte eine große Dienstwohnung. Schon oft hatte er mir das angeboten. Und ich konnte wenigstens in der Nähe meines Sohnes sein. Ich hatte das Gefühl, als würde ich nun Hans endgültig und ganz folgen, und es wurde mir klar, daß ich ihn eigentlich schon seit langem unbewußt beneidete. Daß ich stets ein wenig erschrak, wenn ich aus der Anstalt zur Straßenbahn zurückkehrte.

Wir begegneten einander in der Tür.

»Wohin gehen Sie?« fragte Jana.

»Ich habe keine Sehnsucht nach dem EUR-Viertel, liebe Johanna. Du freilich, du glaubst noch, daß du alles sehen mußt. Du paßt besser zu Ratio. Er mag Neugier...«

»Jetzt nicht mehr«, sagte er und hakte sich bei mir ein. Meinen Koffer stellte er auf den Ofen. »Wir machen einen Spaziergang. Entschuldigen Sie mich beim Minister, Johanna. Ich will mich meiner Arbeit widmen, meinen Kollegen und meiner Familie. Ich werde keine Karriere machen. Und geben Sie mir bitte die Wohnungsschlüssel zurück...« Sie ließ sie auf den Fußboden fallen. Vielleicht warf sie sie auch absichtlich hin.

»Wie Sie wünschen«, sagte sie spitz. »Und ich hoffe, daß Sie noch manch junges Mädchen so verrückt machen...«

»Dieses Wort dürfte heutzutage doch ein wenig zu oft verwendet werden«, sagte er mir dann auf der Straße. »Verrückt! Was heißt das? Ich weiß sehr gut, daß Presl nicht verrückt ist. Und daß ihn keine Verleumdung zum Schweigen bringen wird. Der wird schon für Gerechtigkeit sorgen, und das ist wohl auch richtig so...« Ich erkannte ihn nicht wieder. Zum ersten Mal nach so vielen Jahren machte er mit mir einen Spaziergang. Ohne bestimmten Zweck, ohne Ziel, er ging eben nur spazieren. Als hätte er plötzlich eine Unmenge Zeit und als erwarte ihn kein Minister mitsamt der ganzen Kommission. »Ich habe jetzt Zeit, soviel ich will«, meinte er lächelnd, »ich bin doch plötzlich Außenseiter geworden. Ein erledigter Mann. Wie werden sich alle freuen, die mich noch gestern beneideten, meine Verleumder und Rivalen! Mit einem Schlag bin ich aus dem Rennen. Du wirst sehen, wie sie sich in ein paar Tagen um uns drängen werden. Aber nicht, um uns zu helfen, nur neugierig werden sie sein, wie wir unsere Schmach tragen. Sie werden herbeiströmen wie zum interessantesten Theaterstück. Gut, sie mögen nur kommen. Ich werde sie noch gründlicher verachten als bisher. Jetzt werde ich sie endlich verachten können, denn ich gestehe es dir, gestern hatte ich noch vor ihnen allen ein wenig Angst...« Dann hörten wir bald von dieser ganzen Angelegenheit zu sprechen auf. Es kam mir vor, als wäre er an diesem Vormittag ein wenig gealtert, einige Male fragte er nach der gleichen Sache, manchmal blieb er stehen, weil er außer Atem geriet. Schon lange hatten wir seinen Geburtstag nicht gefeiert. Wie alt mochte er sein? Vielleicht würden wir künftig seinen Geburtstag wieder feiern, obwohl wir in unsere ehemalige Wohnung ziehen werden. »Auch ich sollte einmal zu Hans fahren«, sagte er plötzlich, als wüßte er, daß er mir dadurch die größte Freude bereiten könnte. »Er muß schließlich zu uns zurückkehren. Ich werde doch nicht mein ganzes Leben lang über die Rätsel der Natur nachdenken und darob das rätselhafte Verhalten meines Sohnes vergessen...« Am liebsten hätte ich ihm einen Kuß gegeben. So ganz anders und menschlich kam er mir plötzlich vor. Wir aßen in einem Automatenbüfett zu Mittag.

»Weißt du auch, warum wir hier essen?« fragte ich ihn, als wir auf die Straße traten. Er hatte noch etwas Tunke am Kinn.

»Selbstverständlich. Aber damals hat man hier viel, viel besser gekocht. Bei unserer Verlobung...« Ich hatte Angst, er würde nun mit dem Konzert beginnen, sich wegen meines Klavierspieles entschuldigen, aber er wußte, wo er aufhören mußte. Was hätte er darüber auch sagen sollen? Wer weiß, wie ich heute wäre, wenn man mir mein Klavierspiel nicht genommen hätte. Es gibt Dinge, die der Mensch nicht wiedergutmachen kann, auch wenn er sich schließlich am Ende seines Lebens wandelt. Und doch, ich war froh, so irgendwie hatte ich mir unsere Versöhnung immer vorgestellt. Und auch der Spaziergang war herrlich gewesen.

Vor unserem Haus standen vier Limousinen. Als wir um die Ecke bogen, gingen alle Wagentüren gleichzeitig auf, und eine ganze Suite eilte Ratio entgegen. Der Minister als erster. Obwohl er bedeutend älter war als mein Mann, begegnete er ihm fast übertrieben höflich.

»Sie müssen augenblicklich mit uns kommen. Die ganze Kommission wartet schon über zwei Stunden auf Sie. Sie tragen doch eine Verantwortung, Herr Dozent, rasch!« Ich konnte es kaum glauben. Sollten wirklich alle so lange gewartet haben? War es möglich, daß sie ungeduldig vor dem Haus in ihren Autos gesessen hatten, während wir in der Stadt herumbummelten? Ich hätte nicht geglaubt, daß mein Mann so wichtig war, jetzt, da sich doch herausgestellt hatte, daß seine Erfindung eigentlich die eines ganz anderen war!

»Hat Ihnen denn Presl nichts erzählt?« fragte er sie. Das wäre doch völlig gleichgültig, sagten sie, seine Mitarbeiter interessierten sie nicht, wichtig wäre der Dozent allein. Und sie schoben ihn in den Wagen, in dem bereits Jana saß.

»Die Genossin war so liebenswürdig...«, sagten sie. Ich nahm an, daß er aufbegehren, daß er sich nicht neben sie setzen würde. »Es handelt sich um einen äußerst wichtigen Plan. Mit Hilfe Ihrer Entdeckung müßte man doch Lebensmittel in Fabriken herstellen können, wie man heute Gelee herstellt. Wir könnten die ganze Welt sättigen. Sogar mit hochwertigen Eiweißstoffen, an denen noch immer Mangel herrscht. Der Großteil der Menschheit kann sich bis heute nicht satt essen, die überwiegende Mehrheit leidet infolge Proteinmangels an Lebererkrankungen. Ihre Erfindung vermag dieses Problem zu lösen, wir werden in Fabriken Schinken oder Beefsteak erzeugen, ganz nach Wunsch jedes einzelnen. Aus einfachen Rohstoffen. Ohne Blut, Schlachthöfe und Grausamkeiten, die Tiere überlassen wir den Vegetariern als Spielzeug. Sie sind der Erlöser der Menschheit geworden...« Zuerst Schöpfer und jetzt Erlöser, ich kam mir wie in der Kirche vor, als wollten sie hier mitten auf der Straße plötzlich meinen Mann anbeten und Gegrüßet seist Du Ratio rufen. Jetzt verstand ich, warum sie so lange gewartet hatten, warum es plötzlich einzig und allein auf meinen Mann ankam. Die Wissenschaft war auf einmal wichtiger als alles andere, durch sie würde man, wie es schien, alle Probleme lösen können. Aber er hat das doch eigentlich gar nicht erfunden, wollte ich rufen. Die Idee stammt von einem ganz anderen. Statt dessen sagte ich:

»Wird die fabrikmäßige Erzeugung von Eiweißprodukten nicht teurer sein? Wird es nicht mehr kosten als die heutige Zucht von Schlachtvieh? Dazu benötigt man doch nur Heu und Ställe!« Sie sahen mich voll Geringschätzung an. Es kam ihnen nicht einmal in den Sinn, auch mich einzuladen.

»Gerade darüber soll ja die Kommission beraten. Deshalb brauchen wir den Dozenten, Genossin...« Sie waren derart begeistert, sie vertrauten ihm so, ich konnte Presls Namen einfach nicht erwähnen. Vielleicht setzte er sich allein durch, und dann würden die beiden wieder zusammenarbeiten. Ratio nahm nun doch neben Jana Platz. Sie würdigte ihn keines Blickes. Sie triumphierte. Er konnte also seiner Karriere doch nicht widerstehen. Nun fuhr er wieder davon. Es war nicht nötig gewesen, sich von Presl Angst einjagen zu lassen. Es war nicht nötig gewesen, sich einen ganzen Nachmittag lang wie ein wirklicher Mensch zu geben. Presl saß vielleicht bereits auf der Polizei. Oder er wurde von allen ausgelacht. Wie jeder Heilige. Wie hätte er mit einer derart phantastischen Metapher auch durchdringen können? Seine Vergleiche konnte doch niemand verstehen. Ratio hätte es sich ersparen können, in seinem Zimmer mit sich selbst herumzustreiten. Auf der Stelle hinauswerfen hätte er ihn sollen, das wäre das richtige gewesen. Es stand nun fest, daß sein innerer Kampf noch nicht zu Ende war. Ob er ein Roboter war oder nicht. Ich fühlte, daß ich ihm helfen mußte. Ich begann immer mehr und mehr an meinen Mann zu denken, ich wurde Presl untreu, der im Grunde ja doch kein Kämpfer war und frei sein wollte wie Robinson Crusoe. Am Nachmittag setzte ich mich sogar für ein Weilchen ans Klavier. Zum ersten Male kam mir das nicht sinnlos und sentimental vor. Ich klimperte mit zwei Fingern Fuchsduhastdiegansgestohlen, als begänne ich noch einmal mit der Bayerschule. Nach langer, langer Zeit kam mir meine Wohnung nicht so schrecklich fremd vor.

Doch um vier klingelte es wieder. Ich erwartete niemanden. Ich ließ es lange klingeln. Vor der Tür standen wiederum die beiden Uniformierten. Mit den Rangabzeichen kenne ich mich, wie schon gesagt, nicht aus.

»Was wünschen Sie, Genosse?« Ich sprach wieder zu ihnen, als wäre nur einer da.

»Sind Sie Helene Glory?«

»Ich habe Ihnen schon einmal gesagt, daß ich nicht so heiße.«

»War Biologe Presl am Vormittag bei Ihnen?« fragten sie, als wäre Biologe sein Vorname. Biologe Presl.

»Ja. Aber wahnsinnig ist er nicht«, antwortete ich schnell. »Es ist überflüssig, ihn zu untersuchen. Ich habe schon mit dem Arzt darüber gesprochen.«

»Er ist nicht wahnsinnig. Er ist tot...« Diesmal nahmen sie mich nicht mit. Sie schrieben alles Nötige zwischen Tür und Angel auf. Sie brauchten keine Zeugen. Die Zimmerfrau hatte ihnen gesagt, daß Presl zu uns gefahren sei. Er hätte das einige Male ausdrücklich betont, als ahnte er, daß es für ihn ein schicksalhafter Weg sein werde.

»Schicksalhaft, ja, das war er!« Ich mußte an seinen Verdacht denken. Ob Ratio nicht tatsächlich Herr über Leben und Tod war? Nicht nur Schöpfer und Erlöser, wie der Gott von ehedem, sondern auch der Böse? »Er ist nicht durch einen unglücklichen Zufall ums Leben gekommen, nicht wahr?« fragte ich. »Auch nicht durch Selbstmord oder durch einen Autounfall.« Sie sahen mich verblüfft an. »Er starb einen biologischen Tod, trotz seiner Jugend.«

»Herzinfarkt.« Diesmal wußten sie schon, was das war. »Der Arzt zumindest hat das nach der Untersuchung festgestellt. Presl hat sehr unvorsichtig versucht, eine Kreuzung zu überqueren. Er hatte es offenbar sehr eilig. Er brachte den ganzen Verkehr zum Stillstand, und als die Chauffeure aus den nächsten Wagen stiegen und zu ihm kamen, sahen sie, daß er tot war.«

So hatte er am Ende doch ein paar Maschinen zum Stillstand gebracht, sagte ich mir im stillen. Ich gab ihnen die Adresse seiner Angehörigen. Die Tür schlossen die beiden Männer selbst hinter sich.

Nun war ich also allein im Kampf gegen den Roboter. Allerdings, Presl konnte so erregt gewesen sein, weil er gerade seinen Chef anzeigen fuhr, den er doch so liebte und der ihn trotz allem bestohlen hatte. Es war möglich, daß ihm das das Herz gebrochen hatte, daß übergroßes Leid diesen Tod verursacht hatte, Kummer, wie es in Trauerspielen manchmal vorkommt. Und schließlich war es sogar möglich, daß es sich um ein angeborenes Leiden handelte, daß er, ohne es zu wissen, einen Herzfehler gehabt hatte. Das würde sich bei der Obduktion sicher herausstellen. Aber die Obduktion interessierte mich nicht, ich konnte nicht auf das Resultat warten. Vorläufig bestätigte sein Tod nämlich seine Phantastereien. Und wenn diese stimmten, war nun ich an der Reihe. Dann stand nur noch ich dem Roboter im Weg. Ich war die letzte, die von ihm wußte, die den Verdacht kannte, der gegen ihn bestand, und die seine Karriere vereiteln konnte, die letzte, die die Menschheit vor Ratio zu retten vermochte. Ja, vielleicht war er heute Nachmittag nur deshalb mit mir in der Stadt spazierengegangen, weil er mich beseitigen wollte. Vielleicht hatte er den richtigen Ratio vorgeschoben, den er irgendwo in seinem Laboratorium verborgen hielt, um mich aus dem Haus zu locken. Ich lief in sein Zimmer. Bis jetzt hatte noch niemand die zertrümmerten Apparaturen und Gläser weggeschafft. Es sah hier aus wie nach einer richtigen Schlägerei. Sollte es tatsächlich eine gegeben haben? Hatte mein Mann am Ende tatsächlich mit dem Roboter um Presls Leben gekämpft?

»Ratio!« rief ich noch banger als die Delegation vorhin auf der Straße. »Ratio!« Ich suchte im ganzen Zimmer, aber natürlich fand ich niemanden. Wenn der Verdacht stimmte, arbeitete er bestimmt in einem besseren Laboratorium, und falls er wirklich hier gewesen war, mußte er fortgegangen sein, weil er dieses hier demoliert hatte. Vielleicht ließ er sich nach wie vor von seiner Maschine vertreten, die ihm so vollkommen diente und die bereit war, alle seine Widersacher zu töten, jeden zu beseitigen, der seinen Erfolgen im Wege stand, selbst mich. Ich wußte, daß ich jetzt an die Reihe kommen würde. Und daß ich mich wehren mußte, ob der Roboter nun existierte oder nicht. Presls Tod war der Beweis. Seine Hypothese war die wahrscheinlichere. Aber ich mußte sie zunächst selbst überprüfen.

Ratios Ende

Im Institut platzte ich mitten in die Festsitzung hinein. Die Tagung fand im Erdgeschoß statt, in einem Saal, der schon seit langer Zeit nicht benutzt worden war. Bestimmt hatte man einen ganzen Nachmittag lang den alten Krimskrams fortschaffen müssen. Das Institut befand sich in einem Gebäude, das noch zur Karl-Ferdinands-Universität gehört hatte und ganz im Sezessionsstil ausgeführt war. Die modernen Apparate in den oberen Stockwerken kontrastierten scharf mit dem schäbigen Plüsch der Sessel und mit der Stukkatur der Decken. Man hätte eher erwartet, im Sitzungssaal k. k. Hofräte und Dozenten mit Zwickern anzutreffen als diese modernen internationalen Wissenschaftler in tadellosem Flanell und ihre nylonraschelnden Damen. Zunächst erkannte mich niemand. Ich war vorher etwa zwei Stunden beim Friseur gewesen, ich hatte mein Kostüm bügeln lassen und mir eine neue Brosche gekauft. Das war die erste Etappe meines Experiments. Der Versuch, der Presls Vermutungen bestätigen oder widerlegen sollte. Wenn ich meine wegen Blutarmut nicht sehr markanten Lippen ein wenig nachziehe, bin ich nicht einmal so häßlich. Schon auf der Straße drehte man sich nach mir um. Auch zwang ich mich, richtig zu gehen. Ich gehe natürlich immer, aber normal. Nicht so, als hätte ich einen Draht verschluckt. Ich ging also mit Ballettschritten, aufrecht, so daß jeder gleich meinen Busen und meine Hüften sehen konnte, wie es die Mehrzahl dieser exbibitionistischen Frauen tut. Ich hasse diese Wettbewerbe im Hinternwackeln, die mir auf der Straße stets erniedrigend vorkommen, aber ich zwang mich dazu, weil ich gefallen wollte, weil ich Zugang zu dieser Gesellschaft, die mich nie zuvor interessiert hatte, finden mußte.

Als erste reagierte Frau Olsen. Sie stieß einen Schrei aus. Etwas zwischen Schreck und Begeisterung, als wäre sie einer Ohnmacht nahe, und dann lief sie auf mich zu, um mich zu umarmen. Nun glaubte sie zu wissen, warum ich sie am Nachmittag in einem derart desolaten Aufzug empfangen hatte: weil ich am Abend um so mehr verblüffen wollte. Sie hielt es mir vor. Das wäre nicht fair, sagte sie. Ich würde alle Männer betören. Absolut bezaubern würde ich sie. Diesmal machte einer von Ratios Mitarbeitern den Dolmetscher. Auch er sah mich verblüfft an. Ich wäre genauso unerwartet gekommen wie Ratios Entdeckung.

»Diese Amöbe?« fragte ich lächelnd. »Danke schön! Das ist nicht gerade ein Kompliment. In der Zeitung hat sie nicht sehr betörend ausgesehen.« Er errötete. Niemals war er vor mir errötet. Zu Hause hatten sie mich stets eher als Dienstboten behandelt und oft vergessen zu danken, wenn ich ihnen Tee gekocht hatte. Vielleicht hielten sie das nicht für wichtig, weil sie doch über ihre Probleme debattieren mußten. Und jetzt errötete er. Wegen etwas Rouge. Weil auch ich mich benahm wie ein Roboter. Er entschuldigte sich. »Seid ihr schon fertig? Seid ihr schon dahintergekommen, wie man Gänseleber aus Kohle herstellen könnte?« Sogar das Essen wird jetzt mechanisiert! Da würde ich lieber Seetang essen, wenn er nur natürlich und echt ist. »Ist mein Mann hier?« Ratios Roboter war überrascht, beinahe so, wie es auch ein Mensch gewesen wäre. Wieder begann ich zu zweifeln.

Schnell führte er mich in ein Kabinett.

»Du bist wirklich gekommen? Wie soll ich dir danken? Du weißt doch, wie oft ich dich eingeladen habe. Du bist zum zweiten Male hier, nach so vielen Jahren. Erinnerst du dich, wie ich dir damals den Hörsaal gezeigt habe, in dem Einstein während seines Prager Aufenthaltes gelesen hat?« Ich erinnerte mich nicht. »Ich weiß nicht, ob du Grund hast, dich zu freuen«, sagte ich ihm. Bestimmt war es der Roboter. Ein gutes Gedächtnis mußte ja seine markante Eigenschaft sein. Immer berief er sich auf das Gedächtnis. Gleich einer genauen Kartothek verzeichnete er bestimmt gewissenhaft jeden Augenblick aus Ratios Leben. »Ich bin gekommen, um dich zu erpressen.« Ja, ich durfte nicht so direkt vorgehen wie Presl. Es war ja denkbar, daß er sich tatsächlich wegen Jana gegen Ratio gewandt hatte, vielleicht hatte er sich wirklich nur gewehrt, seinen eigenen Vorteil gesucht, vielleicht hatte er nur den Dieb bestraft, sein Recht mit der gleichen Gewalt erzwingen wollen, mit der der Verbrecher das Recht verletzte. Vielleicht war es ihm gar nicht um die Beseitigung der Gewalt zu tun gewesen. »Presl ist getötet worden...«, sagte ich leise.

»Er ist gestorben.« Also wußte er schon alles. »Und gerade deshalb bin ich froh, daß du gekommen bist. Ich hatte schon Angst, daß du wieder alles falsch deuten würdest...«

»Ich deute alles sehr richtig. Du hast die Erfindung gestohlen und hast zuerst Čapek beseitigt und jetzt Presl, weil beide davon wußten. Ich bin der letzte Zeuge. Ich kann dich vernichten. Ich werde es auch tun.«

Ich setzte mich auf den Tisch, schlug die Beine über Kreuz und begann mich, wie ich es stets in Romanen gelesen hatte, zu pudern, als wäre ich Mata Haris Roboterin.

»Du weißt sehr gut, daß das nicht stimmt. Čapek ist an Altersschwäche gestorben. Ich habe bereits den Obduktionsbefund bekommen. Und Presl durch einen Zufall. Er war schrecklich aufgeregt, das hast du selbst gesehen. In so einem Zustand kann einem alles Erdenkliche zustoßen. Wir hätten doch einen Arzt zu ihm kommen lassen sollen. Diese phantastischen Vorstellungen! Jetzt werden sie erst verständlich, begreifst du? Er war ganz bestimmt schon vorher krank, irgendein Delirium, ein Fieber, das wie Typhus seine Sinne benebelte. Sein Tod erklärt alles. Karl allein hätte ihn retten können. Er hätte in eine Anstalt gehört. Ich habe ihn nicht getötet. Glaubst du, daß das so einfach wäre, als verlöschte man eine Kerze? Der Mensch setzt sich mit allen seinen Muskeln, allen Organen, mit seiner ganzen Persönlichkeit gegen den Tod zur Wehr. Töten ist nicht so einfach wie verdächtigen. Unser Gehirn arbeitet, indem es die Dinge vereinfacht, das ist die Methode unseres Erkennens. Aber stimmen muß das Erkannte noch lange nicht. Wenn ich also unvermutet eine Methode entdeckt habe, ein Protozoon zu konstruieren, so heißt das noch lange nicht, daß ich es auch zu töten weiß. Wie Flemming keinen Kokkus schaffen konnte, obwohl er das Penicillin erfunden hat. Das wäre ja absurd. Genauso absurd wie die Idee mit dem Roboter. Sie paßt aber ganz genau zu seiner Verfassung kurz vor dem Tod, zur Agonie.«

»Vielleicht ist das absurd, aber es geschah schon zum zweiten Male. Ich will es auf keinen weiteren Unsinn ankommen lassen. Der Tod der beiden kam dir doch gelegen...«

Er begann sich aufzuregen.

»Schau mir wenigstens in die Augen. Was bezweckst du damit? Warum bist du hier? Ich weiß, daß du dir im stillen wie auf einem Maskenball vorkommst, in dieser Verkleidung, ich kenne dich doch. Du bist immer noch meine Frau. Du kannst mit mir nicht wie mit einem Verbrecher umgeben, als wärst du der Henker. Noch habe ich kein Verbrechen begangen, und ich könnte von dir erwarten, daß du mit mir solidarisch bist, daß du mir hilfst, selbst wenn ich etwas Unrechtes begangen hätte.«

»Ich muß mich zur Wehr setzen. Heute früh hast du gesagt, daß du mich vernichten wirst. Auch Presl hast du gedroht. Und jetzt ist er tot.« Er wurde ernst.

»Was willst du? Was willst du mir noch alles antun? Soll ich auch vor dir diese absurde Komödie vom Roboter spielen? Gut, ich werde bekanntgeben, daß es Presls Entdeckung gewesen ist. In einer Weile beginnt die Pressekonferenz.«

»Du hättest das schon während der Sitzung beim Minister bekanntgeben können. Du hättest sie alle zu Presl schicken müssen, als sie dich heute nachmittag mit ihren Limousinen holen kamen...« Ich klappte die Puderdose zu. Er stand geknickt vor mir. Fast menschlich. »Unsere ganze Zeit ist absurd, genau wie du, Ratio. Schon, daß der Mensch hundert Kilometer in der Stunde zurücklegt und dabei nicht einmal ein bißchen zu schwitzen beginnt, schon das ist absurd. Weil Bewegung eine Anstrengung für den menschlichen Organismus bedeuten soll. Schon die Tatsache, daß ich einen Schalter herumdrehe und plötzlich wird Licht, ist im Grunde absurd, weil das Licht mit der Finsternis kämpfen muß. Welchen Preis zahlen wir für diese Absurditäten? Unsere Sinne sind doch nach wie vor auf langsame, anstrengende, den Schweiß aus den Poren treibende Bewegung, auf Kampf eingestellt.«

Ich sprang vom Tisch herunter.

»Willst du dich also von mir trennen?« Es klang hoffnungsvoll.

Konnte er wirklich so naiv sein? Dachte er, ich hätte keine Augen im Kopf?

»Nein. Ich will meinen Anteil an deiner Karriere...« Das mochte wohl auch Presl gewollt haben. Diesen Eindruck hatte ich damals gehabt, als ich Tee kochte; daß er gekommen war, weil er sich von meinem Mann zurückgesetzt fühlte. Genau wie ich. Ratio jubelte.

»Aber das habe ich dir doch unser ganzes Leben lang vorgeschlagen. Am Anfang wollten wir doch so leben. Du wirst mit mir arbeiten. Die Wissenschaft ist eine großartige Sache. Sich in der Welt und in der Realität orientieren, das ist ein Abenteuer, das uns die anstrengende Bewegung und den Kampf, von dem du sprichst, voll und ganz ersetzen kann. Früher schlug der Mensch Funken aus Kieselsteinen, wenn es finster wurde, heute findet er sich mit dem Radar zurecht. Eigentlich ist es immer das gleiche, es ist der uralte Trieb, sich zu orientieren, zu jagen, die Natur zu bezwingen.«

»Heute schlagen wir Funken aus Neutronenbomben.«

Seine Miene verdüsterte sich.

»Also, was willst du eigentlich?«

»Meine Karriere will ich. Jetzt wirst du Zeit dafür haben. Du wirst deine Arbeit einschränken. Du gehst nicht ins Ausland. Du wirst dich von Jana trennen. Du nimmst Hans wieder zu dir. Und ich beginne wieder zu spielen...« Er schöpfte tief Luft. Oder atmete er auf? Hörte er auf, sich zu fürchten? »Ich glaube, man wird dich wohl kaum auf diesen Posten berufen, wenn du in einer Weile bekanntgibst, daß es in Wirklichkeit Presls Entdeckung war...« Vielleicht war er doch ein Mensch. Er sah mich lächelnd an. »Ich bin dir dankbar. Weißt du, in den letzten Tagen habe ich so seltsame Augenblicke erlebt. So wird es wohl tatsächlich das beste sein. Ich füge mich dir. Der Familie. Ein anderes Leben könnte es für mich gar nicht geben. Das habe ich heute nachmittag erkannt. Als ich ein Weilchen glücklich war. Als Außenseiter...«

»Wo?«

Er tat, als verstünde er nicht.

»Wo? Wie meinst du das?«

»Wo waren wir heute nachmittag?« Das war eine Tatsache, die der richtige Ratio bis jetzt seinem Roboter noch nicht mitgeteilt haben konnte. Ich prüfte ihn über den Spaziergang am Kai. Und über die Husgasse. Er fiel total durch. Die biologische Kartothek war leer.

»Ich erinnere mich nicht.« Entweder hatte er also wirklich während des ganzen Spaziergangs an etwas anderes gedacht, oder ich sprach jetzt nicht mit Ratio, sondern mit seiner Maschine. Er begriff genau, daß ich ihn überlistet hatte. »Es war ein seltsamer Nachmittag. Zwar war ich glücklich, aber ich hatte so viele Sorgen, mein Kopf... Du mußt wissen, daß ich diesen Jungen ebenfalls gern hatte. Es war doch nie meine Absicht, mich mit meinen allernächsten Mitarbeitern zu verfeinden. Und mit meiner eigenen Frau. Das wird jetzt aufhören. Du wirst sehen...« Und er führte mich in den Sitzungssaal zurück.

Vorsichtig folgte ich ihm. Das alles konnte ja nur Verstellung sein, wie er sich am Nachmittag verstellt haben konnte, vielleicht wollte er lediglich Zeit gewinnen und grübelte, kombinierte und berechnete bereits in seinem künstlichen Gehirn, wie er mich beseitigen sollte, wie er sich des letzten Hindernisses auf seinem Weg zum absoluten Erfolg entledigen könnte, falls er wirklich der Roboter war. War er hingegen der richtige Ratio, meinte er das alles wirklich ehrlich, was er versprach, dann war Presls Vorgehen tatsächlich verrückt, dann war seine Annahme unsinnig und sein Tod überflüssig gewesen. Er hätte doch am Morgen kommen und, genau wie ich es jetzt getan hatte, sagen können: Geben Sie allen bekannt, was Sie gemacht haben! Oder er hätte sich zumindest zufriedengeben können, als Ratio dann am Nachmittag kapitulierte. Was sonst konnte er von ihm verlangen? Was noch?

Man umringte mich, ich stand unter einer Palme, die man vor wenigen Stunden hierhergebracht haben mußte. Ich hatte nie gehört, daß das Institut einen Gärtner beschäftigte, man hatte hier nichts für Blumen übrig, es sei denn, man wollte sie künstlich herstellen. Ich mußte in einem Sessel Platz nehmen, man fotografierte mich von allen Seiten. Ratio stand lächelnd neben mir, plötzlich war ich eine richtige Sensation, die Journalisten verstopften bereits den Eingang, sie wollten wissen, wie ich koche, was ich koche, wie glücklich ich in der Ehe bin und was mein Mann am liebsten ißt und was er am Tag seiner Entdeckung gegessen hatte. Es waren größtenteils Franzosen, die zufällig auf der Durchreise in Prag weilten, denn sonst kommen nicht viele westliche Journalisten zu uns, Prag ist für sie ein viel zu ruhiges Pflaster.

Ich nahm an der Bar einen Aperitif und behielt den Raum im Auge. Ratio hatte man inzwischen auf ein improvisiertes Rednerpult geschleppt, gerade wurde die Kamera herangefahren. Hier und da beantwortete ich höflich eine Frage. Die Ausländer erkundigen sich meistens nach Rudolf dem Zweiten, sie wollen wissen, wo Tycho de Brahe gewohnt hat und ob der Hradschin jenes Schloß ist, von dem Kafka schreibt. Es ist es nicht, mit Verlaub. Dann fragte einer nach dem Golem.

»Wirklich«, sagte ich verblüfft. »Es ist sonderbar, daß in unserer Stadt, in der, wie die alte Sage erzählt, Rabbi Loew den Golem gemacht hat, Čapek den Roboter erdachte und mein Mann seine künstliche Amöbe schuf.«

»Genius loci...«, riefen sie. »Ihr Mann ist also eigentlich ein neuer Zaubermeister...« Ich entzog mich ihnen und gesellte mich zu einem Häuflein Wissenschaftler. Sie umstanden das Podium alle höflich und steif, in der Hand das Aperitifglas, mehr zum Spielen als zum Trinken. Sie unterhielten sich.

»Nach Hermann Kahn könnte man für schätzungsweise fünfzig Billionen Dollar eine Bombe herstellen, die den ganzen Erdball zertrümmert. Schon heute. In den sechziger Jahren...!« sagte einer, dessen Schädel wie ein großes Ei mit Brille aussah.

»Jetzt wird man allerdings über ganz andere Waffen verfügen...«, lächelte der zweite und sah zu, wie mein Mann auf dem Podium fotografiert wurde. Natürlich! Daran hätte ich nicht gedacht. Mit diesem Zeug da konnte man ja auch töten. Man konnte nicht nur Čapek und Presl beseitigen, sondern auch ganze Nationen. »Und viel sicherer als mit nuklearen Waffen, die die Atmosphäre verpesten. Sogar sicherer als mit Tabun oder Sarin...« Ich wußte nicht, was das war, Tabun und Sarin, aber die Worte allein klangen schrecklich. Plötzlich vermochte ich nicht einmal mehr zu atmen. Dieser Aspekt der Sache war mir nicht einmal in den Sinn gekommen: daß mein Mann auch der Urheber einer tödlichen Waffe war, die das Leben bedeutend billiger vertilgen konnte als jene letzte Bombe, über die die Herren hier gerade plauderten. Ja, jetzt verstand ich endlich, weshalb Presl immer wieder von der Gemeinschaft aller Wissenschaftler gesprochen hatte, vom rationalen Zusammenschluß in der Wissenschaft. Wenn sie eine solche Waffe in ihrer Gewalt hatten, mußten sie Heilige sein. Das war wirklich die einzig mögliche Forderung. Nichts Absurdes, wie mir vorgekommen war. Die Entwicklung der Wissenschaft stellt wohl derart hohe Anforderungen, die Macht, die die Wissenschaftler haben, ist so ungeheuer, daß wir ihnen nichts nachsehen dürfen, keine Verfehlung, nicht einmal die allerkleinste, weil das das Ende der Welt bedeuten könnte. Ich sagte mir, daß sie nicht in ihren Flanellanzügen herumstolzieren sollten, sondern in schwarzen Talaren, es kam mir so widersinnig vor, daß sie junge Frauen hatten, die auf Modejournale erpicht waren und auf Jelineks Sliwowitz. Konnte man Menschen, die die Zukunft in ihren Händen hatten und deren Fehltritt, auch ein einziger, uns alle das Leben kosten würde, solchen Luxus gewähren?

»Zunächst möchte ich bemerken«, begann Ratio souverän seine Pressekonferenz, »daß meine Entdeckung eigentlich nicht nur meine ist. Ihr wirklicher Urheber ist Kollege Presl, der gerade heute auf tragische Weise ums Leben gekommen ist. Und alle meine Mitarbeiter...« Man begann zu klatschen. Ja. Ich hatte erwartet, daß man ihn davonjagen würde, daß man ihn auspfeifen oder die Möbel in Stücke schlagen würde. Man applaudierte seiner Großzügigkeit. Seiner Bescheidenheit. Jetzt stand er noch viel großartiger da. Das Geständnis hatte ihn nichts gekostet. Ich erkannte, weshalb Presl nicht auf direktem Weg sein Ziel zu erreichen versucht hatte. Warum das hier nicht genügte. Weshalb Ratio nicht so billig davonkommen durfte...

Wenn es ihm einzig und allein um seinen Erfolg ging, wenn er sich nur ein einziges Mal verlocken ließ, konnte er die ganze Menschheit verderben, wie er heute Presl bestohlen oder zumindest übergangen hatte. Wenn er die absolute Macht besaß, mußte er absolut vollkommen sein, sonst war alles verloren. Es war phantastisch, absurd, unsinnig, aber es war nun einmal so, das war die Situation, in der wir existierten. In der Situation Hiroshimas, des Sarins, des Tabuns, der Botulotoxine und Ratios Entdeckungen. Ich eilte zum Minister, der vor dem Universitätsgebäude mit einigen Angestellten plauderte. Er begriff überhaupt nicht, was ich von ihm wollte. Vielleicht dachte er, ich wäre betrunken, denn ich redete viel zu schnell.

»Ich habe bereits mit Ihrem Mann gesprochen. Ich glaube, daß es eine vernünftige Entscheidung ist. Er bleibt zu Hause. Und wenn man das internationale Institut hierher verlegen will, werden wir nichts dagegen einzuwenden haben. Schließlich haben wir jetzt den besten Biologen der Welt...« Also hatte er auch diese Sache geschaukelt! Warum nicht? Es war ja ganz bequem. Und es würde ihm am Ende sogar schmeicheln, daß diese ganze Institution zu ihm übersiedeln mußte, der Berg zu Mohammed.

»Aber er ist gar kein Prophet. Er ist ein Roboter«, hörte ich mich sagen. »Er ist der Roboter, der den wirklichen Ratio überwunden hat. Diesen müssen wir befreien.«

Sie sahen mich so sonderbar an. Wie ich am Anfang Presl angesehen hatte. Wie mein Mann mich, als er Presl reden hörte. Vielleicht steckte man auch mich in eine Anstalt. Allerdings hatte ich ein Plus. Ich roch nach Alkohol. Ich lachte auf und ging ein wenig unsicher zurück. Vielleicht beruhigte sie das. Wie Betrunkene auf ihre Mitmenschen überhaupt beruhigend wirken, wir haben Nachsicht mit ihnen und lächeln, wenn wir sie sehen, wie sie ihrer unerträglichen inneren Not durch Lallen und Träume Luft machen. Hat man jemals erforscht, wie es mit unserer Zivilisation stünde, wenn die Menschheit von allem Anfang an keine Drogen genommen und sich auf diese Weise kein künstliches Glück geschaffen hätte? Ich wollte Olsen oder Johanna finden. Sie mußte ich warnen, weil alle Mitarbeiter des Roboters bei der Konferenz waren und ich nicht stören durfte, dort hätte man mich erst richtig ausgelacht.

Aber Jana und Olsen waren verschwunden. Sie waren zusammen verschwunden. Ich entdeckte sie im Sekretariat im ersten Stock. Olsen wischte sich den Lippenstift von der Wange. Auf dem Ärmel seines grauen Sakkos war noch ein roter Strich zu sehen. Ich sprach kein Wort zu ihm. Jana fuhr entsetzt auf.

»Frau Ratio...«

»Ich will die Schlüssel. Die Schlüssel! Des ganzen Instituts. Aller Arbeitssäle...«

Glaubte ich wirklich, daß ich Ratio irgendwo finden würde? Oder hoffte ich, er würde mir nacheilen, man würde ihn zu mir schicken, wir würden ein letztes Mal miteinander sprechen, und ich könnte endlich erfahren, wer recht gehabt hatte? Ich schloß alle Räume auf, zum ersten Mal sah ich, wo mein Mann gearbeitet hatte, zum ersten Mal lernte ich das ganze Institut wirklich kennen. Ich suchte den richtigen Ratio. Den Menschen, der mich damals nach dem Konzert aufgesucht hatte, den Geliebten, mit dem ich ein Kind hatte, den Enthusiasten, der von der Zukunft der Menschheit gesprochen hatte, von der Zeit, da wir in kollektiven Gruppen zusammenarbeiten und nur Erkenntnis und das Wohl aller suchen würden. Den Träumer, den ich einst geliebt hatte.

Er holte mich erst im vierten Stock ein. In seinem eigenen Arbeitszimmer.

»Was soll das denn bedeuten? Willst du alle die Jahre wettmachen, in denen du nicht zu mir gekommen bist?« fragte er lächelnd. Er sah menschlich aus. Ich umarmte ihn: »Ratio, jetzt liebe ich dich wieder. Ich bin so glücklich, daß ich dich gefunden habe!« Ich wiederholte die Szene, die Presl heute morgen gespielt hatte, ich wollte, daß er Mensch sei, nur ein Küchenmesser konnte ich ihm nicht in die Hand drücken. »Ich werde dich vor allen Robotern der Welt schützen. Du mußt dich mit den Menschen verbünden, du mußt siegen...« – Langsam wich er vor mir zurück.

»Bist du nicht doch krank? Ich hoffe, daß Presls Leiden nicht ansteckend gewesen ist. Du hast doch vor einer Weile ganz vernünftig gesprochen. Ich habe alles vereinbart. Ich habe deine Bedingungen angenommen. Ich habe Presls Autorenschaft bekanntgegeben. Was willst du also noch?«

Ja, was konnte ich denn noch wollen? Er stand nervös vor mir und putzte seine Brille, und es hätte mich nicht überrascht, wenn er plötzlich sein Auge herausgenommen und es genauso emsig zu wischen begonnen hätte, so sehr war ich plötzlich überzeugt, daß er ein Roboter war.

»Du kannst jede Situation meistern, immer, du gelangst stets in den Besitz der Macht, selbstverständlich. Du wirst alles schaffen, als Vorsitzender der obersten Institution, der Ministerkommission und des Forscherteams, du wirst ein vorbildlicher Gatte und Vater sein, was noch? Alles, was man sich für dich einfallen lassen wird. Wie jede Maschine. Du bist kein Mensch. Ich will es allen sagen...«

Ich wußte, daß mir niemand Gehör schenken würde. Ich wußte es genauso bestimmt, wie es Presl gewußt hatte, als er unsere Wohnung verließ. Er hatte gewußt, daß man ihn bei der Polizei auslachen würde.

»Aber was willst du von mir? Was wollt ihr alle von mir?« fragte er nun wieder in seinem verbindlichen Ton. »Wenn das keine Geisteskrankheit ist, wenn du das alles wirklich ernst meinst, mußt du doch irgendeinen Grund haben, einen Beweis, ich bin bereit, dir alles zu erklären...« Er sah mich besorgt an.

»Du wirst aufhören. Du wirst mit deiner Wissenschaft Schluß machen. Du wirst auf deine Macht verzichten. Auf deinen Erfolg. Nur so kannst du wieder Mensch werden. Ein Durchschnittsmensch wie jeder andere. Du darfst die Welt durch deine Erfindung nicht gefährden!«

»Du Närrin du!« schrie er und war nahe daran, mich zu schlagen. Ich mußte mich an der Tischkante festhalten. Wir befanden uns in seinem Arbeitsraum. Unter den seltsamen Apparaten, Aggregaten, Meßinstrumenten und mathematischen Hilfsgeräten. Der Raum war heiß. Wie der Tod im Orient. »Wo wärst du heute, hätte ich dich nicht geheiratet? Glaubst du denn, ich wußte nicht, was man sich über dein Talent erzählte? Niemand hat geglaubt, daß du es zu etwas bringen wirst. Du hättest als Lehrerin für kleine Kinder geendet. Hinter einem verstimmten Klavier irgendwo in der Vorstadt. Du verfolgst mich nur aus Eifersucht. Nur deshalb hast du dich meinen Feinden angeschlossen. Du willst mich vernichten, weil du mir meinen Erfolg nicht gönnst und weil du mir nicht verzeihen kannst, daß sich dieses Mädchen in mich verliebt hat; während sich nach dir kein Hund mehr umdreht. Geh nur, geh, erzähl, was du willst, wenn du glaubst, daß jemand deinem wirren Gerede Glauben schenken wird. Du wirst enden wie Presl, du wirst sein wie er...« Seine Stimme brach. Bei den letzten Worten weinte er fast. Als hätte er Mitleid mit sich selbst. Als wäre er wirklich ein Mensch. Denn ich bezweifle, daß es einem Erfinder jemals gelingen wird, einen Roboter herzustellen, der weinen kann. Das würde wohl auch keinem einfallen. Es wäre ja gar nicht zweckmäßig.

»Aber das will ich doch gerade«, antwortete ich, und er verstummte.

»Nun begreife ich Presls Hypothese. Ich will enden wie er. Diese zufriedenen Menschen dort unten, die den neuen Triumph des menschlichen Geistes feiern, würden mir nicht einmal zuhören. Du selbst wirst dich nicht ändern, was immer du sonst noch eingestehst. Und doch hast du deinem eigenen Erfolg zuliebe diesen Diebstahl begangen. Du hast eine ungeheure Macht in den Händen. Was wirst du morgen anstellen? Wenn man kommt und eine Waffe von dir verlangt? Wenn du erkennst, was für eine Macht du tatsächlich in den Händen hast? Du mußt fort. Du mußt die Wissenschaft aufgeben. Und da du das freiwillig nie tun wirst, müssen wir diesen ahnungslosen Menschen unten die Augen öffnen. Sie werden erwachen, wenn man dich dreier Morde bezichtigt...« Ich öffnete das Fenster. Die Stadt lag tief unter mir. Sie begann ihre Fenster zu erleuchten, hinter denen ahnungslose Menschen lebten. Jetzt begriff ich, weshalb sich Presl geopfert hatte. Jetzt sah ich, daß er der einzige Logiker in dieser Geschichte gewesen war, der einzige, der die Kraft besessen hatte, unsere Geschichte ganz zu Ende zu denken, denn er war mit seiner ganzen Begeisterung an sie herangegangen, mit seiner Jugend und seiner Angst um die Zukunft der Menschheit. Was unterscheidet uns denn vor allem von den Maschinen und den Tieren? Daß wir alles für unsere Nächsten zu opfern fähig sind, sogar unser eigenes Leben. Und keine Gesetzesgewalt muß uns dazu zwingen. Es braucht uns nicht zu nützen. Von den Tieren, so heißt es, wären nur die Menschenaffen solchen Handelns fähig, wir sind ihnen also auch im Altruismus verwandt... Er riß mich vom Fenster fort. Er klappte irgendeine Lade zu. Plötzlich befanden wir uns in einer weißen Zelle, in die kein Lichtstrahl von außen drang. Vielleicht diente diese Vorrichtung seinen Versuchen, vielleicht hielt er hier den richtigen Ratio gefangen, ich wußte es nicht. Wieder hob er geduldig zu sprechen an, und in seinen Augen stand nun Verzweiflung: »Das weiß ich sehr gut. Ich verhehle es mir nicht. Immer sage ich es den Studenten. Wie wichtig die Ethik in der Wissenschaft ist. Und als ich mir heute bewußt wurde, daß ich eigentlich zur ganzen Welt spreche, daß wir tatsächlich an der Schwelle des Geheimnisses stehen, das früher den Göttern gehörte... Oft habe ich mir solche Versuche vorzustellen versucht«, fügte er ohne Übergang hinzu. Plötzlich sprach er geduldig und resigniert, er war nun der Ratio vom gestrigen Spaziergang. »Ich sagte mir, daß es eigentlich möglich sein müßte, mit Hilfe einer Art Elektrolyse, populär ausgedrückt, künstliche Menschen nach ihren lebendigen Vorbildern zu schaffen. Wie

Grammophonplatten. Aus künstlicher lebender Materie«, lachte er leise. »Was, wenn ich so etwas tatsächlich gemacht hätte? Mit mir selbst? Nach mir! Vielleicht einmal während zwei Arbeiten, im Halbschlaf. Ich weilte doch ganze lange Nächte hier...« Er führte mich zu einer großen Vitrine. Etwas blubberte dort, wie wenn man Kartoffeln kocht. War das am Ende der Brutkasten des künstlichen Protozoon? Weshalb führte er mich sonst her? Wollte er gestehen? War das nun endlich die wahre Wirklichkeit und nicht nur eine Metapher?

Besaß er seinen Roboter? – Weiß denn der Mondsüchtige, was er in der Nacht getrieben hat? Karl hatte mir einmal von Patienten erzählt, die lange Wanderungen unternahmen, ohne davon zu wissen. Sie trafen Entscheidungen, sie redeten, sie stellten sich mit ihren Namen vor, und niemand merkte ihnen etwas an.

»Aber wo ist dein Roboter? Oder dein Vorbild? Ihr müßt doch zwei sein...« Erst als ich es aussprach, empfand ich, wie unsinnig das war. Er lachte auf.

»Das ist doch Unsinn. Es fiel mir nur ein, als Olsen vom militärischen Aspekt der ganzen Sache zu sprechen begann...« Er nannte es den militärischen Aspekt. Die hingemordeten Menschen, auf geheimnisvolle Weise vernichtet, ohne daß ein Schuldiger festzustellen wäre, da man Krankheit und Waffe kaum mehr unterscheiden könnte, das war für ihn ein militärischer Aspekt. »Plötzlich vernahm ich eine ganz andere Stimme. Als spräche jemand an meiner Statt. Ich wollte nicht sagen, was ich da sagte. Das widerfuhr mir einige Male. Es ist so schwer, es zu beherrschen, wenn es über einen kommt...«

»Was? Sich selbst? Oder seinen Roboter?«

»Beide...« Wieder atmete er auf. Nun verstand ich. Das war ja wieder ein Angriff. Genau wie damals, als er Presl diese Komödie vorspielte. Als er ihn beschwichtigte und wartete, daß ich Karl holen würde. Diesmal sollte er damit kein Glück haben.

»Du kannst ihn leicht vernichten.«

»Du kennst die fundamentalen Befehle nicht!«

»Und ob! Du hast sie doch Presl sehr gut erklärt. Er soll dir bis in den Tod dienen. Er kann dich nicht überleben. Wenn sich ein alter Schimpanse für seine Herde opfern kann, verstehe ich nicht, weshalb das einem Anwärter auf den Nobelpreis so schwerfallen sollte...«

»Willst du mich töten?«

»Ich will dich retten.«

Er taumelte aus dem Raum. Er schloß hinter sich die Tür zu. Er hatte kein Wort mehr gesagt. Dieser Heuchler. Ich wußte, wohin er nun ging. Aus dem Nebenzimmer würde er sofort Karl anrufen. Er wollte mich aus dem Weg räumen, weil ich Presls Wahrheit begriffen hatte. Aber ich konnte ihm zuvorkommen. Ich blickte mich in der weißen Zelle um. Was für Apparate gab es hier? Welcher von ihnen eignete sich als Waffe. Ich begann um Hilfe zu rufen, als stünde ich vor meinem Hinrichtungskommando. Ich fiel über die Apparate her. Ich schleuderte sie auf den Fußboden, sie knirschten unter meinen Sohlen, ich begann zu bluten, aber ich war noch immer am Leben. Ich rannte gegen die geschlossene Fensterlade, ich wollte Presls Plan vollenden, ich schlug mit dem Kopf gegen sie, ich begann zu schluchzen, sank in die Knie und verlor das Bewußtsein.

Ich erwachte im Sitzungssaal. Die Beratung war zu Ende. Der Minister war noch anwesend, die Olsens, Jana und einige Mitarbeiter Ratios.

»Wo ist er?« Ich sah Ratio nicht. »Wo ist er?« Sie blickten mich verlegen an.

»Er kam ins Sekretariat gestürzt«, schluchzte Jana. Wahrscheinlich hatte er sie in flagranti ertappt. »Er schrie, er hätte ihn gesehen. Wen, das sagte er nicht. Er hätte ihn gesehen, wiederholte er immer wieder. Er wolle ihn vernichten. Und dann rannte er wieder hinaus.«

»Es ist wohl zuviel für ihn gewesen«, sagte Olsen. »So ein Erfolg!«

»Und die militärischen Aspekte...«, sagte ich ganz nüchtern. Ich richtete mich auf. »Was habt ihr mit ihm gemacht? Wo ist er?«

»Nehmen Sie mein Beileid entgegen. Es ist für die ganze Nation ein Verlust«, sagte der Minister. »Sie sind eine tapfere Frau.«

»Es ist besser, Sie sehen sich ihn gar nicht an«, riet mir Olsen.

»Er sprang fast vom Dachboden des Gebäudes auf die Straße.«

»Und den Roboter habt ihr nicht gefunden?« Sie dachten, ich hätte vor Schmerz den Verstand verloren. Sie sahen mich voll Anteilnahme an. »Wir müssen seinen Roboter finden. Er ist irgendwo im Institut versteckt.« Ich eilte davon und begann die Räume zu durchsuchen. Nun erst folgten sie mir. Sie hatten Angst um mich.

Aber niemand fand etwas. Am Ende hatte er überhaupt keinen Roboter gehabt. Vielleicht war es wirklich nur Presls Metapher gewesen. Eine genial zutreffende Metapher. Oder hatte sich seine Maschine in Nichts aufgelöst. Vielleicht hatte sie ihre Überreste selbst weggeräumt, so vollkommen war sie gewesen.

Nachwort

Erst etwa einen Monat später, als ich diese Aufzeichnung bereits niedergeschrieben hatte, kam ich abermals in das Institut. Ich wollte Jana besuchen, da ich Einzelheiten über die letzten Augenblicke meines Mannes zu erfahren hoffte. Im Sekretariat teilte man mir jedoch mit, daß sie Olsen geheiratet hatte und jetzt mit ihm in Narvik lebte. Dort wird sie wohl nicht oft baden gehen können. Als ich jedoch den Raum verließ, erblickte ich mich plötzlich selbst im Vorraum: ich stand mir selbst gegenüber. Ein großer Spiegel befand sich hier. Ich begriff, daß Ratio damals in seiner Erregung nur sich selbst gesehen hatte, daß er in seinen letzten Augenblicken mit sich selbst gerungen hatte und daß er also selbst ein Roboter gewesen war. Ich erschrak ein wenig. Als würde ich plötzlich in meinem eigenen Antlitz gewisse verwandte Züge entdecken. Kein Wunder. Ich bin ein Mensch wie jeder andere, und täglich komme ich mit praktischen Maschinen in Berührung. Und ich lebe mitten unter den anderen Menschen und nicht in der Wüste, in die Presl fliehen wollte, der eigentlich als erster die Gefährlichkeit unserer eigenen Roboter enthüllt hatte. Und deshalb verdient er doch, berühmt zu werden.

Denn seine künstliche Amöbe hat keinen Ruhm geerntet. Schon am Tag nach seinem Tod kam die Kunde, daß sein vielgefeiertes Protozoon eingegangen sei. Und daß man es durch keine der beschriebenen Methoden wieder zum Leben erwecken könne. Es erübrigte sich also zu erklären, wer der wirkliche Erfinder gewesen war. Und überdies entdeckten nun Camerou und Pristley grobe sachliche Fehler im Referat meines Mannes, und in ihrer Publikation bezeichneten sie sein Protozoon einfach als komplizierteres Modell eines lebenden Organismus, wie es seinerzeit Bütschlis berühmte Amöbe gewesen ist, die ich schon eingangs erwähnt habe. Die gleiche Ansicht vertritt Kuzmin. Dennoch sind alle der Meinung, daß wir knapp vor der Lösung des Problems stehen. Ich weiß es nicht. Es bleibt nichts übrig als abzuwarten, womit uns die Biologie in den kommenden Jahren überraschen wird. Die Biologie und die Biologen.

Wie Kapitän Nemo starb

Der Planet Circe

Alles war schon vorbereitet, die Motoren waren auf die nötige Temperatur gebracht, die mechanische Überprüfung hatte ergeben, daß alles in Ordnung war, die ballistischen Berechnungen lagen vor mir. Der Kurs war festgelegt, die kybernetischen Kontrollautomaten funktionierten. Die Besatzung meldete sich von den einzelnen Posten. Die Lampen auf meinem Schaltbrett leuchteten auf, die Rakete begann leise zu beben, wie stets knapp vor dem Start. Es galt nur noch, den kleinen Starthebel in der Mitte des Schaltbretts niederzudrücken.

Ich vermochte ihn nicht zu berühren. Es war mir, als fehlte mir die Kraft dazu. Als wäre meine Hand im Raumanzug plötzlich erlahmt, als hätte mit einem Male das Gravitationsausgleichgerät zu funktionieren aufgehört. Ich beobachtete nicht das Schaltbrett, ich hörte nicht die Meldungen meiner Besatzung, ich beobachtete statt dessen mit dem Periskop die Umgebung der Rakete, ich schaute hinaus, obwohl das beim Start ausdrücklich verboten war, obwohl sich das nicht einmal ein Rekrut erlauben dürfte.

Ich glaubte daran, daß sie kommen würde. Klea versah bereits einige Jahre ihren Dienst unter mir. Keine einzige Reise hatte sie ausgelassen. Sie war die Mathematikerin meiner Expedition. Es war mir eigentlich nie bewußt geworden, daß ich sie liebte. Bis jetzt, bis zu diesem Augenblick, da ich mich nicht entschließen konnte zu starten, oder besser gesagt, bis zu dem Augenblick, da wir auf diesem Planeten gelandet waren. Sie mußte doch zurückkehren. Ganz bestimmt.

Aber die Spiegel des Periskops zeigten nur Schlägereien, Blut und Verheerung. Wie ein kostspieliges Cinerama über das Ende einer Zivilisation. Wir selbst hatten sie vernichtet.

Vor einigen Tagen waren wir auf diesem Planeten im Haar der Berenike gelandet, weil es schien, daß wir hier eine Gemeinschaft von intelligenten Lebewesen finden würden. Alle bisherigen Nachrichten sprachen dafür. Auf der Erde und auf den übrigen bewohnten Planeten schrieb man schon seit einigen Generationen über unsere Reise zum Haar der Berenike, man stellte Vermutungen an, wie die hiesigen Einwohner wohl aussahen, ob sie uns da freundlich empfangen würden wie die übrigen Geschöpfe, auf die wir im All gestoßen waren, und ob sie sich mit uns verbünden würden. Im Kosmos gibt es nämlich nicht viel Leben, und das stärkste Gefühl, das so eine neuentdeckte Gesellschaft stets hat, ist die Freude, nicht allein dazustehen, wie sie bis dahin befürchtet hatte. Die Freude, sich nicht fürchten zu müssen. Die hiesigen Bewohner hatten allerdings keine Freude bekundet. Sie glichen uns fast aufs Haar; sie waren nur viel besser und mannigfaltiger ausgestattet. Das erkannten wir gleich nach unserer Landung. Unsere Aufgaben waren bereits auf der Erde genau festgelegt worden, jeder von uns war hier im Grunde ein Repräsentant seines wissenschaftlichen Kollektivs, der Vertreter eines ganzen Fachgebietes. Die Arbeitsbedingungen waren gut, das Klima glich annähernd dem auf der Erde, und wir hatten mehr als die Hälfte der vorgeschriebenen Erkundungen bereits nach den ersten vierundzwanzig Stunden, was hier etwa dem Drittel eines Tages entsprach, unter Dach und Fach gebracht. Es waren vor allem Proben der Atmosphäre, der Mineralien, der Flüssigkeiten sowie Bilder der Flora, der Fauna und der Bewohner. Filme, die alle Einzelheiten festhielten, sowie das für Experimente nötige Material. Allerdings fehlte auch nur die kleinste Aufzeichnung über direkte Kontakte. Die Bewohner des Planeten verhielten sich uns gegenüber weder entgegenkommend noch feindselig, sie zeigten weder Freude noch Haß, sie fuhren in ihren seltsamen und verschiedenartigen Verkehrsmitteln an uns vorbei, sie flogen über unseren Köpfen herum, sie saßen auf den Terrassen ihrer Häuser und kümmerten sich nicht um uns.

Wir versuchten, mit ihnen mittels unseres Verständigungsautomaten ins Gespräch zu kommen, doch sie reagierten auf nichts, obwohl es doch vollkommene Geräte sind, die noch bei keiner Landung versagt haben und die auf der Erde sogar Ameisen oder Delphinen unsere Gedanken signalisieren können, Geschöpfen also, deren Gemeinschaften alles andere denn zivilisiert sind. Unser Mechaniker erklärte, er bürge dafür, daß das Gerät in Ordnung sei, es gäbe nur einfach nichts aufzuzeichnen, weil die hiesigen Bewohner keine Sprache hätten. Wenn sie aber keine Sprache hatten, wie hatten sie dann denken gelernt? Und alle Gegenstände um uns konnten doch nur von Wesen geschaffen worden sein, die des abstrakten Denkens fähig waren. Wir versuchten es mit Tauschhandel, doch welchen Gegenstand wir ihnen auch vorlegten, immer tauchte neben ihm sogleich seine Nachahmung heimischen Ursprungs auf, und die Imitationen schienen uns viel geschmackvoller als das Original zu sein. So wuchsen vor uns Raketenmonozellen aus dem Boden, Fernsehtruhen und Diktaphone, Anzüge, ja sogar die allerneuesten Chronometer. Wir hatten in unserer Rakete auch etliche Kunstgegenstände von der Erde mitgebracht. Auf diese reagierten die geheimen unterirdischen Rohrleitungen nicht. Ein Abguß der Nike von Samothrake blieb in der Flut der Imitationen einmalig wie das Original. Doch die Statue interessierte die Bewohner des Planeten anscheinend keinen Deut mehr als unsere Waren. Wie es schien, besaßen sie alles, und von Kunst verstanden sie offenbar nichts. Das war nun doch eine wichtige Entdeckung. Doch was nützte sie uns? Eine ganze Generation von Menschen hatte doch diese Expedition nicht nur wegen einer derart nichtssagenden Entdeckung vorbereitet. Man darf nicht vergessen, daß in allen wichtigen Industriezweigen mehr gearbeitet werden mußte, daß Tausende Menschen auf ihre Forschungsarbeiten und Pläne verzichtet hatten, damit unsere Expedition verwirklicht werden konnte. Es war eine große Investition gewesen, der wir nun gerecht werden mußten.

»Man müßte in ihre Behausungen eindringen...«, hatte Klea bei der Stabsbesprechung resolut erklärt. Es war wirklich die einzige Lösung. Eine sehr gefährliche allerdings. Den Grund zu erklären, erübrigt sich wohl. Jeder Jäger wird uns bestätigen, wie ungern er das Wild in seinen Bau verfolgt, wo der Verfolger nur allzu leicht zum Verfolgten werden kann. Und die Raubtiere auf der Erde besitzen keine so komplizierten Erfindungen und demnach wohl auch keine so komplizierten Waffen wie die hiesigen Einwohner. Ich beschloß, nur Freiwillige auszuschicken. Es meldeten sich drei. Zwei Rekruten sowie Klea. Verlassen konnte ich mich nur auf sie. Sie brach also allein auf. Und sie war nicht zurückgekehrt. Wir sahen, wie sie im nächsten Haus verschwand, wir warteten die vereinbarte Zeitspanne, doch sie kam auch während des ganzen heutigen Tages nicht zurück, das heißt während der dreimal vierundzwanzig Stunden, in denen der Stern der Berenike, der in unserem Westen aufgeht und in unserem Osten untergeht, das Firmament überquert. Wir warteten noch weitere zehn Stunden, dann befahl ich, einen Tank für mich bereitzumachen. Ich ging, von unserem Schutzzentrum ununterbrochen beobachtet, auf die Suche nach Klea. Ich war bereit, wenn nötig sogar einen Angriff auf diese sonderbare Zivilisation zu unternehmen.

»Das mußt du unbedingt tun!« sagte Klea, als ich sie in einem großen Kristallraum antraf, dessen elastische Wände in mir die Vorstellung von Ruhe, Sicherheit und Behaglichkeit wachriefen. »Du mußt sie befreien!« Ich verstand sie nicht. Ich fühlte mich hier recht wohl. Mit einem Male begann ich mich in diesem Haus zu fühlen wie im Urlaub am Meer. Ich wollte ausspannen. Nichts machen. Aber das empfanden, wie Klea herausbekommen hatte, die hiesigen Einwohner angeblich bereits seit Generationen. Diese unfaßbar vollkommene Automatisation in den Tiefen ihres Planeten erfüllte jeden ihrer Wünsche. Sie saßen in diesem Ferienglück, das mir zu gefallen begann, gefangen. Sie rasteten ihr ganzes Leben lang in einer Art seltsamen unbewußten Glückes. Während Klea mir das erzählte, trat ein Glas mit eisgekühltem Naturfruchtsaft aus der Wand, um Kleas Kehle zu laben. Klea wollte es auf den Boden werfen und zerschlagen, doch das Glas blieb schwebend in der Luft stehen, nur die Farbe des Fruchtsaftes verwandelte sich, als wollte der unsichtbare Automat seinen Fehler korrigieren und rasch ein noch köstlicheres Getränk liefern. Ein ungewohnter Duft stieg mir in die Nase, und ich bekam fast selbst Appetit.

»Weshalb sollte ich sie befreien?« fragte ich. »Sie sind offenbar in ihrer Zivilisation glücklich.«

»Schau dir das einmal an...« Sie führte mich zu einer Art Fenster. Im Garten des Hauses ruhten einige Einwohner. Sie sahen verblüffend menschlich aus und schienen fast ohne Leben. »Täglich nehmen sie Drogen, um ihr Glück bunter zu gestalten, sie haben das Arbeiten, das Denken und selbst das Sprechen verlernt. Sie werden wieder zu Affen oder vielmehr zu Schweinen...«, sagte sie, denn in einem Winkel des Gartens paarte sich ein besonders widerliches und dickes Exemplar dieser Gattung mit einem Haustier. Von da an nannten wir diesen Planeten Circe, weil er seine Bewohner auf die gleiche Weise verwandelt hatte, wie es die homerische Nymphe seinerzeit mit den Gefährten des Odysseus getan haben soll.

»Sie werden sich selbst befreien. Gerade weil sie heute so leben. Verlangten vor Jahrhunderten nicht auch unsere Menschen nur nach Nahrung, Kleidung, Sex und Rast? Denk doch an die Autos, an die Yachten, die Mode und die Drogen des zwanzigsten Jahrhunderts! Auch die Menschen haben sich befreit. Und sie lebten damals wohl oft schlimmer als diese Wesen hier in deinem Garten.«

»Ich bin Kolumbianerin«, sagte Klea stolz. Das ist eine politische Partei auf der Erde. Während der Eroberung des Weltalls begannen die Menschen genau die Geschichte des fünfzehnten Jahrhunderts zu studieren, da auf unserem eigenen Planeten neue Kontinente entdeckt worden waren. Die Kolumbianer behaupten, wir trügen schon allein deshalb die Verantwortung für jede neuentdeckte Zivilisation, weil wir sie entdeckt haben, und es sei unsere Pflicht, selbst gegen den Willen der Bewohner überall die höchsten menschlichen Gesellschaftsformen einzuführen. Dabei wiesen sie auf den Aufschwung des amerikanischen Kontinents seinerzeit hin. Es ist eine aggressive Partei, sie beging zahlreiche Fehler. Ich gehöre den Montezumanern an, wie alle vernünftigen Leute. Mit dem Namen dieses Aztekenhäuptlings wollten wir darauf hinweisen, wie viele Zivilisationen im fünfzehnten Jahrhundert ausgerottet, was für Verbrechen damals begangen wurden. Im Kontakt mit einem neuen Planeten traten wir für ein schrittweises Beobachten ein und wandten uns scharf gegen jede gewaltsame Intervention. Bis heute wurde dieser Streit nie entschieden, und im Obersten Rat kam es nach jeder neuen Entdekkung zu heftigen Auseinandersetzungen. Dabei war Klea bisher stets auf meiner Seite gewesen.

»Das höre ich allerdings zum ersten Mal«, sagte ich ihr. »Seit wann bist du Kolumbianerin?« Sie machte Ausflüchte. Was sie vorbrachte, entbehrte jeder Logik, sie wurde eindringlich, sie redete beschwörend auf mich ein. Ich schlug ihr vor, den Stab zu einer Beratung einzuberufen, doch sie weigerte sich, in die Rakete zurückzukehren. Das überraschte mich. Sie müsse, behauptete sie, noch irgendwelche Beobachtungen anstellen, auch wolle sie den Verbrechen der Bewohner dieses Hauses Einhalt gebieten... Sie redete wie ein kleines Kind. Kein Kolumbianer hatte jemals angeregt, daß wir den Sicherheitsdienst oder das Gerichtswesen auf den neuentdeckten Planeten übernehmen. Ihr Spiel war allzu durchsichtig. Sie verleumdete die Bewohner dieses Hauses, doch fort wollte sie nicht von hier. Sie war berauscht von dem seltsamen Glücksgefühl. Sie machte Ausflüchte, um bleiben zu können.

»Du fühlst dich nicht gut«, sagte ich ihr. »Du bist krank. Du mußt augenblicklich zurückkehren...« Und ich mußte an ein Abenteuer im Gebiet des Sirius denken, wo sich die Bewohner eines Sterns mühelos in jeden x-beliebigen Besucher verwandeln konnten. Ich schaute mich suchend nach der wahren Klea um, ich wollte meine richtige Mitarbeiterin entdecken, ich trat in den Nebenraum, und es war mir, als ginge ich in einen Traum ein.

Es war ein Vorratslager, in dem sich alle Dinge befanden, die ich mein Leben lang begehrt hatte. Sogar die kleine Puppe sah ich, mit der ich als Kind zu spielen mir versagt hatte, weil mir das unmännlich vorgekommen war. Ich nahm sie in die Hand, diese kleine Prinzessin, und sie kam mir noch schöner vor als vor dreißig Jahren. Damals hatte niemand von meinem Herzenswunsch etwas geahnt, niemandem hatte ich mich anvertraut, und doch hatten mich die hiesigen Automaten durchschaut. Alles gab es hier, das kleine Aeroziped, mit dem ich, als ich elf Jahre alt war, nicht fliegen durfte, weil mein Erzieher behauptete, ich sei nicht stark genug, mich zehn Meter über dem Boden zu halten; die Versuchsrakete, mit der ich einmal an einem Sonnabend den Mond umfliegen wollte; die Flasche Wein, die ich mir im Alter von zwanzig Jahren vor meinem vierten dienstlichen Start versagen mußte. Es gab hier sogar jene Dinge, die ich niemals beschreiben könnte, weil ich mich noch heute schäme, sie je begehrt zu haben, so kompromittierend sind sie. Ich dachte, daß mir Klea folgen würde. Sie blieb jedoch auf der Schwelle stehen, vor einem großen Kühlschrank, der mit den verschiedensten Leckerbissen angefüllt war, Delikatessen, die kein Koch mehr bei uns zu Hause auch nur dem Namen nach kennt.

»Hast du jemals Hunger gelitten?« fragte sie. »Als Kind habe ich einmal während einer archäologischen Forschungsreise mit meinem Vater einen Polarwinter überstanden. Du weißt nicht, was Hunger ist...« Offenbar hatte sie ihr Leben lang nach einem solchen Delikatessenlager gelechzt, wie ich nach meiner Puppe und nach meinen Motoren. Jetzt brachte sie es nicht übers Herz, sich von ihren erfüllten Wünschen zu trennen, sie wußte, daß das über ihre Kräfte ging. Sie wird bald den hiesigen Tieren gleichen, wenn wir sie nicht gewaltsam fortbringen. Ich mußte ja selbst gegen die Versuchung ankämpfen, ich kam mir wie einer dieser Wüstenheiligen der Vorzeit vor, die es sich auferlegten, den Annehmlichkeiten des Lebens zu widerstehen.

»Das da hat doch nichts mit Hunger zu tun«, sagte ich. »Es ist der raffinierteste Angriff, der monströseste Überfall, den ich auf allen meinen Reisen je erlebt habe. Alle elektrischen Ungeheuer der Dunklen Sterne, alle fleischfressenden Plasma Wolken, die mich auf meinen Reisen überfallen haben, sind lächerlich im Vergleich mit dieser Versuchung. Hier ist alles noch viel heimtückischer, man versucht uns zu verwandeln, wie es Circe getan hat. Wir müssen rasch fort.« Aber sie gehorchte mir nicht und setzte sich zur Wehr, als ich sie schließlich entführen wollte. Da begriff ich zum ersten Male, wie sehr ich sie brauchte. Und als ich dann ohne Tank zur Rakete zurücklief, tauchten alle Geschenke vor mir auf, die ich ihr jemals gemacht hatte. Die Bilder, die ich nach meiner zweiten Rückkehr für sie ausgesucht hatte, der Ring, den ich ihr vom Pluto mitgebracht hatte, der Pelz des Tieres, das ich für sie auf dem Mars erlegte. Vielleicht sah ich das alles nur in meiner Phantasie, oder die hiesigen Automaten wollten mich daran erinnern, daß es doch ein Gefühl gab, das ich nicht aufgeben durfte, daß ich etwas haben mußte, um auf meinen Reisen nicht umzukommen, um leben zu können. Und das war Klea, das war meine Liebe zu ihr. Ich durfte sie doch nicht diesem Planeten opfern!

»Wir müssen sie angreifen...«, erklärte ich bei der Stabsbesprechung. Es zu begründen fiel mir schwer. Ich konnte schließlich nicht sagen, daß ich nur Klea zurückhaben wollte. Ich sprach über das unwürdige Dasein der Einwohner hier, denen Erkennen und schöpferische Arbeit fremd waren, sie waren der Vorrechte des Intellekts ledig, vielleicht wurden sie sich nicht einmal mehr ihrer selbst bewußt und lebten nur der Verdauung und dem Schmerz, dem Selbstverschleiß, der vegetativen Existenz. Aber meine Leute wollten ohne Beschluß des Obersten Rates nicht angreifen, sie kannten die Vorschriften genauso gut wie ich, sie waren ebenfalls Montezumaner. Da gab ich einfach den Befehl. Jetzt hatten wieder sie Angst, ob an meiner Statt nicht irgendein hiesiges Chamäleon in die Rakete eingedrungen war, dessen Mimikry ich sein konnte, doch sie wagten nicht, ihre Zweifel zu äußern, ich schrie sie an wie in alten Zeiten, ich schrie meine Befehle, wie ich allein zu schreien vermag. Wir mußten ihnen Klea entreißen. Eigentlich hielt man sie ja gefangen. Im Grunde hatten sie uns dadurch den Krieg erklärt. Wir müssen ihre Automaten zerstören!

Nach zwei Flugstunden entdeckten wir in den Bergen das Koordinationszentrum, und wir griffen es mit harter Strahlung an. Ein paar Salven genügten, dann erfolgte eine Explosion, die uns aus unserer Flugbahn schleuderte. Es mußte ein hochexplosives Material gewesen sein, unsere Lenkvorrichtung und das Kühlsystem wurden beschädigt, die Reparaturen dauerten einige Tage. Keiner meiner Leute sprach ein Wort mit mir.

»Es ist unsere Pflicht gewesen«, versuchte ich jedem von ihnen einzeln klarzumachen. »Es sind doch Wesen wie wir. Jetzt werden sie wieder zu arbeiten beginnen, sie werden lernen, Werkzeuge zu gebrauchen, sie werden einander beistehen. Jetzt können sie ihre Zivilisation neu aufbauen. Wir haben sie gerettet.«

Ich hoffte, daß wir wenigstens Klea retten würden, und gleich nach der neuerlichen Landung eilte ich in ihr Haus. Es waren nur noch formlose Trümmer davon übriggeblieben. Das Netz der Automatenrohre war durch die Explosion geborsten und ragte jetzt aus dem Boden und aus den Wänden wie vertrocknete zerfetzte Därme. Im Haus befand sich niemand mehr, das Wunschdepot fand ich nicht, es gab nur noch kahle Wände. Der Fußboden bebte unter meinen Füßen, und an den Wänden glaubte ich eingetrocknetes Blut zu sehen.

Die Bewohner des Planeten rannten in den Straßen umher und stießen verzweifelte Schreie aus, fielen übereinander her und kämpften um die letzten Reste ihrer Vorräte. Sie rauften mit den nackten Händen und mit den Zähnen, ein Instrument schien keiner mehr zu kennen. Gerade überfielen sie vor meinen Augen den Dickwanst, den ich im Garten gesehen hatte. Er kreischte und quiekte wie ein richtiges Ferkel, das geschlachtet werden soll. Ich war verzweifelt. Vielleicht war auch Klea auf diese Weise umgekommen. Die hier würden niemals wieder Menschen werden, sie waren durch ihre Überflußgesellschaft der erfüllten Wünsche völlig verdorben worden, sie würden auf die Bäume zurückkehren, oder sie mußten untergehen und aussterben wie die vorsintflutlichen Ungeheuer bei uns. Aber wie kommt es, ging es mir durch den Kopf, daß unsere Menschheit nicht auch so geendet hat? Was hatte uns um die Jahrtausendwende gerettet?

Ich saß in meiner Kabine und wartete. Ich zog die Vorbereitungen für unseren Abflug absichtlich in die Länge. Noch einmal ließ ich das Fotomaterial sortieren, den Treibstoff kontrollieren, ich wollte sogar einige Bewohner dieses Planeten mitnehmen. Aber die Tage vergingen schnell, und Klea kehrte nicht zurück. Ich saß allein in meiner Kabine, den Kopf auf die Hände gestützt, ich war bereit, alles zu opfern, die Expedition zu verzögern, bis unsere Forschungsergebnisse wertlos würden, ja gegebenenfalls überhaupt nicht mehr nach Hause zurückzukehren, und all dies nur meinetwegen. Ich war das letzte Opfer dieses Planeten. Ich wußte das, und verzweifelt versuchte ich stark zu bleiben.

Alles war schon vorbereitet, die Motoren auf die nötige Temperatur gebracht, die mechanische Überprüfung hatte ergeben, daß alles in Ordnung war, die ballistischen Berechnungen lagen vor mir. Der Kurs war festgelegt, die kybernetischen Kontrollautomaten funktionierten. Die Besatzung meldete sich von den einzelnen Posten. Die Lampen auf meinem Schaltbrett leuchteten auf, die Rakete begann leicht zu beben, wie stets knapp vor dem Start.

Die Spiegel des Periskops zeigten nur Schlägereien, Blut und Verheerung. In der Ferne glaubte ich zu sehen, daß einige Einwohner bereits auf die Dächer ihrer Häuser kletterten, und andere sah ich schon auf den Bäumen. Doch sie kletterten nicht gut, darin waren sie offenbar nicht so geschickt wie die Affen. Klea kam nicht. Ich mußte mich entschließen. Jeden Augenblick konnte in dieser Katastrophe auch unsere Rakete vernichtet werden, meine ganze Besatzung konnte untergehen. Sollte ich Klea opfern, oder sollte ich riskieren, daß wir schließlich zumindest unsere Aufgabe im Haar der Berenike nicht erfüllen würden? Ich durfte doch nicht nur an meine Empfindungen denken, ich durfte Circe nicht erliegen.

Alles war schon bereit, es galt nur noch, den kleinen Starthebel in der Mitte des Schaltbrettes niederzudrücken. Die Energie der Raketenmotoren wirksam werden lassen. Und mit einem Male dachte ich nicht nur an den Quantenantrieb, ich dachte auch an die tatsächliche Energie, die in dieser Maschine steckte, an die Opfer, die ganze Generationen unserer Vorfahren gebracht hatten, die auf Bequemlichkeit, Genuß und Liebe verzichtet hatten, nur um die Wirklichkeit um sich erkennen zu können, um sie begreifen zu lernen. Das hatte sie doch vor dem Schicksal dieser Wesen hier bewahrt, nur deshalb waren sie nicht wieder zu Tieren geworden, als die Technik das Produktionsproblem gelöst hatte und keine produktive Arbeit mehr notwendig war. Langsam hob ich die Hand. Sie war schwer und ungelenk, als wäre sie im Raumanzug lahm geworden. Ohne mir dessen bewußt zu werden, drückte ich den Starthebel nieder. Im letzten Augenblick rettete ich so meine Freunde, die ganze Expedition. Durch die Straßen dieser seltsamen Siedlung wälzte sich uns das Wasser der geborstenen Staudämme entgegen. Der Motor heulte auf, die Rakete begann langsam zu steigen, das Periskop zeigte nun nichts mehr, ich fiel in meinen Sessel zurück und glaubte, vor Schmerz ohnmächtig werden zu müssen. Ich hatte Klea verloren. Ich hatte sie geliebt, und ich würde sie nie wiedersehen. Wie glücklich war ich doch in diesem Kristallhaus gewesen. Jetzt empfand ich das erst richtig. Wie wohl war mir dort gewesen! Ich hatte alles verloren. Ich hatte alles geopfert. Noch nie hatte ich so einen Schmerz empfunden, und dabei war ich auf meinen Reisen durch den Kosmos zwölf Mal verwundet worden. Doch ich hatte mich von diesem Zauberplaneten freigemacht. Wir verließen bereits sein Gravitationsfeld. Ich wußte, daß dieser scharfe und ätzende Schmerz nicht von der vielfachen Startbeschleunigung herrührte, daß er vielmehr das nagende Gefühl war, das wir alle kennen, das uns so oft verzehrt und durch das wir erst zu Menschen werden, schon seit dem ersten von Menschenhand entfachten Feuer. Das Weinen.

Der blaue Planet

»Ich erinnere mich, daß Sie sich einmal weigerten, Karl zu heißen«, sprach ich zu ihm. Er stand vor mir stramm, die Finger an die Hosennaht gepreßt, wie es die Vorschrift verlangt, mit dem ersten Orden auf dem Aufschlag seiner Paradeuniform. Er schaute mir fest in die Augen. »Ich erinnere mich, daß Sie in der Astronavigatorenschule einmal erklärt haben, es komme Ihnen lächerlich vor, in unserer modernen Zeit nach irgendeinem alten Heiligen benannt zu werden, und daß Sie für sich einen neuen und anderen Namen ausgedacht haben.« Ich erinnerte mich, was es damals für eine Aufregung gegeben hatte. Er hatte sich ein besonderes Wort ausgedacht, es bestand lediglich aus zwei X. Jeder hatte ihn damals ausgelacht, doch gleichzeitig hatten wir begriffen, daß dieser Jüngling recht hatte und daß es tatsächlich ein wenig anachronistisch war, täglich einen Burschen zur Venus fliegen zu lassen, dessen Name aus einer Zeit stammt, die Amerika noch nicht kannte. Und dabei war dieser Karl XX der Beste seines ganzen Jahrgangs gewesen. Ein perfekter Sportler, ein ausgezeichneter Mathematiker, ein vortrefflicher Sänger. Einige hatten zwar damals von ihm behauptet, daß er allzu ehrgeizig sei, daß er mit diesen beiden X nur auffallen wolle, daß er zeigen wolle, wie fortschrittlich er sei, um die anderen in den Schatten zu stellen, aber den meisten hatte sein Einfall imponiert. »Nehmen Sie Platz!« Ich bot ihm einen Sessel an. »Wie hat das damals eigentlich geendet? Es ist schon einige Jahre her. Wie heißen Sie jetzt?«

»Ich bin doch nicht wegen des Namens zu Ihnen gekommen. Ich komme, um Ihnen mitzuteilen, daß ich aus der ARZ ausgetreten bin«, erklärte er stolz und legte seine Parademütze auf den Tisch. Sie trug drei Streifen, er war also im Weltall kein Neuling mehr.

»Sie meinen die Aktion für rationellen Zusammenschluß der Menschen? Die hat mir nie besonders gefallen. Wie sind Sie überhaupt hineingekommen?«

»Erinnern Sie sich wirklich nicht, wie das war, als ich Sie vor dem letzten Start aufsuchte, wegen Lydia?« Sofort erinnerte ich mich. Und es tat mir nun fast leid, daß ich ihm Platz angeboten hatte. Natürlich, dieser Jüngling hatte damals ein paar Stunden vor dem Start gefordert, daß ich meine Biologin gegen eine andere auswechsle. Er hatte behauptet, es sei nicht vernünftig, daß sie mit unserem Kybernetiker fliege. Damals organisierte sich auf langen Reisen die ganze Besatzung immer in Pärchen. Ich wußte, daß Lydia unseren Kybernetiker liebte, und das hatte ich diesem Leutnant XX auch gesagt.

»Gut, aber zu mir paßt sie. Wir gehören zusammen. Ich besitze noch von unserer Schulzeit her Tests, die das beweisen. Wir ergänzen einander. Meine Dominante kongruiert mit ihrer Submission. Schauen Sie...« Und er hatte mir eine seltsame, lange Kurve gezeigt, die an ein Elektrokardiogramm erinnerte.

»Aber sie liebt Sie nicht...«

»Lieben? Was bedeutet dieses Wort schon? Heutzutage beherrschen wir bereits alle Geheimnisse der Natur, im Kosmos wie auch auf Erden, aber das Schicksal der künftigen Generation, die Eigenschaften unserer Kinder überlassen wir noch immer irgendeiner Liebe, die niemand begreift, nicht einmal die Dichter. Sonst würden sie doch nicht seit einer Ewigkeit immer wieder über dieses Thema schreiben. Sie würden das Problem Liebe lösen und sich dann anderen Aufgaben zuwenden. Damit muß nun endlich Schluß sein. Die sogenannte Liebe entwertet doch im Grunde ununterbrochen die Menschheit. Wissen Sie, wer dieser Kybernetiker ist? Ein potentieller Verbrecher! In der Schule wäre er fast durchgefallen. Das Kind, das Lydia mit ihm haben wird, könnte sich mit den Kindern, die ich mit ihr zeugen würde, nicht einmal messen. Aber sie liebt den anderen, den schlechteren, den charakterlich minderwertigeren, minder erfolgreichen, wie alle Weiber. Die Frauen sabotieren unser eugenisches Programm. Einige behaupten sogar, es errege sie, über Räuber oder Mörder zu lesen. Lydia hat mir einmal gestanden, daß sie sich recht gern mit einem Trunkenbold einlassen würde. Und dann retten und erziehen sie diese Männer, anstatt sich um ihre Kinder zu kümmern, die sie zu guter Letzt nicht einmal mehr kriegen können. Ihr Trieb schießt am Ziel vorbei, und am liebsten würden sie diese erwachsenen, untauglichen Nichtsnutze in Windeln wickeln, anstatt planmäßig ein neues Geschlecht zu schaffen. Die Menschheit entwertet sich genetisch. Nach einigen Generationen wird man ein fähiges Einzelwesen nicht mehr von den minderwertigen Exemplaren unterscheiden können. Die Ärzte erhalten schwache Kinder am Leben, die dann bis an ihr Ende unsere Erziehungs- und Heilanstalten belasten, Kranke erfreuen sich fast einer größeren Fürsorge als Gesunde. Wohin soll das führen? Unsere Zivilisation züchtet die Allerschwächsten und am wenigsten Widerstandsfähigen, unsere Frauen verhätscheln sie, unsere Behörden päppeln sie. Das ist wider die Natur. Wissen Sie, wo das Leistungsmittel in hundertfünfzig Jahren liegen wird?«

Er hatte mir die entsprechenden Berechnungen gezeigt. Zahlen. Er war dabei ganz außer Atem geraten. Er wollte die Menschen paaren wie Pferde oder Kaninchen. Ich hatte ihn hinausgeworfen. Eigentlich hatte er Lydia und meinen Kybernetiker beleidigt. Diese Enthusiasten, die sich ununterbrochen auf die Vernunft berufen, kommen mir manchmal sehr dumm vor. Wie die ganze Aktion der ARZ. Jetzt sah ich mir Karl XX abermals an. Seit unserer damaligen Begegnung waren bereits Jahre vergangen, bestimmt war er vernünftig geworden. Wie mochte er wohl heute über die Zukunft der Menschheit denken? Er saß artig vor mir, er sah mich gespannt an, als säße er stramm, als erwarte er eine Frage von mir.

»Nun, und weshalb sind Sie jetzt aus der ARZ ausgetreten?«

Ich machte es mir in meinem Lehnstuhl bequem, ich erwartete irgendeine langweilige Liebesgeschichte. Aber die Begebenheit, die er mir dann erzählte, war seltsamer als alle Abenteuer, die ich auf meinen Reisen durch das Weltall erlebt hatte. Sie war wirklich unfaßbar.

»Also«, begann Karl XX, »ich flog die üblichen Patrouillen von der Lunarbasis acht aus. Es waren eintönige, recht anstrengende Reisen, sie dauerten viele Stunden. Und so suchte ich mir vor Beginn meines Dienstes immer irgendein kompliziertes Problem, eine Aufgabe aus der Physik oder aus der Mathematik, die noch niemand gelöst hatte, aber das war unsinnig und vergeblich, weil ich dann schließlich doch immer nur an Lydia dachte und daran, weshalb sie mich nicht mochte. Mir wollte das nicht einleuchten. Sie hatte doch dieselben Schulen besucht wie ich, wir waren in dieselben Klassen gegangen, sie hatte sich immer so vernünftig verhalten! Und plötzlich hatte sie sich für diesen alternden, unfähigen Abenteurer aus Ihrer Rakete entschlossen! Ich konnte das nicht begreifen, bis zum vergangenen September.

Am bewußten Tag kehrte ich wie gewöhnlich zurück, landete in der vorgeschriebenen Lage, trat auf die erste Plattform hinaus, wartete, bis die Bodenmechaniker die Leiter zu meiner Maschine geschoben hatten, und wollte dann zu den Aufzügen hinübergehen. Ich flog damals so eine altertümliche Nadel, man mußte sie über eine kurze Leiter verlassen, die wir Reck nannten. Es waren nur ein paar Meter, aber die Plattform lag recht hoch über der Startbahn. Die Mechaniker behaupteten, ich wäre wie immer ausgestiegen, sie sahen mich im Scheinwerferlicht ganz genau, ich machte einige Schritte und verschwand plötzlich. Zunächst glaubten sie freilich, ich wäre abgestürzt, es kam vor, daß Piloten nicht zeigen wollten, wie erschöpft sie waren, und dann wurden sie ganz unvermutet ohnmächtig. Augenblicklich beleuchtete man die Startbahn und rief den Rettungsdienst herbei. Mit Hilfe der Sanitäter suchte man mich auf dem Boden, man gab Alarm, aber ich blieb verschwunden, niemand konnte mich finden. Das ganze Suchen dauerte etwa fünf Minuten, und dann stieß mein Chefmechaniker plötzlich einen Schrei aus und deutete mit der Hand in die Höhe, wohin natürlich niemand mehr geschaut hatte. Ich stand auf der letzten Sprosse, genau an der Stelle, an der ich verschwunden war, und stieg seelenruhig in die Kabine des Aufzugs. Man untersuchte mich dann und fragte mich aus, ich verriet nichts. Ich wollte mich zuerst mit Ihnen beraten.

Für mich waren nämlich diese fünf Minuten eine wesentlich längere Zeitspanne gewesen. Und in ihr ereignete sich folgendes:

Ich hatte wie immer meinen schweren Schutzanzug an Bord der Rakete abgelegt, ich betrat das Reck, ich leide nie an Schwindel, ich war auch nicht besonders müde, ich ging die wenigen Schritte zum Aufzug hinüber, schloß die Kabine hinter mir, drückte auf den Knopf, doch an Stelle des gewohnten Summens vernahm ich einen sonderbaren Klang, alles um mich verlöschte, sogar die Kontrollampen des Aufzugs. Ich befand mich plötzlich in tiefster Finsternis, ich versuchte gegen die Kabinenwand zu trommeln, ich rief um Hilfe, doch meine Hände griffen ins Leere, als wäre der Aufzug plötzlich verschwunden. Ich machte abermals ein paar Schritte, ich fühlte weiches Erdreich unter meinen Füßen, ich stolperte über etwas und fiel ins Wasser. Die Strömung riß mich mit sich. Ich wollte wieder ans Ufer gelangen, ich bin doch ein guter Schwimmer, doch es ging nicht. Ich hörte rechts von mir ein Geräusch, es klang, als wäre jemand ins Wasser gesprungen, ich erkannte in der Dunkelheit hohe farnartige Bäume an den Ufern des Stromes, der mich forttrug. Über mir stieg lärmend eine Schar Papageien auf, die ich in ihrer Nachtruhe gestört hatte, nun vernahm ich ein Plätschern von links, dann ein zweites, es waren Alligatoren, jetzt erblickte ich den ersten direkt vor mir, ich hob mich aus dem Wasser und schwang mich im letzten Augenblick auf den nächsten Ast. Hinter mir hörte ich die Kinnbacken des Tieres zuklappen. Der Ast brach, er war wohl morsch, ich hielt mich an Lianen fest, ich bebte vor Kälte, ich kletterte den nächsten Baumstamm empor, dort rettete ich mich endlich auf einen festen Ast und blickte mich verwundert um, ich sah Alligatoren, Nilpferde, Paradiesvögel und einen sonderbaren Dschungelfluß, der sich aber unmöglich im Dschungel befinden konnte, der vielmehr auf meiner Lunarbasis acht sein mußte, auf der ich doch vorschriftsmäßig gelandet war, wo ich Meldung erstattet hatte und von meinen Mechanikern erwartet wurde. Ich konnte das nicht begreifen. Stundenlang bahnte ich mir mühsam den Weg durch den dichten Busch. Ich hatte mir aus meinem Taschenmesser eine Lanze angefertigt, ich war ein Robinson geworden. Gegen Abend fand ich ein Nest mit jungen Nagetieren. Ich redete mir ein, es müßten Kaninchen sein, und ich verfolgte eines, vielleicht waren es aber in Wirklichkeit Ratten. Ich hatte Hunger. Mit einem Streich tötete ich das kleine Tier. Allerdings ging dabei mein Messer in Stücke. Jetzt war ich wehrlos. Als ich auf eine Lichtung trat, fiel etwas auf meinen Rücken, ich empfand einen starken Schmerz im rechten Arm, ich wollte mich umdrehen, wurde zu Boden gedrückt, ich erblickte dicht über mir den offenen Rachen einer Raubkatze, ich stürzte nieder und verlor das Bewußtsein.

Ich erwachte in einem kleinen Krankenhauszimmer. Ich glaubte zumindest, daß ich mich in einem Krankenhaus befände, weil alles hellblau war. Und die blaue Farbe verließ mich von da an überhaupt nicht mehr. Alles offenbarte sich mir nun in Schattierungen von blau, wie in einem Film mit Blaustich. Rechts und links von meinem Lager saßen zwei Gestalten. Ich erschrak ein wenig. Sie waren nämlich ebenfalls blau. Offenbar Bruder und Schwester, so ähnlich waren sie einander. Wunderschöne Menschen, etwa dreißig Jahre alt. Sie saßen da und beobachteten mich. Die Frau klatschte in die Hände.

›Er lebt! Er erwacht! Ich danke dir, ich danke dir…‹ Und sie blickte ihren Bruder an, als wäre er ein Arzt, der ihrem Geliebten gerade das Leben gerettet hat. Der Mann lächelte nicht einmal, er stand auf und sprach ernst zu mir.

›Ich heiße Sie bei uns zu Hause herzlichst willkommen.‹ Er drehte sich um und entfernte sich. Jetzt erst merkte ich, daß keiner von beiden den Mund geöffnet hatte. Und dennoch hatte ich ihre Worte ganz klar vernommen, klarer, als wenn sie mir ins Ohr geflüstert worden wären. Ich setzte mich auf. Ich empfand keinen Schmerz, auch keinen Hunger, ich fühlte mich wohl.

›Wo bin ich?‹ Statt einer Antwort begann die Frau um mich herumzutanzen. Ich wäre bei ihnen zu Hause, hörte ich in meinem Kopf, und ich sah nichts als diese große, lächelnde, blaue Schönheit in ihrer sonderbaren Tracht, die irgendwie an Kreta erinnerte. Ich wäre phantastisch gewesen, wie ich den Krokodilen entkommen wäre, wie ich die Ratte getötet und fast auch den Tiger überwunden hätte… Ich begann zu zittern. Auf dem Fußboden des seltsamen Raumes lag das Fell meiner Raubkatze, schon getrocknet und verarbeitet. Der Rachen stand noch immer offen.

Ich wagte nicht aufzustehen. Sie nahm mich an der Hand und führte mich hinaus. Ich erblickte eine große Sternkarte. Doch vergeblich versuchte ich mich zu orientieren.

›Leier? Kassiopeia? Sirius?‹ fragte ich die Frau, doch sie beobachtete mich mit einem belustigten Lächeln, als wäre ich ein Kind oder ihr Lieblingshündchen. Sie schien in einem riesengroßen Hangar zu wohnen... wieder begann sie zu lachen. Als wäre auch das ein Witz von mir. Ein netter Witz. Ich wäre prachtvoll rücksichtslos, ich dächte so wunderbar immer nur an mich selbst.

›Es gefällt mir, wie du Hunger zeigst, Willen, wie lebendig du bist...‹, sagte sie. Als wäre ihr Bruder nicht lebendig. Da wurde sie ernst.

›Er ist viel vollkommener als du‹, sagte sie. ›Viel vernünftiger...‹ Das beleidigte mich. Ich fragte, was ihr vollkommener Bruder denn jetzt mache. Sie deutete in die Höhe. Dort oben saß er unterm Dach seines blauen Hangars, in so etwas wie einem durchsichtigen Hühnerkorb, wie eine Glucke auf ihren Eiern saß er dort und starrte vor sich hin. Ich begriff nicht, wie er hingelangt war, doch besonders vollkommen kam er mir nicht vor.

›Du würdest das niemals verstehen‹, sagte sie mit ihrem geschlossenen Mund. ›Das kannst du einfach nicht begreifen, du gleichst diesem Tiger hier mehr als ihm...‹ Und sie begann meine Haare zu streicheln, vielleicht versuchte sie sich dabei vorzustellen, daß auch diese gestreift seien. Ich stieß sie zurück.

›Ich bin ein Mensch, verstehst du? Ich erobere das Weltall. Ich denke und urteile, mit Tieren habe ich nichts gemein...‹ Sie küßte mich, umarmte mich und führte mich zu einer Bank an der Wand. Sie flüsterte, daß sie mich liebe, daß ich ihr gefiele, daß sie mich begehre... Und sie begann sich zu entkleiden. Ich hatte schon lange kein Weib besessen, sie erregte mich. Aber ihr Bruder saß direkt über uns. Er mußte uns sehen. Ich sagte es ihr.

›Er ist nicht mein Bruder. Er ist mein Mann.‹ Mit einem Satz wich ich vor ihr zurück. Und ihr Mann über uns erhob sich. Ich zerbrach mir nicht mehr den Kopf darüber, wieso die beiden einander so ähnlich waren, ich rannte auf die Wand los, die sich vor mir auftat. Ich lief auf die Straße hinaus, aber direkt in die Arme des Ehemannes, der hier auf mich gewartet haben mußte. Ich machte kehrt und lief etwa hundert Meter um das riesengroße Haus der beiden herum. An der Ecke begegnete ich dem Mann abermals, ich bog in eine Seitengasse, aber da kam er mir in dreifacher Gestalt entgegen, in der nächsten Straße begegnete ich ihm mit ihr, und erst auf einer Art kleinem Platz wurde mir bewußt, daß das nicht meine Verfolger waren, sondern die Bürger dieser Stadt, alle dunkelblau, herrlich schön, dreißig Jahre alt und kretisch, alle völlig gleich. Sie saßen still in einem Stadion und starrten in einen riesengroßen Würfel aus Glas. Dort befand sich in einem Aquarium unser irdischer Dschungel, und in ihm kämpfte gerade ein unglückseliger Raumfahrer mit dem Tiger. Aber ich war es nicht. Es war ein Neger, und er verfügte, wie es schien, über mehr Kraft und über mehr Erfahrung im Kampf mit solchen Ungeheuern. Ich merkte, daß um mich herum größtenteils Frauen saßen, alle gleich, und alle gleich erregt. Sie schrien, sie bissen sich die Finger blutig, wie im alten Rom, wie bei den Gladiatorenkämpfen. Ich empfand das erniedrigend. Diese Aristokraten! Was bildeten sie sich denn ein? Was war schon Vollkommenes daran, in der Kuppel eines Hauses zu hocken und vor sich hinzustarren wie ein Fakir? Und was bezweckten sie damit, daß sie unsere Burschen für ihre Gladiatorenkämpfe entführten? Der Neger vor mir wurde gerade besiegt. Ich sah, wie ihm der Tiger die Eingeweide aus dem Leib riß und wie sich eine der Frauen gegen die Glaswand des Würfels warf.

›Das ist eine Schande!‹ schrie ich. ›Ihr solltet euch schämen! Ihr seid ja Tiere!‹ Und ich stürzte mich auf den nächstbesten dunkelblauen Mann. Ich wollte ihn verprügeln. Doch ich schlug mir die Faust an seinem Kinn wund. Er aber muckste nicht einmal. Er sagte mir, ich solle mich nicht fürchten. Diesmal war es mein Retter, der Ehemann. Er nahm mich an der Hand und brachte mich in wenigen Augenblicken in die Kuppel seines Hauses. Eifersüchtig war er offenbar nicht. Er begann mit mir zu diskutieren.

›Mir sind diese Dschungelkämpfe ebenfalls zuwider‹, sagte er. ›Ich befasse mich mit ganz anderen Dingen.‹ Er wies mit der Hand um sich. Sein Arbeitszimmer war noch viel tiefer blau als alles andere in dieser Stadt. An den Wänden funkelten große Kristalle, eine Menge verschiedenartigster Spektren gab es hier, die einander seltsam ergänzten. Wie auf einem abstrakten Bild, oder wie die bunten Scherben eines Kinderspielzeugs. ›Ich löse die zentrometrale Harmonie der Spektren‹, sagte er überlegen und lächelte, weil er wußte, daß ich ihn nicht verstand. ›Einer meiner Vorfahren wurde nämlich auf die Wechselbeziehung von Erkenntnis und Schönheit aufmerksam. Er befaßte sich eingehender damit. Inwieweit die Schönheit wahrhaftig ist und die Wahrheit schön, und wie eines vom anderen abgeleitet werden kann...‹ Das verstand ich schon eher. ›Die gegenwärtige Generation meiner Sippe befaßt sich mit dem Problem der Zentrometrie. Es ist die höchste Gedankentätigkeit, die es gibt. Schon sei Jahrhunderten vermehren wir nur jene, die sich dafür eignen...‹

›Deshalb also seid ihr so vollkommen!‹ fiel ich ihm ins Wort. Sie verdankten ihr Niveau demnach der Eugenik. Sie planten ihre Nachkommenschaft! Plötzlich war ich für diese blaue Rasse eingenommen, besser gesagt für den Planeten, der die Ideen der ARZ verwirklicht hatte.

›Meine Frau versteht von Spektren bedeutend mehr als ich‹, fuhr er fort. ›Unsere Frauen haben besondere Fähigkeiten...‹

›Aber wozu brauchen sie dann den Tiger? Weshalb holen sie sich dann uns?‹ Ich konnte das nicht begreifen. ›Weshalb habt ihr in der Mitte eures vollkommenen Hauptplatzes einen irdischen Dschungel errichtet?‹ Er sah mich traurig an.

›Weil sie uns nicht lieben. Wir erregen sie nicht, mit uns haben sie keine Kinder mehr. Und die Aufgaben unserer Zivilisation sind bislang noch nicht gelöst worden. Wir sterben vorzeitig aus. Ihr müßt uns retten.‹ Es klang fast wie eine Bitte. Unten, unter uns, lag seine Frau auf dem Tigerfell. Nackt. In den angrenzenden Raum trat gerade der auskurierte schwarze Raumfahrer mit seiner Retterin. Mich packte Entsetzen.

›Begreifen Sie denn nicht, daß die sogenannte Liebe die Aufwärtsentwicklung aller Arten von Lebewesen verzögert? Frauen haben nämlich die Neigung, sich minderwertigere Männer auszuwählen. Was bin ich eigentlich gegen Sie? Weniger als ein Kybernetiker, weniger als ein Affe.‹ Es war ein schreckliches Gefühl, ich erinnerte mich an unseren Streit wegen Lydia. Endlich begriff ich alles. Wir gefallen ihnen und wir erregen sie, weil wir noch im Dschungel zu raufen verstehen, sie verachten die absoluten Wissenschaftler, sie sind wie Lydia. Aber warum? Sie entwerten dadurch doch ihre eigene Rasse. ›Das dürfen Sie nicht zulassen‹, sprach ich zu ihm. ›Sie dürfen nicht vor den Trieben kapitulieren.‹ – Er nahm mich an der Hand.

›Sie sind unsere einzige Hoffnung.‹ Er zitterte am ganzen Leib und beobachtete aufmerksam seine Spektren. Fast wäre er vor mir niedergekniet. ›Mein Geschlecht darf nicht aussterben. Sie müssen uns retten. Ich bitte Sie... Ich beobachtete Sie schon seit langer Zeit im Weltraum. Sie denken doch ununterbrochen an sexuelle Dinge, an Vermehrung und Zusammenleben. Nur deshalb haben wir Sie ausgewählt. Seien Sie doch so liebenswürdig...‹«

»Nun? Und waren Sie es?« fragte ich Leutnant XX, der immer

mehr errötete und sich schämte wie ein kleiner Junge. »Waren Sie so liebenswürdig?«

»Was blieb mir denn schon übrig? Ich hatte wirklich ununterbrochen an Lydia gedacht. Und ich beschloß, den blauen Menschen einen Denkzettel zu geben, ich wollte ihnen drastisch klarmachen, wie sehr sie sich irrten. Ich wollte ihnen an ihnen selbst demonstrieren, wie gering der Wert unserer Menschen ist, daß wir uns mit ihrer blauen Gesellschaft nicht einmal vergleichen durften. Ich benahm mich wie ein Schuft. Welche Überwindung hat mich das gekostet! Sorgfältig erwog ich jede Bewegung, ich schrie mit seiner Frau herum, ich quälte sie, ich war launenhaft, ununterbrochen verlangte ich andere Speisen von ihr, wechselte meine Anzüge und war tagelang betrunken. Dann schlug ich sie sogar. Ich wollte ihr diese Entführungen ein für allemal austreiben. Aber Sie können sich nicht vorstellen, wie sehr ihr das gefiel. Sie amüsierte sich wie im Theater. Und sie liebte mich, selbst als ich dann ihre Bücher wegwarf. Schließlich wußte ich nicht mehr, was tun, ich war mir schon selbst so zuwider, daß ich mich kaum ausstehen konnte, aber dieses Weib geriet förmlich in Verzükkung. Ich weigerte mich, anderswo mit ihr beisammen zu sein als im Arbeitsraum ihres Mannes, in diesem Hühnerkorb unterm Dach. Und als sie mich dann hinbrachte – ihren Mann hatte sie natürlich vorher hinauskomplimentiert –, zertrümmerte ich alle ihre Apparate, alle diese Reagenzgläser, Aufzeichnungen, Spektren und Kristalle, mit denen sich die ganze Sippe befaßte, die Sippe, die ich schon wochenlang Nacht für Nacht rettete. Ich schmiß das alles auf den Boden, und ich fühlte mich wie bei einer Revolution. Wie ein getretener Knecht, der das Geschlecht seines aristokratischen Herrn rettet, wie ein erniedrigter Diener, der seine Rechnung mit der gnädigen Frau begleicht. Ich hätte das alles lieber kennengelernt, studiert als zerschlagen. Mein Leben lang war ich abstinent gewesen, und hier betrank ich mich jeden Tag. Niemals hatte ich einem Menschen etwas entwendet, und hier stopfte ich mir die Taschen mit gestohlenen Sachen voll. Von Jugend an hatte ich niemandem ein böses Wort gesagt, und hier fluchte ich wie in einer Hafenkneipe. Aber mein Heilmittel dürfte gewirkt haben. In der darauffolgenden Nacht liebte sie mich zwar noch leidenschaftlicher, aber am Morgen kam mir ihr zartes Ehemännlein nachgeschlichen. Er führte mich auf die Veranda.

›Sie müssen fort von hier‹, sagte er.

›Ich habe Sie gewarnt. Machen Sie mir jetzt keine Vorwürfe. Ich habe Ihnen gesagt, daß ich viel schlechter bin als Sie. Ich habe mich durchaus menschlich verhalten. Bei uns zu Hause züchten wir unsere Generationen noch nicht auf Grund von Berechnungen. Mein Urgroßvater war vielleicht Freibeuter…‹

›Sie sind ein netter Kerl‹, sagte er. ›Wir beobachten Sie mit großem Interesse…‹

›Beobachten? Wie können Sie mich beobachten?‹ Er sagte, sie beherrschten die Ferntelepathie. Ob sie wohl auch beobachtet hatten, wie ich ihr Laboratorium zerstört hatte? Und alles, was dann noch kam…

›Aber selbstverständlich. Sie hatten riesengroßen Erfolg. Und alle Frauen unserer Stadt haben sich in Sie verliebt.‹ Er zeigte nach unten. In ganzen Kolonnen strömten die Frauen herbei. Hinten beim künstlichen Dschungel saßen nur noch ein paar herum. So war ich also ihr Held geworden. Ihr Apoll. Und ich glaube, daß sie mich, hätte ich dieses Weibsbild zum Krüppel geschlagen, bis heute nicht fortgelassen hätten und daß ein neuer Frauenkrieg gegen die Männer ausgebrochen wäre. Mein Versuch war also mißglückt. Ich hatte ihnen dieses Vergnügen nicht vergällt, ich hatte ihnen unsere Männer nicht verleidet. Mich selbst habe ich allerdings gerettet. Das war immerhin ein Erfolg. Man mußte mich fortschicken, damit ihre Frauchen einander nicht meinetwegen in die Haare gerieten. Mein schwarzer Kollege ist bis zum heutigen Tag nicht zurückgekommen. Er benimmt sich wahrscheinlich viel zu artig, und daher gefällt er nicht so sehr wie ich. Ich kehrte auf mein Reck zurück, angeblich nach fünf Minuten, und gleich am nächsten Tag trat ich aus der ARZ aus. Die Liebe ist doch ein viel zu kompliziertes Problem. Sie läßt sich wohl nicht abschaffen. Die künftige Generation können wir nicht so ohne weiteres planen, wie sich das die modernen Eugeniker vorstellen. Ich habe erkannt, daß dies ein Problem ist, das nicht nur Verliebten Sorge bereitet, sondern jedem von uns. Die ganze Kunst befaßt sich doch mit nichts anderem, die Leute sprechen im Grunde über nichts anderes, wir widmen den Fragen der Beziehung zwischen den Geschlechtern den größten Teil unseres Lebens. Noch ein Glück, daß es nur zwei gibt. Wie kompliziert muß das Leben auf anderen, vielgeschlechtlichen Planeten sein! Ich habe meinen Glauben an die ARZ verloren. Ich bin auch nicht mehr der Leutnant XX von ehedem. Ich sollte wohl meinen

Namen ändern. Ich weiß nicht. Ich muß jetzt fortwährend an den Blauen Planeten denken. Und so bin ich zu Ihnen gekommen, um mir Rat zu holen. Was soll ich tun?«

»Sie können Lydia besuchen«, sagte ich ihm. »Vor einigen Wochen hat sie sich von ihrem Kybernetiker getrennt. Aber ihr dürfen Sie kein solches Theater vorspielen. Sie hat ihn verlassen, weil er sie geschlagen hat. Nicht alle Frauen sind gleich, und vielleicht braucht Lydia doch den Leutnant XX, diesen Musterknaben. Die Liebe hat nämlich auch einen Anfang und ein Ende. Auch darin ist sie kompliziert. Wie das ganze Leben. Und manchmal ist sie seltsamer als alle kosmischen Phänomene.«

Der Planet der Identität

Es war ein Planet vierter Ordnung. Die Lebensbedingungen günstig. Ich landete glatt, und dann fuhr ich mit meinem Adjutanten gleich zum Kommandanten der Leuchtturmstation. Vorläufig empfanden wir keinerlei Reize, wir erfaßten alles völlig normal.

Wir öffneten selbst den Hauptdeckel der Station, weil auf unsere Signale niemand geantwortet hatte, wir drangen durch den Isolationsgang ins Innere (das Innere dieser Leuchttürme ist im Weltall typisiert, und ich finde mich in ihnen selbst mit verbundenen Augen zurecht), wir betätigten die Neutralisationsduschen, und da quakte uns ein riesengroßer Frosch an.

»Ich heiße euch im Leuchtturm willkommen. Belegschaft anwesend. Der Kommandant auf dem Beobachtungsposten. Keine besonderen Ereignisse. Fräulein Smith, Ingenieur, erstes Dienstjahr...«, quakte sie mit angelsächsischem Akzent. An Stelle von Augenlidern hatte sie eine Doppelbrille. Ich griff nach der Hand meines Adjutanten. Sie war glatt wie eine Schlange. Ich sah ihn an, und tatsächlich sah er einer indischen Kobra ähnlich. Direkt vor mir hämmerte er mit dem Schädel gegen die Tür. Mich selbst schaute ich lieber nicht an. Das also war das Brown-Mourningsche Phänomen!

Deshalb stand ein Leuchtturm auf diesem Planeten. Frederic Brown hatte als erster die sonderbare Reizung der Hirnrinde bei anomalen Gravitationsbedingungen auf dem kleinen Planeten Placet im Eridanus beschrieben. Mourning lieferte dann die physiologische Erklärung, warum wir im Bereich der beschriebenen

Erscheinung nicht fähig sind, die Wirklichkeit anders als im Delirium zu erfassen. Ich hatte allerdings gedacht, daß die Station isoliert sei.

Der Frosch vor uns öffnete die Tür, wobei er sich in einen dunkelblauen Molch mit gelben Tupfen verwandelte, und mein Adjutant wurde ein kleines Nilpferd.

»Servus, Perinka...«, sagte die Stimme Hauptmann Stoklasas. Sein Rumpf saß hinterm Tisch, in der Hand hielt er einen Pinsel, als bemale er die Beobachtungskarte mit absurden Bildern von Tiefseelandschaften, sein Körper endete mit einem blutigen Streifen schon beim Hals. Sein Kopf glotzte uns aus einem anderen Winkel des Raumes an, er grinste wie eh und je, kein Zweifel, es war mein ehemaliger Mitschüler Peter Stoklasa aus Olmütz, bei dem seinerzeit auf Grund psychologischer Tests ein geniales Talent festgestellt worden war. Nun war er hier auf dieser gottverlassenen Leuchtturmstation gelandet, der arme Kerl. Ich hatte nie sehr viel von Psychologen gehalten.

»Ich würde dir gern die Hand reichen, nur weiß ich nicht, wo du bist...«, sagte ich unsicher. Der Hauptarm des Fernrohres rollte sich plötzlich zusammen und stieß mir seine kalte Linse in die Hand. »Willkommen, Kapitän Nemo, heldenhafter Kosmonaute«, schrie der Schädel. Offenbar machte sich der Mann über meinen Ruhm lustig. »Deine Idee war großartig. Einfach großartig...«, lachte er laut.

Wir hatten nämlich einen Umschlagplatz auf diesem Planeten errichten wollen. Das war unbedingt nötig, wenn wir über unseren galaktischen Kreis vordringen wollten. Aber dazu hätten wir uns mit den Bewohnern des Planeten einigen müssen. Wir wußten, daß hier vernunftbegabte Wesen lebten. Niemand hatte allerdings eine Ahnung, wie sie aussahen, sie lebten im Bereich des BM-Phänomens, und dieses konnten wir bis jetzt nicht ausschalten. »Wie willst du hier Bäume von Haifischen unterscheiden?« lachte Stoklasa, als wäre er glücklich, an einem so seltsamen Ort zu leben.

»Ihr seid im ungünstigsten Augenblick gekommen«, meldete Fräulein Smith dienstfertig und rollte ihre Molchaugen. »Gegen Abend läßt sich das besser ertragen, gegen Abend erkennt man wenigstens die Konturen in ihrer wirklichen Form.«

»Aber warum habt ihr euch nicht isoliert?« sagte das kleine Nilpferd neben mir, das mein Adjutant war, und stampfte mit dem Fuß auf. Er sah den Hauptmann zum ersten Male und konnte unverblümt reden. »Die nötigen Geräte habt ihr doch durch Extrapost bekommen. So können wir uns nicht verständigen.

»Mir gefällt es hier, ich will mich mit niemandem verständigen«, schrie Stoklasa, und nun rollte sein Kopf langsam über den Teppich vor unsere Füße, wie ein Fußball. »Ich weiß nicht, weshalb ihr über den galaktischen Kreis hinauswollt. Wir haben schon genügend solcher Universen geschluckt...«, phantasierte er. An Stelle von Sternkarten hingen seltsame Fliegenpilze, Tropfsteine und Seeanemonen, von Farnen umgeben, an der Wand seines Arbeitszimmers. Aus der rechten Ecke, wo sich in jeder Beobachtungszentrale der Sender befindet, kroch ein Tintenfisch langsam auf uns zu, Saugarme an Stelle der normalen Kabel...

»Augenblicklich kommt ihr in unsere Rakete zurück. Alle beide!« schrie der Adjutant, als wäre nicht ich der Kommandant, und riß sein Nilpferdmaul auf. »Das wird euch teuer zu stehen kommen. So eine Sauwirtschaft...« Er machte kehrt und verschwand durch die Tür, die sich nun in eine Zaubergrotte mit schnaubendem Drachenkopf verwandelte, wie im Märchen. Auch die Landschaft war jetzt anders. Es schien, als träten wir in die Antarktis hinaus, die Rakete hatte sich in einen riesengroßen Eisberg verwandelt, und nur der Feuerstreif am Himmel war auf seinem Platz geblieben.

Der Adjutant hatte in unserem Hauptlager schnell eine provisorische Isolationskammer eingerichtet, er schaltete die normale Erdgravitation ein und drehte sich nach den Ankommenden um. Nur die Smith war da. Eine etwa fünfundzwanzigjährige, knochige Engländerin, die ein wenig zu laut redete. »Wo ist Stoklasa?« fragte ich. »Warum ist er nicht gekommen?«

»Weil er betrunken ist«, meldete die Ingenieurin. »Er betrinkt sich ununterbrochen, angeblich, um diese Monstren zu ertragen. Er sagt, er prüfe die Wirkung des Äthylalkohols auf die BM-Erscheinung, aber das ist auch überhaupt der einzige Versuch, zu dem er sich hier aufgerafft hat.«

»Wo nimmt er den Alkohol her?« Im Dienstreglement waren Ataratabletten vorgeschrieben... Aber sie konnte uns keine Erklärung geben. Es schien mir vielmehr, als wollte sie Stoklasa belasten, sie mochte ihn offenbar nicht. Ich verstand das. Das erste Jahr auf so einer Station dienen, und dann auch noch unter einem betrunkenen Kommandanten! Sie sagte, er hätte keinen Versuch unternommen, den BM-Effekt zu erforschen, auch hätte er die Oberfläche des Planeten nicht aus großer Höhe kartographisch verarbeitet, er hätte sogar verabsäumt, etwas über die Lebensart der Bewohner des Planeten zu erfahren, obwohl die Smith die Meinung vertrat, daß das gar nicht so schwierig sei.

»Das ist sehr erfreulich«, sagte der Adjutant. »Wir müssen uns nämlich mit ihnen verständigen...« Und er erklärte ihr unsere Aufgabe. Fräulein Smith war überzeugt, daß die hiesigen Einwohner in einer organisierten Gesellschaft leben und daß sie intelligent seien. Sogleich legte sie uns ihre Pläne dar.

In einem Rekognoszierungstank machten wir uns alle auf die Reise. Draußen hatte sich die Landschaft in ein kleines, welliges Toskana verwandelt. Ganz in der Nähe sahen wir Pinien und Weinberge und Oliven auf den Ölbäumen. Ich hatte nicht gewußt, daß der BM auch angenehm wirken konnte. Die Bewohner allerdings sahen nicht einladend aus. Bald stießen wir auf ihre erste Siedlung. Die Wesen ähnelten Spinnen, die sich knapp über dem Boden fortbewegten, als schwebten sie. Der Adjutant hielt auf dem ersten Hügel gleich neben unserer Station an. Dort vermuteten wir die höchste Radioaktivität. Tausende Spinnen saßen hier schmausend auf einer riesengroßen Schmeißfliege. Selbst Fräulein Smith hielt diesen Anblick nicht lange aus.

»Das dürfte ein Bergwerk sein«, behauptete der Adjutant, der sich halbwegs ähnlich geblieben war, wenn er auch plötzlich vier gleiche Köpfe hatte, einen davon am Knie. »Eigentlich sehen wir sie in einem Bergwerk arbeiten...«, und er fuhr näher heran. Die Spinnen umringten uns. Sie sahen gefährlich aus. Die erste begann auf unseren Panzer zu klettern. »Nicht schießen!« befahl ich, weil Fräulein Smith zum Geschütz getreten war. »Wir dürfen sie uns nicht zu Feinden machen!«

»Munter drauflos!« hörte ich von draußen eine menschliche Stimme. »Nur drauf los!« Was war das wieder für eine Halluzination? Ich schaute aus dem Beobachtungsturm. Inmitten der Spinnen taumelte der total betrunkene Stoklasa, er trug die Überreste seiner Raumfahrerausrüstung, an Stelle der Sauerstoffschläuche hatte er lauter Flaschen. Ich wußte nicht, ob er das wirklich war. Es konnte eines der Phantome sein, genau wie die Spinnen, die sich übrigens inzwischen in eine Art großer Küchenschaben verwandelt hatten.

»Er ist es!« flüsterte Fräulein Smith neben mir und verwandelte sich jäh in einen Löwenzahn. Sie nickte bekräftigend mit ihrem Blütenstempel. »Er ist es ganz sicher, er hat mit ihnen fraternisiert, ich habe das schon längst geahnt«, und sie wuchs zu einer großen Sonnenblume empor, wohl durch diese Aufregung, und sie wurde ganz widerlich gelb.

»Zurück! Augenblicklich zurück!« befahl ich dem Adjutanten, der wie Schleim auf dem Armaturenbrett zerrann, und ich fühlte, daß wir wendeten, obwohl sich unser Panzer plötzlich in eine Gondel verwandelt hatte. Ich mußte die erste Tablette einnehmen. Es half ein bißchen. Und ich begriff sehr gut, daß Stoklasa trank, hatte er doch diesen phantastischen Mummenschanz seit Monaten vor Augen!

Wir gelangten zu seiner Station. Der Adjutant floß ins Laboratorium. Dort mußten doch Isolationsapparate sein. Fräulein Smith schaukelte ihm nach. Ich setzte mich hinter den Kommandotisch. Nach einer Weile vernahm ich das beruhigende Summen der Aggregate. Der nüchterne, typisierte Raum, den ich so gut kannte, tauchte auf. Der Tintenfisch verwandelte sich in den Sender, das Aquarium an der Wand wurde zur Bibliothek, die Zaubergrotte zum Observatorium, die Tür öffnete sich, und mein Adjutant trat ein. Festen Schrittes und nur ein wenig mehr mitgenommen als sonst. Hinter ihm das begeisterte Fräulein Smith.

»Sie hätten schon längst kommen sollen...«, zwitscherte sie. »Endlich können wir mit der Arbeit beginnen!«

»Aber was soll denn das da bedeuten?« Ich zeigte auf die Wand. Die Sternkarten und die Pläne der Installationen, die Fahrpläne der Raketoplane und die Formulare für die Dienstmeldungen waren unverändert geblieben, nach wie vor sah ich Seeanemonen, Seesterne und sonderbare Darstellungen von Phantasielandschaften. »Funktioniert das Aggregat denn nicht?« Fräulein Smith trat an die Wand.

»Er hat alles ruiniert«, sagte sie. »Er hat die gesamte Dokumentation vernichtet. Er hat alles bekritzelt und mit Farbe übertüncht...«

»Als ich aus dem Panzer schaute, schien mir, daß Stoklasa eines dieser Bilder in der Hand hielt«, sagte ich und sah mir die Zeichnung genauer an. Offenbar waren es Aufzeichnungen jener sonderbaren Illusionen und Zustände, die der BM-Effekt hervorruft. Stoklasa hatte sie wohl in Pleinair gemalt. In der Station fanden wir ihn nicht.

»Vielleicht bleibt er für immer hier bei ihnen. Er hat wohl Angst heimzukehren...«, sagte Fräulein Smith. Und sie hatte recht. Weil auch mein ehemaliger Schulkamerad bestimmt begriffen hatte, daß wir ihn einsperren und vor Gericht stellen müßten. So eine Schlamperei habe ich im ganzen Kosmos bisher noch nie erlebt. Wir warteten einige Stunden. Wir schalteten abermals die Aggregate ein, Fräulein Smith räumte auf, es war wieder ein gewöhnlicher, zweckentsprechender technischer Raum. Der Sender arbeitete, alles funktionierte wieder wie in den anderen Leuchttürmen, wie auf der Erde und im ganzen kosmischen Raketennetz. Endlich atmete ich erleichtert auf. Ich schlief ein.

Als ich erwachte, stand mein ehemaliger Mitschüler gefesselt vor mir. Er hätte versucht, meldete man mir, an meinem Adjutanten vorbei in die Station zu schlüpfen. Offenbar hatte er sich auf die Halluzinationen verlassen, und noch jetzt, da er mir gegenüberstand, begriff er nicht, daß wir hier alles in Ordnung gebracht hatten. Er schnitt Grimassen und wand sich, als wollte er den BM-Effekt wieder heraufbeschwören.

»Steh gerade, Mensch!« schrie ich ihn an. »Besinn dich wenigstens jetzt! Siehst du denn nicht, wo du dich befindest? Siehst du das denn nicht? Genau und tatsächlich, realistisch? Hörst du die Aggregate nicht? Von heute an wird es hier keine Illusionen mehr geben. Und du brauchst dir auch keine zu machen...« Er setzte sich hilflos hin. Er begann zu schluchzen.

»Davor hatte ich die größte Angst. Ich hätte eure Rakete vernichten sollen. Davor hatte ich die größte...«

»Wovor?«

»Daß ihr auch hierher, auf diese letzte Insel der Phantasie im Weltall, eure Drähte bringen würdet, eure Antennen, eure geliebten Maschinen und eure Desinfektionsmittel...«, sagte er mit Abscheu. »Aber draußen, draußen werdet ihr euch niemals verständigen können. Niemals, habt ihr verstanden? Ihr werdet ihnen niemals näherkommen! Sie sind nämlich von Grund auf anders als wir, niemand kann sie begreifen, und niemand kann sich mit ihnen verständigen. Sie werden euch beim Verladen nicht helfen, sie pfeifen auf die Flugwege durchs Weltall. Und die Natur selbst schützt sie vor Fremdlingen...«, wetterte er, und er hob mit seinen beiden gefesselten Händen eine sonderbare Flasche, die er in seinem Schutzanzug an jener Stelle trug, wo das Kehlkopfmikrophon zu sein hat, zum Mund. Der Adjutant riß ihm die Flasche aus der Hand.

»Was trinkt er da?« fragte Fräulein Smith neugierig. Es war eine ungewöhnlich aussehende Flasche aus dunklem Glas.

»Met«, sagte der Adjutant, nachdem er daran gerochen hatte. »Bestimmt ist das Zeug aus Honig. Schnäpse kennt man hier noch nicht. Wofür haben Sie das eingetauscht?« In Stoklasas Brusttasche fand er ein paar weitere Bogen aus dem Raketenfahrplan, die mit Zeichnungen von Tiefseevisionen bedeckt waren. In einer anderen Tasche fanden wir würfelförmige schwarze Splitter. »Die Zivilisation steht hier am Beginn der Geldwirtschaft. Der Tauschhandel ist noch in voller Blüte. Wir werden ein kostbareres Mineral entdecken, und schon morgen verständigen wir uns mit ihnen innerhalb weniger Stunden...« Zum ersten Male lächelte er Stoklasa zu. Ein wenig verächtlich. »Begreifen Sie denn nicht, daß die Gesetze der Ökonomie für jede Gesellschaft gelten, mögen die Mitglieder dieser Gesellschaft wie immer aussehen, ja selbst dann, wenn wir sie, wie hier der Fall, überhaupt nicht zu erkennen vermögen? Alle Gemeinschaften sind grundsätzlich identisch, weil sie vom Prinzip der Produktion beherrscht werden. Auch das hier ist ein identischer Planet...« Er deutete aus dem Fenster. Draußen regnete es gerade violettes Wasser von der Erde in die Wolken. Dicht. Und dennoch hatte mein Adjutant recht.

Der kostbarste Rohstoff hier war die Kohle. Schon am darauffolgenden Tag warben wir für ein paar Briketts Hunderte Überschwaben als Arbeitskräfte an. Wir konnten mit dem Bau des Umschlagplatzes beginnen. In einigen Jahren würden wir von hier aus zu weiteren Galaxien starten können. Stoklasa brachten wir nach Hause zurück.

Fräulein Smith, die seine Nachfolgerin wurde, fand in der Zwischenzeit eine Methode, um den BM-Effekt zu beseitigen, der seit dieser Zeit BMS-Effekt heißt (Brown-Mourning-Smith), sie gewährte der Bevölkerung des Planeten die allernotwendigste Hilfe bei der Reorganisation ihrer Wirtschaft, sie führte die fabrikmäßige Produktion ein und ein vorbeugendes Gesundheitswesen, doch erst beim Besuch des zuständigen Inspektors meldete sie, daß die Bewohner ihres Planeten ein großes Museum erbaut hätten, in dem sie die Zeichnungen unseres Stoklasa als die wertvollsten Kunstwerke der Epoche verehrten. Es waren die Aufzeichnungen der BM-Phantome, für die Stoklasa seinen Met eingehandelt hatte. Plötzlich wurde er auch auf der Erde ein berühmter Mann. Man entließ ihn natürlich sofort aus dem Gefängnis, und aus den Beweisstücken der Anklage, aus den beschädigten Dokumenten wurden mit einem Schlag künstlerisch wertvolle Objekte, die von der Staatsanwaltschaft direkt in die führenden Galerien wanderten. Doch Stoklasa konnte sich seines Ruhmes nicht mehr lange erfreuen. Bald darauf starb er. Es ist interessant, daß er nach seiner Rückkehr auf die Erde nichts mehr gemalt bat. Vielleicht, weil man ihm im Gefängnis keinen Alkohol gab. Oder er sah seine Phantombilder nicht mehr.

Ich muß offen gestehen, daß ich oft das Museum besuche, in dem die ständige Ausstellung seiner Bilder untergebracht ist. Aber meistens treffe ich dort nur zwei oder drei junge Leute an. Sein Werk scheint auf der Erde bei weitem nicht den Erfolg zu haben wie auf jenem fernen Planeten. Dort hatte sich sein Talent, das vom psychologischen Testapparat so überzeugend verzeichnet worden war, erst voll entfaltet. Unsere Zivilisation kann zu seinen Phantasien keine so enge Beziehungen finden, obwohl sie technisch vollkommener und ökonomisch bedeutend weiter entwickelt ist. In jener ehemaligen Leuchtturmstation sollen die wirklichen Bewohner des Planeten in langen Schlangen stehen und seine Bilder stundenlang mit allen ihren Augen betrachten, was bestimmt eine respektable Leistung ist, wenn man bedenkt – jetzt, da wir ihre wirkliche Anatomie schon bis ins einzelne kennen –, daß der erwachsene Planetenbewohner durchschnittlich zweihundertneunzehn Sehorgane und vierhundert Paar Reserveaugen hat. Ihre Ökonomie allerdings wird tatsächlich von den gleichen Gesetzen bestimmt wie bei uns, so daß sie uns eigentlich gleichen, ja im wesentlichen absolut identisch mit uns sind.

Wie Kapitän Nemo starb

Die drei vorangehenden Berichte über Planeten habe ich Kapitän Nemos Tagebüchern entnommen. Sein Schicksal dürfte allgemein bekannt sein. Er hieß mit seinem richtigen Namen Perinka (er war der Vater des berühmten Komponisten Perinka), und wie man weiß, überwand er zu seiner Zeit durch ein bestimmtes Experiment die Zeitmauer, so daß er sich dann in einer sehr fernen

Zukunft befand, in unserer Zeit, für die die damalige Epoche der Expeditionen in den Kosmos nur als eine recht primitive Vorbereitung auf eine wirklich menschenwürdige Existenz gilt. Ich kannte Kapitän Nemo recht gut. Man hatte mich nämlich dazu bestimmt, ihm sein Paradies zu schaffen, worüber ich folgenden Bericht schreibe:

Nach seiner Ankunft in unserer Zeit lebte Perinka größtenteils unter Altertümlern, denen er von seiner weit zurückliegenden Karriere erzählte und in deren Institut er die historiographischen Aufzeichnungen korrigierte. Auch seine Memoiren verfaßte er. Auszüge aus ihnen dürften die Leser gerade kennengelernt haben. Im Institut lebte er viele Jahre. Doch er hatte aus seiner Zeit einen wenig stabilen Organismus mitgebracht, und so hatte er noch nicht einmal sein erstes Lebensjahrhundert erreicht, als ihm die Gesundheitskontrolle mitteilte, daß er sterben würde.

Und da reagierte dieser Mann, dessen Auftreten überhaupt recht eigentümlich war und der auch in seiner Epoche eine außergewöhnliche Erscheinung gewesen sein mußte, dieser Mann reagierte also völlig überraschend und sonderbar. Er wurde bleich, brachte stotternd ein paar Worte hervor und wurde fast ohnmächtig. Es stellte sich eine heftige vegetative Reaktion ein, wie wir sie bei Menschen beobachten, die in der Blüte ihres Lebens bei einem Unglück oder bei einer Katastrophe umkommen müssen. Kurz, er bekam Angst. Und in dem Maße, wie sich dann in den folgenden Wochen sein Gesundheitszustand verschlechterte, wurde auch seine Angst größer und größer. Deshalb wurde ich aufgefordert, mit meinem Mechaniker einen besonderen Apparat zu konstruieren, der es dem Kranken ermöglichen sollte, die glücklichsten Stunden seines Lebens sozusagen als Extrakt noch einmal zu erleben, Stunden, die ihm helfen sollten, seine Todesangst zu überwinden. Einen Apparat, der ihm das Sterben erleichtern sollte.

Doch was hatten seine Zeitgenossen als Glück erachtet? Worin hatten sie das Paradies erblickt, das sie sich nach dem Tod erhofften? Das wußte heute niemand mehr genau. Es blieb nichts übrig, als experimentell vorzugehen, Schritt für Schritt, und zwar durch Auswertung und Beschreibung der Aufzeichnungen, die aus der Hirnrinde des Genannten gewonnen wurden.

Es war ein einfacher Apparat. Wir schafften ihn in die Pflegeanstalt, in der Perinka lag. Während dieser schlief, schlossen wir den Apparat an, der die entsprechenden Vorstellungen hervorrief und die Versuchsperson ein maximales Wohlempfinden erleben ließ. Diese Vorstellungen registrierten wir dann.

Die erste experimentelle Behandlung verlief nicht besonders interessant. Auf der Projektionsleinwand erschien eine Zigarrenrakete, deren es in der Zeit der interplanetaren Flüge Unmengen gegeben hat. Wir beobachteten Nemo, wie er eine vollkommene, glänzende und leistungsfähige Rakete während einer Expedition in die fernsten Winkel des Weltalls führte, zu einem System lebender Organismen, mit denen Kontakt aufgenommen werden sollte. Wir sahen, wie er mit seiner Rakete auf diesem Stern landete und dann vergeblich den sonderbaren, schweren Planeten durchsuchte. Er fand nichts Lebendes, bis dann der Planet selbst Anzeichen freien Handelns zu offenbaren begann und es sich herausstellte, daß die Expedition ein System entdeckt hatte, dessen Leben von weitverzweigten Polymeren getragen wird, die viel einfacher sind als unsere Eiweißstoffe. Das Leben existiert hier in massiven Zellen, die untereinander auf den Kreisbahnen um ihren Fixstern kämpften. Eine Zeile stieß die andere fort, wie bei einem gigantischen Billard. Wörtlich ein Kampf um den Platz an der Sonne. Perinka wurde selbstverständlich mit allen Problemen fertig und brachte in diesem Planetenwettstreit eine Art Waffenstillstand zustande. Welch kindische Angelegenheit!

Vor allem aber besänftigte sie den Kapitän nicht. Gegen Morgen wachte er schweißbedeckt und verängstigt auf. Er sah uns an, als seien wir Gespenster aus seiner Zeit. Wir erklärten ihm kurz, weshalb wir gekommen waren. Das wahre Ziel unseres Besuches verschwiegen wir ihm allerdings, wir taten, als bestünde noch eine kleine Hoffnung für ihn, aber da ich mein Leben lang nicht lügen konnte, glaube ich, daß er sofort alles durchschaute.

»Sie liebten Abenteuer, Entdeckungen und Weltraumfahrten. Gut. Aber das haben Sie doch alles bis zum Überdruß ausgekostet. Wonach sehnen Sie sich also noch? Sie haben so viel Unerhörtes und Einmaliges gesehen, daß Ihnen so etwas doch ganz alltäglich sein muß. Weshalb haben Sie also Angst? Wohin wollen Sie noch fahren? Sie waren Ihr ganzes Leben glücklich...«, sagte ich und sprach damit jenes Wort aus, das wir heute so selten und nur nach reiflicher Überlegung gebrauchen.

»Glücklich war ich nur, wenn wir heimkehrten...«, sagte der Kapitän und hüstelte. Offenbar war mit seiner Lunge etwas nicht in Ordnung. Mein Mechaniker stützte seinen Kopf, und ich schaltete abermals den Apparat ein.

Wir sahen die triumphale Heimkehr seines Weltraumschiffes, Ehrungen, Dekorationen und Frauen. Frauen hatten offenbar in Perinkas Leben eine sehr wichtige Rolle gespielt. Einige Dutzend Frauen defilierten vor unseren Augen über die Projektionsleinwand. Ich mußte lächeln. Wie sonderbar und unvernünftig doch diese Menschen von damals waren! Heute, da sich die Menschen auf Grund gemeinsamer Interessen zusammentun, gibt es keine Gefühlskrisen mehr und keine Flatterhaftigkeit. Ich konnte nur mit Mühe einen Schrei unterdrücken, als mein Mechaniker auf der Leinwand erschien, das heißt meine Frau. Sie hielt mir mit der Hand den Mund zu.

Ich lebe mit meiner Frau, seitdem ich zerebrale Apparate konstruiere, also schon seit einigen Jahren. Ich kann mich nicht beklagen, sie ist ein hervorragender und geschickter Mechaniker. Nie wäre mir eingefallen, daß sie sich auch nur einen Augenblick lang in Gedanken mit diesem Kapitän beschäftigen könnte, der doch im Grunde nicht viel mehr war als ein Tier. Und seine Phantasieprodukte auf der Leinwand, die wir beobachten konnten, wurden ebenfalls immer primitiver und primitiver. Meiner Frau schien das allerdings Spaß zu machen. Ich begriff sie nicht. Sollten am Ende Frauen darin noch immer ihr Glück erblicken? In der Paarung? Im Reiz der Haut? War das Problem des Blauen Planeten am Ende bis heute nicht gelöst?

»Das ist doch entsetzlich!« schrie ich sie an und gefährdete dadurch den ganzen Versuch, weil um uns Dunkelheit und Stille sein mußte.

»Weißt du denn nicht, wieviel Arbeit uns noch bevorsteht, was wir noch miteinander vollbringen wollten?« Und sie sah mich vorwurfsvoll an. Perinka begann wieder zu husten, und das Bild verschwand von der Leinwand.

»Ich habe Ihnen eine interessante Geschichte zu erzählen vergessen, die ich auf dem Aldebaran erlebt habe«, sagte er und sah mich mit einem schwachen Lächeln an. »Wissen Sie, was Ichroboter sind? Auch wir konnten lange nicht dahinterkommen. Als wir landeten, fanden wir in ihren Nestern nichts als sonderbare ausgeblichene Skelette. Diese wurden freilich schon seit einer Ewigkeit von ihren eigenen Nachahmungen versorgt, von Doppelgängern des entgegengesetzten Geschlechts. Einst, in der Blütezeit der Zivilisation, hatten sie sich die Bewohner des Aldebaran geschaffen, um die Schwierigkeiten beim ehelichen Zusammenleben zu beseitigen. Jeder hatte seine Frau, die eigentlich er selbst war, bis auf den Umstand, daß sie weiblichen Geschlechts war.

Und die Frauen hatten natürlich wieder solche Männer. Der ganze Planet starb aus, weil sich die dortigen Wesen mit niemandem anderen mehr als mit sich selbst vertrugen und so die Fortpflanzung vernachlässigten.«

»Und da waren Sie *glücklich*?« fragte ich.

»Und da war ich sehr traurig, wie heute...« Er atmete noch schneller, aber arhythmisch und oberflächlich. Das war kein gutes Zeichen. Die Ärzte hatten sich bereits von ihm zurückgezogen. Sie hatten ihn uns überlassen. Ich dachte daran, daß sich mein Vater, als er starb, in sein Arbeitszimmer begab und allein sein wollte. Ich erwartete, daß auch dieser Mensch hier uns davonjagen würde, doch es schien, als wären wir ihm willkommen. Vor allem meine Frau.

Er ergriff ihre Hand. Ich hatte das schon seit langem nicht mehr getan.

»Es muß ein Grund vorhanden sein, weshalb Sie das alles gelebt haben! Sie hatten viele Frauen, und Sie waren nicht glücklich. Sie haben Angst, weil Ihr Leben zu Ende geht. Weshalb? Was haben Sie nicht erreicht, was haben Sie nicht erlebt?«

»Wenn der Mensch weiß, daß er in vierzehn Tagen gehenkt werden soll, vermag er sich fabelhaft zu konzentrieren«, sagte Perinka und lächelte traurig. »Das hat Doktor Johnson gesagt.« Ich wußte nicht, was gehenkt bedeutet, wahrscheinlich war es irgendeine gewaltsame Todesart. Und Doktor Johnson dürfte einer dieser Astronauten gewesen sein. Es freute mich wenigstens, daß der Kapitän nun selbst unseren Apparat näher an sich heranzog und ihn an sein Vestibularsystem anschloß. Er begann auf die Reflexe anzusprechen. Er reagierte besser als eine Katze.

Ein Kinderspielplatz erschien, und auf ihm der neunjährige Nemo. Die ganze Mannschaft lachte ihn aus, weil er schlecht gehalten hatte. Der Kapitän wurde immer größer und jagte die Mannschaft über den Platz, in der Mannschaft befanden sich plötzlich auch seine späteren Widersacher, sein Adjutant, der Biologe, der sein Vorgesetzter war, und schließlich auch ich selbst. Meine Frau neben mir platzte heraus, als sie sah, wie lächerlich ich auf der Leinwand inmitten dieses Gefolges herumhüpfte. Nun machte ich im Morast Kniebeugen und Armstützen.

»Über so etwas kannst du lachen?« regte ich mich auf, diesmal flüsternd.

»Macht es dir Spaß, daß dieses Exemplar unserer eigenen Gattung homo sapiens sein höchstes Glück, sein erträumtes Paradies, nur darin erblickt, mit Menschen abzurechnen, die ihm wehgetan haben? Das ist das Paradies der Stammesgemeinschaft, der Blutrache. Ich weiß nicht, ob wir das Experiment nicht überhaupt abbrechen sollten, ob es der Mann da überhaupt wert ist.« Als ich sah, wie er auf der Leinwand mit mir herumzuschreien begann, wie er vor mich hintrat und mich in seiner Phantasie um einen Kopf überragte und überhaupt viel kräftiger war als ich, überkam mich plötzlich selbst diese seltsame Angst, und ich schaltete den Apparat ab.

Augenblicklich erwachte Nemo.

»Hören Sie mich an«, ich hatte mir vorgenommen, ganz offen mit ihm zu reden, »Sie haben Angst zu sterben, weil Sie nicht wissen, was nachher kommt. Sie sehnen sich nach irgendeinem Paradies, Sie wollen *glücklich* sein. Bitte, so wählen Sie doch! Wochenlang habe ich Ihretwegen die Literatur studiert. Wollen Sie einen Strom des Vergessens wie die alten Griechen? Wollen Sie Nektar und Ambrosia? Suchen Sie den Schoß germanisch blonder Göttinnen in Walhalla? Oder möchten Sie nach dem Tod ständig betrunken sein, wie es den Vorstellungen der Indianer entspricht? Sie können alles haben einschließlich Wein und Honig. Die Vorstellungen Ihrer Zeit über das Paradies und das Glück waren doch derart primitiv, daß einer der größten Philosophen damals erklärte, Glück sei, wenn man sich kratzen kann, wo es einen juckt. Möchten Sie gekratzt werden? Bitte. Ich kann nicht begreifen, was Sie wollen. Ich weiß nicht, wovor Sie Angst haben...« Ich schrie ihm diese Worte ins Gesicht. Und ich war genauso aufgeregt wie er vor einer Weile während seiner Phantasiebilder. Jetzt, im Bett, mußte er flüstern. Er lächelte.

»In jenem Raum, in dem wir die Ichroboter entdeckten, gab es noch einen Planeten, ebenfalls voller technischer Wunder. Dieser Planet ging infolge eines Fluches zugrunde. Sie wissen doch noch, was das ist, ein Fluch? Dort gab es auch so einen großartigen Wissenschaftler, etwas Ähnliches wie Sie, er hatte den ganzen Planeten automatisiert. Jedem Lebewesen gab er eine Maschine, die seine zentral ausgestrahlten Befehle ausführte. Doch eines Tages ärgerte er sich über etwas und flüsterte in dieses Befehlszentrum: »Rutscht uns den Buckel herunter!« Und diese schweren Apparate, die gar keinen Sinn für Humor besaßen, taten das auch wirklich mit allen Bewohnern des Planeten. Wir fanden sie, unter ihren eigenen Apparaten begraben, durch ihre eigene Logik vernichtet. Ich wage nicht, die Redensart dieses Erfinders zu wiederholen, lieber Herr...«, sagte er lächelnd und wischte sich den Schweiß von der Stirn. Es schien mir, als fielen wir ihm nun doch zur Last. Ich widersetzte mich daher nicht, als mich meine Frau aus dem Zimmer schickte.

Das Ende dieser Geschichte kenne ich nur aus ihrer Erzählung.

»Was wir wissen wollen«, sprach sie leise zu Nemo, »ist ganz einfach. Wann in Ihrem Leben glaubten Sie, sterben zu können?«

»Wenn ich glücklich war.«

»Und wann waren Sie derart *glücklich*?«

Er überlegte. Er mußte recht lange nachdenken.

»Als ich mit fünfzehn Jahren das erste Mädchen küßte...«

»Und wann noch?«

»Später einmal, als ich mir mit meinen eigenen Händen in unserem Sommerhäuschen einen Herd baute...« Meine Frau wußte nicht, was das war, ein Herd, aber sie drang weiter in ihn.

»Dann, als während meiner zweiten Expedition der Korrektor im Gravitationsfeld des Dunklen Sternes die Zündung reparierte...«, sagte er. Und dann fiel ihm nichts mehr ein.

»Ich beginne Ihr *Glück* zu begreifen«, sagte meine Frau. »Eigentlich ist es Liebe und schöpferische Arbeit. Oder beides zusammen. Sie haben das während Ihres Lebens dreimal erlebt. Wir existieren nur noch durch sie. Das Schaffen neuer Mechanismen, neuer Kunstgegenstände und Kunstwerke, Seite an Seite, stets zwei zusammen, das ist unser ganzes Leben. Deshalb kennen wir nicht mehr den Begriff Glück. Und das ist schließlich nicht zuletzt auch Ihr Verdienst. Sie haben uns dieses Leben bereitet. Sie können bei uns bleiben...« Und sie reichte ihm die Elektroden unseres Apparats. Nemo schüttelte den Kopf, und zum ersten Male schien es, als empfände er keine Angst mehr.

»Mir genügt mein Herd«, hauchte er. »Jetzt will ich etwas anderes.« Und er starb. Ohne Apparat. Ruhig und friedlich, wie alle Menschen unseres Zeitalters.

Anmerkung

Es scheint, als wäre sich der Kapitän schließlich bewußt geworden, wie sehr er den Kelch seiner schöpferischen Fähigkeiten geleert hatte und daß man das Leben nicht ins Endlose verlängern kann, selbst in seiner jetzigen Form nicht, daß schließlich der Tod nur das Verschmelzen mit der Materie und die Befreiung von der Last der Einmaligkeit ist. Das glaube ich aus seinem letzten Satz herauslesen zu können: Jetzt will ich etwas anderes. Er wollte etwas anderes, als er im Leben haben konnte. Den Tod. Ich denke oft an ihn und verstehe ihn sehr gut.

Besonders jetzt, da mich meine Frau verlassen hat und ich mit einem Mechaniker arbeiten muß, der so ungeschickt ist, daß man schier verzweifeln könnte. Bis heute begreife ich nicht, weshalb es zu unserer Trennung gekommen ist. Ich bin unglücklich.

Die zweite Insel des Doktor Moreau

Verehrte Mitglieder des Wissenschaftlichen Rates!

Ich habe eine neue Krankheit entdeckt. Und deshalb möchte ich sie Ihnen beschreiben, ehe noch die Diskussion über die Abschaffung der Medizin abgeschlossen wird. Ich selbst bin Ärztin, und ich bitte Sie, mich nicht zu verdächtigen, daß ich lediglich meinen Beruf retten will. Wir sind nicht mehr sehr zahlreich, die sogenannten Krankheiten, einst durch Schmarotzer oder durch unsere eigene Unvernunft hervorgerufen, sind völlig verschwunden, und die Präventivmaßnahmen besorgt heute jedermann selbst. Ich wollte schon einen neuen Beruf ergreifen – ich befasse mich auch mit Gymnastik, kenne mich also in den Funktionen des menschlichen Körpers gut aus und wollte in Maler- und Bildhauerwerkstätten Oberflächenanatomie vortragen –, als mich die überraschende Einladung des kosmologischen Instituts erreichte, das eine Institutsärztin suchte.

»Sie werden es selbst sehen«, sagte mir der Professor für Elementarforschung, der den Direktor vertrat. »In unserem Betrieb ereignen sich in letzter Zeit seltsame Dinge. Wir haben schon mit verschiedenen Fachleuten gesprochen, und schließlich sagten wir uns, daß es nicht schaden könne, auch einen Arzt hinzuzuziehen. Doch es dauerte sehr lange, bis wir einen fanden, und in der Zwischenzeit ist ein weiterer Kollege verschwunden.«

»Wieso denn? Verschwunden?« fragte ich. »Seit wann sollen Ärzte auch als Detektive arbeiten?« Er erklärte mir alles. Man teilte mir einen Raum zu, der mit Büchern und komplizierten physikalischen Apparaten ausgestattet war. In diesem Raum, den wir nach altem Brauch Ordination nannten, sollte ich auf meine Kranken warten. Ich wartete lange.

Ich entsinne mich genau an den Tag, da Iwan vom Institut zur Erforschung der kosmischen Krümmung zu mir kam. Er behauptete, er fühle sich nicht wohl, er wolle ausspannen und irgendwohin ans Meer fahren. Wenigstens für ein paar Tage.

»Wie William und wie Stephan?« fragte ich ihn, denn wegen dieser Fälle hatte ich hier meinen Posten angetreten. »Wollen Sie in die Südsee fahren und unterwegs verschwinden wie Ihre Kollegen? Was fehlt Ihnen überhaupt? Habt ihr das untereinander heimlich abgesprochen?« Er sah ganz danach aus. Auf diese Weise würde ihre Abteilung bald leer sein. Er tat beleidigt, das Verschwinden seiner Kollegen hätte ihn genauso überrascht wie alle anderen. Er fühle sich tatsächlich nicht wohl, er wolle ausspannen, sonst nichts. Er war blaß, müde, seine Miene düster. Das Haar gelichtet, die Augen zusammengekniffen, er ging sogar ein wenig gebeugt.

»Sie treiben nicht genug Sport, Sie unterziehen sich nicht den kosmetischen Kontrollen, Sie müssen sich untersuchen lassen...«, sagte ich ihm. Aber er wollte fort. Er wollte das Institut verlassen. Ich wußte sehr gut, daß ich ihn nicht zurückhalten konnte. Da folgte ich ihm wie ein richtiger Detektiv.

Natürlich ging er nicht nach Hause. Er begab sich stracks zum Standplatz der Fernraketoplane nach Ruzyn. Ich wollte nicht, daß er mich sähe, und daher stieg ich in einen anderen Aerobus ein.

Auf dem Flugplatz passierte Iwan bereits die automatische Stewardeß. Er war der letzte Passagier. Vergeblich versuchte ich, hinter ihm einzusteigen. Hier zeigte sich wieder einmal, wie stur Maschinen sind. Auf dem ganzen Standplatz gab es keinen einzigen Menschen, und der automatischen Stewardeß konnte ich nichts von meiner Aufgabe erzählen. Sie hätte mich nicht verstanden, zumindest nicht gleich. Der Raketoplan startete ohne mich. Ich mußte auf den nächsten warten. Das dauerte einige Stunden. Ich konnte wenigstens nachsehen, wohin Iwan geflogen war. Der Ort hieß Arica, ich erfuhr, daß es ein Hafen irgendwo in Chile sei, ich hatte den Namen noch nie gehört. Es versteht sich, daß aus Prag dorthin nicht allzuoft Raketoplane starteten.

Die Reise dauerte etwa dreißig Minuten. Aber in Arica waren unzählige Menschen auf dem Flugplatz. Vor einer Weile war Alarm gegeben worden. Ein Passagier des Raketoplanes, der vor uns angekommen war, war unterwegs verschwunden. Ich mußte nicht erst nach seinem Namen fragen. Ich wußte, daß es Iwan war. Ich erfuhr, daß in letzter Zeit auf der Linie nach Arica Passagiere auf die sonderbarste Weise verschwanden. Zunächst hatte man angenommen, daß es sich um einen Fehler der Zählapparate bei der Abfertigung handele, doch die Kontrollen brachten keinen Defekt an den Tag, und dann verschwand ein ganzer Raketoplan mitsamt der Besatzung. Dafür konnte nun freilich niemand mehr die Apparate verantwortlich machen. Iwan hatten die übrigen Passagiere über dem Stillen Ozean ins Büfett gehen sehen, etwa auf 53° südlicher Breite und 101° westlicher Länge, wie das Bordbuch besagte. Im Büfett war er nicht angelangt, er war nicht zurückgekehrt, die Türen und der Notausstieg des Flugzeuges waren in Ordnung, so daß er nur absichtlich ausgestiegen sein konnte. Ich fand eine alte englische Karte. In der genannten Gegend lag eine kleine vulkanische Insel, die Nobles Island hieß.

Ich meldete mich freiwillig zu den Rettungsarbeiten, erhielt ein kleines Propellerboot und flog mit den anderen Rettern ab.

Wir suchten lange. Doch obwohl ich die Nobleinsel ganz niedrig überflog, sah ich nicht die Spur eines Lebewesens. Nur die Überreste einer uralten Militärbasis mit verrosteten Abschußrampen ragten aus diesem längst erloschenen Vulkan, etliche Holzbaracken moderten am Ufer, sonst gab es nirgends auch nur eine Maus. Ich suchte alles ganz genau ab, obwohl die übrigen Angehörigen meiner Rettungsmannschaft schon längst nach Norden abgeflogen waren, ich umkreiste fast jeden Baum, und so merkte ich gar nicht, daß ein Unwetter heraufzog. Der erste heftige Windstoß schleuderte mein kleines Propellerflugboot direkt in die Kronen der höchsten Bäume, die Maschine kippte um und zerschellte. Es regnete in Strömen, Blitze zuckten über den Himmel, ich konnte mich nur langsam aus den Trümmern befreien. Ich war nicht verletzt, nur durchnäßt war ich, ich wollte die anderen warnen, aber meine Verbindungsanlage war gestört, offenbar würde ich allein auf dieser Insel bleiben müssen, bis man mich vermißte. Ich wollte nun in den altertümlichen Baracken Unterschlupf suchen.

»Waren Sie vorsichtig?« fragte mich der Mann, der im ersten Raum hinter einem schweren Eichentisch saß. Ich konnte sein Gesicht nicht erkennen, weil er nur eine kleine Taschenlampe brennen hatte. Ich sah nur seine mächtige weiße Mähne. »Waren Sie vorsichtig?« fragte er abermals, und es kam mir vor, als hätte ich seine Stimme schon irgendwo gehört.

»Selbstverständlich«, brachte ich stockend hervor und trat näher zu ihm.

»Wissen Sie, in was Sie sich da einlassen? Sie haben die Gelübde abgelegt, Sie wollen tatsächlich mit uns zusammenarbeiten...« Zum ersten Male sah er mich an, und er sprang auf. »Wer sind Sie?« schrie er, doch er wartete keine Antwort ab, er rannte in den angrenzenden Raum und betätigte die Alarmanlage. Von allen Seiten vernahm ich Sirenen.

»Hinaus!« sagte jemand hinter mir, und ich spürte ein Messer zwischen meinen Schulterblättern.

»Wohin?« Ich drehte mich um. Es war Iwan, und es sah aus, als wäre er zu allem entschlossen. »Wohin sollte ich gehen, da ich Sie endlich gefunden habe? Wir müssen auf die Rettungsexpedition warten. Man wird die Trümmer meiner Maschine entdekken. Sobald dieses Unwetter vorüber ist...« Ich blickte aus dem Fenster, es regnete noch immer, das Wrack meines Flugzeuges aber war verschwunden. Der grauhaarige Mann kehrte ins Zimmer zurück, trat nahe vor mich hin, ich erkannte ihn und verlor das Bewußtsein.

Als ich wieder zu mir kam, war der Himmel bereits blau. Doch ich sah ihn durch Gitterstäbe. Man hatte mich in eine primitive Zelle gesperrt, die offenbar einst, in Kriegszeiten, vor vielen Jahren Soldaten in den Fels gesprengt hatten. Ich sah etliche Rettungspropellerboote direkt über mir, ich begann zu rufen, aber man hörte mich nicht, sie waren viel zu weit. Offenbar hatten sie auf der Insel nichts Verdächtiges wahrgenommen, auch sie hielten sie wohl für menschenleer. Und dann vernahm ich jäh eine andere Stimme. Es war ein langgezogenes, schmerzliches Stöhnen. Abermals erkannte ich Iwans Stimme. Abermals schrie er. Ich versuchte die Tür zu öffnen. Sie war mit Eisen beschlagen. Ich lief zum Fenster, ich wollte noch einmal rufen oder wenigstens mit einem Taschentuch winken, aber die Flugzeuge waren bereits fort. Jetzt brüllte Iwan wie am Spieß. Ich rief seinen Namen, doch er schrie viel lauter als ich. Ich erinnerte mich an jenen Greis. Kein Zweifel, es war jener berühmte Chirurgie-Professor, wegen dessen Vorlesungen ich immer nach Wien gefahren war. Ich erinnerte mich, wie er sich zur Wehr setzte, als man seinen Lehrstuhl auflöste, weil man Nährflüssigkeiten und künstliche Gewebe erfunden hatte, so daß man nicht mehr herumnähen und reparieren mußte; wie er sich weigerte, sein Institut zu schließen und es dem Museum anzugliedern. Er liebte die Chirurgie, wie die Alchimisten einst ihre Scheinwissenschaft geliebt haben, er behauptete, daß man jetzt, in der neuen Zeit, auf chirurgischem Wege die Menschen für die verschiedenen Beschäftigungen zurechtmachen könne, sozusagen umformen, wie der Schöpfer. Und damals taufte ihn auch jemand nach dem alten Buch von Wells und gab ihm den Namen dieses erdachten Vivisektors. Man nannte ihn Doktor Moreau. Ich konnte mich nicht irren, er hatte im letzten Jahr für ganz Europa Chirurgie gelesen, und es waren mit mir nur vier Hörer gewesen, die seine Vorlesungen besuchten. Ich saß ihm stets direkt gegenüber, um die Präparate ganz aus der Nähe sehen zu können. Vielleicht hatte er mich nun erkannt... Aber ich hatte ihm doch nie etwas angetan, ich hatte ihn nicht verspottet, er hatte mir eher leid getan, denn ich wußte, daß mit ihm eine der großen Künste der Vorzeit von der Bühne abtrat, eine Kunst, die der Menschheit viele Generationen hindurch gedient hatte. Weshalb hatte er mich also eingekerkert? Was verbarg er hier? Wie war Iwan hergelangt? Und weshalb schrie er jetzt nebenan vor Schmerz? Dann bekam ich langsam Hunger. Und ich fand in der Tasche meines Kleides eine kleine Nagelfeile. Die Gitterstäbe waren in die Ziegelsteine eingelassen, ich kam mir wie in einem romantischen Roman vor. Lange brauchte ich nicht zu arbeiten. In dieser Zelle war offenbar schon seit vielen Jahren niemand mehr eingekerkert gewesen, die Eisenstäbe waren verrostet und zerbröckelten fast von selbst.

Ich stand inmitten eines tiefen Waldes. Iwan schrie abermals vor Schmerz auf. Ich wollte mich im nächsten Gebüsch verstekken, doch von dort ertönte eine Glocke, genau wie vorhin beim Alarm in der Aufnahmebaracke. Mit einem Satz war ich bei der nächsten Palme, doch auch diese schien Alarm zu läuten, ich rannte durch den dichtesten Busch weiter, die Alarmzeichen ständig um mich, ich war zerschunden, meine Kleidung ging in Fetzen, aber schließlich hörte das Ganze auf, ich stand auf einer Lichtung, vor mir sah ich seltsame Tarnzelte, kein Läuten war mehr zu hören, ich lief in das nächste Zelt und ließ mich auf das erstbeste Lager fallen.

Karbolgeruch lag in der Luft, genau wie in den Krankenhäusern von ehedem. Ich mußte lächeln. Vielleicht war diese Insel ein großes Museum der Medizin von einst.

Meine Augen gewöhnten sich an das Dämmerlicht im Zelt. Die Planen trugen nämlich Tarnbemalungen wie in früheren Kriegszeiten. Ich blickte mich um und hätte fast vor Angst aufgeschrien. Auf jedem Lager lag ein Verwundeter, genau wie früher, sie blickten mich an, denn sie lebten. Etwa fünf waren hier, alle bei Kräften und alle verstümmelt.

»Willkommen!« sagte der mir am nächsten Liegende, dem bis auf eine Hand, in der er Hubbles Astronomische Frage hielt, alle Glieder fehlten. »Du bist wirklich eine Frau, nicht wahr?« Ich nickte stumm. »Du bist überhaupt die erste Frau, die Sehnsucht nach dieser Insel bekundet...«, sagte er und blickte sich nach den übrigen um. Alle lächelten. Der Mann ohne Beine, der ihm gegenüber lag, der andere mit dem verunstalteten Gesicht und der Einhändige etwas weiter im Dämmerlicht, dessen Bein mittels eines altertümlichen Flaschenzuges gespannt wurde.

»Hast du schon mit dem Doktor gesprochen?« fragten sie mich.

Endlich fand ich wieder Worte. Ich trat in die Mitte des Zeltes.

»Ja. Ich kenne ihn nämlich. Ich bin ebenfalls Ärztin. Und ich kann euch sagen, daß er euch zu Krüppeln macht. Wer hat das schon jemals gehört, Verwundete so behandeln? Inmitten von Karbol! Menschen zusammenflicken! Habt ihr denn in euren Büchern, die ich hier überall herumliegen sehe, nichts über die neuen Entdeckungen in der Kunst des Heilens und Kurierens gelesen? Es genügt, dem erstbesten der Rettungsflugzeuge zuzuwinken, vor denen euch Moreau zu verbergen trachtet, und ihr bekommt Regenerationslösungen, eure Wunden werden sich binnen weniger Minuten schließen, und nach einiger Zeit bekommt ihr dann neue Gliedmaßen aus biologischen Stoffen. Ihr müßt fort von hier, Moreau würde euch für immer zu Krüppeln machen...«, sagte ich resolut. Während meiner Rede hatten sie sich in ihren Betten aufgesetzt. Das Gewicht, das das Bein des einen Mannes streckte, fiel polternd zu Boden.

»Was redest du da? Hast du denn nicht die Gelöbnisse abgelegt?«

»Wir wollen gar keine Rettung herbeirufen.«

»Wage nicht hinauszugehen!«

»Wie bist du in unseren Kreis geraten?« Und drei von ihnen, die sich fortbewegen konnten, legten die Bücher weg und humpelten zum Ausgang des Zeltes. Sie hoben ihre vorsintflutlichen Krücken. Ich stieß sie mühelos zur Seite. Sie begannen zu schreien. Auf der Lichtung ertönte plötzlich das Alarmzeichen. Moreau stand vor mir, er stützte den verunstalteten Iwan, ich hätte ihn wohl gar nicht mehr erkannt, wenn er nicht vor Schmerz gewimmert hätte.

»Ein Verbrechen! Das ist ein Verbrechen, für das Sie sich verantworten werden...«, sagte ich ihm, er wollte sich auf mich stürzen, doch ich habe schon stärkere Männer in Staunen versetzt, als es dieser alternde Sonderling hier war, ich schleuderte ihn sofort zur Seite, und dann sah ich, wie Iwan, der noch immer wimmernde Iwan seine schweren Krücken hinter mir drohend hob. Ich begriff nicht, warum das Opfer seinem Peiniger beistehen wollte, ich vergaß, mich zur Wehr zu setzen und verlor abermals das Bewußtsein.

Diesmal weckten sie mich selbst. Sie saßen in einem engen Kreis um mich, ich vermochte mich kaum zu rühren.

»Wir sind freiwillig hier«, wiederholte Iwan schon zum x-ten Male. »Ich, William, Stephan«, und er zählte sie alle namentlich auf, es waren Namen bekannter Wissenschaftler, und alle waren zu Krüppeln gemacht worden. Er zählte sie an seinen Fingern auf, und dabei merkte ich, daß er an der rechten Hand sieben Finger hatte. Ich konnte ihn nicht begreifen. Ich bekam Angst. »Sie wissen doch selbst, daß die Forschungen über unseren dreidimensionalen Kosmos nicht von der Stelle kommen...«

»Seit Hubbles Entdeckung haben wir keine Fortschritte mehr gemacht«, sagte der Mann mit dem verunstalteten Gesicht.

»Wir wissen lediglich, daß sich die Galaxien von uns fortbewegen und daß ihre Geschwindigkeiten den Entfernungen proportional sind«, sagte der Beinlose, und seine Stimme zitterte wie die eines Pfarrers, der seine Litanei herunterleiert.

»Der Radius der Krümmung unseres Weltalls wächst. Der Inhalt ändert sich nicht. Schon seit einer Reihe von Jahren. Warum?«

»Ist das All endlich?«

»Hat es eine bestimmte Form?«

»Und was ist dahinter? Was in der vierten Dimension?« überschrien einander die Verkrüppelten hier, als gäbe es für sie nichts Aufregenderes auf der Welt, als wären das die allerwichtigsten Probleme.

»Ein Experiment ist nötig«, sagte Iwan, der als Neuling der ruhigste von ihnen war. »Man muß eine Sonde ins All aussenden...« Alle verstummten, ihre Augen glänzten, ich kam mir vor wie bei der Zeremonie irgendeines primitiven Stammes.

»Aber müßt ihr euch denn deshalb verstecken? Gebt eure Forderungen doch dem Kosmologischen Institut bekannt, man wird sie in den Plan einbauen, man wird das Experiment durchführen, sobald die Techniker die geeigneten Raketen geliefert haben...« Sie lächelten, als wäre ich ein törichtes Kind.

»Solche Materialien existieren nicht«, sagte Iwan. »Es ist unmöglich, eine Rakete zu konstruieren, die einen Menschen eine so ungeheuer weite Strecke tragen könnte, wahrscheinlich ist das irgendein Grundgesetz. Ein Gesetz, mittels dessen die Natur dem Erkennen der Menschen Grenzen setzt...«

»Solche Gesetze existieren nicht. Es muß doch irgendein Weg, irgendein Mittel gefunden werden. Die Vernunft hat bis jetzt jedes Hindernis überwunden.«

»Gerade deshalb sind wir ja hier«, sagte Iwan. »Wir haben den Weg gefunden. Wir verkleinern unsere Körper, wir entledigen uns der überflüssigen Organe, wir haben einen Meister der Chirurgie gefunden, der gelobte, uns so zu vervollkommnen, daß wir nur unsere Hirne und unsere verbesserten Hände auf die Reise schicken werden, er wird unser Bewußtsein, unsere Beobachtungsgabe, unser Gedächtnis und unsere Fähigkeit bewahren, Schlüsse zu ziehen. Und wir können dann die gewöhnlichen Raketen benutzen, die aus dem Zeitalter der Kriege übriggeblieben sind. Wir werden ein minimales Gewicht haben...« Sie lächelten. Diese Phantome! Als hätten sie sich das seit jeher erträumt, als freuten sie sich auf das bevorstehende Paradies. Der Mann mit dem verunstalteten Antlitz bleckte nur die Zähne.

»Aber das wird doch kein Leben mehr sein. Wozu werden euch dann eure Erkenntnisse noch nützen?« sagte ich schwach.

»Wir hätten sie töten sollen!« fuhr Moreau, der sich bis jetzt im dämmrigen Hintergrund gehalten hatte, wild auf. Ich zuckte zusammen.

»Ich bin doch stets gut vorbereitet zu den Prüfungen angetreten«, sagte ich einfältig, weil es mir so unsinnig vorkam, daß in unserer Zeit überhaupt noch jemand an das Töten eines Menschen denken konnte.

»Sie wird uns nicht verraten. Sie begreift uns nicht, aber sie wird niemandem etwas sagen. Sie ist nur gekommen, weil sie uns helfen wollte. Wir brauchen Ihre Hilfe nicht, Ärztin, alles, was wir tun, tun wir aus freiem Willen. Kehren Sie nach Hause zurück...«, sagte Iwan.

Ich erhob mich widerwillig. Man brachte mich ans Ufer. Freilich, sie waren frei, sie konnten tun, was sie wollten, niemand konnte sie zu etwas zwingen oder ihre Entschlüsse beeinflussen.

Ich blieb mit Iwan allein.

»Ihr müßt euch doch noch mit irgend etwas beschäftigen, mit Kunst oder Sport...«

»Sport betreiben hat mir nie Spaß gemacht, ich hielt das stets für Zeitverschwendung. Ich habe mir deshalb absichtlich einige Male meinen Knöchel gebrochen, und so ließ man mich schließlich damit in Ruhe. Ich habe gesagt, daß ich mich der Malerei widme, aber in Wirklichkeit vervielfältigte ich durch ein besonderes Expreßverfahren, das ich selbst erfunden habe, die Porträts minder bekannter Maler vergangener Zeiten. Niemand hat etwas gemerkt, man glaubte, ich hätte einfach kein Talent.«

»Aber Sie müssen doch jemanden lieben...«

»Ich liebe die Kosmologie«, sagte er, ohne zu lächeln. »Ich opfere ihr mein ganzes Dasein. Leben Sie wohl! »Er ging schnell davon, er blickte sich nicht einmal mehr nach mir um.

Aber ich wollte nicht abfliegen. Weshalb? Erst jetzt begriff ich es. Stets waren mir die Männer nachgerannt, sie warben um mich, sie liebten mich, weil sie mich schön fanden. Keiner von diesen Verkrüppelten hier hatte mir etwas Derartiges gesagt. Und vielleicht begann ich nun selbst, Iwan zu lieben. Ich weiß nicht. Aber ich beschloß, auf der Insel zu bleiben und um Iwan zu kämpfen, ich sagte mir, das wäre meine Pflicht, ich dachte dabei an die Medizin, aber in Wirklichkeit war es die Pflicht der lebendigen Frau.

Diese letzte Nacht sehe ich wie im Traum vor mir. Ich ging im Mondenschein das Ufer entlang und sang ganz für mich irgendein Liedchen aus meiner Kindheit vor mich hin, vielleicht tanzte ich sogar, ich weiß es nicht, aber plötzlich schien es mir, als könnten meine eigenen Gedanken, meine Stimme, meine Beine, Hüften und Brüste, meine schwarzen Haare, die ich immer mit einer silbernen Schleife zusammenbinde, als könnte all dies diese Menschen hier ändern, als könnte ich Iwan retten, indem ich mich entkleidete und wie bei gymnastischen Festveranstaltungen über den Sand lief. Das Ufer, durch die ständige Brandung feucht, hielt meine Spuren fest, bis sie von der nächsten Welle ausgelöscht wurden. Aber dann kam mir das alles wieder nichtig vor, ich wußte, daß diese verkrüppelten Wissenschaftler wohl nicht einmal ahnten, daß ich überhaupt auf der Insel geblieben war, daß sie sich, anstatt zu leben, lieber Folterungen unterzogen und daß sie sich nicht ändern würden, selbst wenn ich die wunderschönsten Mädchen der Welt mit den vollkommensten Körpern zum größten Gymnastik-Wettbewerb aller Zeiten auf diese Insel beriefe. Ich sank auf den Boden nieder und begann zu weinen. Es war ein ganz sonderbares Erlebnis. Ich hatte in meinem ganzen Leben noch nie geweint.

Iwan suchte und fand mich erst gegen Morgen, ich fror, und ich wußte, daß ich nun nicht mehr schön war, ich klapperte mit den Zähnen und erwartete, daß er mich umarmen, daß er mich zudecken würde, daß er gekommen war, um mich zu wärmen. Und ich sagte ihm, daß ich ihn liebe. Er lächelte nicht einmal.

»Sie müssen diese Insel sofort verlassen, oder Sie treten unserer Gemeinschaft bei...« Mich überkam Grauen. Stets hatte ich vor Unfällen und vor Leiden ein wenig Angst gehabt. »Dann könnten Sie in meiner Nähe bleiben.« Auf so eine Nähe legte ich keinen Wert, ich wollte nicht, daß mein Gehirn in irgendeiner Nährlösung neben seinem schwimme, so stellte ich mir ein glückliches Zusammenleben nicht vor. »Wir werden zusammen das fundamentale Geheimnis des Kosmos erkennen. Wir zwei werden die Materie beherrschen. Und dann werden wir die Herren aller sein...«, sagte er ruhig. Ich hörte zu beben auf. Jetzt hatte ich ihn ganz klar durchschaut. Diesen Menschen ging es nicht um die Wissenschaft, nicht wegen Erkenntnis ließen sie sich zu Krüppeln machen, sondem ihrer selbst willen, ihrer Macht und ihrem Ruhm zuliebe, sie wollten mehr wissen als die anderen, die anderen beherrschen können, genau wie einst die primitiven Medizinmänner, sie wollten ihr eigenes Tabu haben, mit dem sie die Welt unterjochen könnten wie die Geheimgesellschaften der Alchimisten, das waren keine freien Menschen mehr mit den Rechten freier Menschen, das waren Kranke, und sie wußten es nicht.

»Ich gehe. Gleich bei Tagesanbruch. Lassen Sie mich allein...«, sagte ich und war plötzlich ganz ruhig, als säße er in meiner Ordination. Und am Morgen reiste ich mit dem ersten Propellerflugboot ab. Gleich in Arica versuchte ich Meldung zu erstatten. Aber dort sah man mich an, als käme ich vom Mond.

»Nobles Island? Haben Sie denn nicht von der Katastrophe gehört? Heute nacht ist doch ein altes Militärdepot in die Luft geflogen. Wahrscheinlich wieder einer dieser versteckten Blindgänger, die uns durch ihre Selbstzündung immer wieder gefährden...« Aber ich wiederholte meinen Bericht. Ich umfuhr die Insel in Begleitung von Angehörigen des Sicherheitsausschusses, aber das Eiland war bereits verlassen, die Lagerschuppen ausgebrannt, der Fels, in dem man mich gefangengehalten hatte, stand unter Wasser.

»Es muß eine besonders starke Bombe gewesen sein…«, sagte der Kommandant.

»Es war ihr Experiment. Höchstwahrscheinlich ist es mißglückt, denn die Navigatoren meldeten keine Rakete. Doch die Leute hier sind vielleicht geflohen, vielleicht sind sie an einen anderen Ort gezogen. Und sie sind krank, gefährlich krank, wir müssen sie verfolgen, sonst stecken sie ihre Mitmenschen an…« Aber niemand wollte mir Glauben schenken.

Darum schreibe ich Ihnen, verehrte Mitglieder des Wissenschaftlichen Rates, um Ihre Aufmerksamkeit auf diesen Fall zu lenken und um jene Krankheit zu beschreiben, für die ich keinen Namen habe, die jedoch meines Erachtens vom Beginn der Zivilisation an latent unter den Menschen grassiert und deretwegen ein spezielles Fach geschaffen werden müßte, das mit der Medizin von ehedem wohl nichts mehr gemein hätte, uns jedoch alle vor dieser Ansteckung schützen müßte, die durch einen besonderen Degenerationsprozeß den menschlichen Organismus verunstaltet.

Traktat über die Luftschiffe

Ich vermute, daß der eigentliche Entdecker des Luftschiffes ein Tscheche gewesen ist. Er hieß Jiři Tuma und lernte ursprünglich in Blatná das Klempnerhandwerk. Die Historiker streiten freilich noch immer über die Namen angeblicher französischer Erfinder, und der Durchschnittsmensch verbindet das Luftschiff mit dem Namen des Grafen Kreppelin, nach dem eine bestimmte Form dieser lenkbaren Ballone einst benannt wurde.

Dabei dürfte es gerade dieser Kreppelin gewesen sein, der unseren Tuma bestohlen hat. Sie begegneten einander in Hamburg, als der Graf in den Ruhestand ging. Er hatte eine bewegte Karriere im diplomatischen Dienst und beim Militär hinter sich. Ja, er hatte sogar in seinen jungen Jahren an den Sezessionskriegen teilgenommen, er war unter Bismarck in Paris eingezogen, und später hatte er von der Eroberung ganz Europas geträumt. Er erkannte augenblicklich, wozu die Pläne des beinamputierten Tuma, der schon einige Jahre lang vor seinem Amtssitz gebettelt hatte, verwendet werden könnten.

Tuma war als junger Bursche im preußisch-österreichischen Krieg um die Beine gekommen, er hatte sich ein Wägelchen besorgt und war bettelnd durch halb Europa gezogen. Die Leute erschauerten, wenn sie den Mann ohne Beine in seinem Wägelchen vor sich sahen, wie er sich mit den Händen, die in Lappen gewikkelt waren, abstieß, wie er sich durch die Straßen der Städte plagen mußte, durch die sie mühelos dahineilen konnten. Und so kam es ihnen auf ein paar Kreuzer nicht an. Tuma konnte von Stadt zu Stadt vagabundieren. Aus Hamburg kam er nicht mehr heraus, denn hier gab es zahlreiche Beinlose, hauptsächlich dank der kaiserlichen Politik, die sich damals in internationalen Abenteuern gefiel. Hier war der Anblick eines Menschen, der auf seinem Wägelchen durch die Stadt ruderte, etwas durchaus Alltägliches. Hier war Tuma froh, wenn er sich alle zwei Tage einmal von Abfällen satt essen konnte. Unter den Beinlosen gab es keinen Konkurrenzneid, wie man vielleicht annehmen könnte, eher im Gegenteil. Diese schwer verwundeten und verkrüppelten Menschen betrachteten ihr Leben aus der Perspektive ihrer Erlebnisse, es waren Philosophen der Straße, die in einem verlassenen

Haus sogar so etwas wie einen Klub besaßen, wo man übernachten konnte und wo gegen Bezahlung ein ausgedienter Faustkämpfer beschäftigt wurde, der sie vor Dieben und Räubern schützen sollte. Es kam nämlich oft vor, daß sie jemand ausplünderte, wenn sie von der Bettelei heimkehrten, denn sie konnten sich ja nicht zur Wehr setzen.

»Da wir genug Geld haben, um Franz zu bezahlen«, begann eines Abends Tuma beim Feuer zu philosophieren, »müßte es doch möglich sein, uns ein wenig mehr Mittel zu beschaffen und dann von Zeit zu Zeit die Welt von oben zu betrachten, wir könnten hier und da aus großer Höhe über alle jene hinwegblicken, zu denen wir die ganze Zeit emporschauen.«

Man verstand ihn nicht. Also begann er ihnen die Idee zu erläutern. Einst, in seiner Jugend, hatte er ein paar Ballonaufstiege miterlebt. Das war seit den Zeiten der Gebrüder Montgolfier eine beliebte Kirchweihbelustigung, aber in letzter Zeit war die Erfindung weiterentwickelt worden, besonders in Preußen, wo man dahintergekommen war, daß die Ballons bei militärischen Erkundungen von Nutzen sein konnten. Doch Tuma hatte eine andere Idee, er wollte einen lenkbaren Ballon konstruieren, so etwas wie ein Luftschiff oder einen Luftklipper, wie er es nannte. Einige Menschen hatten sich schon vorher darum bemüht. Erfolglos, obwohl ihnen bedeutend größere Mittel zur Verfügung gestanden hatten. Tuma kaufte nun für Pfennige, für abgegriffene und erbettelte Pfennige, gummierte Leinwand, Seile sowie Gefäße mit Wasserstoff. Es kam freilich nicht einmal zu einem ernsteren Versuch. Vom Dock der Beinlosen stieg niemals das lenkbare Luftschiff auf, mit dem alle irgendwohin auf eine paradiesische Insel fliegen könnten, wo es nur Beinlose geben würde und wo sie niemanden hätten zu beneiden brauchen. Es kam vor allem deshalb nicht zu diesem Aufstieg, weil das Geld nicht reichte. Nach den Feldzügen in Afrika wuchsen nämlich die Reihen der Beinlosen in Hamburg, und die Bewohner beschenkten jetzt nur jene, die außer Beinstümpfen auch die eine oder die andere Tapferkeitsauszeichnung zur Schau stellen oder die von ihren jüngsten Heldentaten in Kamerun erzählen konnten. Die Beinlosen mußten schließlich auch Franz entlassen, ihren Leibwächter, und sie waren wieder gezwungen, sich in die Kanäle der Vorstädte zu verkriechen.

Deshalb war Tuma begeistert, als ihm Kreppelin einen Posten

anbot. Nach den letzten Mißerfolgen hatte er nämlich so etwas wie das Modell eines Ballons konstruiert, von dem er sich, wenn der Wind durch die Straßen wehte, schleppen ließ. Die Leute lachten zwar viel darüber, doch die Einnahmen aus der Bettelei litten darunter.

»Wenn er einen Ballon besitzt, muß er nicht betteln...«, dachten sie sich. »Es wird wohl einer von jenen reichen Erpressern sein, die auf der Bank Millionen liegen haben.« Einzig und allein Ingenieur Kreppelin wußte so großen technischen Scharfsinn zu schätzen und brachte Tuma in seine Werkstätte am Bodensee. Hier wurde schon seit einiger Zeit geheim und privat an den Plänen eines lenkbaren Luftschiffes gearbeitet.

Tuma lachte über diese Pläne. Bis zu jenem Zeitpunkt waren nur die Versuche mit dem lenkbaren Ballon La France bekannt, der eigentlich nichts als ein gewöhnlicher Ballon mit einem Benzinmotor im Korb war. Dadurch wurde das Luftschiff nicht nur vom Wind gebeutelt, sondern auch noch von der Kraft des Motors. Es überdauerte keine zwei Starts. Tuma war der erste, der für den Tragballon die Zigarrenform vorschlug und durchsetzte. Wir vergessen oft, daß die Luftklipper der vergangenen Zeiten von Ballonkonstruktionen in die Höhe getragen wurden, die doppelt so lang waren wie der St. Veitsdom auf dem Hradschin und ganz aus Aluminium. Kreppelin mußte sich deshalb auch mit einem Aluminiumfabrikanten assoziieren und ihm seine eigene Tochter versprechen. Hier setzte Tuma seine Idee bald durch. Hatte er doch eine Reihe von Jahren, während der ganzen Zeit, da er die Schiffe im Hamburger Hafen beobachtet hatte, an nichts anderes gedacht als daran, ein Luftschiff zu bauen, das die Beinlosen von der Schwerkraft der Erde befreit hätte. Schon damals hatte er kleine lenkbare Modelle aus Wachspapier zusammengebastelt, die mit heißer Luft gefüllt wurden. Er hatte mit der Luftschiffahrt größere Erfahrungen gemacht als die übrigen Ingenieure am Bodensee. Bald arbeitete er am besten von allen, doch er hatte noch einen weiteren Grund dazu. Er hatte sich in die junge Kreppelin verliebt. Natürlich konnte es keine unglücklichere Liebe geben. Welche Aussichten hatte der beinamputierte Hungerleider aus Blatná bei dieser nordischen Schönen, die auf ihren Familiengütern in Litauen auf ungesattelten Pferden ritt, täglich Golf und Tennis spielte und ihren beneidenswerten Körper trainierte? Er konnte sich keinerlei Hoffnungen hingeben. Er fand ja kaum einmal Gelegenheit, mit dieser Schönheit auch nur ein paar Worte zu sprechen. Sie befand sich nämlich ununterbrochen in der Gesellschaft ihres Vaters, den sie so abgöttisch liebte, daß sie sich sogar seinen Plänen zuliebe mit diesem glatzköpfigen Aluminiumfabrikanten verlobt hatte. Und so konnte Tuma nur dann in ihre Nähe gelangen, wenn er mit irgendwelchen neuen Vorschlägen kam, wenn er eine Möglichkeit entdeckt hatte, die Luftklipper zu verbessern, die bereits in den schwimmenden Werkhallen bei Friedrichshafen mitten auf dem See heranwuchsen, Tag und Nacht bewacht. Und der Graf sprach gerne mit dem beinamputierten Tschechen. Dann unterhielt er sich über ihn oft mit seiner Tochter, die Tuma einmal ein flüchtiges Lächeln schenkte. Tatsächlich, sie schenkte ihm ein Lächeln!

Und wie sie am Tag des Versuches lachte! Zu dritt befanden sie sich damals an Bord, so gut wie allein also. Der greise Graf, seine Tochter und Tuma, dessen Traum Wirklichkeit wurde. Er erhob sich über den Erdboden. Er saß am Steuer, einen schottischen Plaid über die Oberschenkel gelegt, eine Schirmmütze in die Stirn gedrückt, so beherrschte er mit sicherer Hand das Luftschiff. Die Erde lag tief unter ihm, er kam sich wie ein Engel vor.

In der Ferne sahen sie die Alpen, im Norden das Donautal. Kreppelin umarmte und küßte ihn, seine Tochter dankte ihm, Tränen in den Augen. Das war schon während des Rückfluges zum See. Tuma versuchte ebenfalls, die Kreppelin zu küssen. Das freilich war zuviel. Entsetzt wich sie vor ihm zurück, als hätte sie einen Frosch angegriffen. Sie schrie vor Abscheu auf. Der alte Graf, der im Bug stand, drehte sich beunruhigt um. Man durfte ihn im allerwichtigsten Augenblick nicht stören! Die Landung war stets das Komplizierteste. Er winkte Tuma zu, wies ihm die Richtung. Jetzt hatte wieder sein Steuermann Tränen in den Augen. Und er hatte sich noch immer nicht beruhigt, als man schon wieder in der Halle war und als man ihm einen Sessel neuester Konstruktion zeigte, den ihm der Graf aus Dankbarkeit geschenkt hatte und der zwei Transmissionen hatte, so daß er an ein Fahrrad erinnerte. Er wandte sich an Kreppelin und sagte an Stelle eines Dankes: »Darf ich jetzt das Telegramm nach Hamburg abschicken?« Doch der Graf hatte längst sein Versprechen vergessen. Als er nämlich Tuma aufgenommen hatte, tat er, als wäre er auch mit seinem Plan einverstanden gewesen, ein Luftschiff zu bauen, dessen Besatzung Beinamputierte bilden würden, die bestimmt ihr ganzes Leben gern der Luftschiffahrt geweiht hätten, weil ihnen auf diese Weise an Stelle der Beine sozusagen Fügel wüchsen.

Kreppelin schüttelte verständnislos den Kopf, seine Tochter kehrte Tuma ihren athletischen Rücken und stieg in das Motorboot, das bei der Halle auf dem Wasser schaukelte. Schnell fuhren sie ans Ufer. Tuma gelangte erst mit dem Hilfspersonal dorthin. Hier erblickte er den Grafen unter hohen Offizieren des preußischen Generalstabes, die ihm gratulierten, die einander in Höflichkeiten überboten und die seiner Tochter Komplimente machten. Der Plan, den früher einmal das Kriegsministerium zu finanzieren abgelehnt hatte, war nun widerspruchslos akzeptiert worden. Der Graf nahm, als wäre das selbstverständlich, die Danksagungen und die Glückwünsche entgegen, obwohl doch der Großteil der Arbeit und die meisten Ideen Tuma zuzuschreiben waren.

»Ballons hat schon Napoleon vor seinem Feldzug nach Ägypten benutzt, doch dann ließ er von ihnen wieder ab, weil sie allzu große Pflege erforderten. Das lenkbare Luftschiff können wir ausschicken, wohin wir wollen, wir werden alles über den Feind erfahren. In der Gondel befestigen wir einen Verschlag mit Brieftauben, und so könnten wir sogar Nachrichten aus dem Hinterland des Gegners erhalten.«

»Ja, und auch die Festungen werden jetzt fallen. Für Verdun würden drei Luftschiffe ausreichen. Sie haben doch gesagt, daß ein jedes vierzig Granaten tragen kann...«

»Wir können Paris bombardieren.«

»Wir können London bombardieren.«

»Wen? Die Zivilisten«, warf Tuma ein, der von seinem Sessel aus das ganze Gespräch mitangehört hatte. »Genügt es euch nicht, daß ihr die Soldaten zu Krüppeln macht?« – Er wurde ausfällig. Kreppelin ließ ihn auf der Stelle hinauswerfen. Natürlich lehnten es alle ab, auf den Luftschiffen beinamputierte Krüppel zu beschäftigen. Bettler in so wichtigen Objekten sitzen zu haben! Ob dieser Kerl nicht etwa ein Spion war?

»Aber wohin denn!« beruhigte sie der Graf. »Sie irren sich. Alle meine Leute sind Preußen ergeben. Der Sache Preußens...«, sagte er wörtlich, »sowie seiner Kaiserlichen Majestät.«

Tags darauf suchte man Tuma vergeblich. Man fand nur seinen neuen Sessel, nicht aber sein altes Wägelchen. Er war verschwunden. Ob er am Ende nicht doch ein Spion gewesen war? Kreppelin wurde unruhig. Da kamen Leute vom Hafen zu ihm gelaufen. Jemand war in der Nacht über den See bis zur Halle geschwommen, hatte den Hangar geöffnet und die Taue durchgeschnitten, mit denen der Luftkreuzer befestigt gewesen war.

Dieser war im Nachtwind keine fünfhundert Meter weit geflogen und dann auf dem gegenüberliegenden Hügel zerschellt. Bis zum Morgen wurde er dort unverankert zwischen den Bäumen herumgebeutelt. Von der Hülle waren nur Fetzen übriggeblieben, von der Aluminiumkonstruktion Trümmer. Und Tuma war verschwunden. Der Generalstab zog seine Zusage zurück, er wollte weitere Versuche sehen. Kreppelin begann mit der Arbeit an einem neuen Modell. Doch plötzlich kamen Anfragen aus den Werkstätten, aus den Konstruktionsbüros, aus den Hangaren. Man wollte Ratschläge, Ideen, Hilfe. Man verlangte nach dem Grafen, und Tuma war fort.

Er war nach Hamburg zu seinen Leidensgenossen zurückgekehrt, ins Dock der Beinlosen, denen es nun wieder besser ging. Statt des Faustkämpfers hatte man nun das blinde Brigittchen angestellt, denn sie war schön. Es war eine eindrucksvolle Kombination: das blinde Mädchen, von einem Beinamputierten geführt. Man hieß Tuma willkommen und fragte ihn nichts. Einige Zeit später tauchte über Hamburg ein Luftschiff auf. Der Graf hatte sich nicht geschlagen gegeben. Nach zwei Katastrophen hatte er endlich ein lebensfähiges lenkbares Luftschiff konstruiert. Es kostete ihn fast sein ganzes Vermögen, denn Ingenieur Krebs, den er nun ausbeutete, war dümmer als Tuma.

Und damals begannen die Beinamputierten wieder Geld zu sammeln. Wenn der Graf das ihnen gegebene Wort nicht hielt, wollten sie sich an ihm rächen. Tuma hatte geschworen, ein Mittel zu finden, seine Erfindung zu vernichten. Niemand kenne sie doch so gut wie er selbst. Wenn die Beinlosen nicht fliegen würden, wolle er diese Kurzweil auch denen wieder entziehen, die beide Beine hatten und im Kopf nur den Gedanken, wie man seinen Nächsten zum Krüppel machen könne. Und Neid, mit Haß gepaart, erwies sich nun als mächtigerer Impuls als die Sehnsucht nach Schwingen. Diesmal regnete es nur so die Pfennige. Tuma baute seinen Apparat, der mittels Strahlen jedes Luftschiff vernichten konnte. Der Wasserstoff, mit dem die schwebende Zigarre gefüllt war, war doch ein explosives Gas. Es konnte also leicht entzündet werden, zum Beispiel durch einen Blitz. Oder einen künstlichen Blitz von Tuma. Freilich mußte man mit diesem komplizierten Apparat dicht unter das Luftschiff gelangen und den Todesstrahl lotrecht in die Höhe senden. Und so verließen drei beinamputierte Bettler Hamburg, um am Rhein entlang zum Bodensee zu ziehen.

Der Graf flog ihnen entgegen. Er hatte sich nämlich entschlossen, durch einen triumphalen Flug die Ruhrmagnaten für seine Erfindung zu gewinnen. Sein Luftschiff legte etwa dreißig Kilometer in der Stunde zurück, die Krüppel nicht einmal zwei.

Kreppelin hatte allerdings keine ruhige Luftfahrt. Einen derart genauen und zielsicheren Flug wie damals mit Tuma hatte er nie wieder zustande gebracht. Er mußte zweimal landen. Einmal auf einem Feld, wo der rechte Motor ausgetauscht wurde, und das zweite Mal bei Echterdingen wegen des Windes. Er verankerte das Luftschiff in den nahen Wiesen, ließ Mechaniker kommen, dann ging es zum Festbankett, das der Bürgermeister gab. »Wenn England die Meere beherrscht, beherrschen wir die Luft«, verkündete der Bürgermeister in seinem Trinkspruch. Kreppelins Tochter benetzte nur die Lippen. Sie blickte durch das große gotische Fenster des Rathauses auf den Marktplatz. Dort standen drei Bettler. Sie erkannte Tuma.

»In Litauen ist die Revolution ausgebrochen. Der Vater ist ruiniert. Seine Versuche schlagen fehl. Auch der gegenwärtige wird uns nicht gelingen. Komm zurück, kommen Sie zurück, Herr Tuma...«, beschwor sie ihn in dem Schlupfwinkel, in dem er mit seinen Kumpanen hauste. Sie selbst hatte ihn hierhergebracht. In diesen alten, verlassenen Lagerschuppen, wo es nach Ratten roch.

»So erfüllt euer Versprechen. Wir Beinlosen können mit euch meinetwegen bis zum Nordpol fliegen...«

Die junge Komteß versuchte zu erklären, warum das nicht ginge. Daß im Augenblick einzig und allein der preußische Generalstab Kreppelin retten könne, wenn er nämlich seine Luftkreuzer für Kriegszwecke erwerbe. Nur dann würde das Geld zurückfließen, das bis jetzt ausgegeben worden war. Aber Tuma lehnte sogar ab, als sie ihn küßte. Und er schüttelte noch den Kopf, als sie ihr Kostüm aufknöpfte. Sie mußte sich ein wenig bücken, denn es war ein niedriger Schuppen mit morschen Stützbalken. Aber auch so war sie wunderschön.

Am Morgen ging ihr Tuma durch. Seinem kurzen Rausch war Ernüchterung gefolgt. Sie rannte ihm durch die gotischen Gäßchen der Stadt nach. Nie würde man glauben, daß eine so rassige Aristokratin, die in Litauen mit dem Wind um die Wette gelaufen war, einen Beinamputierten in seinem Wägelchen nicht einholen könne.

Eine halbe Stunde darauf wurden die hochlöblichen Bürger der Stadt Echterdingen von einer ungeheuren Explosion geweckt. Fünfzehntausend Kubikmeter Wasserstoff waren in die Luft gegangen. Kein einziges Fenster in der Stadt war ganz geblieben. Alle dreißig Mann der Besatzung wurden getötet. Als man die Unglücksstätte absuchte, fand man in dem nahen Wäldchen die Überreste eines beinamputierten Bettlers, der hier offenbar übernachtet hatte. Man glaubte, er wäre durch Zufall umgekommen. Nirgends wurde über ihn geschrieben. Nur eine kurze Notiz der lokalen Arbeiterzeitung verglich die ungeheuren Beträge, die für den Luftkreuzer ausgegeben worden waren, mit den Unterstützungen für ausgediente Soldaten. Diese Notiz veranlaßte mich auch, weitere Nachforschungen anzustellen. Und so wurde ich mit dem Schicksal des beinamputierten Tuma bekannt. Ich studierte gründlich die Polizeiarchive von Hamburg, das Geburtenregister von Blatná und das geheime Tagebuch des Grafen Kreppelin. Ich glaube nämlich, daß der Apparat zur Vernichtung von Luftschiffen seinen Erfinder überlebt hat. Wie viele solche Luftschiffe sind doch seit dieser Zeit zugrunde gegangen! Kasperers Ville de Paris, Randars La France, Godys Nulli Secundus und das spanische Torres Quevedo. Manche Menschen behaupten einfach, daß sich die Luftkreuzer nicht bewährt haben. Daß das Ganze eine Schnapsidee gewesen ist, die Dinosaurier der Lüfte. Ich aber sehe in ihnen im Gegenteil einen bizarren Versuch um die Umschichtung der Gesellschaft. Einen mißglückten, leider. Freilich, nach den vielen Luftangriffen und Katastrophen des Zweiten Weltkrieges sind beiden Seiten zwar nur wenige Luftschiffe übriggeblieben, die Anzahl der Beinamputierten aber hat sich außerordentlich erhöht.

Der Engel des Jüngsten Gerichts

Der Morgen dämmert. Die Schatten weichen, die Gegenstände vor mir sind plötzlich farbig oder azurblau, der Tod geht auf. In einigen Stunden wird dieser aufgehende Stern in weißer Glut auflodern, er wird sich am Himmel vielfach vergrößern, er wird das Firmament erfüllen wie glühendes Quecksilber, er wird die Oberfläche dieses Planeten austrocknen, wird alles ringsum verbrennen, und schließlich wird er sich mit seinem glühenden Trabanten zu einer einzigen, riesengroßen, hellen Masse verbinden.

Ich wußte das mit absoluter Sicherheit, denn deshalb waren wir ja hergeflogen. Vor einigen Tagen hatten wir auf dem achtzehnten galaktischen Kreis die Meldung erhalten, daß das Verglühen eines Planeten in Alpha Vier der Steinernen Insel bevorstand. Da, wie es hieß, die Gelehrten annahmen, daß dieser Stern mehrere Trabanten besaß, auf denen es möglicherweise Leben gab, bekamen wir den Startbefehl. Ich war ungeduldig. Schon lange war man von unserer Station zu keiner Nova mehr gefahren, solche Reisen gehörten zu den allergefährlichsten, und ich machte das erste Jahr Dienst, eigentlich hatte ich bisher noch kein Abenteuer erlebt.

Alpha Vier der Steinernen Insel hatte neun Planeten. Nur drei von ihnen besaßen eine ausgedehnte dünne Atmosphäre, die Sauerstoff enthielt, wir untersuchten jede gesondert. Die interessantesten Erscheinungen beobachteten wir auf dem dritten Planeten. Er war zum größeren Teil mit Wasser bedeckt, und zunächst dachten wir, daß wir unter den hiesigen, nicht sehr tiefen Meeren intelligentes Leben entdecken würden, wie das auf manchen Planeten ist. Doch schon die ersten Aufnahmen aus großer Höhe zeigten, daß hier einige Kontinente kultiviert wurden, wir sahen große Zusammenballungen von Behausungen sowie quadratisch angelegte landwirtschaftliche Kulturen. An einigen Stellen wohnte man sehr gedrängt, offenbar lebte man hier auf der primitiven, städtischen Stufe.

Wir bemühten uns, uns mit ihnen zu verständigen, denn der Kommandant wollte es nicht auf einen Zusammenstoß oder auf einen Krieg ankommen lassen, jetzt, da wir den Eingeborenen hier eigentlich die letzte Kunde überbringen sollten. Es war fraglich, ob sie sich überhaupt der ungeheuren Glut erwehren konnten, die in ihrem Stern keimte. Die einzige Möglichkeit war, anderswohin zu ziehen, doch wir hatten nicht den Eindruck, als stünde die hiesige Zivilisation auf einer so hohen Stufe. Schließlich, wenn sie Transportmittel hätten, um auf irgendeinen entfernten Stern gelangen zu können, würden sie sicherlich nicht auf unsere Warnung warten. Doch offenbar hatten sie keine besonders vollkommene Technik, wir funkten den einfachsten Verständigungskode über alle Wellen, aber niemand antwortete. Wer weiß, ob sie überhaupt schon die Elektrizität entdeckt hatten! Und so blieb nach einigen Umkreisungen nichts übrig, als das Material zu sortieren, das wir dem Kosmischen Institut für den Vergleich der Kulturen von Lebewesen liefern sollten, weiter einige Nachrichten für den Galaktischen Informationsdienst aufzuzeichnen, dessen Referentin uns während unserer ganzen Reise mit dummen Fragen die Zeit stahl, und zum eigentlichen Stern aufzubrechen, denn es mußte festgestellt werden, weshalb er sich in eine Nova verwandelte und auf welche Gründe sein Entflammen zurückzuführen war.

Dieser Prozeß löste auch unsere Katastrophe aus. Die Materie des hiesigen Sternes war bereits in Umwandlung begriffen, die Strahlung wurde allmählich stärker, ohne daß wir es wahrgenommen hätten. Als wir die Motoren einschalteten, um geradeaus weiterzufliegen, versagte der Regulator, die Verbindungen schlugen durch, und wir blieben im Raum des dritten Trabanten als toter Satellit hängen. An Bord wurde sofort Alarm gegeben. An solche Situationen war ich gewöhnt, zunächst wurde sich keiner von uns der Gefahr bewußt. Der Regulator hat versagt, also reparieren wir ihn, das ist doch wirklich kein Malheur.

»In dreißig Stunden können wir starten«, sagte der Ingenieur neben mir selbstbewußt. Und erblaßte.

»In dreißig Stunden?« Ich begann zu zittern. In dreißig Stunden werden sich alle Trabanten dieses Sternes in glühende Metalldämpfe verwandelt haben. Und wir waren sein Satellit. Der Kommandant versammelte uns im großen Beratungsraum. Er wies allen ihre Aufgaben zu, er traf Anordnungen, er plante, alle sollten sich an der Reparatur des Regulators beteiligen.

»Begreift ihr denn nicht, daß das überflüssig ist?« schrie ich sie an, weil sie alle so feierlich dreinschauten, so verantwortungsbewußt und amtlich. – »Wozu sollen wir den Regulator reparieren, wenn er in wenigen Stunden verdampft, und wir mit ihm? Weshalb sollen wir eine sinnlose Arbeit machen?« – Meine Stimme bebte.

»Und was schlagen Sie vor?« fragte mich der Kommandant. – »Es bleibt nichts übrig, als zu arbeiten wie immer.«

»Auf ein Wunder warten?«

»An Wunder glaubt niemand«, sagte er düster und ein wenig ungeduldig. »Aber ich habe geglaubt, man hätte Ihnen in der Schule erklärt, wie Sie sich in Extremsituationen zu benehmen haben...«

»In der Schule hat man uns versichert, daß das Reisen mit der Rakete völlig sicher sei und daß wir in einer Zeit leben, da unser Verstand schon längst das Universum erobert hat, in der Zeit der Galaktischen Vereinigung, da niemand umsonst oder wegen der Dummheit seiner Vorgesetzten sterben muß...« Ich war verzweifelt, ich beleidigte ihn, fast hätte ich losgeheult. Ich bin noch nicht einmal zwanzig, ich habe keine Kinder, meine Mutter wartet auf mich, mir war es unfaßbar, daß die Menschen einst schon mit hundertsechzig Jahren starben. Wie überflüssig und unsinnig! Und jetzt, wegen irgendwelcher Dummköpfe...

»Ich will nicht sterben!« schrie ich. – »Ich will nicht sterben!« Er trat zu mir, als wäre er mein Vater, und gab den anderen einen Wink. Sie eilten schnell hinaus, als hätte ihr Eilen einen Sinn. Ich verstand das nicht, sie kamen mir vor wie Idioten.

»Das alles war nur eine Probe, mein Freund...«, sagte der Kommandant, fast hätte er meinen Helm gestreichelt. – »Leider haben Sie sie nicht bestanden. Sie werden zu den Transportlinien versetzt...«

»Es stimmt nicht?« sagte ich und erschrak. Manchmal wurden solche höchst sonderbaren Proben vorgenommen, damit, wie es hieß, nur die Allertüchtigsten für wichtige Aufgaben ausgewählt würden. »Sie wollen sagen, daß dieser Stern hier nicht verglühen wird, daß keine Nova aus ihm entsteht, daß wir nicht gekommen sind, um eine Zivilisation zu retten, daß das alles nur eine Komödie war, die ihr meinetwegen gespielt habt, nur damit ihr feststellt, daß ich mich für die verantwortungsvollsten Forschungsreisen nicht eigne?« – Er nickte. Ich errötete. – Dann begreife ich allerdings, daß die anderen so ruhig blieben. Ich möchte wissen, was sie täten, wenn es sich tatsächlich um so eine Situation handelte und sie sterben sollten. Sie würden schreien wie ich. Das stand fest. Ich entschuldigte mich. Es tat mir leid, daß ich die Prüfung nicht bestanden hatte. Der Kommandant wies mir die allerschwierigste Aufgabe zu, ich mußte allein arbeiten, am äußeren Raketenverschluß, im Reserveweltraumanzug, ohne Verbindung mit den anderen.

Zi arbeitete mir gegenüber. Zuerst schämte ich mich ein wenig. Ich machte ihr doch schon sehr lange den Hof, ich wußte, daß mir mein heutiger Auftritt nicht sehr zum Vorteil gereichen würde. Sie ist sehr streng, sie verurteilt schnell. Ich lächelte ihr durch die dicken durchsichtigen Isolatoren verzweifelt zu, ich half ihr bei der Arbeit und trug die Kleinigkeiten hinter ihr her, die sie im Weltraum liegenließ. Die Schwerkraft war hier gering, es schien mir, als könnte ich sogar allein unsere Rakete in der vorgeschriebenen Bahn anschieben.

Und dann überkam mich wieder Zweifel. Wenn das nur eine Probe war, weshalb wurde sie fortgesetzt? Warum starteten wir nicht sofort, nachdem ich durchgefallen war? Ich wollte Zi danach fragen, doch es gab keine Verbindung. Es ging erst, als uns zwei andere Helfer ablösen kamen. Es waren zwei erklärte Spaßvögel, zwei Freunde vom Schwarzen Quadranten, ich war darauf gefaßt, daß wir nun lachen würden, doch sie ergriffen wortlos und verbissen unser Werkzeug, als brenne es unter ihren Sohlen. Und tatsächlich hatten sie unseren Stern unter den Sohlen.

»Verzeih, ich weiß, daß es nicht ernst gemeint war, ich hab mich schrecklich benommen, ich sehe, wie tapfer die anderen sind, ich schäme mich, Zi...« Ich half ihr in ihrer Kajüte die Schutzmaske abnehmen.

»Auch ich habe Angst...«, sagte sie leise. So stimmte es also doch, der Kommandant hatte mich angelogen, als wäre ich ein kleiner Junge.

»Muß ich sterben?«

»Wir alle müssen sterben...«, sagte sie. Dieser Lügner! Am liebsten wäre ich zu ihm gelaufen. Er hatte mir eine Komödie vorgespielt wie ein Arzt einem Todkranken, wie ein Held einem Feigling, ich wollte zu ihm laufen, doch ich hielt inne. Was sollte ich ihm sagen? Auch er wird sterben. Weshalb sollte ich ihm Vorwürfe machen? Er hatte es gut gemeint. Ich warf mich Zi in die Arme. Bisher hatten wir einander noch nie angehört, sie wollte es nie zulassen.

»Jetzt verstehe ich, warum die Leute früher Drogen genommen

haben...«, sprach ich zu ihr, als wir nachher nebeneinander lagen und dem Rauschen der künstlichen Luft aus den Ventilatoren lauschten. – »Auch ich möchte etwas Beruhigendes haben, irgendeine Tablette, oder ein Getränk, das mich erfrischen könnte. Wir wissen doch beide, wo unsere Bordapotheke ist. Komm, wir wollen dem Tod zuvorkommen, zusammen, glücklich, ruhig und angenehm, ohne die Glut dieses schrecklichen Sternes...« Langsam rückte sie von mir fort.

»Bist du krank? Das wäre doch Verrat. Fahnenflucht... Wir wissen doch von Geburt an, daß wir sterben, und dennoch würden wir uns deshalb nicht vergiften. Der Kommandant gibt seine Befehle nicht nur deshalb, weil ihm nichts anderes einfällt. Im ganzen Weltall verhalten sich die Besatzungen bei Katastrophen gleich, weil wir seit jeher keine andere Wahl hatten. Wir werden geboren, und wir sterben; dazwischen denken wir an unsere Arbeit, daran, wie wir uns nützlich machen, unser Leben kennzeichnen können. Es gibt keine andere Lösung. Weder eine fromme Lüge noch Selbstmord, noch Trunksucht. Du redest wie ein Wilder oder wie ein Wahnsinniger, als begriffest du nicht...« Allerdings, Zi war ja auch älter, ich ertrug dieses tönende Gerede nicht, sie sprach, als wäre es ihr egal, daß wir sterben würden, als hätte sie von Geburt an gewußt, daß die Nova bei ihrem dritten Planeten verbrennen würde, als würde sie sich nur selbst beobachten. Hatte sie denn keine Angst? Wir stritten uns. Sie wollte den Arzt zu mir schicken, sie meinte, es wäre ein totaler Persönlichkeitskollaps. Als wäre das nicht ganz natürlich, daß ich den Wunsch hatte, meine Mutter zu sehen, Zi zu sehen, daß ich sie noch viele Tage lieben möchte, daß ich nicht so sinnlos und töricht enden wollte. Ich verließ die Kajüte und kehrte durch den Reservegang in meinen Raum zurück. Die ganze Besatzung war in der Kanzel, beim Regulator. Ich ging an den Rettungsraketen vorüber. Noch drei waren da, es hätte genügt einzusteigen. Wohin würde ich fliegen? Es gab nur zwei Möglichkeiten: im Kosmos verschwinden, allein im Weltall zu bleiben wie die Schiffbrüchigen der Schiffe aus uralten Zeiten, mit dem Unterschied, daß es hier keine festen Schiffahrtswege gab, keine Hoffnung, daß mich ein Handelsschiff retten würde, hier war nichts als Leere und der sichere Hungertod. Oder ich konnte zu diesem Stern dort fliegen und schon heute sterben. Ein Weilchen hatte ich Lust dazu, ich hätte wenigstens dieses unerträgliche Warten abgekürzt. Und dann könnte ich zu unserem Planeten fliegen. Zu irgendeinem von jenen Kontinenten, in irgendeine von diesen Städten. Ich konnte sie warnen. Vielleicht besaßen sie ein rettendes Mittel. Niemand sonst konnte uns mehr retten. Plötzlich taten sie mir viel mehr leid als am Anfang. Damals, als wir ihre Behausungen für das Amt für den Vergleich der Kulturen von Lebewesen aufnahmen, als wir die informativen Nachrichten aufzeichneten. Als würde da unter uns nur Vieh leben. Aber was, wenn es intelligente Wesen waren? Wenn sie unsere Sender nicht empfangen hatten, würde ich sie selbst warnen. Ich bestieg die Rettungsrakete, ich trug meinen Dienstraumanzug. Niemand beachtete mich. Ehe sie dahinterkommen, daß ich verschwunden bin, werde ich längst unten sein. Und ich werde ihnen unsere Nachricht melden. Ich würde nicht handeln wie unser Kommandant. Sie sollten alles wissen. Mochten sie sich entscheiden. Ich war neugierig, ob auch sie arbeiten würden, und zwar arbeiten wie unsere stumpfe Besatzung? Oder hatten sie eine andere Lösung? Und da kamen mir, ich schäme mich es einzugestehen, primitive Vorstellungen über ein Leben nach dem Tod in den Sinn.

Ich sah bereits die großen Inseln des Planeten, eigentlich waren es zwei Kontinente, ein großer, flacher auf der nördlichen Halbkugel, zwei dreieckförmige im Süden, die dichteste Besiedlung verzeichneten die Automaten in jenen Gegenden, wo Kohle oder Erz vorkamen. Das waren Anzeichen für eine industrielle Zivilisation. Ich landete schnell und etwas hart auf dem Hauptplatz einer großen Siedlung im Landesinneren. Ich erwartete, daß mich die hiesigen Einwohner umringen würden, wie ich das immer gelesen hatte, doch ich sah niemanden, nur die dunklen Umrisse ihrer Baue, die aus Eisen, Beton, Lehm oder primitiven Kunststoffen errichtet waren, sie waren noch nicht sehr weit gelangt, sie bauten in die Höhe, an den oberen Enden der Häuser hatten sie steile Dächer, wohl klimatische Einrichtungen. Offenbar gab es hier oft Niederschlag in Form von Wasser, das aus den Meeren verdunstete und auf die Kontinente niederging. Mir wollte das nicht recht gefallen, es war auf den ersten Blick eine zurückgebliebene Zivilisation, ich hätte sie nicht gegen mein Zuhause tauschen wollen, doch für den Tod wollte ich sie gern eintauschen. Ein Weilchen wartete ich, dann betätigte ich die Sirenen, ich war entschlossen, sogar zu schießen oder Brände zu legen, nur um sie herbeizurufen. Doch es tauchte ganz jemand anders auf. Die zweite Bereitschaftsrakete von unserem Raumschiff. Sie fiel direkt zu mir nieder, im Sturzflug, glühend wie Erz, schnell lief ich aus der Kabine und rannte zu den nächsten Häusern, ich versteckte mich im finstersten Winkel. Sie flogen ganz niedrig, landeten jedoch nicht, sie bedienten sich der Verstärker. Sie wiederholten meinen Namen, immer und immer wieder riefen sie mich. Ich stopfte mir die Ohren zu.

»Kehre zurück, augenblicklich kehre zurück!« hörte ich den Kommandanten. – »Es ist uns gelungen, den Regulator zu reparieren, der Ingenieur hat die Reparatur abgekürzt, in einer Weile starten wir...« – So ein Lügner, ich kenne seine Tricks sehr genau, er wollte mich in seinen Gemeinschaftssarg zurücklocken, er glaubte, ich würde ihm abermals vertrauen! Zuerst die Probe, jetzt der Ingenieur, nur um einen Feigling zu beschwichtigen! Der Dummkopf! Ein zweites Mal ließ ich mich nicht täuschen. Ich wußte, wie lange die Reparaturen dauerten, ich kannte die Mechanik unserer Maschinen. Die ließen sich nicht mit dem Wink einer Wünschelrute in Ordnung bringen. Ich vernahm Zi, sie schluchzte ins Mikrophon, ich solle zurückkehren, ich möge begreifen, daß mich hier niemand retten und ich nur den hiesigen Einwohnern schaden würde, daß sie mich nicht mehr lieben könne. Als ob uns noch irgendeine Zukunft verbliebe!

»Willst du für sie zum Todesengel werden?« rief sie böse. »Willst du sie fürs Jüngste Gericht vorbereiten?« spottete sie, als wäre ich noch immer abergläubisch. – »Begreifst du nicht, worin die einzige Rettung vor dem Tod beruht?«

Wollte sie mich vielleicht wieder belehren? Falls sich die hiesigen Einwohner keinen Rat wüßten, würde ich mich mit ihnen zusammentun, selbst wenn sie in letzten, riesenhaften Orgien enden sollten oder in abergläubischer Verblendung. Sie waren lebendig wie ich, das verband uns, sicherlich unterstanden sie keinem so gefühllosen Kommandanten wie meine Rakete. Abermals vernahm ich meinen Namen. Sie gaben mir zehn Sekunden Zeit, ich sollte melden, wo ich mich aufhielt, sie sahen, daß meine Rakete leer war. Sie gaben mir zehn Sekunden, und dann flogen sie zu unserem Raumschiff zurück.

»Du hast selbst gewählt. Du bleibst allein...«, verabschiedete sich der Kommandant von mir und fügte die übliche Formel hinzu, mit der nur Deserteure und Verbrecher aus dem Dienst gejagt werden. Ich lief zum nächsten Gebäude, sobald sie verschwunden waren, ich pochte ans Tor, doch dieses zerfiel unter meinen Händen, die Baue waren verlassen, der Hausrat verstaubt und vermodert, es waren verlassene Häuser, einige Stunden lang rannte ich durch die Stadt, nirgends entdeckte ich auch nur ein einziges Wesen. Ein Weilchen dachte ich, daß sie vielleicht unsichtbar waren oder daß sie sich über Nacht in Löchern versteckten, doch ich entdeckte niemanden, obwohl ich die schärfsten Detektoren benutzte. Niemanden entdeckte ich in der Stadt, erst außerhalb der Stadt, unter der Erde spürte ich sie auf. Ich begriff nicht, weshalb sie sich unter der Erde versteckten, da sie doch solche Häuser hatten. Ob es sich wohl um eine besondere Art von Maulwürfen handelte? Ich legte eine Erdschicht frei und stieß auf ein Skelett. Auf ein menschliches Skelett.

Ich glaubte, bereits Halluzinationen zu haben, alles nur zu träumen. Wie waren vernünftige Menschen auf diesen Planeten des äußersten Sternes unserer Galaxis geraten? War es vielleicht der Rest irgendeiner anderen Expedition? Oder war dieser Planet schon besiedelt gewesen? Doch dann hätte man uns nicht mit einem Forschungsauftrag hergeschickt! Ich begriff nichts mehr. Es fiel mir ein, den Detektor der Weltraumfahrer einzuschalten. Und ich vernahm die Antwort. – »Hier irgendwo in der Nähe muß ein Treibstofflager sein. Es gibt Rampen hier.«

Ich entdeckte sie einige Metersekunden weiter. Es waren große, völlig verödete Flächen ohne Raketen, mit altertümlichen historischen Einrichtungen aus der Zeit der ersten galaktischen Kämpfe, noch vor der Gründung der Vereinigung. Ich eilte zum Kommandoturm. Die Tür vor mir zerfiel in Staub. Ich fand den Lokator. Er war unfaßbar primitiv. Doch er wies die Richtung. Die Richtung, in der vor langer Zeit die hiesigen Schiffe davongeflogen waren. Er zeigte zum achtzehnten galaktischen Kreis, zu unserer Station. Die Richtung, aus der wir gekommen waren. Ich konnte es nicht glauben. Stimmte es? War das möglich? Hatte ich tatsächlich den Planeten entdeckt, von dem aus die gesamte Galaxis besiedelt worden war, den namenlosen Planeten, dessen Name im Lauf der Jahrtausende und der Kämpfe in Vergessenheit geraten war? War das hier die Wohnstätte der ersten Menschen, die sagenhafte Erde? Und war sie von den hiesigen Bewohnern verlassen worden, weil ihre Gelehrten den Zerfall ihres Sternes Alpha Vier vorausgesehen hatten, dieser Sonne der ersten Dichter? Und hatten sie sich so vor der heutigen Katastrophe schon längst gerettet, durch ihren eigenen Verstand, durch ihre Arbeit, durch ihren geduldigen Kampf gegen Tod und Verderben?

Im Lokator blinkte ein Lichtschimmer auf. Woher? Wie? Er verschwand in unserer Richtung. Das konnte doch nicht etwa eine von diesen prähistorischen Raketen sein? – Es war unser Raumschiff. Gerettet. Diesmal hatte der Kommandant recht gehabt. Zi hatte recht gehabt. Die Bewohner hier hatten recht gehabt. Die Menschen hatten recht gehabt.

Der Morgen dämmert. Die Schatten weichen, die Gegenstände vor mir sind plötzlich farbig oder azurblau, der Tod geht auf. In einigen Stunden wird dieser aufgehende Stern in weißer Glut auflodern, er wird sich mit seinem glühenden Trabanten zu einer einzigen, riesengroßen, hellen Masse verbinden. Er wird alles rundherum verbrennen. Doch nicht die menschliche Wahrheit. Ich hatte sie nicht rechtzeitig erkannt. Ich bin allein geblieben. Der einzige, der auf der Erde sterben wird.

Einsteins Gehirn

»Die Situation ist ungemein ernst«, schloß das Akademiemitglied Koshewkin. »Unsere technischen Wissenschaften haben in den letzten paar Generationen die Menschheit befreit: Wir haben die Schinderei überwunden, den Hunger und die Kriege, wir haben die Tore des Weltalls geöffnet. Ich entsinne mich noch der Zeiten, da die Ingenieurfakultäten nur die Allerbesten der Allerbesten ausgewählt haben, da das Studium technischer Fächer die Sehnsucht eines jeden jungen Menschen gewesen ist. Und heute? Die Jugend verliert das Interesse an unserer Arbeit. Als ob ihnen Physik, Mathematik und Chemie plötzlich nichts mehr sagten. Bei uns an der Hochschule von Alma-Ata lassen sich immer weniger Schüler an der Technik einschreiben. Es besteht die Gefahr, daß wir in einigen Jahren den Aufgabenbereich unserer Forschungen einschränken und die Zahl der Arbeitsplätze reduzieren müssen. Diesen Zustand darf man nicht länger dulden. Die Maschinen werden nicht allein arbeiten, sie werden ohne irgendeine Aufsicht nicht für die Menschheit sorgen; energische Maßnahmen sind notwendig.«

Wir klatschten, und das Akademiemitglied setzte sich.

»Bei uns in Toronto ist es vielleicht noch ärger«, sagte Professor Clark Smith-Jones. »Wir waren bereits gezwungen, die Abteilungen für gewisse, ganz besondere Raumfragen und für die Erforschung der Substanz der Elementarteilchen zu schließen. Dagegen drängt sich die Jugend zu den Vorlesungen über Goethes oder Herders Ansichten über die Kunst; wir mußten die Turnhalle der Schule für unseren Ästhetiker freimachen, obwohl wir dieses Fach bei der Gründung der Universität fast vergessen hätten einzuführen. Und das Schlimmste, wir können uns nur schwer erklären, warum es zu dieser Wendung kam. Ist es die natürliche Sehnsucht der jungen Generation, gegen die Eltern zu revoltieren und etwas anderes zu machen als diese? Oder ist es irgendein unbewußter Protest« – hier lächelte Professor Koshewkin – »gegen die Zahlen als Symbole der Ordnung und somit auch der väterlichen Autorität? Unsere Psychologen befassen sich schon lange mit diesem Problem, doch leider vergeblich.«

Wir klatschten, und der Professor setzte sich. Dann trat ratlose

Stille ein. Niemand wollte weitersprechen. Aber die Gründe für diese Veränderung sind ja schon seit langem bekannt. So meldete ich, eine Frau, mich zu Wort.

»Wir dürfen uns nichts vormachen«, sprach ich unverblümt. »Wir sind einfach am Ende. In der Sackgasse. Gewiß, die technischen Wissensgebiete haben seit Ende des neunzehnten Jahrhunderts die Welt verändert, sie haben alle übrigen Fächer in den Schatten gestellt, sie haben es möglich gemacht, daß sich die Menschen nur wirklich wichtigen Aufgaben widmen, und so weiter, wie wir das alles sehr gut wissen. Die Grundprobleme aber hat man nicht gelöst. Die Menschen fragen bis zum heutigen Tag, wie und warum sie eigentlich leben; bis heute wissen wir nichts über den Beginn des Weltalls, bis heute können wir die vierte Dimension, die Einstein ausspekuliert hat, nicht einmal begreifen. Wann immer wir diese Fragen unseren Elektronengehirnen vorlegen, scheiden sie sie als unwissenschaftlich aus, als falsch gestellt, als persönlich, privat, menschlich. Dafür sind aber diese Probleme für jeden von uns nicht minder wichtig. Professor Jones und das Akademiemitglied Koshewkin haben die bestdurchdachten Laboratorien; ihre elektronischen Gehirne lösen in drei Sekunden Aufgaben, an denen erfahrene Mathematiker ein ganzes Menschenalter herumrechnen müßten, aber die Grundfragen beantworten sie uns nicht. So befinden wir uns plötzlich in einem Zauberkreis. Die Physik beginnt eine Hilfswissenschaft zu werden, immer deutlicher zeigt sich ihre Abhängigkeit von der Philosophie, ungefähr so, wie das Anfertigen von gehäkelten Spitzen von der Graphik abhängig ist. Und eben deshalb verlieren wir die Jugend. Wir befassen uns nicht mit dem Grundlegenden. Wir werden dort enden, wo wir angefangen haben. Wir konstruieren heute Apparate, die fleißig waschen, kochen, operieren oder im Kosmos herumfliegen können, wie vor Jahrhunderten unsere Vorfahren mechanische Pianisten und künstliche Bären konstruiert haben, die sie dann im Zirkus vorführten. Denkende Menschen sahen in den Erfindern dieser Dinge Spielzeugmacher, Marktschreier. Uns droht ein ähnliches Schicksal.«

Niemand klatschte mir Beifall. Vielleicht war ich etwas voreilig gewesen. Jones sah düster drein. Die übrigen Kollegen diskutierten halblaut. Der Lärm im Saal wurde immer stärker.

»Gefallen Ihnen meine Maschinen nicht?« rief Professor Jones und sprang auf. »Es sind« – er verneigte sich – »neben den Gehirnen des Akademiemitglieds Koshewkin die vollkommensten Hirne auf der Welt. Kein einziger der hier Anwesenden hat so ein Hirn. Auch Sie nicht, geehrte Kollegin...«

»Ich denke weder so schnell noch so zuverlässig, das stimmt. Aber ich kann neue Probleme aufwerfen, ich vermag alle Ihre Apparate mit meinen Zweifeln und Unkenntnissen zu beschäftigen, und an einem Sonnenuntergang finde ich Gefallen...« Jones lächelte ironisch. Als täte es ihm leid, daß er sich mit einer so wenig bekannten Fachkraft in eine Debatte eingelassen hatte. Er, eine wissenschaftliche Kapazität!

»Die vierte Dimension können unsere Hirne allerdings tatsächlich nicht erfassen; das Rätsel des Weltalls vermögen wir wirklich nur zu beschreiben«, gab Koshewkin zu, und es war zu sehen, wie leid ihm das tat. »Vom Gesichtspunkt der rein wissenschaftlichen Physik ist dies auch eine falsch gestellte Frage.«

»Und gerade deshalb schlage ich vor, ein biologisches Hirn zu konstruieren«, sagte ich, »das menschlicher wäre als die mechanischen Maschinen: das imstande wäre zu begreifen. Eine wirkliche Maschine zur Gewinnung von Erkenntnissen...«

»Einsteins Gehirn?« lächelte Jones abermals ungläubig. Sein Witz gab meinem Versuch den Namen. Man sprach seit dieser Zeit darüber als von der bekannten Affäre mit Einsteins Gehirn.

Mein Plan war einfach; ich hatte mich darüber schon früher mit Physiologen und Biologen beraten. Wir wollten mit Hilfe von Spezialapparaturen die drei leistungsfähigsten Gehirne soeben verstorbener Menschen finden und sie nach einer Spezialmethode zu einem einzigen Organ »kondensieren«, das dann durch Belebungsprozesse mittels elektrischer Reize in Tätigkeit gesetzt werden sollte.

Am Tag meines Versuches schickte ich meine Assistenten, die mit Spezialratiometern ausgestattet waren, in alle Krankenhäuser des Landes aus. Als leistungsfähigste erwiesen sich das Hirn eines Professors für Architektur, der von einem Gerüst gestürzt war und sich erschlagen hatte, das eines kaum bekannten Dichters, dessen Hirn wir eingedenk des Einsteinschen Aphorismus verwendeten, daß Vorstellungskraft wichtiger sei als Wissen, und als drittes das Gehirn einer gewissen Anežka Novakova, die bei einem Verkehrsunfall umgekommen war. Über ihren Kopf dachten wir lange nach. Sie war Hausfrau gewesen, Familienmutter; sie hatte im Leben nichts Hervorragendes vollbracht, und doch signalisierten unsere Apparate, daß ihr Gehirn die größte Kapazität habe. Am Ende vertrauten wir ihnen und begannen mit dem Kondensationsprozeß, der allerdings langwierig und schwierig war. Aber alles ging glatt, wie vorgesehen, ohne Zwischenfall, und ich konnte mit dem eigentlichen Experiment beginnen.

Ich legte dem Gehirn physikalische Elementargleichungen vor und reizte die entsprechenden Partien elektrisch. Anscheinend wirkten die Stromstöße sozusagen als Stimulans oder Inspiration; sie hatten das Ergebnis, daß das Organ prompt mittels an der Oberfläche angebrachter Spezialantennen die Lösungen ausstrahlte. Auf einem ungemein empfindlichen Reproduktor erhielten wir jeweils die Lösungen, die etliche der Hypothesen des Akademiemitglieds Koshewkin zu bestätigen schienen. Augenblicklich telegrafierte ich nach Alma-Ata. Koshewkins Hypothesen waren erst unlängst in Fachzeitschriften veröffentlicht worden. Bestimmt hatten weder der Professor für Architektur noch der Dichter noch auch die Hausfrau die Publikationen physikalischer Zeitschriften verfolgt. Es schien also, daß mein Gehirn diese Hypothese selbständig »entdeckt« habe.

Die darauffolgenden Wochen eilten in eitel Freude dahin. Das Gehirn produzierte laufend Lösungen, entwickelte Koshewkins Hypothese, kombinierte sie und gelangte zu Schlüssen, die nicht einmal das Akademiemitglied bisher irgendwo veröffentlicht hatte. Es trat jedoch ein Mangel zutage. Es arbeitete unregelmäßig. Das bereitete mir Sorgen. Als hätte es gar keine Lust, sich an eine geregelte Arbeitszeit zu gewöhnen. Es reagierte bald nicht mehr augenblicklich auf die Reize. Manchmal wieder schrieb es nach den Impulsen irgendeinen Blödsinn hin, als ob es einen Witz machen wollte, dann wieder arbeitete es nachts, wenn ich nicht im Laboratorium war, als wollte es die ihm zugeführte Energie hamstern.

Nach einem Monat hörte es überhaupt zu arbeiten auf. Es »lebte«, um mich allgemeinverständlich auszudrücken, das heißt, in seinen Geweben erfolgte ein komplizierter Stoffwechsel, den ein anderer Apparat besorgte, aber elektrische Impulse vermochten es nicht mehr zur Arbeit zu bewegen. Das Experiment schien mißglückt zu sein.

Aber gerade damals bekam ich einen Brief vom Akademiemitglied Koshewkin. Er schickte mir seine letzte Arbeit, die er in der Zeitschrift »Die Lehre« im kommenden Monat veröffentlichen wollte. Sie war mit der Arbeit des künstlichen Gehirnes identisch. Es schien, als wären sowohl das Akademiemitglied wie auch mein künstliches Gehirn endlich der Lösung eines rätselhaften Problems auf der Spur. Und gerade in diesem Augenblick streikte das Hirn! Ich dachte nach, wie es reparieren. Und da kam ich auf die Idee, eine Spezialvorrichtung zu konstruieren, mit der es reden, das heißt, seine Resultate unmittelbar diktieren und dabei auch seine übrigen Einfälle mitteilen könnte. Ich weiß, daß das ein wenig gruselig klingt. Aber wenn wir dem Gehirn irgendeine allgemein bekannte Männerstimme verleihen, sagen wir die Stimme des Fernsehsprechers, wird der Effekt nicht so gespenstisch sein. Nach einigen Tagen vermochte mein Gehirn zu »reden«. Und was waren seine ersten Worte? Sie bezogen sich überhaupt auf keine wissenschaftlichen Hypothesen.

»Sie vernachlässigen mich...«, sagte es.

Das war verblüffend. Ich war der Meinung gewesen, daß die elektrischen Reizimpulse jedwede Entlohnung ersetzen könnten. Mit einem Schlag wurde mir klar, daß wir bislang den Gefühlshaushalt des Individuums nicht gehörig gewertet hatten, daß wir das Gefühl der Sicherheit und des Wohlbehagens, das dem Menschen eine Beziehung zu seinem Nächsten gibt, durch keine elektrochemische Reaktion ersetzen können. Dies war die erste Feststellung, die aus meinem Versuch hervorging. Und ich mußte auf die allerälteste Methode zurückgreifen:

Ich begann mein künstliches Hirn persönlich zu betreuen. Ich übersiedelte zu ihm ins Laboratorium, ich sprach mit ihm von früh bis abends. Im Institut verstand man mich nicht. Die einen behaupteten, ich sei insgeheim in den Fernsehsprecher verliebt und führte Gespräche mit seiner Stimme, die anderen nahmen an, daß ich übergeschnappt sei.

Ich jedoch verstand mich mit dem Gehirn bald sehr gut und notierte an seiner Statt manchmal selbst die Resultate, wenn das Diktaphon gestört war. Doch nach vierzehn Tagen kam es zu einer neuerlichen Panne. Es schien mir, als regte es sich auf. Es schrie mir wie in höchster Wut ununterbrochen ein und dieselbe Gleichung zu. Ich war geduldig, ich sprach lange mit ihm. Es müsse vernünftig sein, da es doch so eine Kapazität habe, so ein Hirn! Und damals kam es mir zum Bewußtsein, daß ich eigentlich zu irgendeinem Wesen sprach, nicht mehr zu einem gewöhnlichen, funktionierenden, aber isolierten Gewebe. Unbewußt ersann ich mir ein Geschöpf mit so einem Hirn.

Und gerade das wollte es. Die elektrischen Impulse am Anfang, dann die ständige Pflege, das alles war ihm zu wenig gewesen. Seine einzelnen Wahrnehmungsbereiche, mit denen es früher gesehen, gerochen und empfunden hatte, sehnten sich ebenfalls nach einer Betätigung; sie wollten genauso beschäftigt werden wie seine spekulativen Anlagen; es wollte den ganzen Organismus zurückhaben, mit allen Sinnen, einschließlich seiner Haut.

An dieser Stelle möchte ich mit Nachdruck bemerken, daß ich den Versuch erst nach reiflichster Überlegung fortsetzte. Doch stand schon allzuviel auf dem Spiel. Und auf der Experimentalchirurgie begrüßte man es, daß man aus den unzähligen modernen Kunststoffen, aus denen man bisher lediglich fehlende Glieder und Organe modelliert hatte, einen ganzen menschlichen Körper herstellen durfte. Allerdings, wir wußten nicht, was für ein Antlitz wir ihm geben sollten. Und so beließen wir ihm statt des Gesichtes einen eleganten Verband, mit dem er aussah wie ein Mensch, der sich von einem Unfall erholt.

Gemeinsam kehrten wir ins Laboratorium zurück. Er war glücklich. Er pfiff irgendwelche Melodien vor sich hin, die wahrscheinlich einst jener wenig bekannte Dichter gekannt hatte. Er stellte sich ans Fenster und blickte auf den nahen Fluß. Es fiel ihm nicht einmal ein, daß er arbeiten sollte.

»Schöne Aussicht«, sagte er. Mir war das eigentlich nie bewußt geworden. Ich hatte stets in die Bücher geschaut und nicht aus dem Fenster.

»Es wird dich vielleicht interessieren, daß Professor Jones...«, begann ich diplomatisch.

»Er ist rückständig«, sagte er. »Er ist ein Dummkopf.« Und er setzte sich zum Tisch. »Bestellen Sie für heute abend Theaterkarten.«

Ich erschrak ein wenig. Er wollte doch nicht etwa mit mir in Gesellschaft gehen? Ich erkundigte mich abermals nach dem Professor für Architektur. Nein, meinte er, der habe fürs Theater nichts übrig gehabt. Der Dichter wieder sei nur in Konzerte gegangen. Es scheint, daß wir unserem Denkorgan einen unverhältnismäßig großen Anteil der Anežka Novakova belassen haben. Doch damals verfolgte schon die ganze Welt die Arbeit unseres Überhirns. Vor allem deshalb, weil es nichts zu verfolgen gab. Fachleute stritten darüber, ob die Produkte meiner Schöpfung irgendwelche sinnlosen automatischen Zahlentexte seien oder wirklich die ursprüngliche, bisher noch nie dagewesene Erkenntnistätigkeit des zur vierten Potenz erhobenen menschlichen Hirnes. Die Antwort vermochten nur weitere Resultate zu geben. Und deshalb beschloß ich, in Gottes Namen mit ihm ins Theater zu gehen.

Er lachte lauter und weinte mehr als jeder andere im Publikum. Auch mir gefiel das Stück. Ich ging nur selten ins Theater. Ich hatte im Laboratorium soviel zu tun! Aber nach dem Theater wollte er zu mir nach Hause. Ich mußte ihm erklären, daß ich bereits über fünfzig bin, daß ich schon eine große Tochter habe, der ich ihren leichtfertigen Lebenswandel vorhalte, und daß ich nicht einen wildfremden Menschen über Nacht zu mir in die Wohnung nehmen könnte. Absichtlich gebrauchte ich den Ausdruck »Mensch«. Wie nicht anders zu erwarten, wurde er sogleich traurig. Und er drohte, daß er nicht weiterarbeiten werde, weil er angeblich keinen Grund dafür habe. Erst jetzt begriff ich, daß er für seine Erkenntnisarbeit menschliche Beweggründe brauchte: mit Jones wetteifern, mich lieben, im Kreis einer Familie leben.

Mein Töchterlein hatte zuerst Angst, daß ein Ungeheuer kommen werde, ähnlich dem berühmten Frankenstein, dem Gruselschreck der Stummfilmzeit, doch bald schloß sie ihn ziemlich ins Herz. Manchmal hatte ich sogar den Eindruck, daß sie sich mit ihm besser verstand als mit mir. Sie ist nämlich sonderbar. Zuerst wollte sie auf einer der Lunarstationen angestellt werden wie ihr Vater, von dem ich mich bald nach der Hochzeit hatte scheiden lassen, weil er kein Verständnis für meine wissenschaftlichen Ambitionen hatte, dann wollte sie Tänzerin werden, doch dafür hat sie ein zu breites Becken – ich zumindest bin dieser Meinung. Jetzt studiert sie Hethitisch, natürlich nur, damit sie sich nicht der Physik widmen muß, denn sie will mir keine Freude bereiten. Im Hethitischen leistet sie überhaupt nichts Hervorragendes; als ich so alt war wie sie, war ich schon überall bekannt. Das allerschlimmste aber ist, daß sie jetzt von irgendeinem unbekannten Jüngling, den sie mir nicht einmal vorgestellt hat, ein Kind erwartet.

Es schien, als arbeitete mein künstliches Hirn noch weniger als meine Tochter; darin verstanden die beiden einander also ausgezeichnet. Pro Tag schrieb er stets nur ein paar Zeilen nieder, dann ging er in den Park oder zum Fluß, baden. Und ständig erklärte er mir, daß ich meine Tochter liebhaben (was doch selbstverständlich ist), daß ich mich ändern müsse und daß die Arbeit im Laboratorium nicht alles sei. Argumente, die der Mensch heute an jeder Straßenecke hören kann. Ihretwegen habe ich kein besonderes biologisches System ausdenken müssen. Doch er bedachte mit seinen Ratschlägen nicht nur mich. Mit jedermann sprach er; die Leute im Haus begannen ihn zu grüßen, höflich, aus der Ferne.

Sonst diktierte er mir Erkenntnisse, die schon gar keine Gleichungen mehr waren, sondern Symbole, die bis jetzt in der Wissenschaft niemandem bekannt geworden sind. Jones freilich behauptete, das alles sei Unsinn, nichts als verworrene, zusammenhanglose Erinnerungen aus seinen drei vorangegangenen Leben. Und er veröffentlichte seine Ansicht in einer Zeitschrift. Es schlug wie eine Bombe ein. Augenblicklich wurde ich zum Vorstand der Forschungsabteilung gerufen, die Zeitungsleute wollten mit mir sprechen, mein Versuch wurde allgemein bekannt. Wenn er nicht gelingt, bin ich erledigt.

Das Überhirn regte sich ganz und gar nicht auf. An diesem Tag schrieb es kaum drei Buchstaben nieder.

»Was willst du? Was willst du denn wieder?« sagte ich ungeduldig und war bereit, mit ihm sogar ins Bett zu gehen, wenn das technisch möglich gewesen wäre. »Du erpreßt ja, wenn man es genau nimmt...« Und ich legte Jones' Artikel vor ihn hin.

»Ich will gar nichts«, sagte er. »Außer, daß du dich nach meinen Antworten richtest...« Ich verstand ihn nicht. Wie sollte ich mich nach unverständlichen Symbolen und Kritzeleien richten, die ich schon selbst anzuzweifeln begann? »Ich werde binnen dreier Tage antworten«, sagte er und verstummte. Er schaute aus dem Fenster, als wollte er sich konzentrieren. Ich beobachtete ihn mittels eines Spezialgerätes aus meinem Zimmer. Im Laufe der ganzen Nacht schrieb er zwei Zeilen. Sonst rührte er sich nicht einmal. Doch er hatte versprochen, daß er mir antworten werde. Ich schickte also augenblicklich beiden Professoren Telegramme, ich verständigte meine Vorgesetzten. Das Experiment ging seinem Ende entgegen.

Aber am zweiten Tag sprach er nicht einmal mehr mit mir. Er saß in seinem Zimmer, den Kopf auf die Handteller gestützt. Er flüsterte seine Erkenntnisse mit immer schwächer werdender Stimme ins Diktaphon. Über Nacht war er ergraut. Ist vielleicht die letzte Phase des Erkennens so erschöpfend? Ich wollte ihn nicht stören. Am dritten Tag in der Früh erkannte er mich nicht einmal, am Abend schaute er sogar meine Tochter mit verständnislosen Augen an. Ich saß die ganze Nacht neben ihm. Seine Erkenntnisse hauchte er nur noch; nicht einmal das empfindlichste Diktaphon vermochte sie mehr zu dechiffrieren. Um drei Uhr »starb« er. Um sechs kam Professor Jones. Um acht das Akademiemitglied Koshewkin. Vergeblich. Zur Leichenfeier.

Wir mußten ihn nämlich verbrennen lassen. Freilich, eigentlich hätte er auf den Kehrichthaufen gehört wie jede andere Maschine, die kaputtgegangen ist. Doch im Laufe der letzten Tage hatte er sich mit vielen Leuten aus meiner Umgebung angefreundet, und ich wollte und konnte all diesen meinen Versuch nicht erklären. Das Krematorium war überfüllt, ich stand mit den beiden Wissenschaftlern in einer Ecke; wir konnten uns ein Lächeln nicht verkneifen. Wie leicht ist es doch, unsere Mitmenschen zu täuschen! Da kamen sie zum Begräbnis einer Maschine! Man empfahl mir, meinen Versuch zu wiederholen. Vor dem Krematorium erwartete mich meine Tochter. Sie gratulierte mir.

»Begreifst du denn nicht, daß er dir die Antwort gegeben hat? Er ist gestorben. Und vorher hat er gelebt: voll, klug, in Liebe zu seiner Umgebung. Ist nicht das Leben selbst, das man nicht einschränken darf, die größte Antwort? Und ist nicht gerade der Tod nach einem voll genossenen Leben die höchste aller Weisheiten?«

Sie stellte mir ihren Verlobten vor. Jetzt begriff ich schon, warum das so spät geschah. Er arbeitete auf derselben Mondstation, auf der auch mein Mann einmal gedient hatte. Er war ein lieber Junge. Zu dritt gingen wir nach Hause. Die ganze Familie. Vor einer Woche hätte ich ihn hinausgeworfen und sie mit ihm. Ich kann diese Mondkerle nicht ausstehen. Warum? Darüber habe ich noch nicht nachgedacht. Auch habe ich mich mein ganzes Leben lang nur auf mein Hirn konzentriert, wie so viele andere. Vielleicht hatte die Tochter recht. Die Desintegration meines biologischen Systems konnte tatsächlich so etwas wie eine Antwort sein. Aber die gleiche Antwort hatte uns eigentlich schon das Gehirn der Anežka Novakova zu Beginn des Experimentes gegeben; vielleicht haben wir die Kunst zu leben in letzter Zeit tatsächlich vernachlässigt. Es ist eine Kunst und keine Wissenschaft. Doch sie erfordert allerhöchste Klugheit.

Ich glaube, daß für diese Erkenntnisse auch das Hirn eines durchschnittlich vernünftigen Menschen ausreicht.

Und deshalb habe ich meine Versuche mit biologischen Systemen aufgegeben.

Die chemische Formel des Schicksals

Stein arbeitete als Krankenpfleger auf der Gebärklinik einer Kurstadt in Nordböhmen. Ich begegnete ihm kurz nach dem Zweiten Weltkrieg, als man mich in die dortige Spitalsapotheke versetzte. Es erwies sich nämlich, daß Stein nicht nur von Krankenpflege etwas verstand, sondern auch von der Zubereitung von Arzneien. Er half mir bei meiner Arbeit. Er kümmerte sich hauptsächlich um das Laboratorium. Er besuchte mich, wenn seine Arbeit zu Ende war, und blieb bis lange in die Nacht. Eine bemerkenswerte Opferbereitschaft. Ich war ihm dankbar. Wir freundeten uns fast an. Und ich begann mich für sein Schicksal zu interessieren.

Früher war er Sänger in einem Operettenchor gewesen. Erst als man ihn hinauswarf, nahm er die Stelle im Krankenhaus an. Es war ein schlecht bezahlter Posten, niemand bewarb sich um ihn. Die Aufgabe des Krankenpflegers war, die werdenden Mütter auf Bahren und auf den Armen vom Krankenwagen zum Aufzug zu tragen, vom Aufzug in den Kreißsaal, sie bei Operationen zu halten und die Sauerstoffbomben zu betreuen, Arzneien zu bringen und sich um die Wäsche der ganzen Abteilung zu kümmern. Nichts Interessantes, nichts, wonach sich ein begabter Mensch sehnen könnte. Und dennoch hing Stein offensichtlich an seinem Posten. Wenn er aus dem Krankenhaus heimgehen sollte, hatte er es nie eilig, er blieb viele Stunden lang in meiner Apotheke. Wohl wollte er auch deshalb nicht nach Hause, weil er allein lebte und sich aus dem gesellschaftlichen Leben nichts machte, denn er war häßlich. Ich habe selten einen so häßlichen Menschen gesehen. Es war nicht jene augenfällige Häßlichkeit, die wir etwa bei Boxern wahrnehmen und die ja sehr häufig Frauen interessiert, die Häßlichkeit des Rohlings oder des Genußmenschen also. Es war eine Durchschnittshäßlichkeit, die niemand beachtete, ein Dutzendfall, nicht etwa ein Quasimodo. Auf dem Stiernacken, wie man ihn oft findet, saß ein aufgedunsener Kopf mit schütterem Haar, das Gesicht, weiß wie Papier, war mit unzähligen Pusteln übersät; fleischige Lippen und Sattelnase mit niedriger Stirn, unter der blaugrüne Augen saßen. Die Augen waren aber keinesfalls außergewöhnlich. Wenn er mit jemandem sprach, starrte er immer dessen linkes Ohrläppchen an, als hätte er Angst, jemanden direkt anzuschauen, als schämte er sich selbst für seine Augen. Da er einen chronischen, hartnäckigen Schnupfen hatte, mußte er oft durch den Mund atmen, und dann sah er wie ein kompletter Idiot aus. Bis er zu sprechen begann. Erst dann merkte man, wie profund seine Bildung war, vor allem, was die Naturwissenschaften betraf. Aber er sprach nur mit sehr wenigen Menschen. Ich war eine Ausnahme. Oft bemitleidete ich ihn ein wenig. Ich lud ihn zu mir ein. Vielleicht würde er bei uns sein auswegloses und leeres Dasein vergessen oder die schicksalhafte Tragödie, die ihn, wie ich vermutete, einst getroffen haben mußte. Aber ich irrte.

Die Enttäuschung

war eher eine Enttäuschung als eine Tragödie. Ich erfuhr das alles eines Abends, als ich ihn in meinem Laboratorium über zerbrochenen Reagenzgläsern antraf, der Bunsenbrenner war ausgegangen, das Gas strömte aus, Reagenzien überfluteten den Tisch.

»Was ist passiert?« Schnell lief ich zum Fenster. Er sah mich müde an.

»Nichts, nichts...« Er wollte fort. Seine Knie knickten ein, ich erkannte sogleich, daß er betrunken war. Natürlich, mein Vorrat an absolutem Alkohol hatte sich merklich verringert.

»Sie haben Alkohol gestohlen...« Er entschuldigte sich, er redete sich auf einen Versuch aus. Das brachte mich in Harnisch.

»Wissen Sie, was ich da aufs Spiel setze? Ich lasse zu, daß Sie irgendwelche Versuche machen, deren Sinn ich nicht kenne, ich freunde mich mit einem Menschen an, ohne mich überhaupt nach seiner Vergangenheit zu erkundigen, und am Ende bestiehlt er mich. Wer weiß, wessen Sie überhaupt fähig sind!« Ich wollte ihn hinauswerfen. Er erschrak. Zum ersten Male sah er mich richtig an. Es waren gebieterische, verzweifelt entschlossene Augen.

»Ich erzähle Ihnen alles, gut, Sie müssen mich begreifen, ohne Laboratorium kann ich nicht leben. Ihr eigenes Leben ist...« Plötzlich schien es mir, als wäre er völlig nüchtern geworden. Wollte er mir als Dank auch noch drohen? Sehr bald vergab ich ihm. Seine Arbeit war wirklich sonderbar und bedeutungsvoll. Ich selbst naschte sogar an meinen Reserven absoluten Alkohols, es fiel mir nicht einmal ein, nach Hause zu gehen, so sehr interessierte mich sein Bericht.

Stein hieß ursprünglich nicht Stein, seine Mutter war die berühmte Sängerin D., über die so viele billige Romane geschrieben worden sind. Zu Beginn dieses Jahrhunderts hatte sie auf der ganzen Welt ungeheure Erfolge errungen. Sie hatte nie geheiratet, sie wählte sich ihre Liebhaber aus, wie es sich eben ergab; die Kinder, die aus solchen Beziehungen hervorgingen, vertraute sie dann Verwandten oder gefälligen Ehepaaren zur Erziehung an. Dafür zahlte sie fürstlich. Sie konnte es sich leisten, überall auf der Welt wollte man sie haben. Sie setzte Tokio in Erstaunen, sang in der Metropolitan, in Wien, in Berlin. In Prag allerdings sehr selten. Erstens hatte sie hier zu Beginn ihrer Karriere keinen Erfolg gehabt, zweitens harte sie bei einer deutschen Pädagogin singen gelernt. Nach Böhmen kehrte sie gern zurück, sie war ja hier zu Hause, hier konnte sie auch ihre internationale Garderobe vorführen, sie konnte ihre armseligen Mitschülerinnen mit Equipagen und Dienern und Liebesaffären blenden, an denen das damalige Gesellschaftsleben des kaum erwachenden Prag recht arm war. Sie hatte sogar irgendwo in Südböhmen ein kleines Schloß, das sie einem verarmten adeligen Liebhaber abgekauft hatte. Hierher kam sie dann später mit irgendeinem Neger, und hier sah sie auch der damals vierzehnjährige Stein, der den Namen seiner Zieheltern angenommen hatte, zum ersten Male.

Sie empfing ihren Sohn geradezu pompös, er bekam zum ersten Male Champagner zu trinken, seine Häßlichkeit erwähnte sie mit keiner Silbe. Sie sagte ihm nur, er sähe seinem Großvater ähnlich, dessen Fotografie sie ihm schenkte. Dieser Großvater war ein nicht näher bekannter spanischer Geschäftsmann gewesen, sein Vater ein spanischer Sänger, beide schon lange tot. Das Bild seines Großvaters besitzt Stein noch heute, das Antlitz seiner Mutter hatte er nie vergessen, denn er war seit dieser Zeit nirgends mehr einer so schönen Frau begegnet. Er trat damals ohne die geringste Verbitterung vor sie hin, er benahm sich den ganzen Nachmittag über sehr artig, bis dann eine noble Gesellschaft aufs Schloß kam, um einem Kammerkonzert beizuwohnen. Bei den Arien seiner Mutter begannen die Leute zu weinen. Er bekam einen Kuß von ihr, den einzigen Kuß, an den er sich erinnerte, denn der Mensch entsinnt sich ja nicht jener Liebkosungen, die ihm gleich nach seiner Geburt zuteil werden, und gestillt war er nicht mehr von ihr worden. Er bekam also den Kuß und ein Abfertigungsgeschenk in die Hand gedrückt, sie schickte ihn vor dem Abendessen fort, beim Souper begannen nämlich meistens die berühmten Orgien, von denen man sich in den umliegenden Dörfern erzählte. Die D. ging kurz darauf wieder auf Tournee. Sie soll sogar mit ihrem schwarzen Liebhaber in Frankreich ein Kind gehabt haben. Dieser Liebhaber war ein ganz ordinärer Veterane eines Senegalregiments, und als sie sich von ihm trennen wollte wie vorher von so vielen anderen, zeigte er Unverständnis europäischen Sitten gegenüber, und einmal nach der Probe stieß er ihr seinen Dolch ins Herz.

Die tschechischen Zeitungen brachten die Nachricht von ihrem Tod unterm Strich, in Petit, mitsamt anderen Nachrichten »Aus aller Welt«, so wenig war sie bei uns verstanden worden. Die austrophile »Bohemia« erschien mit einer großen, schwarz umrandeten Traueranzeige. Viele Männer schrieben in dieser Zeitung über ihre Kunst. Und es wurde sogar unter den Besuchern der deutschen Oper in Prag Mode, eine ganze Woche lang in Schwarz zu gehen, es entstand eine Art Kult um die große Tote, und sooft eine neue Elevin ihres Faches auftauchte, schüttelten Dirigenten und Chormeister die Köpfe. Leider, leider, eine D. wird das nicht...

Inzwischen lernte Stein schon bei einem der Freunde seiner Mutter, der auch seinen spanischen Vater gekannt hatte, singen. Er hatte ihn wohl nur wegen dieser Bekanntschaft als Schüler aufgenommen. Verderben konnte er nichts, denn damals unterrichteten nur Praktiker Gesang, die Gesangstheorie gehörte noch ins Reich des Aberglaubens und der Magie. Anstatt seinem Schüler die Grundsätze des künstlerischen Ausdrucks zu erklären, erzählte ihm der alte Maestro von seinen Erfolgen bei Frauen und pries das Talent seiner Mutter. Anstatt sich mit Grundübungen abzumühen, wollte er sofort Premierenerfolge erzielen. Doch Stein hatte weder Talent noch sonstige Fähigkeiten. Bei der Premiere, bei der ihm eine kleine Partie anvertraut wurde, pfiff man ihn fast aus. Vielleicht auch deshalb, weil sein Gesicht zu sehen war. Der alte Lehrer warf ihn hinaus. Er nahm an, Stein hätte diesen Mißerfolg absichtlich ihm zum Trotz herbeigeführt, er hätte nicht rohe Eier getrunken, nicht mit Ziegenmilch gegurgelt und auch nicht Atemübungen unter drei Federbetten gemacht, wie er ihm immer aufgetragen hatte.

Die Theaterdirektion teilte ihm mit, daß er nicht engagiert sei. Wie viele Jahre hatte er seiner Karriere geopfert, wie viele Jahre lang hatte er versucht, seiner Mutter nachzueifern, und nun mußte er sich eingestehen, daß er mit dem Gesicht seines Großvaters auch dessen Begabung geerbt hatte, nämlich die Begabung für Zahlen und Genauigkeit, also Pedanterie, mit der man in der Kunst am allerwenigsten anfangen kann. Nun begann er Naturwissenschaften zu studieren, mit ihnen hatte er sich in der Schule beschäftigt, ehe seine Mutter aufgetaucht war, er interessierte sich wieder für Biologie, Physiologie, Somatologie. Am meisten begann er sich aber mit Genetik zu befassen. Sehr persönliche Gründe bewogen ihn dazu, er wollte herausbekommen, wieso gerade er, der Sohn einer berühmten und schönen Frau, auf Grund rätselhafter Naturgesetze als Scheusal zur Welt gekommen war, ohne künstlerische Ader, ohne Talent. Das empfand er als Unrecht, er lehnte sich dagegen auf. Und deshalb begann er Vererbungslehre zu studieren.

Dann bekam er einmal eine Stelle in einem Operettenchor, wohl nur aus Mitleid, und auch, damit der Direktor auf den Plakaten verkünden könne: Mitwirkender Herr Stein, der Sohn der berühmten D. Damals begann man langsam ihre Eigenheiten, die so viel Staub aufgewirbelt hatten, zu vergessen; der Patriotismus begann sich in den Leuten zu regen, als sie sahen, wie hoch unsere Landsmännin sogar im Ausland geschätzt wurde. Und so fing Stein mit seinem Studium erst sehr spät an, er studierte auf ländlichen Bahnstationen, er studierte zwischen den Auftritten in Kostümen aus Aida oder Rigoletto, aus dem Rastlbinder oder aus der Verkauften Braut, er studierte in Dorfgasthäusern, ja sogar in Ställen, in denen das Ensemble manchmal schlafen mußte. Nun war er fünfzig, wie er selbst zugab, und erst vor drei Jahren hatte er gewagt, wenigstens die Krankenpflegerprüfung abzulegen. In Genetik hatte er allerdings sehr gründliche Kenntnisse. Er erzählte, daß er zu Hause eine umfangreiche Bibliothek besitze, er erklärte mir die Gesetzmäßigkeit der Erbmerkmale, er sprach über Chromosome, die in den Zellkernen die Eigenschaften der Arten bestimmen, und er setzte mir auseinander, wie man auf sie einwirken könne, wie das Problem der Beeinflussung der Vererblichkeit, also das Problem der Beeinflussung dieser Chromosome sei.

»Was sagen Sie da?« Ich sprang auf, ich begriff, warum er in der Entbindungsabteilung arbeitete, warum er sich um einen so schlecht bezahlten Posten gerissen hatte. »Machen Sie hier am Ende Ihre Versuche?«

»Sie hat es selbst gewollt. Sie kam zu mir und beschwerte sich. Schauen Sie, sie sollte schon ihr viertes Kind kriegen, und bisher sind es lauter Mädchen gewesen. Zu Hause laufen drei Mädchen herum, der Mann giftet sich, er will einen Erben, er hat es zum letzten Male probiert, sonst läßt er sich vielleicht scheiden. Er hat sie derart gequält, daß sie sogar schon bei der Kräuterfrau gewesen ist. Sie geht jeden Morgen in die Kirche, auch eine Wallfahrt auf den Heiligen Berg hat sie schon gemacht, sie begann in meinen Armen zu weinen, sie hielt mich nämlich für einen Arzt. Da hab ich es ihr dann zugesagt. Ich gab ihr mein Mittel... Bei uns im Kreißsaal sind nur zwei Ärztinnen, die Leute kommen immer zu mir, sie glauben nämlich, ich sei mindestens Primarius. Manchmal bringen sie mir sogar Geschenke für geglückte Entbindungen mit und lassen sich nicht überzeugen, daß sie an die falsche Adresse geraten sind.«

»Mann, Sie sind ja wahnsinnig...«

»Aber ich war doch überzeugt, daß ich der Sache schon auf der Spur bin...«

»Das Geschlecht ungeborener Kinder zu bestimmen?«

»Das ist das wenigste, das Geschlecht. Auch die Eigenschaften und das Aussehen. Alles. Das Schicksal. Ich beschäftige mich damit nicht für nichts und wieder nichts seit zwanzig Jahren! Doch jetzt kommt es mir vor, als wäre ich noch nicht am Ziel... Und nun begreifen Sie vielleicht, warum ich Ihren Alkohol stibitzt habe...« Ich nickte. Und schenkte ihm noch einen ein. Mir auch. Ich befürchtete Unannehmlichkeiten. Aber nicht wegen des Alkohols.

Der Skandal

Schon tags darauf kam diese Frau. Es war nach Tisch. Genau so hatte ich sie mir vorgestellt. Ein Hausmütterchen von Küchenherd, irgendwo aus Ostböhmen in die Gegend hier gezogen. Sie sah schlecht aus, schien aber recht zufrieden.

»Es hat gewirkt«, sagte sie, nachdem ich ihr zunächst mitgeteilt hatte, daß Stein erst in zwei Stunden kommen würde. »So lange kann ich nicht bleiben, richten Sie ihm aus, daß es gewirkt hat...«

»Entschuldigen Sie«, wagte ich einzuwenden, »Sie sind doch erst am Beginn des dritten Monats...«

»Nicht mehr. Und fast schmerzlos. Das war ein ausgezeichnetes Pülverchen. Haben Sie noch etwas davon? Sie verstehen, die Nachbarin...«

»Die Nachbarin? Glauben Sie vielleicht, wir machen hier Abtreibungen?«

»Ich kann mich nicht beklagen, es hat gewirkt.«

»Aber Sie wollten doch einen Buben haben!«

»Das stimmt. Aber lieber gar nichts als ein Mädchen. Und ein jeder weiß, daß man sich auf die Buben nicht verlassen kann. Und so bin ich eigentlich froh, daß überhaupt nichts daraus wird. Mein Mann ebenfalls, jetzt kann er sich wenigstens das Motorrad kaufen...« Sie war glücklich, wenn auch ein wenig blaß. Ich beschwor sie, niemandem etwas zu sagen. Sie würde sich ins Unglück stürzen und uns auch. An solche Komplikationen hatte ich nicht gedacht.

»Glauben Sie denn, ich bin von gestern? Ich möchte nur einen Briefumschlag für den Herrn Doktor hierlassen...« Natürlich lehnte ich ab. »Nein, nein, ich will nichts umsonst, ich weiß ja, wieviel man heute für solche Pulver zahlt, und Injektionen sind ja noch viel teurer...« Ich beteuerte ihr, daß alles ein Irrtum sei, daß ich um keinen Preis der Welt Geld annehmen würde. Schließlich hinterlegte sie den Umschlag für Stein beim Pförtner. Man übergab ihn ihm, als er zurückkehrte. Traurig saßen wir im Laboratorium. Zwar waren es nur ein paar Hunderter, aber wem würden wir weismachen können, daß wir die Belohnung nicht für eine kriminelle Abtreibung erhalten hatten?

»Vielleicht wächst Gras über die Sache. Bieten Sie aber um Gottes willen bei Schwangerschaften niemandem mehr Ihre Hilfe an! Und wer weiß, vielleicht wäre es besser, Sie ließen die ganze Sache...«

»Jetzt? Wo ich fast am Ziel bin?«

»Wie wäre es mit Meerschweinchen...?«

»Singen Meerschweinchen etwa Arien? Haben Sie ein griechisches Profil, rabenschwarzes Haar und lange schlanke Beine?« Erst jetzt verriet er mir, wen er da zusammenbrauen, wen er mit absoluter Sicherheit herstellen wollte. Offenbar sollte seine Tochter der Großmutter ähnlich werden. Er wollte die Art seiner Nachkommen selbst bestimmen.

»Aber es würde wahrscheinlich auch ohne Pulver nicht anders sein. Die Kinder geraten meistens den Großeltern nach...«

»Manchmal. Ich will mich nicht auf den Zufall verlassen.«

»Dann werden Ihre Versuche freilich niemanden überzeugen. Jeder wird sagen, daß es Zufall war und daß Ihr Kind ohnehin der berühmten D. ähnlich gewesen wäre.«

»Scheren Sie sich nicht darum. Den Beweis erbringe ich dann schon selbst. Hauptsache, meine Arbeit gelingt...«

Ich wußte, daß meine Mühe vergeblich war. Nichts würde diesen Menschen von seiner Überzeugung, von seinen Absichten abbringen. Ich wagte nicht, ihm das Arbeiten in meinem Laboratorium zu untersagen, ich hatte ein bißchen Angst vor ihm. Schließlich war ich schon ein wenig mitschuldig, und meiner Meinung nach wäre er zu allem fähig gewesen. Lieber wollte ich erfahren, wie er eigentlich vorging, wie er in die Entwicklung des Embryos eingreifen wollte und zu welchem Zeitpunkt. Ich hätte mir noch vorstellen können, daß er mit Strahlen arbeitete, die die Gewebe zerstörten oder veränderten, ich begriff aber nicht, wie er ihre Struktur durch das Einnehmen von Pulvern verwandeln wollte. Während ich so nachdachte, fand ich auf meinem Tisch ein langes schwarzes Haar. Wie kam es hierher? Die Bedienerin war doch grau. Aber natürlich, Stein hatte mir einmal gesagt, daß ihm die D. bei ihrer einzigen Begegnung außer ihrer Fotografie auch ein Silberamulett geschenkt hatte, eine kleine Dose, in der sich eine Locke von ihr befand. Diese Haare waren der einzige Bestandteil des Organismus der D., den Stein noch besaß. Und das ließ er Tag für Tag auf dem Laboratoriumstisch herumliegen! Zu Unrecht hatte ich die Bedienerin zurechtgewiesen.

Erst unlängst hatte ich von einem Versuch gehört, der Steins Bemühungen entfernt ähnlich zu sein schien. Es hatte sich nämlich herausgestellt, daß, wenn wir die Desoxyribonukleinsäure von Mikroorganismen auf die Kultur eines anderen Stammes übertragen, wir die beabsichtigten Veränderungen der Erbeigenschaften feststellen können. Etwa so, wie es sich Stein vorstellte. Freilich, die beschriebenen Arbeiten bezogen sich vorläufig nur auf Mikroorganismen. Und außerdem las ich das erst jetzt, vierzehn Jahre nach meinem Aufenthalt in jener nordböhmischen Stadt.

Als ahnte er, daß ich ihn beobachtete, begann Stein seine Arbeit noch mehr geheimzuhalten und zu verbergen. Er war wortkarger denn je. Etwa eine Woche später mußte er aber doch sprechen. Und zwar ausführlich. Die Nachbarin jener Patientin, die einen Buben hatte haben wollen, erschien namlich in der Apotheke. Sie erkannte Stein, der während der Mittagspause im Laboratorium arbeitete, und fuhr ihn ohne viel Umschweife an:

»Sie müssen mir dieses Pulver geben. Ich zahle genausoviel wie die Franzi.«

»Wer ist Franzi?« Stein erinnerte sich wirklich nicht mehr. Die Frau hier war aber aus einem anderen Holz. Sie überragte uns beide um einen halben Kopf. Arme wie ein Ringkämpfer. Sie haute gleich zu Beginn auf den Tisch:

»Ersparen Sie sich Ihr Theater. Glaubt ihr, ich weiß nicht, wovon ihr Ärzte heutzutage so gut lebt? So, hier habt ihr die Marie, und jetzt her mit dem Pulver! Ich bin eine ledige Person und kann mir keinen Bankert leisten...« Vergeblich versuchten wir sie zu überreden, ihr alles zu erklären, vergeblich beschworen wir sie. Sie legte das Geld auf den Tisch und drohte: »Wenn ich nichts kriege, gehe ich zum Direktor und sage ihm alles. Mir ist es egal, mag die Franzi verschüttgehen, sie wird halt jetzt einige Zeit aufpassen müssen, dann braucht sie überhaupt keine Doktoren. Mehr als bedingt kriegt sie ja nicht. Hingegen ihr, die Herren Doktoren...«

»Das ist es ja eben. Wir sind keine Ärzte...«, erklärte ich ihr. Vergeblich. Sie geriet nur noch mehr in Saft. Aha, wir versuchen also zu leugnen? Die Scheinheiligen spielen, was? Wir mögen nur keine Geschichten machen, sonst verpfeift sie uns.

So endet die Karriere eines jeden Engelmachers. Hinter die Abtreibung, die er verpfuscht hat, kommt man ihm zwar nicht, aber dann lehnt er einen Eingriff ab, weil er ihn für zu riskant hält, und die Frau geht hin und zeigt ihn an. Ich sah mich schon vor dem Direktor im Staube liegen. Zum Glück holte man nur Stein.

War das ein Skandal in unserer Anstalt! Dieses Weibsbild schrie das Geheimnis während des ganzen Weges von der Apotheke in die Direktion laut in die Welt, und sie mußte am Pavillon der Internen vorbei, an der Kinderabteilung, an der Infektion, Hals-Nase-Ohren, Orthopädie, überall standen die Fenster offen, überall lungerten gelangweilt Patienten und Krankenschwestern herum. Bald wußte ein jeder, daß Stein kürettierte.

So hatte er also zwei Untersuchungen am Hals. Doch die Franzi leugnete alles. Vierzehn Tage später hatte sich der Sturm gelegt. In den Kreißsaal kehrte er freilich nicht mehr zurück. Er mußte den Dienst in der Hautabteilung antreten, was damals in der Anstalt als allerschlimmste Degradierung galt. Erstens, weil sich der taube Chef dieser Abteilung besser in Weinsorten auskannte als in Diagnosen, und zweitens, weil das fortwährende Bemalen der Kranken mit verschiedenen Farben und das Einreiben mit Salben jeder x-beliebige besorgen konnte, ohne ausgebildeter Krankenpfleger zu sein. Mein Gefährte tat mir leid. Auch war ich ihm dankbar, daß er mich aus der Sache herausgehalten hatte. Ich versuchte, ihn ein wenig aufzumuntern. Aber er hatte es gar nicht nötig.

»Ich werde nicht mehr ins Laboratorium kommen«, sagte er mir eines Tages, »meine Arbeit ist beendet.«

»Erfolgreich?« fragte ich.

»Das wird sich zeigen.«

»Aber wie wollen Sie auf der Hautabteilung experimentieren?«

»Ich werde schon etwas finden...«, lächelte er geheimnisvoll. Es fiel mir auf, daß er sehr sorgfältig rasiert war. Vielleicht hatte er sogar Kölnischwasser verwendet.

Der erste Liebhaber

Dann hörte ich lange Zeit nichts von Stein. Manchmal sahen wir uns bei Versammlungen. Wir begrüßten einander flüchtig und tauschten ein paar Gemeinplätze aus. Auch hatte ich eine Wohnung in der Stadt bekommen, meine Frau mit den Kindern kam an. Ich hatte eine Menge eigener Sorgen, denn es war bei Gott keine Komfortwohnung, und meine Frau war recht anspruchsvoll. Den ältesten Jungen erkannte ich kaum, er stand mitten in der Pubertät und sah in letzter Zeit meinem Vetter aus Pilsen so auffallend ähnlich, daß er mir geradezu widerlich war. In meiner Jugend hatte ich mit meinem Vetter oft gerauft, und nun hatte ich ihn plötzlich in Neuauflage in meiner eigenen Wohnung. Wie ein Kuckucksei. Ich mußte oft an Stein denken, wenn mein Junge nachdenklich im Zimmer herumging und dabei auf seinen Plattfüßen schaukelte wie einst mein Vetter. Ich hatte immer einen hohen Rist, einen ausgezeichnet gewölbten Fuß, in meiner Jugend war ich ein sehr guter Weitspringer gewesen. Aus meinem Jungen wird nie ein Athlet, das stand fest. Und dabei mußte ich noch froh sein, daß er nicht dem Bruder meiner Frau ähnlich sah, diesem widerlichen Kerl, der schielte nämlich ganz fürchterlich.

Wirklich, sagte ich mir, wenn Stein der Versuch gelingt, ist er ein Wohltäter der Menschheit. Vielleicht riskiere ich dann noch einen Nachkommen, der natürlich ganz mir nachgeraten müßte, er müßte mir aufs Haar gleichen und im Leben alles erreichen, was mir versagt geblieben war. Ich würde ihn warnen, ich würde ihn vor Anfechtungen und Gefahren schützen. Sein Fuß müßte genauso gewölbt sein wie meiner, er würde Olympiasieger im Zehnkampf werden. Das wäre das einzige Kind, an dem ich tatsächlich Freude hätte, weil es wie ich wäre, es würde nicht anstatt Naturwissenschaften Sprachen machen wollen wie mein Ältester oder statt Leichtathletik Ballettanz wie meine Tochter. Zu Hause bin ich ein Fremder, und mein eigentlicher Nachkomme, der mir ähnlich ist, wird irgendwo irgend jemandem aus unserer Verwandtschaft geboren werden, und er wird sich mit seinen Eltern genausowenig verstehen wie ich mit meinen Kindern. Stein hatte recht. Ich hielt ihm die Daumen.

Eine große Veränderung war mit ihm vorgegangen. Bald sprachen alle in der Anstalt darüber. Plötzlich ließ er sich seine Anzüge vom besten Schneider machen. Er ging jede Woche zum Friseur und kaufte sich neue Krawatten. Im ganzen Krankenhaus hieß es, Stein mache die Abtreibungen weiter, davon wäre er reich geworden. Die Leute kamen zu mir und erkundigten sich.

»Wir wissen ja, daß ihr Freunde seid…«, sagten sie augenzwinkernd. Einige Angestellte des Krankenhauses suchten mich auf, damit ich sie Stein empfehle. Gerade damals lief der Prozeß gegen den Dentisten aus unserer Stadt, der auf seinem Zahnarztstuhl Abtreibungen vorgenommen hatte. Er bekam fünf Jahre unbedingt, weil ihm eine Frau fast verblutet war. Ich wollte nicht in eine ähnliche Affäre verwickelt werden. Ich entschloß mich also, mit Stein zu sprechen. Aber das war schwer. Auch bezüglich seiner Arbeit hatte er sich gewandelt. Früher war er gewissenhaft, ja sogar pedantisch gewesen. Jetzt tat er seine Pflicht mit der linken Hand ab, er kam nur vormittags in seine Abteilung, und nach Tisch verließ er das Krankenhaus unter den verschiedensten Vorwänden. Sein Primarius beschwerte sich.

»Ich bin bestimmt kein Tüpfelreiter, Hautkrankheiten erfordern Geduld und Verträglichkeit, aber das ist nun doch zuviel. Wenn sich Herr Stein nicht ändert, melde ich es dem Direktor. Sie sollten mit ihm reden«, meinte er.

Ich stammelte wie gewöhnlich, daß ich ihn eigentlich gar nicht kenne und daß mich die ganze Anstalt irrtümlich für seinen Freund hielte. Wie alle anderen im Krankenhaus glaubte auch er mir nicht. Er war der Meinung, wir wären nun so durchtrieben, daß wir heimlich arbeiteten und deshalb täten, als kannte der eine den anderen nicht. Ich wollte Stein in seinem Quartier aufsuchen. Er wohnte in einem trostlosen Viertel, das gerade abgerissen wurde. Es befand sich in der Stadtmitte, hatte schmale, krumme Gäßchen, ein Sammelplatz für Krankheiten und Laster. Nach dem Krieg wollte niemand dort wohnen. Die Häuser, die wohl im Mittelalter erbaut worden waren, hatten weder Kanalisation noch Wasser, die Abfälle wurden einfach in den Hof geworfen. Nur einige Altsiedler hausten noch hier. Und Stein.

Ich mußte lange an die Tür seiner Mansarde klopfen. Es war keine Glocke da, auch keine Visitenkarte, den Namen hatte ihm jemand mit Kreide an die Türe gekritzelt.

»Herr Stein ist nicht zu Hause«, rief jemand aus dem Erdgeschoß. Es war eine alte Frau, gebeugt, sie sah aus wie die böse Fee aus dem Märchen. »Herr Stein ist in letzter Zeit fast nie zu Hause. Er geht jetzt bummeln, jeden Tag kommt er nach Mitternacht heim. Und in Begleitung...« Sie lachte giftig. »Jeden Tag in anderer Begleitung...«

Wohin er nur ging? In der Stadt gab es damals lediglich drei Nachtlokale, obwohl vor dem Krieg in jedem zweiten Haus eine Bar gewesen war, es soll sogar hier irgendwo eine Negerrevue mit Nackedeichen direkt aus Paris gegeben haben. Damals kamen die Kohlenbarone aus der Umgebung her, um ihr Geld loszuwerden, die ganze Gegend ist nicht besonders malerisch, die Stadt war so etwas wie eine Oase, ein Kurort, an dessen tatsächliche Heilwirkung freilich niemand glaubte. Nach dem Krieg waren nur drei von den ehemaligen Nachtlokalen übriggeblieben. Die Bar am Hauptplatz im Hotel Zum Rathaus, die zweite im ersten Stock eines modernen Hauses, dadurch bekannt, daß hier der Portier, ein ehemaliger Boxer, renitente Betrunkene direkt aus dem Fenster aufs Pflaster setzte, und die dritte, die sich noch in Privatbesitz befand, im Keller eines kleinen Hauses an der Peripherie, wo die letzten Reste der Unterwelt der Stadt zusammenkamen – die waren schon immer hergekommen – und ebenso die letzten Reste der sogenannten vornehmen Gesellschaft – die kamen, um demonstrativ ihre Anhänglichkeit zum Privatunternehmen zu zeigen. Dort fand ich ihn. Mitten unter den Mädchen. Er hatte gleich drei bei sich. Ich kann mir nicht vorstellen, wieviel ihn das gekostet haben mußte, denn auch die Prostituierten starben hier langsam aus, und dementsprechend gingen ihre Taxen in die Höhe. Die eine entsprach der Beschreibung: sie war groß, schlank, mit rabenschwarzem Haar und griechischem Profil, nur ihre Beine waren nicht lang, und in den Hüften war sie sehr breit, eigentlich dick. Wie überrascht war ich aber, als ich in ihr die Frau erkannte, die uns beim Direktor angezeigt hatte. Ich wagte nicht, mich zu ihnen zu setzen, Stein wieder tat, als sähe er mich nicht. Er gab sich mit dem dunkelhaarigen Weibsbild ab und auch mit ihrer noch dickeren Kollegin. Ich setzte mich an die Bar, wo sich ein Spiegel befand, und beobachtete sie von hier. Nach Mitternacht erhoben sie sich, besser gesagt nur Stein und das schwarzhaarige Weib. Er beglich seine Rechnung, führte die Frau zum Ausgang und ließ einen Wagen rufen. In der ganzen Stadt gab es damals nur drei Taxis, und die waren teuer; nun begann auch in mir der Verdacht zu keimen. Woher nahm dieser verkrachte Sänger und Krankenpfleger das viele Geld? Ich folgte den beiden zu Fuß. Etwa eine Stunde später stand ich vor dem Haus, es war nicht verschlossen. Gerade ging die Frau fort. Sie richtete sich noch auf der Treppe das Strumpfband. Stein verabschiedete sich höflich von ihr. Ich trat zwischen Tür und Schwelle.

»Ich muß mit Ihnen reden, Herr Stein...« Jetzt konnte er mich nicht fortjagen. Die Person fragte mich, ob ich etwa eifersüchtig sei, lachte anzüglich und verschwand. Er bat mich nicht einmal in seine Wohnung. Ich bemerkte, daß er so gut wie keine Möbel hatte, nur drei Matratzen, direkt auf dem Boden, sowie einen Tisch mit einem Stuhl, die beim Fenster standen, auf dem Tisch in Flaschen menschliche Embryos, wie sie sich im Mutterleib entwickeln und wie wir sie bei Frühgeburten zu sehen bekommen, Embryos in verschiedenen Entwicklungsphasen. Sie waren widerlich maseriert. Alles kam mir unfaßbar vor. Diese einzige Zierde in Formalin machte die Behausung nicht wohnlicher.

»Wissen Sie, was Sie da tun?« hob ich an. Aber er begann sofort zu schreien, ich möge mich nicht um fremde Dinge scheren. Er hätte mich bei der Untersuchung aus dem Spiel gelassen. Alles, was er tue, tue er auf eigene Verantwortung, mich gehe das nichts an, ich möge mich um meine Angelegenheiten kümmern.

»Aber da Sie sich mir selbst anvertraut haben...« Er begann zu lachen. Ob ich etwa diesen besoffenen Reden damals Glauben geschenkt hätte? Er hätte sich das alles an jenem Nachmittag ausgedacht, um sich irgendwie aus der Affäre zu ziehen, um eine Ausrede zu finden, weil er mir den Alkohol ausgetrunken hatte. Ich hätte ihn doch nicht ernst genommen? Dann schob er mich aus der Türe.

Vor dem Haus begegnete ich wieder der Frau. Die Gasse war sehr eng, wir mußten aneinander vorbeigehen. Jetzt erst merkte ich, daß es eine andere war, sie war viel zarter, ihr Haar war licht, sie lief mit abgewandtem Gesicht an mir vorüber, als schämte sie sich. Ich mußte mich an der Mauer festhalten. Das war doch die Frau unseres Direktors! Ich blickte mich nicht um, ich schritt weiter und hörte hinter mir das schon bekannte Knarren des Tores des Steinschen Hauses. Zu dem alten Weib im Erdgeschoß ging die bestimmt nicht!

Das war nun wirklich eine Überraschung. Eine der ersten Damen der Stadt, und vorher diese Prostituierte aus der Bar! Dabei hatten die beiden tatsächlich etwas Gemeinsames. Ich müßte mir einmal ein Bild der D. besorgen. Vielleicht gab es eines in der Stadtbibliothek. Sollte sie eine Doppelgängerin in unserer Stadt haben? Wie aber hatte er sie erobert? Die Frau des Direktors ließ sich doch nicht für Geld kaufen, und so reich war er wieder nicht, daß er ihr Geschenke machen konnte. Zwar war sie nicht mehr ganz jung, aber sie konnte an jedem Finger zehn Liebhaber haben. Warum hatte sie sich für ein so käsiges Scheusal entschieden? Frauen sind unergründlich. Ein bißchen beneidete ich Stein. Damals begriff ich seine Pläne noch nicht.

Der Versuch

Eine Woche später erwartete mich die Tochter unseres Direktors in der Apotheke; etwa siebzehn, eine Schönheit. Bald begriff ich. Sie entsprach Steins Beschreibung, nur das Näschen schaute ein wenig in die Höhe, entzückend sah sie aus.

»Fräulein, ich bitte Sie, erklären Sie mir, was Sie an ihm gefesselt hat? Womit hat er Sie betört? Ein Kerl von fünfzig Jahren! Er könnte ja Ihr Großvater sein!«

»Er hat mir so leid getan...« Das Mägdelein begann zu weinen. »Und er versprach mich zu heiraten, er wollte mit mir ein Kind haben...«

Plötzlich wurde mir alles klar.

»Als ich es aber der Mutter sagte, regte sie sich schrecklich auf, sie war ganz von Sinnen und schlug mich mit der Reitpeitsche. Ich bin ihr davongelaufen. Ich gehe nicht mehr zurück...«

»Und der Vater?« fragte ich atemlos. Direktor der Anstalt war der Primarius der orthopädischen Abteilung. Er mußte täglich bei den Operationen Muskeln und Knochen halten, es ist eine anstrengende physische Arbeit. Orthopäden sind kräftige Kerle. Und von unserem hier hieß es, er sei sehr streng.

»Vater würde mich erschlagen«, sagte sie. Sie übertrieb wie alle jungen Leute. »Ich muß Herrn Stein finden.«

»Das dürfte doch nicht so schwer sein. Er ist auf der Hautabteilung.«

»Dort ist er eben nicht. Deshalb bin ich zu Ihnen gekommen. Er ist heute überhaupt nicht erschienen.«

»Und in der Wohnung?«

»Dorthin getraue ich mich nicht. Die Mutter ist hingelaufen, sofort, als ich es ihr sagte..«Ich ging also an ihrer Statt hin. Stein fand ich nicht. In seiner Wohnung war nur die Frau Direktor, die die Türfüllung eingeschlagen hatte.

»Und mir, mir hat er so leid getan...«, tobte die Frau Direktor. »Ich dachte, er brauche Schutz, Protektion. Dieser Halunke! Sie können ihm ausrichten, daß ich ihn überall finden werde. Mir entwischt er nicht...« Sie raste, stampfte, knirschte mit den Zähnen. »Wer hätte so etwas vermutet? So ein Betrug!«

Ich entsann mich der ganzen Affäre etwa sieben Monate später, als die Brünette aus dem Nachtlokal bei uns ein Kind zur Welt brachte. Ich sah mir das Kind heimlich an. Doch Neugeborene kann man nicht unterscheiden. Es war ein Mädchen, drei Kilo vierzig, mit schwarzem Flaum auf dem Kopf, es brüllte wie alle anderen rundherum im Säuglingszimmer. Es brüllte und trank und schlief, ein anderes Talent war ihm vorläufig nicht anzumerken. Die Mutter übersiedelte in eine andere Stadt, ich selbst wurde versetzt. Ich entsinne mich nur, daß dieses abgebrühte Weib die Bekanntschaft mit Stein ähnlich begründete wie die anderen:

»Er war so unbeschreiblich häßlich, er hat mir leid getan. Ich dachte mir, er hat kein Weib, vielleicht hat er in seinem Leben überhaupt noch keines gehabt. So wollte ich ihn trösten. Aber ich bin recht froh. Ich habe das schönste Mädchen von allen hier«, und sie blickte zu den anderen Müttern... Ich allerdings bemerkte an ihrem Neugeborenen keinerlei Zeichen einer künftigen Schönheit.

Seit damals sind fast vierzehn Jahre vergangen. Stein hat seine Entdeckung niemals veröffentlicht, er hat seinen Versuch niemandem mitgeteilt, es war, als wäre er im Erdboden versunken. Längst dachte ich nicht mehr an seine Pläne, ich hatte selbst genug zu tun. Aber unlängst sah ich ganz zufällig auf dem Tisch beim Friseur eine Zeitschrift liegen, eine Musikzeitschrift. Auf der letzten Seite stand ein kurzer Bericht über einen Gesangswettbewerb für Kinder. In der Kategorie der Dreizehnjährigen hatten den zweiten Preis drei Mädchen gewonnen, deren Fotografien veröffentlich wurden. Sie sahen wie Drillinge aus. Ich nahm die Zeitschrift mit nach Hause und kramte ein Jugendbild der D. hervor. Nur die Zöpfe fehlten. Die drei Mädchen hatten eine moderne Frisur, einen sogenannten Pferdeschwanz. Sonst aber waren die vier Bilder täuschend ähnlich. Wie war es möglich, daß die Jury diese berühmte Sängerin aus Großvaters Zeiten vergessen hatte? Kannte dieses Antlitz wirklich niemand mehr? Und wie war es möglich, daß sie nur den zweiten Preis bekommen hatten? Den ersten Preis hatte die Jury einer gewissen Mařenka Slabihoudova aus Brandeis zuerkannt. Ihre Fotografie wurde an einer bedeutenderen Stelle veröffentlicht, aber die Slabihoudova hatte ein Dutzendgesicht. Die drei Mädchen, die den zweiten Preis bekommen hatten, besaßen ein schönes, regelmäßiges griechisches Profil und rabenschwarzes Haar. Steins Versuch war also doch gelungen. Mit meinem Sohn hatte ich mich längst zerstritten, er hatte ein Jahr zuvor gegen meinen Willen geheiratet und mich nicht einmal zur Hochzeit eingeladen. Längst hatte ich die Hoffnung aufgegeben, daß meine Tochter eine berühmte Tänzerin werden könnte, und ich war froh, als sie schließlich einen Posten in einem Büro erhielt. Leichtathletik betrieb überhaupt niemand in der ganzen Verwandtschaft. Ich war mit meinen Lebensträumen und Zielen allein geblieben. Stein freilich war es geglückt. Weshalb aber schenkte er seine Entdeckung nicht der Menschheit? Warum erntete er keinen Ruhm? Ich verschaffte mir die Adressen dieser Drillinge. Jedes wohnte anderswo. Bei der Konkurrenz war ihre Ähnlichkeit allen aufgefallen, aber die drei haßten einander deshalb. Prag am nächsten wohnte die ehemalige Frau des Direktors. Es war eine Kleinstadt, sie hatte dort ein Häuschen mit Garten.

»Das unglückselige Kind, singen will sie, nichts wie singen. Ist das eine Existenz? Heutzutage sollte sie die Technik machen. Technik oder Chinesisch. Das sind Fächer mit Zukunft. Ich zumindest täte es...«

Theriak

Personen des Dramas:

Harry Hanusch

Ich wäre nicht auf die Idee gekommen, daß er unsterblich ist. Als ich ihn zum ersten Male vor unserem Institut aus seiner modernen amerikanischen Limousine steigen sah, hätte ich ihn auf höchstens fünfzig Jahre geschätzt. Er hielt sich noch sehr stramm, eilte selbstbewußt am Pförtner vorbei und drang ohne Anmeldung beim Professor ein.

»Ich bin Harry Hanusch aus Dallas, Texas, USA. Ich bin gekommen, um meine alte Heimat zu besuchen. Ich möchte eine Stiftung für Ihr Institut machen.«

Der Professor war ein höflicher, ein sanfter Mann. Er lud den Gast in sein kleines Privatzimmer ein und bat die Sekretärin, Kaffee zu kochen. Dann fragte er, um was für eine Stiftung es sich handle.

»Eine Stiftung für Ihr Institut selbstverständlich«, sprach der Tschecho-Amerikaner und schaute dabei drein, als kaute er. »Mir gehören die Ölfelder bei Dallas. Ich bin reich. Ich will etwas für meine alten Landsleute tun. Ich schenke Ihnen Dollars. Dollars from Dallas«, sagte er. »Was halten Sie davon?« Und er bot dem Professor eine Zigarre an. Unser Chef ist ein leidenschaftlicher Raucher, obwohl er unwiderlegbar bewiesen hat, daß dieses Laster der Gesundheit schadet.

»Die Zigarre nehme ich«, sprach er, »das Geld nicht.« Und er setzte dem Gast auseinander, daß unser Institut aus öffentlichen Mitteln erhalten wird, daß man bei uns private Stiftungen nicht brauche. Wenn Mr. Hanusch unbedingt in der Tschechoslowakei Geld loswerden wolle, möge er es dem Ministerium für Volksgesundheit schenken.

»Wozu? Mich interessiert das Ministerium nicht. Ich fördere die Biologie. Ich schenke mein Geld den Streitern gegen den Tod«, sprach er, als säße er vor der Fernsehkamera. »Jede Gallone Erdöl, die meine Gesellschaft fördert, verlängert das Leben der Menschheit um eine Minute. Addieren Sie das einmal.« Der Professor lehnte wieder ab. Hanusch drohte, er werde uns eine seiner Propagandabroschüren über dieses Thema schicken. Und auch die wissenschaftlichen Schriften, die seine Stiftung in den Vereinigten Staaten publiziere. Dann erkundigte er sich ohne jede Überleitung nach Zdenka. Der Professor schien zunächst nicht zu wissen, daß sie in seinem Institut arbeitete.

»Zdenka Gronska?« fragte er noch einmal und rief die Sekretärin. Doch, das wäre die neue Aspirantin. Erst seit wenigen Monaten hier beschäftigt. Durch die Fachliteratur könne Mr. Hanusch ihren Namen kaum erfahren haben. Vorläufig hätte sie noch nichts veröffentlicht.

»Sie ist meine Verwandte«, sagte er. »Relative. Kann ich meine Stiftung einer Privatperson machen? Sie ist ohnehin meine Erbin.«

Zdenka Gronska

wollte natürlich nicht eingestehen, daß sie irgendwo in Texas Verwandte hatte. Wirklich, sie hatte ja bis zum heutigen Tag nie darüber gesprochen. Das könne sie beweisen. Sie habe niemanden in Amerika, der Name Hanusch komme in ihrer Familie nicht vor. Ich bestätigte es. Wir kennen einander seit unserer Studentenzeit. Ich bin nur um zwei Jahre älter. Ich kenne die ganze Familie Gronsky. Kein Mensch wußte etwas von einer Verwandtschaft in Übersee.

»Ich bin der leibliche Cousin der Cousine Ihres Urgroßvaters«, sagte Hanusch mit Bestimmtheit. »Ich habe es durch unsere Botschaft feststellen lassen. Ich kann Ihnen die nötigen Dokumente vorlesen. Sie haben ein Anrecht auf meinen Wagen. Und eines Tages werden Sie einen Teil meines Vermögens erben, falls meine amerikanische Verwandtschaft ausstirbt. Ich sage Teil, denn das meiste habe ich dem Institut für die Bekämpfung des Todes zugedacht. Ich bleibe nur ein paar Tage in der Tschechoslowakei. Dann fahre ich nach Moskau weiter, dort will ich schwere Maschinen kaufen. Wenn ich zurückkomme, gehört meine Limousine Ihnen, liebe Nichte.« Wir blickten alle zum Fenster hinaus. In Hanuschs Limousine hätten ohne weiteres vier Octavias Platz gehabt. Ich wandte schwach ein, daß Zdenka niemals einen Urgroßvater gehabt hätte; niemand achtete mehr auf mich. Meine Liebe fuhr mit ihrem neuen Verwandten davon. Und

Ich

blieb allein zurück. Dabei wollte ich doch Kollegin Gronska nächsten Monat heiraten. Ich sah nicht ein, weshalb ich mich hätte einmischen sollen. Auf mich kam es ja in der ganzen Sache überhaupt nicht an. Wie ich aussehe, weiß ich eigentlich gar nicht, denn im Spiegel und auf Fotografien sieht der Mensch immer nur sein augenblickliches Bildnis; wie er wirklich ist, zeigt sich erst bei seinen Handlungen, und bei denen beobachtet er sich nur sehr selten. Über meine Eigenschaften habe ich bisher überhaupt nicht nachgedacht. Höchstens darüber, ob ich zu Zdenka passe. Ich bin energisch und aufmerksam, sie ist zart und empfindlich, zwar hat sie manchmal einen Dickschädel, doch es gelingt mir immer, ihr die Dinge klarzumachen. Das ist sie mir wert, denn sie ist wirklich sehr schön. Die Allerschönste. Und deshalb war ich auf Hanusch eifersüchtig, deshalb verdächtigte ich ihn aller erdenklichen Niederträchtigkeiten, ich glaubte, daß er gar kein Verwandter sei, sondern ein internationaler Agent, der Kollegin Gronska in seine schmutzigen Machenschaften hineinziehen wollte. Nur deshalb wagte ich den Schritt, der mir sonst verächtlich vorgekommen wäre: ich ging zu ihrer Zimmerfrau.

Die Zimmerfrau

war früher Köchin in unserer Botschaft in Kopenhagen gewesen. Angeblich kochte sie ausgezeichnet, hingegen räumt sie höchst ungern auf. Deshalb kam ich nur sehr selten in ihre Wohnung. Ich liebe die Ordnung. Und ich kann Klatsch nicht leiden. Jetzt freilich hörte ich mir alles an. Ich war erst am dritten Tag hingegangen. Ganze drei Tage war Zdenka nämlich nicht zur Arbeit gekommen, sie hatte sich telefonisch Urlaub genommen, um ihrem Onkel die Schönheiten Prags zeigen zu können.

»Ein Verwandter? Daß ich nicht lache, junger Freund!« Die Zimmerfrau sah mich mitleidig an. »Ein schöner Verwandter. Schicken vielleicht Sie Ihren Nichten jeden Morgen Blumen? Führen Sie Ihre Nichten mit dem Auto in die teuersten Restaurants?«

»Ich habe keine Nichte.«

»Und wenn Sie eine hätten: würden Sie sie in der Nacht besuchen?«

»Was sagen Sie da? Das würde doch Zdenka nie erlauben!«

»Ich hüte mich, meine Untermieter grundlos zu verleumden, lieber Herr. Was ich Ihnen hier sage, ist die reine Wahrheit. Und wenn Sie mir nicht glauben, können Sie gehen. Habedieehre.«

Nächtliche Besuche? Schon nach drei Tagen? Das konnte ich nicht fassen. Ich hatte doch drei Monate lang mit ihr gehen müssen, ehe sie mich zu sich einlud. Ich hatte eine Wut auf diese lächerlichen, unpraktischen, unförmigen Limousinen, mit denen die amerikanische Automobilindustrie die Straßen der Alten Welt verstopft hat und die, wie einige naive Volkswirtschaftler behaupten, im Grunde auch schuld an der gegenwärtigen Krise der amerikanischen Stahlindustrie sind.

Der Professor

war nicht verärgert. Im Gegenteil, in den folgenden Tagen erkundigte er sich bei mir mehrmals nach Hanusch.

»Ich bin der Meinung, daß er Herr Barnum ist. Mit seinem Institut macht er einfach Reklame für sich. Kann sich der Mensch überhaupt so etwas wie Unsterblichkeit vorstellen? Der Tod hängt mit der Entwicklung des Einzelindividuums zusammen. Unsterblich ist die Gattung Mensch, in der die Einzelwesen ihre Eigenschaften von Generation zu Generation fortpflanzen.«

»Und das Zellgewebe?« Der Professor legte die Stirne in Falten. »Ebeling züchtete auf einem Nährboden Stücke Zellgewebe eines Huhnes, und zwar schon seit dem Jahre 1915. Seit mehr als vierzig Jahren!«

»Nur daß ihm Hanusch dafür keine Belohnung geben wird. Es dürfte ihm nämlich wenig helfen, wenn jemand seine Zellen unsterblich macht. Er will als Persönlichkeit leben, nicht zerstükkelt.«

»Einen Schmarrn mit Pilzen«, sagte der Professor, der sich gern pythisch gab, und entfernte sich lächelnd. Grob wird er allerdings nie. Was für Pilze hatte er gemeint? Etwa jene bekannten Pilzkulturen, die man beliebig lange am Leben erhalten kann, wenn man ihnen die Möglichkeit zur geschlechtlichen Vermehrung nimmt? Hatte er deshalb gelächelt? Hängt der Tod vielleicht von der geschlechtlichen Vermehrung ab, von der Lust und überhaupt von allem, was damit in Verbindung steht? Ist der Tod am Ende so etwas wie eine Bedingung der Liebe? Bei jenen Pilzen ganz bestimmt. Der Mensch ist aber kein Pilz. Allerdings sind Liebe und

Tod in unseren Vorstellungen immer irgendwie miteinander verbunden.

Weiter kam ich mit meinen Überlegungen nicht, weil Zdenka zurückkam.

»Es hat sich herausgestellt, daß er eine andere Gronska sucht«, log sie mit Unschuldsmiene. »Ich fuhr ganze drei Tage mit ihm in Prag herum, und am vierten Morgen kam seine richtige achtzigjährige Nichte zu ihm ins Hotel auf Besuch.«

»Achtzig? Soll das heißen, daß er eine Nichte hat, die älter ist als er selbst?« Ich glaubte, sie so zu überführen.

»Er ist ein ganz sonderbarer Kauz«, sprach sie nachdenklich. »Er behauptet, daß er von mir irgendein Präparat benötigt. Er hat mir auch ein Präparat gegeben, von dem ich noch nie gehört habe. Ich glaube, er nimmt Drogen. Darum ist er immer so guter Laune.«

»Willst du etwa für ihn in unserem wissenschaftlichen Institut Rauschgifte herstellen?« Sie schüttelte den Kopf. Übrigens hätte sie sein Rezept verloren. Ich glaubte ihr kein Wort. Sie war beleidigt. Wir sprachen bald nicht mehr miteinander. Das war schwierig, denn wir arbeiteten im selben Laboratorium, und bisher hatte einer den anderen bei verschiedenen Versuchen vertreten, wodurch wir sehr viel Freizeit gewannen. Jetzt stand ein jeder von uns am entgegengesetzten Ende des Labortisches, starrte auf seine Arbeit und schwieg wie ein Taubstummer. Hanusch ließ sich schon seit ein paar Tagen nicht blicken. Hie und da begann ich, Zdenka wieder zuzulächeln. Ich kontrollierte ihre Arbeit. Sie versuchte nicht, eine Droge herzustellen. Fast hätte ich mich mit ihr schon versöhnt, da überreichte mir der Pförtner eines Morgens Orchideen.

»Für mich?« fragte ich.

»Aber woher denn! Für Genossin Gronska. Wie jeden Morgen!« Hanusch schickte ihr also täglich Orchideen!

»Hier haben Sie den Strauß von Ihrem Onkelchen, wahrscheinlich wird er so etwas wie Orchideenextrakte von Ihnen haben wollen«, sagte ich ironisch. Offenbar ging sie nach wie vor mit ihm, und nun suchte sie eine Ausrede. Orchideenextrakte! Ich ahnte gar nicht, daß es fast stimmte. Zdenka nahm die Blumen und legte sie in ihre Tischlade. Dort hatte sie schon ein richtiges tropisches Glashaus, denn Orchideen sind dauerhaft, und Hanusch war ausdauernd.

»Auch Briefe schickt er mir.« Sie begann zu weinen. »Und du hilfst mir überhaupt nicht. Du machst ein Gesicht wie sieben Tage Regenwetter. Ich bin unglücklich. Er hat sich in mich verliebt. Er sagt, daß er nur deshalb hergekommen ist, um seine Droge herstellen zu lassen, daß er sich damit an niemanden zu wenden wagt, der auf einem verantwortungsvolleren Posten sitzt, weil er Angst vor den Fachleuten hat. Meinen Namen hat ihm angeblich der Pförtner gesagt, als er sich nach der jüngsten Mitarbeiterin des Instituts erkundigte. Das kam mir sehr verdächtig vor. Weshalb sollte sich ein Tschecho-Amerikaner heimlich Präparate herstellen lassen? Warum hatte er dazu gerade mich ausgesucht? Natürlich habe ich ihm nichts versprochen. Aber am zweiten Abend begann er mir Liebeserklärungen zu machen. Und so sonderbar...«

»Wie?« – Sie suchte ein Weilchen nach Worten.

»Altmodisch.«

»Ein Amerikaner? Ein altmodischer Amerikaner?«

»Wirklich. Er ist ein rätselhafter Mensch.«

Der Arzt,

der gerade durch die Türe trat, nickte. Hanusch wäre ein rätselhafter Mensch und litte an einer rätselhaften Krankheit. Man hatte ihn vor wenigen Tagen in bedenklichem Zustand aus dem Hotel auf die Klinik gebracht, er hatte hohes Fieber, war nicht bei Bewußtsein und phantasierte. Und niemand verstand ihn.

»Spricht er englisch?«

»Keine Spur.«

»Spanisch? Deutsch?«

»Er phantasierte in reinstem Alttschechisch, als würde er Dalimils Chronik aufsagen. Können Sie mir das erklären?«

»Warum ich?« fragte Zdenka.

»Weil er ständig nach Ihnen verlangt. Als er zu sich kam, begann er zu beteuern, es sei Liebe und keine Krankheit, er würde an Liebe sterben. Und ich bin fast geneigt, ihm zu glauben. Deshalb bin ich hier. Dieser Mensch verfällt plötzlich so jäh. Er altert von Tag zu Tag. Es ist ganz unglaublich. Und immer verlangt er nach Maria Gronska. Könnten Sie ihn nicht besuchen? Verstehen Sie mich bitte, es wäre nur wegen der Erhöhung der Widerstandskraft seines ganzen Organismus. Wir können nämlich nicht einmal die Spur einer Krankheit feststellen. Ausgenommen die üblichen, die er überstanden hat, und von denen gibt es eine ganz schöne Menge.«

»Aber ich heiße doch nicht Maria Gronska.«

»Er kann sich Ihren Vornamen nie merken.«

»Und da behauptet er, daß er sie liebt?« fragte ich.

»Ich glaube ihm«, sprach der Arzt und führte uns an sein Lager. Mich ließ man nicht hinein, ich mußte auf dem Gang warten. Ein Amerikaner, der alttschechisch sprach? Existierte vielleicht in Texas eine alttschechische Sekte? Oder unterstützt Mr. Hanusch neben dem Institut für den Kampf gegen den Tod auch ein Institut für die Renaissance altslawischer Sprachen?

Als Zdenka aus seinem Zimmer kam, hatte sie verweinte Augen.

»Ich konnte ihn nicht erkennen«, sagte sie. »Wie hat er sich während dieser Woche verändert! Ein alter Mummelgreis! Sein Haar ist ganz grau.«

»Und das alles aus Liebe? Ein seltsamer Kranker...« Sie begann laut zu heulen. Wahrscheinlich tat es ihr jetzt leid, daß sie ihn gleich am dritten Tag in ihr Untermietzimmer gelassen hatte. Das vergesse ich ihr nie! Bis jetzt habe ich ihr nichts gesagt, aber zeit unserer ganzen Ehe wird das mein Trumpf sein.

»Du glaubst, daß er dich liebt?«

»Er hat mir doch alles vermacht! Angeblich weiß er, daß er sterben wird...« Und sie zeigte mir das Testament. Es war von der Botschaft beglaubigt.

»Sein Herz läßt nach. Es wird ohne sichtlichen Grund immer schwächer und schwächer. Als erschlafften alle Muskeln seines Körpers...«, sagte der Arzt.

»Maria«, ertönte es hinter der Türe. »Maria!«

»Er phantasiert schon wieder. – Ich weiß nicht, ob er die Nacht übersteht.«

»Du solltest wenigstens ins Hotel fahren. Kannst du überhaupt einen Wagen lenken? Diese neuen Amerikaner werden angeblich automatisch geschaltet...« Sie wollte nicht. Ich ging allein ins Hotel. Jemand mußte sich um dieses unglückliche Mädchen kümmern.

empfing mich. Ich stellte mich als Gronsky vor. Der Direktor bat um Entschuldigung, er sagte, er brauche jedes Zimmer, und deshalb hätte er die Sachen des Herrn Hanusch ins Magazin schaffen lassen müssen, nachdem er in Anwesenheit von Sicherheitsorganen ein Verzeichnis seiner Fahrnisse protokollarisch hatte anfertigen lassen.

»Es handelt sich um eine Erbmasse«, sagte ich bedeutungsvoll. »Das Verzeichnis würde mich interessieren.« Der Direktor lächelte.

»Es ist ein sehr kurzes Verzeichnis«, sprach er. »Weil nämlich Herr Hanusch fast nichts mitgebracht hat.« Wollte er mich für dumm verkaufen? Glaubte er, ich wisse nicht, was man so auf Reisen mitnimmt? »Das Necessaire hat man ihm ins Krankenhaus nachgeschickt. Hier blieb nur sein Reisekoffer, und in dem war so gut wie gar nichts.«

»Was also?«

»Kommen Sie und sehen Sie es sich an«, sprach er. Und er führte mich in seine Kanzlei.

»Ich glaube, ich darf Ihnen das zeigen, auch wenn Sie nicht der rechtmäßige Erbe sind. Es interessiert mich, ob dieses Zeug überhaupt einen Wert hat. Im Koffer des Herrn Hanusch fanden wir nämlich nur eine alte Pergamentrolle. Vielleicht hat er sie irgendwo bei einer Auktion erstanden, und da Sie ja Arzt sind« – ich hatte mich als Doktor Gronsky vorgestellt – »werden Sie das vielleicht verstehen.«

Es war ein Rezept. Ein langes und kompliziertes Rezept, in tschechischer Sprache abgefaßt.

Ich las den Schluß, er lautete, frei übertragen, etwa:

Zum Zweiten erhält dieser Lapis die Leut bei Gesundheit und Jugendkraft, da er alles Siechtum vertreibet, so auch Aussatz bannet, die Fallsucht und dero viel anderes unheilbares Leid kurieret, und dies viel kräftiger als alle Medizinen der Doctores. So auch bewahrt und schützet er uns, auf daß uns nicht befalle in allen künftigen Zeiten jedwede Krankheit und ist somit geschaffen als Theriak oder heilkräftige Substanz aller Körper, die da sind metallischer oder menschlicher Natur und die zu kurieren und zu purgieren…

»Das ist eine sehr interessante Sache«, sprach ich zum Direktor. »Ich hätte mir das Ganze gern in Ruhe durchgelesen.« Meine Stimme begann ein wenig zu zittern. Doch der Direktor merkte nichts und sperrte mich in seiner Kanzlei ein. Er konnte ja nicht ahnen, daß er ein Rezept gefunden hatte, für das einst Tausende Alchimisten ihr Herzblut opferten und für das die Schätze der reichsten Monarchen verschwendet worden waren: das Rezept für den seligmachenden Stein der Weisen. Oder die wertlose Imitation.

Ich begann von Anfang an zu lesen:

Ingredienzien: spanischer Wein, Angelikawurze, Rad. Serpentariae, Baldrianwurze, Meerzwiebel, Zitwerwurze, Kardamum, Myrrhe, Eisenvitriol, Valeriana…

Kräftige Schläge gegen die Türe ließen mich auffahren. Hinter der Türe stand ein Greis. Er trug eine dunkle Brille und einen Anzug, der ihm ein wenig zu groß war, er stützte sich auf einen Stock, war jedoch allein gekommen. Es war Harry Hanusch. Er führte mich in sein Zimmer, das man für ihn sogleich wieder freigemacht hatte.

»Setzen Sie sich!« sagte er und sank aufs Sofa nieder. »Und rufen Sie weder um Hilfe noch nach einer Pflegerin. Helfen müssen Sie mir selbst. Sie und diese Gronska…« Bei diesen Worten riß er mir geschickt das Pergament aus der Hand.

»Sie wird sich freuen«, sagte ich.

»Dachte sie, ich werde abkratzen?« fragte der liebe Greis. Er tat mir leid.

»Sie hat Sie gern.«

»Jetzt ist's genug«, sagte er streng, und ich dachte schon, er würde mir mit seinem Stock eins über den Schädel geben. »Genug mit diesem Unfug! Ich will nicht sterben. Ich habe Angst vor dem Tod. Begreifen Sie?« Natürlich begriff ich. Wer fürchtet nicht den Tod? Aber weshalb sollte ich nicht von Zdenka reden? »Das will ich Ihnen erklären!« Er holte tief Atem. »Weil ich Sie brauche. Ich heiße nämlich nicht Harry Hanusch, sondern

Hanusch Heyden,

ich habe dem kaiserlichen Kämmerer Kaspar Zrucky von Rudz, der tags zuvor Kaiser Rudolf vergiftete, weil der Kaiser endlich das Geheimnis gelüftet hatte, den Stein der Weisen gestohlen. Ich bin es gewesen, den sie verbrennen wollten und den sie mit Steckbriefen im ganzen Königreich suchten. Ich hielt mich inzwischen in meinem geheimen Alchimistenlaboratorium auf der Burg verborgen, wo ich dieses Rezept ausprobierte. Prag verließ ich erst nach der Schlacht auf dem Weißen Berg. Ich kämpfte in England gegen Cromwells Aufstand, machte die Pariser Revolution mit und den Krieg der Nordstaaten gegen den Süden... aber wozu erzähle ich Ihnen das? Unsterblichkeit ist ein unfaßbarer Vorteil im Kampf und im Geschäftsleben. Wenn sie sich bemerkbar zu machen beginnt, verhärtet der Mensch, er hört auf, überempfindlich zu sein. Ich verließ damals Prag ganz ruhig, obwohl ich hier meine Maria zurückließ, und seit damals verliebte ich mich in niemanden mehr.«

»Und Zdenka?«

»Eben. Sobald der Stein zu wirken aufhört, meldet sie sich wieder, diese Liebe: in Form einer Krankheit. Ich werfe Geld zum Fenster hinaus, ich räume eroberte Positionen, ich weiche vor Feinden zurück, ich beginne zu träumen, daß ich Maria begegne. Dann muß ich wieder in mein Laboratorium am Hradschin zurückkehren und dort mein Elixier brauen. Zuletzt war ich mit der preußischen Armee nach der Schlacht bei Sadova hier. Glauben Sie mir nicht?«

Weshalb hätte ich ihm widersprechen sollen? Ich werde doch nicht mit dem Verrückten streiten!

»Ich brauche nur das Präparat, das ich der Gronska ausgehändigt habe. Den Rest mache ich schon selbst. Es ist ein sehr komplizierter und langwieriger Prozeß, er muß bei Vollmond begonnen werden. Mein Laboratorium am Hradschin steht schon bereit. Ich bin dort gewesen.« – Ich staunte nur, wieso ihm die Liebe so plötzlich vergangen war, daß er sich so jäh wieder erfangen hatte. – »Weil ich vor dem Tod zurückgeschreckt bin. Ich lag schon fast in Agonie, ich spürte seine kalten Krallen. Und da entschloß ich mich, diese Schlampe, diese Dirne, die nicht einmal besonders gut aussieht und auch im Bett nichts Hervorragendes leistet, sitzenzulassen. Ich huste auf sie«, wiederholte er.

Erst auf der Straße fiel mir ein, daß er vielleicht von Zdenka gesprochen hatte.

Archivar Čižek

Sie glaubte dieses Märchen! Sie brachte Hanuschs Rezept, das sie natürlich nicht verloren hatte. Und sie begann es aufmerksam zu studieren.

»Das könnte vielleicht Rauwolfia sein...« Sie zeigte auf ein Ingredienz. »Radix de India...«

»Möglich, aber ich mache dich aufmerksam, daß neben dem Kraut aus dem Himalaja, dessen Heileffekte wir schon kennen, im Rezept auch von einem Farnkraut die Rede ist und vom Sperma eines unberührten Jünglings.« Sie war beleidigt. Sie begann selbst an dem Präparat zu arbeiten und schickte mich zu Archivar Čižek, der dem Verein für das alte Prag vorstand. Er bestätigte mir Wort für Wort alles. Heyden hatte existiert. Er war damals spurlos verschwunden. Etliche Gerüchte besagten, daß es Rudolf tatsächlich in den letzten Tagen seines Lebens gelungen sei, Metalle in Gold zu verwandeln, das Elixier zu entdecken, wofür zu sprechen schien, daß man in seiner Werkstatt dreißig Zentner Gold fand, obwohl die Staatskasse in Schulden erstickte. Das typische non sequitur: weshalb sollte ein Kaiser mit eigenem Gold Staatsschulden bezahlen? Doch Heyden hatte existiert, und er war nach Rudolfs Tod aus Prag verschwunden. Ich fragte nach dem Geheimlaboratorium. Er lächelte nur. Wer darf von sich behaupten, daß er alle vermauerten Räume des alten Prag kenne? Wir haben doch bis heute nicht einmal die Königsgrüfte richtig untersucht. Zdenka triumphierte. Die Arbeit freilich wollte ihr nicht von der Hand gehen. Es war ein schwieriges Präparat. Und täglich rief man vom Hotel aus an. Hanusch verbringe die ganzen Tage in seinem Zimmer, blicke durch seine dunkle Brille um sich und erkundige sich nach unserer Arbeit. Auf so ein ewiges Leben kann ich verzichten. Ewig alt, ewig allein. Ich bin für eine Verlängerung des Lebens um etwa zweihundert, dreihundert Jahre, wie wir es bei unseren Forschungsarbeiten im Auge haben, dann ist's aber genug, dann heißt es sterben. Soll denn die ganze Welt von lauter Hanusch-Heydens bevölkert sein?

»Gönnen wir ihm den Tod«, sagte ich Zdenka. Auch sie war schon unsicher geworden. Da aber kam zu uns. Es war Montag früh. Sie stellte sich flüchtig vor. Bis heute weiß ich nicht, wie sie hieß. Sie sagte, sie räume das Hotelzimmer auf. Sie sah Zdenka ähnlich, war aber jünger. Hanusch war abermals erkrankt. Eines Morgens nahm er seine dunkle Brille ab, begann nun wieder dieses Fräulein hier Maria zu nennen und schickte ihr Blumen. Sie schwor, daß sie mit ihm nichts gehabt hätte. Ich glaubte ihr. Hanusch sah jetzt elend aus. Doch sie empfand nicht einmal Mitleid mit ihm. Sie hatte ihn beschimpft, hatte ihm gesagt, er solle sich schämen, ja, sie brachte ihren Liebhaber heimlich während der Dienstzeit durch den Hintereingang ins Bügelzimmer. Hanusch ertappte sie, als sie sich küßten. Er wollte in seinem Zimmer Selbstmord begehen, er versuchte, sich an seinen Hosenträgern zu erhängen.

Zum letzten Male probierten wir es. Wir arbeiteten die ganze Nacht. Am Morgen brachten wir das erforderliche Präparat ins Hotel. Hanusch lag im Bett, er war schon fast bewußtlos.

»Sehen Sie denn nicht, daß sie eine Schlampe ist, daß sie nicht gut ausschaut, und was den Rest betrifft...« Ich versuchte ihn mit seinen eigenen Argumenten zu überzeugen. Diesmal war Zdenka draußen geblieben. Er wußte, daß ich recht hatte. Seine Augen leuchteten auf, als er unser Pulver sah. Ich begann vom Tod zu sprechen. Langsam erhob er sich. Ich sprach darüber, daß der Mensch stirbt und daß nichts von ihm übrigbleibt, daß er sich in seinen letzten Augenblicken mit dem Bewußtsein begnügen muß, wie er gelebt hat, wofür er gelebt hat. Er kleidete sich eilig an. Es war mir klar, daß dieser Mann sein ewiges Leben verwirkt hatte, weil er dem Abenteuer und dem Vermögen nachgerannt war, aber sein Fall interessierte mich, denn er hätte bewiesen, daß nun nicht nur Pilze ewig leben können. Ich nahm auf eigene Kosten ein Taxi, zu dritt fuhren wir los. Unter der Burg war er plötzlich verschwunden, wir wußten nicht, wo er geblieben sein mochte. Allein standen wir in der Dämmerung da und warteten, warteten.

»Er hat gesagt, daß er diesmal eine tüchtige Dosis nehmen werde. Er hätte nämlich keine Lust, ein zweites Mal so eine Hölle durchzumachen.«

»Ich glaube allmählich nicht mehr, daß dieser Mensch überhaupt existiert hat. Am Ende ist er ein Betrüger gewesen...«, überlegte ich laut und trat von einem Bein aufs andere, weil mir kalt war. Ich bemerkte nicht einmal den Jüngling, der an uns vorüberging. Erst Zdenka ließ mich auf ihn aufmerksam werden. Sie sagte nichts, sie hielt nur den Atem an. Es war Hanusch: mit einem Gesicht, das aussah, als wäre es gebügelt worden; er lief fast, Richtung Niklaskirche. Wir konnten ihn kaum einholen.

»Das muß ein Irrtum sein«, sagte er, als wir ihn anhielten. Aber sein amerikanischer Akzent verriet ihn. »Ich kenne Sie überhaupt nicht, meine Herrschaften. Aber zum Andenken...«, und er warf mir ein Zehnkronenstück vor die Füße, stieg ins erste Taxi, das vorüberfuhr, schlug die Türe zu und fuhr davon.

»Er war kein Schwindler«, sagte Zdenka.

»Aber wir haben keine Beweise. Durch die letzte Verjüngung hat er sich gründlich verändert. Er ist wirklich hart geworden. Er hat sogar vergessen, uns Dank zu sagen, und wir haben ihm doch das Leben gerettet!« Ich freilich war auf seinen Dank nicht neugierig. Ich hatte von einer wissenschaftlichen Arbeit geträumt. Niemand würde mir nun Glauben schenken.

Aber schon einen Tag später kamen der Taxilenker und zwei Männer von der Polizei zu uns.

»Das sind sie«, sagte er, und ich mußte mit Zdenka zur gerichtlichen Obduktion fahren. »Diese beiden hier haben mir den Kerl ins Auto gesetzt.«

»Das stimmt. Und weshalb interessiert Sie das?«

»Weil er in der Nacht gestorben ist.«

Die Leichenöffner

In der Sezierhalle lagen schon einige Leichen. Der Professor schritt, die Pfeife im Mund, an ihnen vorüber und diktierte seiner Sekretärin, die auf einem Wagen eine Schreibmaschine hinter ihm herschob, die Befunde. Seine Assistenten öffneten die Leichen und demonstrierten die einzelnen Organe. Hanusch war der letzte. Er lag nackt auf dem Tisch, er war noch unbeschädigt.

»Schreiben Sie: die Leiche eines etwa dreißigjährigen Mannes. Besondere Kennzeichen: Narben in der Gegend der Leber, des Brustkorbes und des rechten Oberarmes, wie verheilte Stichwunden, sehr zahlreich.« Der Professor neigte sich über Hanusch und sah dann die Medizinstudenten an, die ihm folgten. »Das waren die typischen Narben der Degenfechter. Im siebzehnten und achtzehnten Jahrhundert. Sie werden von den alten holländischen Anatomen beschrieben.« Seine Miene verdüsterte sich. »Befunde?« Sein Assistent reichte ihm wortlos das Messer. Auf seiner Stirn perlten Schweißtropfen. Alle erstarrten. So eine Insubordination! Einen Fall nicht gehörig vorzubereiten! Der Professor warf ihm nur einen Blick zu. Dann setzte er zum Schnitt an.

Aber das Messer ging in Stücke. Harry Hanuschs Haut war hart wie Stein.

»Wer hat diese Figurine hier aufgenommen?« brüllte der Professor, dessen Jähzorn bekannt war. »Das ist doch eine Statue und keine Leiche!« schrie er. Niemand wollte dem jungen Arzt und dem Chauffeur Glauben schenken. Und so ruht der versteinerte Harry Heyden-Hanusch bis zum heutigen Tag im Keller unter dem Seziersaal. Wir können ruhig annehmen, daß er dort für ewig bleiben wird. Offenbar hatte er eine zu große Dosis Theriak genommen.

Ort der Handlung: Praga, caput regni.

Zeit: unbegrenzt (wegen der Steinfigurine).

Der Idiot von Xeenemünde

Die Schule schickte ihn schon aus der ersten Klasse zurück, denn er war unaufmerksam, vergeßlich, zerstreut, ununterbrochen raufte er nur, sogar das Tintenfaß warf er dem Lehrer nach. Ein klarer Fall von Oligophrenie, die Ärzte erklärten, es bestünde keinerlei Hoffnung. Und doch liebte die Frau des Ingenieurs Habicht dieses Kind. Sie kam dahinter, daß es eine gewisse Begabung für Zahlen hatte, und sie hielt ihm vor dem Krieg eine Gouvernante, eine ältere Dame, die sich täglich mit ihm beschäftigte. Der schwachsinnige Junge hieß Bruno.

Mir hat diese Geschichte ein Verwandter erzählt, der während des Krieges in Xeenemünde im Einsatz war und dort bei einem siebzigjährigen Professor wohnte. Dieser Pädagoge hatte nach jenem rätselhaften Bombardement vom vierten Oktober bei den Habichts die strenge Gouvernante ablösen sollen. Xeenemünde hatte bis zu diesem Zeitpunkt noch keinen Luftangriff der alliierten Bomber erlebt. Es schienen sich hier auch keine wichtigen Objekte zu befinden, außer jener unterirdischen Fabrik, wo etwas Geheimgehaltenes hergestellt wurde. Niemand wußte, was es war. Und in der Nacht auf den vierten Oktober fiel eine leichte, kleinkalibrige Bombe direkt auf das Häuschen von Brunos Gouvernante und tötete einzig allein sie, denn die alte Dame lebte allein. Dabei schwor man auf der Kommandantur hoch und heilig, daß weit und breit kein feindliches Flugzeug zu sehen gewesen sei. Es hieß, es sei ein Ferngeschütz gewesen. Aus welchem Grunde aber englische Ferngeschütze das Haus von Brunos Gouvernante beschießen sollten, vermochte niemand zu sagen.

Der alte Lehrer nahm Frau Habichts Angebot an. Er besserte sich durch Privatstunden seine Pension ein wenig auf, denn er besaß nie Geld genug, um sich Lebensmittel auf dem schwarzen Markt zu kaufen. Freilich sagte man ihm nicht, daß Bruno ein Idiot sei. Das stellte er bei der ersten Begegnung fest. Der fünfzehnjährige Knabe hatten den Gesichtsausdruck eines Sechsjährigen und manche Gewohnheiten eines Säuglings. Während der Unterrichtsstunde brachte er es fertig, emporzuschnellen, eine Fliege zu fangen und sie zu verschlingen, sich die Füllfeder in die Nase zu stecken oder die Hose des Hauslehrers mit dem Ersatzkaffee, den ihm Frau Habicht zu kochen pflegte, zu beschütten. Der Lehrer stand sofort auf und wollte gehen. Die verzweifelte Mutter mußte ihm lange gut zureden, sie erhöhte sein Honorar und versprach, ihm immer ein Abendessen zu kochen, wenn er sich Brunos annehme. Und der Junge schien sich plötzlich einschmeicheln zu wollen: er stellte sich stramm vor dem Lehrer hin und sagte laut das große Einmaleins auf mitsamt den Multiplikationen und den Quadratwurzeln.

»Er hat ein unglaubliches Zahlengedächtnis. Alles merkt er sich«, sagte seine Mutter. »Er kann das ganze Telefonbuch von Xeenemünde auswendig.« Und Bruno leierte hurtig die ersten sechzig Nummern mitsamt den Adressen der Teilnehmer herunter. Seine Muttersprache begriff er nicht, Geschichte war ihm unbekannt, nicht einmal einen Satz vermochte er zu lesen. Und das mit fünfzehn Jahren. Der Professor zählte immer die Minuten bis zum Abendessen, nie im Leben war ihm eine Stunde so lang vorgekommen, nie war er so ungern zu einem Schüler gegangen.

Etwa einen Monat später erwischte er Bruno, als sich dieser gerade mit einer ganzen Schar jüngerer Kinder herumprügelte. Er ohrfeigte die achtjährigen Buben, stellte ihnen ein Bein und versetzte ihnen Tritte, als sie schon auf dem Boden lagen.

»Bruno!« schrie der Professor schon von weitem, aber er konnte nicht laufen, sein Herz wollte nicht mehr so recht, und daher bändigte erst die Metzgerin, die die ganze Szene aus ihrem gegenüberliegenden Laden beobachtet hatte, den Schwachsinnigen. Sie packte ihn am Kragen, muskulös war sie, die Frau, und warf ihn einfach über die Mauer in den Garten der Habichtschen Villa. Die Kinder rief sie dann zu sich und wusch ihre Schrammen.

»Er tut es immer wieder«, erklärte sie dem verblüfften Professor. »Dieser Idiot! Er gehört in eine Anstalt. Wäre sein Vater nicht ein so hohes Tier, man hätte ihn längst fortgeschafft. Wir wundern uns ja alle, daß Sie zu ihm gehen.«

Aber das Abendessen war an diesem Tag bei Habichts ganz besonders ausgiebig, aus dem Ersatzkaffee waren sogar ein paar echte Bohnen herauszuschmecken, ja selbst Bruno verhielt sich zahm, er starrte stumm und trotzig auf eine Stelle in der Zimmerecke; so konnte sich der Lehrer wieder nicht entschließen, die Kündigung auszusprechen.

In der darauffolgenden Nacht wurde die ganze Stadt durch

eine neue Katastrophe in Schrecken versetzt. Der Laden der Metzgerin, der sich gegenüber der Villa der Familie Habicht befand, wurde auf die gleiche Weise zerstört wie das Haus der Gouvernante: durch eine kleinkalibrige Bombe oder eine Artilleriegranate. Das Projektil war offenbar durchs Fenster geflogen, es war erst im Zimmer explodiert und hatte es demoliert. Die Metzgerin verbrannte.

Bruno lächelte am nächsten Tag während der ganzen Unterrichtsstunde. Dem Lehrer wurde es allmählich bange.

»Wer paßt eigentlich auf Ihren Jungen tagsüber auf?« fragte er beim Abendessen vorsichtig Frau Habicht.

»Niemand. Er ist ja so brav. Er spielt hinten auf der Veranda, mein Mann hat ihm dort so eine kleine Bastelwerkstatt eingerichtet.«

»Dürfte ich einen Blick dorthin werfen?«

»Nein«, schrie plötzlich der Junge mit dunkler, wütender Stimme. Er war ganz rot geworden.

»Er läßt niemanden hin«, erklärte seine Mutter. »Es ist sein eigenes Königreich«, und dabei zwinkerte sie dem Lehrer vertraulich zu. »Manchmal beobachte ich ihn durch das Schlüsselloch«, sagte sie dann, als sie ihn zum Gartentor begleitete. »Er spielt den ganzen Tag mit so einem Kinderbaukasten für kleine Techniker, wissen Sie? Und mit verschiedenem Zeug, das ihm der Vater aus der Fabrik mitgebracht hat. Es ist eine ganz harmlose Beschäftigung.«

»Meinen Sie?« sagte der Lehrer und warf einen Blick auf den ausgebrannten Metzgerladen. »Man weiß nie, woran man mit solchen Kindern ist. Er ist doch krank. Er gehört in eine Anstalt...« Mit diesen Worten brachte er Frau Habicht entsetzlich auf. Nun stieß also auch schon der Professor ins gleiche Horn wie die Nachbarn, die doch Bruno alle haßten!

»Keine Spur, Sie irren, Frau Habicht, ich mag ihn sogar irgendwie. Er tut mir leid. Aber ich glaube, er wäre in einer Anstalt glücklicher.«

»Niemals!« Frau Habicht stampfte energisch mit dem Fuß auf. »Nicht, solange ich lebe!«

Deshalb beschloß der Hauslehrer, Brunos Laboratorium selbst in Augenschein zu nehmen. Tags darauf betrat er das Haus und begab sich direkt zur Veranda. Der Junge hatte sich nicht einmal eingeschlossen. Er quälte ein kleines gefesseltes Kätzchen durch

Faradisation. Das Tier war schon halbtot, als es der Professor rettete. Bruno wollte es ihm nicht überlassen. Stumm rangen sie miteinander. Der Junge röchelte, gab unartikulierte Laute von sich, den Professor begann wieder das Herz zu schmerzen. Er mußte die Sache energisch beenden. Also schlug er Bruno auf den Kopf. Der Junge sprang mit einem Satz in die Zimmerecke und starrte ihn haßerfüllt an.

»Krumm!« schrie er. »Du Krumm!« Brunos ehemalige Gouvernante hatte Krumm geheißen. Der Professor hieß Brettschneider. Das wußte der Junge. Ein seltsames Entsetzen ergriff den Lehrer. Er ließ das Kätzchen auf den Rasen nieder und ging fort. An diesem Tag begann er nicht einmal mit der Stunde. Einer Begegnung mit Frau Habicht wich er aus. Er ging in die Fabrik, um mit ihrem Mann selbst zu sprechen.

Man führte ihn durch lange unterirdische Gänge, zwei Wachleute vor ihm, zwei hinter ihm, es war wie die Behausung überlebensgroßer Insekten. Ingenieur Habicht empfing ihn ungnädig.

»Ich weiß, daß mein Sohn allerlei auf dem Kerbholz hat. Er ist ein Lauser. Doch ich sehe nicht ein, wieso er etwas mit den beiden jüngsten Katastrophen zu tun haben sollte.«

»Das wird sich herausstellen«, sagte der Lehrer. »Um nichts auf der Welt schlafe ich heute nacht in meiner Wohnung. Sie können mit mir im Garten aufpassen.« Der Professor wohnte in einer kleinen Villa beim Bahnhof.

»Entschuldigen Sie, aber ich habe andere Sorgen, wichtigere...«, lehnte Ingenieur Habicht ab.

Am Morgen kam er dann herbeigelaufen. In der Nacht war nämlich die Wohnung des Professors durch ein kleines Projektil zerstört worden, das vor seinem Bett explodiert war. Der Professor war im Garten gewesen und hatte genau die ballistische Leuchtspur des Sprengkörpers gesehen. Er war nicht größer als seine Hand und hatte eine Rauchspur hinter sich zurückgelassen.

»Ich gehe auf der Stelle zur Stadtkommandantur«, teilte er Habicht mit. »Wollen Sie mich nicht begleiten?«

Kommandant war damals Major von Schwarz, dem auch die Fabrik unterstand. Die beiden drangen bis zu ihm vor.

»Eine sonderbare Geschichte. Wirklich unglaublich. Und Sie halten das für möglich?« wandte sich von Schwarz an Ingenieur Habicht. »Glauben Sie, daß Ihr Sohn tatsächlich etwas mit diesen Katastrophen zu tun haben könnte?«

Habicht stotterte, wurde rot und blaß, wußte nicht, was er sagen sollte, bis ihn von Schwarz anbrüllte.

»Ich muß Ihnen gestehen, Herr Major«, sagte der Ingenieur, »daß ich vor einem Monat die Pläne unserer neuen Geheimwaffe V 2 mit nach Hause genommen habe. Wir hatten damals im Konstruktionsbüro so viel zu tun, daß es unmöglich war, mit allem fertig zu werden. Vielleicht kam der Junge irgendwie an diese Papiere heran. Er merkt sich eine Unmenge Sachen. Für gewisse Dinge ist er recht begabt. Niemand kann mit Sicherheit sagen, was in seinem Hirn vorgeht...«

Diese Mitteilung entschied das weitere Schicksal des alten Hauslehrers; einerseits hatte er ein Geheimnis erfahren: was für Waffen in der hiesigen Fabrik hergestellt wurden. Andererseits war der Sohn des Ingenieurs plötzlich viel wichtiger als der Mann, der ihn angezeigt hatte. Der Lehrer verschwand im Konzentrationslager. Im Grunde war das seine Rettung.

»Eigentlich müßte er ein Genie sein«, sagte von Schwarz, als er mit Habicht und dem Stabskoch zu Bruno fuhr.

»Er ist verblödet«, sagte Habicht. »Darüber haben wir ein ärztliches Attest.«

»Aber haben Sie denn nicht erkannt, Sie Schafskopf Sie, welches Problem Ihr Kind hier gelöst hat? Sie selbst und zwanzig weitere Mitarbeiter bringen es nicht zustande, daß unsere Raketen ein bestimmtes Ziel treffen, ihr habt keine Ahnung, wie sie zu lenken sind. Und dieser fünfzehnjährige Junge hier erwischt aus beträchtlicher Entfernung mit einer Genauigkeit von einem halben Meter das jeweilige Fenster! Begreifen Sie, wie wichtig es ist, wenn die V 2 bestimmte Ziele in London zerstören könnte, wenn wir sie fortan nicht nur so auf gut Glück auf die Reise schicken müßten?«

Habicht war betreten.

»Aber die Pläne, die die Erhöhung der Zielgenauigkeit betreffen, habe ich nie nach Hause mitgenommen.«

»Wie könnten Sie auch? Solche Pläne existieren nämlich gar nicht. Das ist das Werk Ihres Jungen...« Und von Schwarz befahl dem Koch, die Näschereien auszupacken. Zum ersten Mal nach vielen Kriegsjahren schlug der Mann wieder Sahne für eine Pariser Torte, für gefüllte Biskuitschnitten, zum ersten Mal rührte er wieder eine Buttercreme für Malakoffschnitten.

Bruno machte sich wie ein Ferkel über die Herrlichkeiten her.

Direkt mit dem Kopf voran. Er wühlte mit der Nase zwischen den Süßigkeiten und den verzierten Torten, der Koch stand entsetzt da, Frau Habicht jammerte, der Junge werde sich den Magen verderben. Nur von Schwarz wartete gelassen. Endlich rülpste der Knabe. Er wollte fort.

»Halt!« der Major packte ihn mit eisernem Griff. »Du bekommst diese Herrlichkeiten jeden Tag, wenn du uns sagst, was du da die ganze Zeit treibst.«

»Was?« fragte an seiner Statt die Mutter. »Gar nichts treibt er, er ist ein braver Junge.« Der Major drückte sie brüsk zur Wand zurück.

»Wie stellst du deine kleinen Raketen ein?« brüllte er Bruno ins Ohr. »Gestehe, sonst hau ich dir den Hintern voll, daß die Fetzen fliegen!« Er zog seine alte Reitpeitsche aus dem Stiefel und ließ sie durch die Luft sausen. Frau Habicht fiel in Ohnmacht. Niemand kümmerte sich um sie. Der Junge starrte verstockt in die Zimmerecke, mit seiner etwas zu lang geratenen Zunge leckte er die Tortenreste fort, die auf seinem Kinn klebten. Offenbar begriff er überhaupt nichts. Er wehrte sich nicht einmal, als ihn der Major prügelte. Seine Miene blieb ausdruckslos.

Schließlich ging von Schwarz' Reitpeitsche in Stücke. Der Major schwitzte und rang nach Atem. Er ließ den Jungen los, richtete sich auf und schrie Habicht an. »Bis morgen früh kriegen Sie heraus, was dieser Lümmel hier treibt, sonst kommt die ganze Familie vors Standgericht. Mitsamt der Verwandtschaft«, fügte er, schon in der Tür, hinzu.

Vor dem Haus sprangen bereits SS-Männer von einem Lastwagen und umzingelten das Haus. Von Schwarz fluchte noch im Wagen. An diesem Abend ging er nicht mehr in sein Büro, das sich im Rathaus befand, er schlief bei den Soldaten. Im Rathaus blieb nur seine fesche Sekretärin, die er sich bei Kriegsbeginn aus Italien mitgebracht hatte.

Sie kam in der Nacht mit den übrigen um, denn das Rathaus wurde durch ein kleines Projektil zerstört, das diesmal das Dach durchschlagen hatte und das ganze Gebäude ausbrennen ließ, bis auf die Grundmauern.

In der Kaserne gab man Alarm, der Major schnallte sein schweres Parabellum um und ließ sich zu Habichts Villa fahren.

»Wo ist Bruno?« fragte er trocken den Ingenieur. Mit zitternder Stimme antworteten die Eltern, der Junge sei schlafen gegangen. Sie fanden ihn auf der Veranda beim kleinen Katapult. Er montierte gerade eine weitere Miniaturrakete auf der Spielzeugabschußrampe.

Von Schwarz streckte ihn von hinten mit einem Genickschuß nieder, Frau Habicht stürzte sich auf ihn. Sie wollte ihm den Revolver aus der Hand schlagen, sie war wahnsinnig vor Schmerz, sie raufte sich die Haare und zerfetzte sich die Kleider.

»Was hat er Ihnen getan? Sie Mörder! »Der Major versuchte es ihr zu erklären: »Wir können nicht dulden, daß jemand seine Nächsten nur deshalb tötet, weil sie ihn geärgert haben. Noch dazu mit Hilfe der modernen Technik! Er war ein Idiot.«

»Und was tut ihr? Wieviele Menschen tötet ihr mit euren Raketen? Und welcher Engländer hat euch ein Leid angetan? Es gibt keinen Grund für dieses Morden. Ihr selbst seid Idioten, alle, alle...« Von Schwarz wollte sie auf der Stelle verhaften, doch da begannen die Sirenen zu heulen.

»Nicht nötig«, schrie der Major ins Telefon. »Nicht nötig, Alarm zu geben. Wir haben die Gefahr liquidiert...«

Als Antwort begannen Bomben auf die Wohnviertel der Stadt zu fallen. Die Alliierten hatten das Geheimnis von Xeenemünde entdeckt. Ein Viertel der Bevölkerung bezahlte diesen ersten Luftangriff mit dem Leben. Auch Ingenieur Habicht. Einige meinten, es wäre schade um ihn. Er soll ein hervorragender Techniker gewesen sein. Einer der Erfinder der Raketenwaffen. Ein Genie.

Vampir Ltd.

Wenn ich mich heute, ein Jahr später, an meine Reise nach England erinnere, denke ich eigentlich vor allem an die Automobile. In Westeuropa scheint eine neue Invasion erfolgt zu sein. Die Motoristeninvasion.

Dies wurde mir zum ersten Male bewußt, als wir mit dem dikken Iren ins Gespräch kamen, dem in Orly seine Artischocken über die Rolltreppe kollerten. Das Flugzeug sollte in wenigen Minuten starten, und die Rolltreppe trug die Artischocken in die Warteräume Naher Osten, Ecuador und La Guadeloupe. Der Ire mußte auf sie verzichten. Während des Fluges über den Kanal beklagte er seinen Verlust. Und er bereitete uns recht schonungslos auf die englische Küche vor.

»Ich vertrete eine Automobilfirma«, sagte er stolz. »Unsere Sportwagen beherrschen die ganze Welt...«

»Auch ich habe einen englischen Wagen zu Hause«, sagte mein Freund, um ihm eine Freude zu machen, einen Hillman. Der rosawangige Ire verstummte. Als hätte er etwas Anstößiges vernommen. Wir saßen in der ersten Klasse, er hatte uns offenbar für bessere Leute gehalten.

»Das ist ein recht passabler Wagen«, sagte er dann mit Selbstüberwindung. »Für das Geld, das er kostet...«, und er machte eine entsprechende Handbewegung. »Ich vertrete Jaguar. Wir werden sie in absehbarer Zeit auch hinter den Eisernen Vorhang exportieren«, fügte er hinzu. »Unsere Wagen verwandeln schlechte Straßen in gute und gute Straßen in das Himmelreich.« Wir setzten bereits zur Landung an, so daß unsere Unterhaltung endete.

Zum zweitenmal kam ich mit Autos in Berührung, als ich an demselben Abend in Kensington Terrace meine Freundin suchte. Ich verließ die Untergrundbahn und wollte mich nach der Straße erkundigen, in der meine Freundin wohnte. Aber ich fand niemanden. Das heißt, auf dem Gehsteig war niemand, auf der Fahrbahn hingegen kroch eine vier Kolonnen breite Schlange von Stahlbüchsen dahin, die ihre Lenker so gründlich isolierten, daß von draußen weder Fragen noch Geschrei zu ihnen dringen konnten.

Mein letztes Erlebnis war das interessanteste. Über dieses wollte ich eigentlich berichten. Bis heute kommt es mir unglaublich vor. Ich blieb bis spät in die Nacht bei meiner Freundin. Wir tranken den Johnny Walker mit dem schwarzen Etikett. Der ist siebzigprozentig. Das erfuhr ich erst tags darauf, als ich im Hotel vergeblich meinen Freund suchte. Er war abgereist. Man sagte mir, er hätte bis zum letzten Augenblick auf mich gewartet, doch dann mußte er fort, um den Zug nicht zu versäumen. Wahrscheinlich nahm er an, ich hätte ihn im Stich gelassen. Er ließ im Hotel nicht einmal eine Nachricht für mich zurück. Ich war allein, in einer Achtmillionenstadt, die ich überhaupt nicht kannte, ohne einen einzigen Penny in der Tasche. Meine Freundin war nicht an ihrem Arbeitsplatz. Auch zu Hause traf ich sie nicht an. So blieb mir nichts übrig, als irgendwie nach Bolster, wo unsere Kommission tagte, zu gelangen. Ich hatte noch nie versucht, per Autostop zu reisen. Ich bin kein Jüngling mehr, und ich bezweifle, daß jemand wegen meines vorteilhaften Aussehens anhalten würde. Recht erschöpft gelangte ich zu Fuß zu einer Tankstelle und starrte sehnsüchtig den fahrenden Wagen nach.

»Wohin wollen Sie?« sprach mich da ein hochgewachsener, bleicher Mann mit Backenbart an. Er hatte den Akzent von Absolventen privater Mittelschulen und trug Knickerbocker. Ich werde ihn nie vergessen. Auch seinen Wagen nicht. Es war ein Rennwagen. Er hatte Scheibenbremsen, acht Gänge oder zehn, wobei der zweite schon hundertfünfzig Sachen schaffte.

»Nach Bolster...«, sagte ich schüchtern. Ich begriff nicht, warum mir dieser Mensch helfen wollte. Ich hatte ihn doch noch nie gesehen.

»Sie brauchen bestimmt einen Wagen...«, sagte er nach einer Weile, als wir die Ausfallstraße erreicht hatten.

»Ich muß zu einer Konferenz«, sagte ich zu ihm. »Nur deshalb bin ich nach England gekommen. Ich muß rechtzeitig dort sein.«

»Sie fahren?« Es war mehr eine Feststellung denn eine Frage, er hielt und kletterte aus seinem Sitz. »Ich komme morgen nach Bolster, meinen Wagen holen. Ich habe noch in der City zu verhandeln.« Er war bleich, ja aschfahl. Der täte besser daran, mit einem Bestattungsinstitut zu verhandeln.

»Aber ich habe keine Papiere, ich bin Ausländer...«, widersprach ich flau, weil ich nicht zugeben wollte, daß ich mich vor dem englischen Linksfahren fürchtete.

»Mit diesem Wagen brauchen Sie keine Dokumente«, sagte mein Wohltäter und hielt ein entgegenkommendes Taxi an, noch ehe ich danken konnte. Ich mußte an die Geschichte mit der Tausendpfundnote denken. Wollte dieser Mann etwa durch mich ebenfalls eine Wette gewinnen? Aber er hatte mir ja nicht einmal erklärt, wie dieser Wagen gefahren werden mußte. Wir hatten nicht einmal über die Schaltung gesprochen. Ich fühlte mich unsicher hinter dem Lenkrad. Auch war die Kabine sehr eng, nur für zwei Personen gemacht, die Polsterung war aus einem Spezialmaterial angefertigt. Unzählige Skalen befanden sich unter der Windschutzscheibe. Der Zündschlüssel steckte. Ich drückte den Schalthebel herunter. Der Wagen schoß los wie ein scheugewordenes Pferd. Es war mir, als lenkte ich eine Rakete. Ich dachte nicht mehr darüber nach, wie ich hinter dieses Lenkrad gekommen war, ich bemühte mich nur noch, es zu beherrschen. Anfangs war das sehr schwer. Aber bald stellte ich fest, daß mir jedermann auf der Straße beistand. Die anderen Wagen hielten respektvoll, wenn ich kam. Sämtliche Austins, Fords, Rolls-Royces, Peugeots, Chevrolets und wie sie sonst heißen mögen, dieser ganze Automittelstand hielt ehrfurchtsvoll vor meinem Aristokraten. Sogar die Polizisten auf ihren Krafträdern salutierten. Schon da hätte mich das stutzig machen sollen, schon da hätte ich aussteigen müssen. Aber ich fuhr weiter.

An der nächsten Kreuzung ließ ich sogar ein Mädchen einsteigen. Sie hieß Susan. Ihre Mutter war Schauspielerin und hatte sie sehr modern erzogen. Als ich ihr sagte, daß bei uns sechzehnjährige Mädchen nicht barfuß herumlaufen, einen Ring an der großen Zehe, und daß sie sich auch die Augenlider nicht violett anstreichen, wischte sie die Schminke gehorsam weg und zog ein paar Turnschuhe aus ihrem Köfferchen. Sie freute sich und schaute mich ununterbrochen an. Ihre Freundin war, wie sie mir erzählte, im vergangenen Jahr in den Sommerferien am Meer mit einem Jazztrommler ins Bett gegangen. Die hielt den absoluten Klassenrekord. Offensichtlich hoffte sie, diesen mit mir zu brechen. Susan gefiel mir.

»Gehen wir Tee trinken«, schlug sie vor, als wir wieder an einer Tankstelle vorbeiflitzten. »Sie können mir einen Whisky spendieren...«. Wir gingen Tee trinken. Hoffentlich hatte sie selbst ein bißchen Kleingeld bei sich, oder es würde mir gelingen, die Rechnung unserer Botschaft zuschicken zu lassen. Ich mußte mein Land doch repräsentieren. Wir stellten uns mit anderen Autofahrern an eine breite Holztheke. Mein Kopf drehte sich ein wenig.

»Aber das ist doch ein Bentley. Er hat Scheibenbremsen an allen vier Rädern. Ich habe ihn zum letzten Mal vor einem Jahr beim Rennen in Le Mans gesehen. Der einzige Wagen in England, der mit meinem Cunningham mitkommt«, vernahm ich hinter mir. Und ich begriff zunächst nicht, daß es eine Frau war, die da redete, und daß sie von meinem Auto sprach. Sie bestellte Hummersuppe, Fisch und Rindfleisch.

»Wie sind Sie zu Ihrem Wagen da gekommen?« Ich ging darauf nicht ein. Ich sagte ihr nur, daß ich diesen Automobilkult im Westen für eine Krise des Individualismus halte, denn da jeder Einzelne sein eigenes Verkehrsmittel haben wolle, würden am Ende alle Straßen und Gassen verstopft sein, so daß eigentlich überhaupt niemand etwas davon habe. Daß diese Flut an Automobilen lediglich ein Sympton für die Krise der Persönlichkeit in unserer Zeit ist. Sie verstand mich nicht. Und sie behauptete, sie könne mich mit ihrem Cunningham, einem amerikanischen Wagen der Nachkriegszeit, den sich Millionäre für europäische Straßenrennen bauen ließen, jederzeit abhängen. Während der ganzen Zeit hatte sie Susan keinen einzigen Blick zugeworfen, es schien mir, als gliche ihre Rede immer mehr und mehr dem regelmäßigen Gang eines Viertaktmotors, ich hörte ihr nicht einmal mehr zu, ich stand auf und ging. Mit Unbehagen dachte ich an die Rechnung, aber der Kellner versicherte uns, Marchesa habe alles beglichen. Ich erfuhr, daß sie die Marchesa Nuvolari war, mit ihrem Geburtsnamen hieß sie Riley, sie hatte einen Verwandten jenes berühmten italienischen Rennfahrers geheiratet, nur um seinen Namen führen zu können.

Als wir aus der Gaststätte auf die Straße traten, kam sie uns nachgeeilt. Sie sprang in ihren Einsitzer, stülpte sich die Haube über den Kopf und wartete sportlich, bis ich gestartet hatte. Wir fuhren gleichzeitig los. Ein Glück, daß es Abend wurde und daß sich nur noch wenige Wagen auf der Straße befanden. Es war ein Rennen nach allen Regeln der Kunst, denn ich wollte es dieser Großsprecherin zeigen. Und bald hatten wir sie überholt. Ich ließ dieses amerikanische Superauto weit hinter uns. Die Landschaft um uns sah verwischt aus wie ein abstraktes Bild, ich bremste vorsichtig ab, ich hatte Angst, unser Wagen könnte sich überschlagen. Susan fiel mir um den Hals. Sie begann mich abzuküssen. Sie war begeistert. Wir hatten gewonnen. Unsere Mille Miglia. Unser Le Mans. Und wir hatten keinen einzigen Zuschauer getötet. Ich war stolz auf meine Leistung. Aber ich fühlte mich wie nach einem erschöpfenden Dauerlauf. Ich wußte noch, daß ich Susan küßte, daß ich sie umarmte, aber dann sackte ich in meinem Sitz zusammen.

Als ich wieder zu mir kam, war es bereits Nacht. Susan gab mir Schweppes und Tonic zu trinken, Selters mit Chinin. Sie hatte mir den rechten Schuh ausgezogen und hielt meinen Fuß nun behutsam auf ihrem Schoß.

»Du hast mir nicht gesagt, daß du verwundet bist...« Ich war vor meiner Abreise zur ärztlichen Untersuchung gewesen. Ich wußte, daß mir nichts fehlte. Aber sie zeigte mir auf meiner Fußsohle eine frischverkrustete Wunde, etwa so groß wie ein Handteller. »Du mußt zum Arzt. Du hast eine Menge Blut verloren...«, sagte sie.

»Beim Arzt bin ich vorgestern gewesen. Mit meinem Fuß ist alles in Ordnung. Wohin sollte das Blut geflossen sein? Ich hätte es doch sehen müssen. Das ist Unsinn...« Und ich wollte aufstehen, aber noch immer drehte sich alles vor meinen Augen, ich mußte mich an der Wagentür festhalten, ich taumelte aus dem Wagen wie jener Lord in London, der mich so unfaßbar großzügig beschenkt hatte. Ich hatte mit meinem Fuß doch nichts weiter gemacht, nur auf das Gaspedal war ich damit getreten. Plötzlich wurde ich ernst.

»Weißt du, wie man hier die Motorhaube öffnet?«

»Das ist doch dein Auto«, sagte das Mädchen gereizt. Bekanntlich gibt es im Englischen keinen Unterschied zwischen du und Sie. Ich war sicher, daß sie jetzt du zu mir sagte. Nach einer Weile gelang es mir, die Motorhaube zu öffnen. Es war ein sehr ungewöhnlicher Motor. An Stelle des Vergasers hatte er eine große ovale Stahlbüchse, aus der zwei dicke Röhren hervortraten, und diese führten dann erst zum eigentlichen Motor. Ich wußte, daß es Autos mit nur einem Zylinder gibt, ich versuchte also, diese sonderbare Vorrichtung zu öffnen. Aber es ging nicht. Ich setzte mich wieder hinter das Lenkrad. Susan sah mir trotzig zu. Ich startete den Motor und versuchte, mit meinem leeren Schuh Gas zu geben, ohne das Pedal direkt zu berühren. Der Wagen rührte sich nicht. Nun tippte ich mit dem Finger an das Gaspedal, und der Wagen schnellte vorwärts, so daß wir beide mit den Köpfen anstießen.

»Was ist denn los mit dir?« fragte Susan abermals. »Warum fahren wir nicht?« Mit einiger Mühe knipste ich das Licht an und zeigte ihr meinen Finger. Er wies eine winzigkleine Wunde auf, eigentlich war es nur ein blauer Fleck.

»Schau...« Sie begriff noch immer nicht.

»Das ist ein sonderbares Auto. Wahrscheinlich bringt es auf die Dauer seinem Lenker tatsächlich den Tod. Sein Kraftstoff ist nämlich Menschenblut...« Sie begann sich zu fürchten. Sie zeigte mir den Namen des Herstellers, den man auf einem kleinen Messingschildchen direkt unter dem Lenkrad lesen konnte: James Stuart, Old Georgetown 26.

»Denkst du, dieser Herr verkauft Autos für Selbstmörder? Jetzt sehe ich erst, was für Ammenmärchen ihr Ausländer zu glauben bereit seid. Ein Auto, das mit Menschenblut fährt!« Aber dann verstummte sie. Denn um jenes große Gefäß, das im Grunde nichts anderes war als das stählerne Herz dieses Autos, ein stählernes Herz mit Venen und Arterien, um dieses Gefäß wanden sich dünne Äderchen, ganz durchsichtig und dunkelrot. Es schien, als hätte ich recht. Ich erzählte ihr, auf welche sonderbare Weise ich diesen Wagen bekommen hatte, ich erzählte ihr von den letzten Augenblicken des ehemaligen Besitzers. Für mich stand fest, daß er gerade deshalb mich zu seinem nächsten Opfer bestimmt hatte, weil ich Ausländer war, den niemand kannte und den niemand vermissen würde.

»Aber was wollen wir jetzt tun?« fragte sie. Ich hatte keine andere Wahl. Ich wollte zu Fuß ins nächste Gasthaus gehen und von dort meinen Freund in Bolster anrufen. Susan mußte sich nach einem anderen Auto mit einem vertrauenerweckenden Fahrer umsehen.

»Aber ich verlasse dich nicht!« sagte sie entschlossen. Ich hatte gehört, daß die Engländerinnen treu sind. Davor bekam ich ein wenig Angst. Ich sagte ihr, daß sie mit mir doch nicht zu Fuß über Waldwege gehen werde, jetzt, da ich dieser technischen Errungenschaft entsagte, würde es keine Fans mehr geben, die mich mit Hummersuppe und Austern bewirteten. Ich müsse mich nun bescheiden, und das bekomme der Liebe nie.

Das sah sie dann auch selbst ein. Drei Stunden lang marschierten wir am Fuß des hohen Straßendammes dahin. Über uns blitzten die Lichter der Scheinwerfer auf. Ich mochte niemanden mehr anhalten. Nur in das nächste Dorf, zum nächsten Telefon wollte ich gelangen.

»Das ist doch dumm von dir. Ich kann zuerst hinaufklettern. Wenn ich winke, bleibt sogar der amerikanische Botschafter stehen. Wir haben das in unserer Klasse einmal zum Spaß gespielt. Immer habe ich gewonnen«, sagte sie und straffte stolz ihren Busen.

»Du läufst nur Gefahr, daß abermals so ein Wagen der Firma Vampir kommt und dein Blut trinkt...« Wieder lächelte sie, wieder begann sie das Ganze anzuzweifeln, sie sah nur die Annehmlichkeiten der technischen Zivilisation. Die Annehmlichkeiten, die an der Oberfläche der Dinge liegen und von denen man sich an Ort und Stelle überzeugen kann. Schließlich begannen wir zu streiten. Sie trug sehr dünne Turnschuhe, sie mußte jedes Steinchen spüren, es war eigentlich eine respektable Leistung von ihr gewesen, daß sie drei Stunden lang mit mir marschiert war. Auch begann ich mit ihr herumzuschreien. Ich wußte, daß wir nur so auseinandergehen und einander vergessen würden, daß ich mich lediglich so diesem Mädchen und seiner herrschsüchtigen Liebe entziehen konnte. Ich setzte sie selbst an den Straßenrand. Ich hörte Bremsen kreischen, Scheinwerfer hielten vor ihr und strahlten ihre Figur von allen Seiten an, zuletzt sah ich sie die Hände schützend vor die Augen halten, wie eine wunderschöne Blinde stand sie dort oben auf dem Straßendamm.

Am Morgen gelangte ich in das erste Dorf. Erst bei Tageslicht wurde mir bewußt, daß diese Fernstraße absichtlich allen Siedlungen auswich, um ein schnelles Fahren zu ermöglichen. Der Ort hieß Old Georgetown. Er sah aus wie aus der Spielzeugschachtel. Ein kleines Windsor mit allem, was dazugehörte, mit halbverfallenen Sommerschlößchen, kleinen Kindern in Schuluniformen und Männern in auffallend breiten Hosen. Ich war in der Heimatstadt meines Wagens. War es nicht wirklich nur ein Traum? Ich suchte das Haus Nummer sechsundzwanzig.

»James Stuart ist schon seit dem Jahr zweiunddreißig tot, Sir«, sagte mir die uralte Sekretärin mit blondem Haarknoten. Ich hatte die Frau in der Kanzlei angetroffen. »Seit damals ist unser Unternehmen geschlossen. Ich betreue es im Auftrag der Bank. Man kann nämlich keinen Käufer finden.« Sie deutete durch das zerbrochene Fenster in den Hof. Es war ein Rennwagenfriedhof.

Nicht fertiggebaute Modelle, Wagen, die bei Rennen havariert waren, Fahrgestelle und Motorhauben. Dazwischen Hühner und Enten. Das Gras kniehoch.

»Und was ist mit seinen Wagen geschehen?« fragte ich.

»Von denen fährt heute kein einziger mehr«, sagte die alte Frau bitter und setzte sich an die Schreibmaschine, eine Underwood, Modell Jahrhundertwende, auf der noch die Buchstaben weiterrückten und nicht die Walze, »kein einziger dieser berühmten Veteranen.« Die letzten Worte sagte sie scharf, als hätte ich mit ihr über diesen Punkt gestritten, und zeigte mir die verstaubten Trophäen an der Wand. »Die Krise hat uns umgebracht. Es gab keine reichen Leute mehr, die sich einen speziellen, handwerklich hergestellten Wagen kaufen konnten. Das letzte Auto hat Herr Stuart einen Tag, bevor ihn die Bank zum Bettler machte, fertiggebaut. Mit ihm fuhr er von Old Georgetown fort, allein, und man hat nie mehr von ihm gehört...« Ich konnte Herrn Stuart auf einer vergilbten Fotographie sehen, er stand auf dem Bild neben der Limousine, die ich heute nacht gefahren hatte. Aber es war nicht jener magere Herr aus London. Wer weiß, wie vielen Menschen diese Maschine bereits das Blut ausgesaugt hatte.

»Ich habe von ihm gehört«, sagte ich in meinem schwerfälligen Englisch, »ich weiß, wo sich sein letzter Wagen befindet...« Es schien mir, als erschräke sie ein wenig.

»Es ist der beste Wagen der Welt. Er hatte sechzehn Gänge. Jedes Rad zwei Reservebremsen. Eine Beschleunigung, die bis heute noch niemand übertroffen hat. Für die enorm hohen Geschwindigkeiten wurden von der Firma Dunlop die ersten Super-Reifen entwickelt, er...

»Aber er mordet...«, sagte ich ihr.

»Er gewinnt jedes Rennen der Welt, er führt Sie in die höchsten Gesellschaftskreise ein, Sie können leben, ohne sich plagen zu müssen, nur für Ihren Sport...«

»Und für den Tod.« Das konnte sie nicht begreifen. Offenbar wußte sie alles über diesen Wagen. Vielleicht war sie Herrn Stuart sogar behilflich gewesen, sich an der Gesellschaft zu rächen, die seinen genialen Ideen keine Chance mehr geben wollte. »Hier haben Sie die Wagenschlüssel«, und ich legte sie auf den Tisch. »Ich will Ihren Wagen nicht. Aber gestatten Sie, daß ich dafür mit Bolster telefoniere.«

»Sie sind Ausländer?« fragte sie, als sie die Wagenschlüssel in der Hand hielt. Das schien ihr alles zu erklären. Ich nickte. Und wartete auf das Gespräch mit Bolster. Ich mußte den Namen meines Freundes buchstabieren, aber dennoch wollte es zuerst nicht klappen. Erst nach einer halben Stunde holte man ihn aus dem Hotel. Er versprach, mich abholen zu lassen. Zuerst war er verblüfft und dann sehr zugeknöpft. Aber ich freute mich, ihn wiederzusehen.

Ich wartete im Hof von Stuarts Werkstätte. So erlebte ich noch die Ankunft der Marchesa Nuvolari.

»Hier ist ja unser Fangio«, sagte sie. »Und Sie wollten mir weismachen, daß Sie keine Rennen fahren! Ihre Hand möchte ich haben! Und Ihr Auto! Sie hatten recht. Ich verkaufe meinen Cunningham. Ich weiß nicht, wie es kommt, aber die Amerikaner haben nicht das Zeug für Sportwagen. Ich will Ihr Auto haben. Wieviel?«

Ich schickte sie in die Kanzlei. Vielleicht verhalf dieser Kauf der alten Dame zu einer besseren Schreibmaschine. Ich warnte die Marchesa erst, als sie triumphierend mit den Wagenschlüsseln herauskam.

»Ich sage Ihnen, wo der Wagen steht, selbstverständlich, aber ich warne Sie. Diese Maschine bringt Sie um...« Und ich erzählte ihr alles, was ich erlebt hatte.

»Wie interessant...«, nickte sie höflich.

»Es ist ein Vampir, haben Sie denn nicht verstanden? Er saugt Ihnen mit dem Gaspedal das Blut aus dem Leib...« Sie lachte. »Dann ist er wirklich sein Geld wert. Haben Sie eine Ahnung, wie ich für die anderen zahlen mußte, die ich fuhr? Wofür habe ich mein Benzin gekauft, wofür habe ich sie wirklich bekommen? Ich mußte mich preisgeben, um solche Wagen zu besitzen. Und wie kompliziert das war! Durch diesen hier wird nun alles einfacher. Ich will nur ein einziges Mal in meinem Leben Le Mans gewinnen, vor allen anderen. Dann kann ich ruhig sterben. Ich gewinne das Rennen. Ich habe Ihre gestrige Geschwindigkeit gemessen. Es ist ein großartiger Wagen. Mit dem gewinne ich überall.«

»Sie werden mit ihm den Tod finden.«

»Darauf kommt es mir nicht mehr an...« Und nun begriff ich, weshalb niemand seit dem Jahr zweiunddreißig diese Limousine zurückgebracht hatte, weshalb jeder bereit war, sich diesem technischen Dämon zu verschreiben und sich von diesem Vampir aussaugen zu lassen. Weil sie allen anderen davonfahren konnten.

Und als mich dann der Diener der Dame in ihrem alten Cunningham nach Bolster brachte, schien es mir, als nähmen alle Wagen auf dieser sechsspurigen Autobahn an diesem großen, rätselhaften Rennen teil, in dem der Tod keine Rolle spielt.

Ich kam vor Beginn der ersten Sitzung in Bolster an. Mein Freund hatte die Botschaft noch nicht verständigt. Alles endete gut, wenn man davon absieht, daß ich keine Zeit mehr fand, mich zu rasieren.

Und daß ich Susan Saunders nicht wiedersah.

Die Expedition in umgekehrter Richtung

Schließlich begann ich daran zu glauben. Es war keine Täuschung, keine Illusion und keine Wahnvorstellung, es war Wirklichkeit, ich würde den gestrigen Tag tatsächlich noch einmal erleben, von der ersten Morgenstunde an. Wieder begrüßte mich der Pförtner ein wenig erstaunt, die Menschengruppe auf dem Gang unseres Institutes verstummte abermals, die Aufräumefrau beantwortete auch diesmal nicht meinen Gruß, obwohl sie sonst gern mit mir über ihre Enkelkinder plaudert, und wieder wurde das große Modell des Atomkerns, das ich schon seit einem halben Jahr urgiert hatte, an meiner Tür vorbeigetragen. Es war der gestrige Tag.

Ich kam atemlos in mein Arbeitszimmer geeilt. Ich fragte niemanden, ich fragte nach nichts. Ich hatte Wichtigeres im Kopf. Ich versperrte die Tür hinter mir. Jetzt müßte Anna anrufen. Jetzt wird sich herausstellen, ob tatsächlich alles von vorne beginnt. Aber ich hatte noch nicht einmal meinen Mantel an den Haken gehängt, als das Telefon bereits schrillte. Heute läutete es länger als gestern, ich hatte nicht den Mut, den Hörer abzuheben. Meine Hände zitterten. Annas Stimme ertönte. Dienstlich sonor.

»Der Dozent will Sie sprechen. Ich suche Sie schon seit dem Morgen.«

Ich war zu spät gekommen. Das stimmte. Aber das hatte mit dem gestrigen Tag nichts zu tun, ich war auch früher zu spät gekommen. Ich warf den Hörer heftig auf die Gabel. Ich antwortete nicht wie gestern, ich würde gleich kommen. Ich werde heute nicht hingehen. Ich wollte nicht, daß sich der gestrige Tag wiederhole. Ich wollte nicht zum Verbrecher werden. Das mußte ich um jeden Preis vereiteln. So viel Willen, so viel freien Willen besaß ich wohl noch. Ich bin schließlich ein gewöhnlicher, anständiger Durchschnittsmensch. Ich riß das Kabel des Telefons aus der Wand, weil es abermals läutete. Ich schob den Tisch an die Türe, als erwartete ich eine Belagerung. Ich hätte wohl auch das Fenster verbarrikadiert, aber mein Blick fiel auf den Versuchsbunker draußen, und ich wich ängstlich in die Zimmerecke zurück. Erschöpft setzte ich mich hin und schlug die Hände vor die

Augen. Ich mußte mir alles vergegenwärtigen, ich mußte mich an alles erinnern, ich muß alle gestrigen Fehler vermeiden.

War ich gestern früh wirklich noch ein gewöhnlicher, anständiger Durchschnittsmensch gewesen? Zweifellos. Ich schrieb ja bereits seit zwei Jahren jeden Abend an meinem Buch über Atomversuche. Ich arbeitete seit zwei Jahren an einer Art Zusammenfassung der letzten und modernsten Vorstellungen. Ich las Einstein, Planck, De Broglie und Heisenberg. Etwas anderes tat ich ja nicht. Ich bin Wissenschaftler. Das Geheimnis der Materie interessiert mich, es fasziniert mich wie ein kriminalistisches Problem. Konnte es denn in der Wissenschaft so etwas wie Verbrechen geben? Die Physik kennt nur Wahrheiten, die sich experimentell beweisen lassen. Sonst nichts. Ich habe mich auch niemals mit etwas anderem befaßt. Alles hatte ich für mein Buch geopfert. Vor einigen Wochen legte ich es Lampl vor.

»Das Buch kann nicht erscheinen«, teilte er mir gestern früh mit, als ich mich, von Anna telefonisch dazu aufgefordert, in sein Büro begab.

»Es ist ein feindseliges Buch...« Er blickte mich streng an. Ich kenne Lampl noch aus meiner Studienzeit her, seit dem Tag, da er im Jahre fünfundvierzig mit einer tätowierten Nummer am Arm zurückkehrte. Immer habe ich mich ein wenig geschämt, daß ich ruhig studieren konnte, während er in Mauthausen im Steinbruch arbeiten mußte. Ich hatte Einsicht mit ihm, weil er nur langsam vorwärtskam, ich ließ ihn oft meine Klausurarbeit abschreiben. Wir duzten uns. Ich war froh gewesen, als man nach den Februarereignissen Lampl an die Stelle des Professors, der im Grunde von nichts eine Ahnung gehabt hatte, berief. Aber nie hätte ich vermutet, daß mich Lampl vernichten wollte.

»Ich werde nie dein Rivale sein. Ich will dieses Institut nicht leiten, ich will hier arbeiten...«, sagte ich ihm. Er sah mich verständnislos an:

»Ich spreche von Ihrem Buch...«, sagte er und betonte das Sie.

»Wahrscheinlich verstehst du es nicht.«

»Ich verstehe es nur allzu gut...« Er berührte mein Manuskript, als empfände er Ekel davor. Das brachte mich auf. Ich nahm mein Werk vom Schreibtisch.

»Es ist die Wahrheit, verstehst du? Wenn du die Wahrheit unterdrücken willst, dann werde ich mit dir nicht mehr zusammenarbeiten...« Und ich lief an der verblüfften Anna vorbei hinaus.

Sie hatte offenbar alles mitangehört. Ihre Augen drückten Entsetzen aus.

»Das kannst du nicht... Das kannst du nicht...«, flüsterte sie, und Fräulein Horský, die mit ihr in einem Raum sitzt, hörte mit dem Maschineschreiben auf. Fräulein Horský war über fünfzig und auf alle hübscheren Mitarbeiterinnen eifersüchtig.

»Wir sehen uns heute abend...« Und ich schob Anna zur Seite.

Ich lief auf die Straße hinaus. Freilich, damals, neunzehnhundertneunundvierzig, gab es bei uns keinen anderen Arbeitsplatz, an dem ich meine Pläne hätte weiterentwickeln können. Wenn das jetzt eine Kündigung von mir gewesen war, stand ich auf der Straße. Dann blieb mir wohl nur noch übrig, die Schüler in der Oberschule zu unterrichten und Schildpatt mit einem Fuchsschwanz zu reiben, um die Entstehung der Elektrizität zu demonstrieren. Unterrichten ist in meinen Augen verlorene Zeit. Ich mußte beweisen, daß mein Buch etwas taugte. Ich mußte es selbst gegen Lampl durchsetzen. Das war das einzig Mögliche. Es war bestimmt kein Fehler, auch wenn ich heute weiß, daß ich besser daran getan hätte, nicht davonzulaufen. Mit dem Besuch beim Professor fing dann alles an.

Er mußte gerade seine große Wohnung in den Weinbergen räumen. Er hatte bis jetzt dort ein ganzes Stockwerk bewohnt.

»Nun ja, jetzt bin ich Pensionar...«, sagte er lächelnd und schnauzte die Möbelpacker an, die mit seinen Jagdtrophäen etwas unvorsichtig umgingen. »Ich werde auf dem Land leben.« Er hielt das Buch wohlwollend und mit Interesse in den Händen. »Ich freue mich, daß Sie sich meiner erinnert haben. Bestimmt hätte Ihre Arbeit einen starken Widerhall gefunden«. Das sagte er höflich, aber ich glaube, dabei galt sein Interesse viel mehr dem kostbaren Tigerfell, das gerade aus seinem Arbeitszimmer fortgetragen wurde.

»Aber Lampl hat mein Buch abgelehnt«, sagte ich ein bißchen schärfer. »Ich benötige Ihre Hilfe...« Er ergriff meinen Arm und führte mich in den angrenzenden Raum, der früher der Salon gewesen war. Jetzt waren es nur leere Wände mit weißen Flecken, wo die Bilder gehangen hatten, und unsere Stimmen hallten in dieser seltsamen Umgebung.

»Jetzt kann ich Ihnen hier doch in gar nichts mehr behilflich sein, mein Freund. Ich bin froh, daß man mir meine Pension zugesprochen hat...« Er blickte sich um, als könnte uns in diesem leeren Raum jemand belauschen. »Aber ich werde dafür sorgen, daß man Ihr Buch im Ausland kennenlernt. Es könnte in Dijon erscheinen...«, sagte er.

Ich schwöre, daß ich an so etwas nicht einmal im Traum gedacht hatte. Ich hatte den Professor aufgesucht, weil ich dachte, er hätte noch immer Bekannte, vielleicht im Ministerium oder in den Redaktionsstäben. Es schmeichelte mir natürlich, als er mir mit dem Ausland kam. Ich muß bekennen, daß ich mich nicht ablehnend verhielt.

»Glauben Sie, daß mein Buch so gut ist?«

»Ich kenne Sie, mein Freund. Ich habe keine Dummköpfe in mein Institut aufgenommen. Bis auf Lampl, notabene. Sie werden hier unter den neuen Verhältnissen schwerlich existieren können. Darüber sollten Sie nachdenken. Bei uns konnte man nie sehr große Sprünge machen. Und überhaupt jetzt...« Er seufzte und sagte wie unabsichtlich: »Wissen Sie, daß Horák in Oxford Vorlesungen hält?«

»Mich wird leider niemand dahin einladen, niemand kennt mich dort, ich spreche nicht Englisch, und wer weiß, ob ich überhaupt einen Paß bekäme.« Er lächelte, als hätte ich ihm einen Witz erzählt:

»Auch Horák hatte keinen Paß, mein Freund. Und er beherrschte keine einzige Fremdsprache. Die Physik ist heutzutage ein Esperanto. Seit jener Bombe. Denken Sie darüber nach. Ich bin schon ein alter Mann. Aber Sie haben das Leben noch vor sich...« Ich war noch nicht einmal dreißig. Wie im Traum schritt ich neben ihm zum Ausgang. Die Möbelpacker waren schon gegangen. Ich hatte nicht einmal beobachtet, wohin er mein Manuskript gelegt hatte. Plötzlich hatte ich ganz andere Sorgen. Oxford!

»Oder Princeton«, sagte der Professor auf der Schwelle, als hätte er meine Gedanken gelesen. »Dort arbeitet noch Einstein. Ich würde Ihnen einen Brief an den Vorsitzenden der Fordstiftung mitgeben. Oder an Guggenheim. In Amerika gedeihen sie, denn das Geld, das die Millionäre für Forschungszwecke stiften, wird nicht versteuert, und es trägt neben der Reklame auch noch Ehren ein.« Auf der Schwelle drückte er mir die Hand. »Wenn Sie meine Adresse wollen...«

»Nein, danke. Schreiben Sie mir, bitte, sobald Sie meine Arbeit zu Ende gelesen haben...«, sagte ich. Vielleicht hätte ich resoluter sein können. Vielleicht hätte ich energischer Nein sagen können. Das ist mein einziger Fehler gewesen. Ein ganz unbedeutender, so schien es mir wenigstens im Augenblick. Ich wollte wirklich nicht ins Ausland. Ich war kein Globetrotter, und ich glaubte, daß man Physik auch auf einer einsamen Insel studieren könne. Ich hatte keinerlei besondere Ansprüche. Ich wußte allerdings nicht, ob man mich hier wieder studieren lassen würde. Deshalb leistete ich mir diesen kleinen Fehler. Und deshalb tauchte Madame Zet auf. Vom ersten Augenblick an war es klar, daß sie nicht in mein Leben paßte. Sie stand auf der Schwelle meiner Mansardenstube wie eine Erscheinung aus einem Pariser Modejournal. Sie trug sogar einen kurzen Schleier vor den Augen, wie man ihn damals bei uns nicht kannte. Wegen der Runzeln, wurde mir später klar. Sie roch nach Chanel, und ich wußte damals nicht, daß so ein Parfüm überhaupt existierte. Sie fragte nach meinem Namen. Es war offenkundig, daß sie meinetwegen gekommen war, und ich bat sie, einzutreten. Ich konnte nichts anderes machen, es wäre doch unhöflich gewesen, einer Ausländerin die Türe zu weisen, noch ehe sie etwas gesagt hatte. So etwas tut man nicht. Ich bin schließlich ein höflicher Mensch. Und außerdem gefiel sie mir recht gut, auch als ich in der Wohnung feststellte, daß sie schon über vierzig sein mußte.

»Nennen Sie mich Madame Zet. Alle nennen mich so«, sagte sie und setzte sich auf den einzigen Sessel, auf dem keine aufgeschlagenen Bücher herumlagen. Sie blickte sich nicht um. Als merkte sie die Unordnung nicht, die schräge Decke mit den Wasserflecken, das unaufgeräumte Bett, als röche sie die dumpfe Luft meiner Wohnung nicht. Sie sah mich fortwährend direkt an. Sie hatte braune Augen, und ich konnte nicht dahinterkommen, was sie sich eigentlich dachte, was sie empfand. Es war lediglich zu erkennen, daß sie zu mir sprach, es waren Augen hinter einem Vorhang aus Stahl. – »Ich reise morgen früh nach Paris. Ich habe einen Paß für mich und meinen Mann, der Franzose ist. Mein Mann fährt morgen nicht mit mir...«, sagte sie und zündete sich eine Zigarette an. Sie hatte eine Packung Lucky Strike, ohne Steuermarke am Verschluß. – »Der Professor hat mir von ihnen erzählt...« fügte sie wie in einem Spionagefilm hinzu.

Von diesem Augenblick an lebte ich tatsächlich in einem Spionagefilm. Er handelte von dem Leben der Frau Zet, und ich besaß nicht genug Kraft, mich dagegen aufzulehnen. Wenn ich mir das jetzt vergegenwärtige, wenn ich darüber nachdenke, weshalb ich sie nicht zumindest zu diesem Zeitpunkt hinausgeworfen und mir die Sache vom Hals geschafft habe, weshalb ich durch einen solchen Schritt nicht die Morde vermieden habe, die dann folgten, vermag ich keine Antwort zu finden. Als sie nämlich vom Paß sprach und vom Professor, antwortete ich ihr unschlüssig:

»Wissen Sie, ich kann nicht Französisch. Ich habe mich mit diesen Dingen nie beschäftigt...« Und ich meinte damit nicht Sprachwissenschaften, denn es war offenkundig, womit sich Madame Zet befaßte.

»Professor Niels Bohr hat sich ebenfalls nicht mit Spionage beschäftigt. Und dennoch hat er dadurch, daß ihn der Intelligence Service entführte, den Ausgang des zweiten Weltkriegs entscheidend beeinflußt. Physiker tragen eine Verantwortung. Sie müssen kämpfen und sie müssen sich entscheiden.«

»Nur das nicht!« entschlüpfte es mir – »Das ist sehr schwer, wenn man sozusagen halbwegs nach wissenschaftlichen Grundsätzen leben will.« Es dauert bei mir stets sehr lange, wenn ich mich von den ersten Impulsen und Einfällen, die mich zu unüberlegten Taten verleiten, freimachen will.

»Aber Sie haben sich doch schon entschieden...«, sagte sie und sie schien enttäuscht zu sein. »Sie wollen Ihr Buch herausgeben...« Da läutete das Telefon. Dank Lampls Intervention hatte ich ein Telefon in meiner Wohnung. Damals war das gar keine so alltägliche Sache, und die Anschlüsse hatten noch ausschließlich fünfstellige Nummern. Wieder meldete sich Anna. Ich solle doch keinen Unsinn machen. Ich müsse augenblicklich auf meinen Arbeitsplatz zurückkehren, sonst würde der Dozent die Konsequenzen ziehen, sie müsse ihn beschwichtigen. Am Ende seufzte sie vertraulich in den Apparat, ob ich sie denn umbringen wolle. Ich weiß nicht, wieso ich sie umbrächte, indem ich kündigte. Nie hatte ich ihr etwas versprochen, auch in solchen Dingen bin ich auf der Hut. Vor allem habe ich ihr nie versprochen, daß wir miteinander ewig in einem Institut arbeiten würden. Aber ich warf einen Blick auf Zet, die einen leicht nervösen Eindruck machte und ostentativ in ihrer großen Handtasche herumkramte. Vielleicht war es nur Einbildung, aber in diesem Augenblick dachte ich, sie suchte dort sicher einen Damenrevolver, selbstverständlich einen perlmuttverzierten, wie ihn Spioninnen wohl immer bei sich haben, und ich sagte Anna:

»Ich komme. Ganz bestimmt. In einer Weile...« Und da war ich auch wirklich dazu entschlossen. Ich hängte ein. »Wir werden Ihr Buch herausbringen. Und wir werden Ihre Pläne kaufen...«, sagte Madame Zet, und der Perlmuttrevolver verwandelte sich in ihren Händen in eine Puderdose mit Spiegel. Sie brachte ihr Make-up in Ordnung.

»Ich besitze keine Pläne...«

Sie klappte die Puderdose heftig zu.

»Jetzt ist's genug. Warum lügen Sie? Wir wissen doch, daß man bei Ihnen an einer wichtigen Erfindung arbeitet. Wir interessieren uns dafür. Wir müssen erfahren, wo die Pläne aufbewahrt werden. Sonst nichts. Und wir bezahlen Sie dafür. Sie bekommen einen Posten, wo immer Sie wollen. Oder haben Sie die Absicht, diese Pläne Herrn Lampl zu überlassen? Als Dank für alles? Und nach alldem?« Ich war froh, daß sie nicht über Patriotismus zu reden begann. Ich hätte sie sofort hinausgeworfen, es war das Lieblingsthema des ehemaligen Professors gewesen.

Inzwischen war mir klargeworden, daß ich die Pläne Lampl nicht überlassen konnte. Es handelte sich um seine Experimente. Bis zu diesem Augenblick hatte ich über sie gelacht. Bis zu diesem Augenblick hatte ich nicht geglaubt, daß Lampl eine Erfindung machen könnte. Ich begann meine Sachen in meine Aktentasche zu stopfen. Sogar mein Frühstücksbrot von heute früh befand sich noch darin, in ein vollgezeichnetes Pergamentpapier eingewickelt. Solches Papier gab es in unserem Institut noch und noch. Während des Krieges hatte bei uns Messerschmidt persönlich gearbeitet. Und das Institut war von Spezialbeauftragten des Sonderkommandos bewacht worden. – »Er führt wahrscheinlich nur einige dieser im Krieg begonnenen Versuche weiter...«, sagte ich.

»Aber Sie können das doch feststellen, Sie verstehen etwas davon...« Es schien, als begänne sie zu bitten. Aber ich hatte sie bereits satt, ich ging zur Türe. Sie mußte mir folgen. Ich hatte ihr Angebot abgelehnt, ich wollte am Abend nicht ins Nocturno gehen, wo sie, wie sie sagte, auf mich warten würde. Ich schüttelte den Kopf, vielleicht, weil ich Angst hatte oder weil mir das alles plötzlich allzu phantastisch vorkam. Und vor dem Haus stieg ich nicht in ihren Wagen, ich fuhr mit der Straßenbahn. Sie hatte einen großen Ford. In diesem Wagen mußte sie einfach auffallen, und ich bezweifelte, daß sie unseren Sicherheitsorganen entkommen würde.

Ich kehrte ins Institut zurück, ich erblickte in dem ganzen nichts Böses, zaudern kann doch ein jeder. Alles hätte ganz friedlich enden können, hätte mich nicht Anna in meinem Arbeitszimmer erwartet. Sie saß auf meinem Sessel, auf dem ich jetzt sitze, und sie heulte ihr Taschentuch voll, ihre Augen waren verschwollen, sie war bei weitem nicht so schön wie Madame Zet, wenn sie vielleicht auch um zwanzig Jahre jünger war. Sie fiel mir um den Hals, als wäre sie meine Frau, und küßte mich stürmisch ab:

»Ich dachte schon, du würdest nicht kommen. Ich dachte schon, du würdest nicht kommen...« Ich begriff nicht, was daran Böses gewesen wäre, wenn ich nicht gekommen wäre. Ich wollte ihr das klarmachen und ihr sagen, daß ich frei über mein Schicksal entscheiden wolle, daß ich nicht die Absicht hätte, mich zu binden. Doch ehe ich noch etwas erwidern konnte, trafen mich wie ein Keulenschlag ihre Worte:

»Drei Menschen können doch von meinem Gehalt nicht leben...«

»Drei?« – Ich wollte sie an Einzelheiten unserer Bettbeziehung erinnern und daran, daß ich niemals Kinder haben wollte. Aber ich wußte sehr gut, daß sich Anna mit keinem anderen eingelassen hatte.

»Freust du dich denn gar nicht?« sagte sie, wie Frauen in dieser Situation wohl immer sagen. Das war das zweite Ereignis, dem ich am heutigen Tage unvorbereitet gegenüberstand.

Ich bin ein normaler Mann und brauche eine Frau. Auch brauche ich jemanden, der sich um mich kümmert. Aber ich habe keinerlei große Leidenschaften, ich denke nie allzu sehr an mein Privatleben, und jene Menschen, die darin allein ihr ganzes Glück suchen, kommen mir lächerlich vor. Mit einer Familie, mit einer Frau und ähnlichen Verpflichtungen gäbe ich mich nicht zufrieden, ehe ich es nicht zu etwas gebracht habe, ehe ich mir nicht in der Physik einen Namen gemacht habe. Ich bemühte mich, so taktvoll wie möglich zu sein. Ich setzte ihr meine Grundsätze auseinander. Ich sprach über meine Arbeit. Und dann schrieb ich einen Brief an einen Freund, der während des ganzen Krieges im Entbindungsheim die Funktion einer Hebamme innegehabt hatte, der unlängst sein Medizinstudium abgeschlossen hatte und der Abtreibungen zuverlässig durchführte, und ich gab ihr den Brief.

»Nein. Wie kannst du nur! Ich dachte, du liebst mich...« Es

sind immer wieder die gleichen Worte. Manchmal kommt es mir vor, als gingen wir durch Lust und Liebe immer und immer wieder in die Falle, die uns die Natur, unpersönlich gesehen, stellt. Wir können ohne Lust nicht sein und ohne Liebe, und dabei dienen wir damit nur der Zellenvermehrung. Anna begriff diese Sache nicht. Ich gehe mit ihr, weil sie herrliche Beine hat, und eigentlich... Ich habe nie darüber nachgedacht, weshalb ich mit ihr gehe, bewußt sind mir nur besagte Beine. Das ist recht wenig. Nie hatten wir über wirklich wesentliche Dinge miteinander gesprochen. Ich sagte ihr das.

»Wir können nicht miteinander leben. Wir verstehen einander nicht...« Beleidigt ging sie fort. Und mir begann allmählich ein Licht aufzugehen. Bald trat mir kalter Angstschweiß auf die Stirn. Wenn sie das alles Lampl erzählte, war es um mich geschehen. Der Professor würde mir nicht helfen. Wenn Anna zu reden begann, wenn sie mich beschuldigte, sie nahm ja an jeder Sitzung hier teil... Warum hatte ich mich an meinem Arbeitsplatz mit einem Weibsbild eingelassen! Aber mit wem hätte ich mich sonst einlassen sollen? Ich ging niemals aus, nur früh zur Arbeit und abends wieder nach Hause. Da hätte ich jemanden auf der Straße aufgabeln müssen oder in der Straßenbahn. Anna begegnete ich täglich. Deshalb begann ich auch mit ihr zu gehen. Hat schon jemand darüber nachgedacht, welche Rolle der Zufall in diesen Dingen spielt? Oder ist es eine Folge unserer Beschäftigung und unserer Interessen? Auf Grund seiner Interessen findet man seine Frau. Ich zumindest ganz bestimmt. Die Sekretärin des Direktors. Aber was würde ich nun machen? Jetzt würde mich der Direktor sicher nicht nur deshalb hinauswerfen, weil ich ein solches Buch geschrieben habe, sondern auch, weil ich meine Freundin zu einer Abtreibung zwingen wollte. Und so blieb wohl nichts übrig, als zu ihr zu gehen und sie zu heiraten. Es blieb nichts anderes übrig...

Doch während ich an diese meine Heirat dachte, hatte ich bereits das Hauptgebäude verlassen und stahl mich langsam zu den Laboratorien. Tagsüber waren sie nicht abgeschlossen. Ich konnte ganz mühelos in den Hauptversuchsbunker eindringen. Während ich an meine Heirat dachte, hatte ich mich bereits für Frau Zet entschieden. Wer weiß, ob ich nicht schon vorher entschlossen gewesen war. So geriet ich abermals in den Kriminalfilm. Nur daß es nicht nötig war, einen Geldschrank zu knacken und Laboranten mit chloroformierten Taschentüchern zu betäuben. Die Pläne lagen alle in der obersten Schublade, und diese befand sich direkt vor dem Mittelgang des Bunkers.

Das Geheimnis unseres Bunkers war seit Kriegsende nicht gelüftet worden. Vorläufig wußte niemand so recht, woran die deutschen Ingenieure hier herumexperimentiert hatten. Wir fanden nur etliche sonderbare, zigarrenförmige Körper, vielleicht so etwas wie neuartige Raketen, sowie einen seltsamen Gang, der am ehesten an die Mündung eines riesengroßen Stahlgeschützes mit besonderer Bohrung erinnerte und entweder Versuchen unter extrem hohen Geschwindigkeiten oder Materialtests dienen konnte.

Niemand kannte sich damit aus, weil der gesamte wissenschaftliche Stab mitsamt dem Sonderkommando bereits im April fünfundvierzig geflohen war. Wir hatten im Institut nur kahle Wände übernommen. Mich persönlich hatte das Geheimnis der Versuchsbunker auch nie interessiert. Ich kümmerte mich nicht darum.

Und Lampl hatte es gelöst.

Ich blätterte die Pläne nervös und mit großer Hast durch. Ich hatte Angst, daß mich jeden Augenblick jemand überraschen könne. Es war klar, daß man hier vor einer großen Entdeckung stand. Eine Entdeckung, von der es mir förmlich schwindlig wurde. Lampl, also ein politischer Mensch, dem ich nie allzuviel zugetraut hatte, erwies sich plötzlich als mir überlegen. Das hier war alles andere als eine theoretische Abhandlung, als ein Verarbeiten und Kommentieren fremder Ideen. Es war eine Entdekkung. Eine richtige, außergewöhnliche Entdeckung.

Ich legte sämtliche Pläne wieder in das Fach zurück und verließ vorsichtig das Gebäude. Es dämmerte bereits. Ich wollte unbemerkt an der Pförtnerloge vorbeischlüpfen, doch Lampl schien hier auf mich gewartet zu haben. Er ging im Raum auf und ab und rauchte eine Zigarette nach der anderen.

»Wo steckst du?« Er sagte wieder du. – »Was ist mit dir los? Wir suchen dich im ganzen Gebäude...« Nun begann ich tatsächlich Angst zu bekommen.

»Ich war in der Bibliothek...«, antwortete ich schnell, denn Lampl wußte, daß ich oft bis in die Nacht in der Bibliothek blieb. Er blickte sich um und führte mich zu seinem Wagen. Diesmal lehnte ich nicht ab.

»Was ist mit Anna los?« fragte er nach einer Weile. Also hatte sie geredet.

»Ich weiß nicht. Weshalb sollte ich mich um sie kümmern?« Ich war bereit, alles abzustreiten.

»Ich weiß, daß sie mit dir befreundet ist. Heute nachmittag ist sie von der Arbeit davongelaufen. Ohne Mantel. Was ist mit ihr los?« Ich begriff nicht, weshalb er mit einem Male so besorgt war, zu diesem Zeitpunkt fiel mir noch nichts auf, und ich begann mich nur noch mehr zu fürchten. Er hielt vor dem Haus, in dem Anna wohnte. Erst jetzt bemerkte ich das. – »Gib acht auf sie, sie ist ein braves Mädchen...«, sagte er, als er die Wagentür öffnete. – »Und den Streit heute morgen wollen wir vergessen.« Er schaute mir nicht in die Augen.

»Du willst also mein Buch befürworten?« fragte ich hoffnungsvoll. »Das ist Unsinn. Ich schmeiße dich nur nicht hinaus. Aber selbst das wird nicht so leicht gehen. Glaubst du, man beobachtet dich nicht?« Und er startete, ohne mir die Hand gereicht zu haben. Er hatte das alles nur Anna zuliebe gemacht, das war klar. Und falls er erführe... Ich nahm immer zwei Stufen auf einmal. Ich wäre froh gewesen, wenn mir jemand hätte sagen können, was es an mir zu beobachten gab. Wem stand ich im Wege? Unerträglich war das! Ich fuhr nach der Arbeit nicht mit dem Institutsauto heim wie Lampl. Wer lebte denn bescheidener als ich? Anna war nicht zu Hause. Ihre Wirtin hatte sie seit dem Morgen nicht mehr gesehen. Aus einer Telefonzelle rief ich meinen Freund im Entbindungsheim an. Ich mußte dreimal wählen, weil der Automat nicht in Ordnung war. Auch dort war Anna nicht. Was war los mit ihr? War sie zu den Eltern gefahren? Ohne Mantel? Ich bekam Angst. Ich bekam Angst um sie und um mich. Der Mensch muß keine Entscheidungen mehr treffen, wenn er einmal Angst hat. Madame Zet saß im Nocturno in einer kleinen rosaroten Nische, das gedämpfte Licht ersetzte den Schleier, sie hatte eine ungewöhnliche Frisur und trank einen Martini.

»Sie kommen spät«, sagte sie und warf dem Kellner einen Blick zu. Sofort war der Mann bei uns. Er begann auf französisch. Ob auch der Mann vom Zoll so mit mir zu sprechen beginnen wird? Oder die polizeiliche Paßkontrolle?

»Oui...«, sagte ich einsilbig. Der Kellner schien ein wenig schockiert. Madame Zet lächelte. Dieses eine französische Wort hatte eigentlich alles verraten.

»Mein Mann spricht tschechisch«, sagte sie zu dem Ober. »Nur manchmal hat er einen Akzent. Besonders die Fremdworte fallen ihm schwer...« Zum ersten Mal lächelte sie. Es ist eine Unart von mir. Manchmal verlangte ich sogar beim Einkaufen die Brötchen im physikalischen Jargon. Gern mache ich das nicht. Und ich habe es auch nicht gern, wenn mich die Leute belächeln.

»Ich werde nichts essen. Bringen Sie mir einen Sliwowitz!« sagte ich dem Ober und schaffte ihn mir so vom Hals. Wenigstens durch dieses Getränk hatte ich mich als Patriot erwiesen. Aber ansonsten war ich von diesem Augenblick an mit Madame Zet verbunden. Sie hatte Annas Stelle bei mir eingenommen. Ich erzählte ihr alles über den Versuchsbunker.

»Und was hat man damit bezweckt? Wozu sollte er dienen?« fragte sie.

»Vielleicht wollten sie eine neue Raketenart mit menschlicher Besatzung konstruieren, denn es ist darin für zwei Personen Platz. Vielleicht versuchten sie so eine Art Raketenkamikaze zu erfinden. Todespiloten in Raketen, weil sie das Problem der gezielten Raketenabschüsse noch nicht gelöst hatten. Ich weiß es nicht. Wenn sich Lampl nicht geirrt hat, müßten die Apparate in diesem Versuchsbunker phantastische Geschwindigkeiten erreichen...« Der Ober brachte mir den Sliwowitz. Er bat um Entschuldigung, weil es heute kein Programm gebe.

»Das Beefsteak ist auch ziemlich zäh...«, lächelte Madame Zet. »Ich glaube, es ist für mich wirklich das beste, wenn ich mit Ihnen fahre«, sagte ich zu ihr. »Hier könnte ich einfach nicht arbeiten.« Sie sah mich mit ihrem sachlichen Blick an.

»Und Sie glauben, daß man Sie dort an die Dinge heranläßt? Sie glauben wirklich, daß sämtliche Universitäten des Westens auf Sie gewartet haben? Daß sie nicht ihren eigenen wissenschaftlichen Nachwuchs haben, ihre eigenen Probleme? Wissen Sie, was das heißt, Ausländer zu sein? Ich weiß es, ich bin schon über dreißig Jahre Ausländerin. Ich heiße nämlich Zaretschny, und wenn mich mein Vater gefragt hätte, ich wäre niemals aus Rostow fortgegangen...« Ich trank meinen Sliwowitz mit einem Zug aus. War das am Ende eine Provokateurin? Ich war wohl dem ersten Köder auf den Leim gegangen, den mir Lampl gelegt hatte.

»Aber Sie selbst haben doch...«, hielt ich ihr vor Augen und machte mir Vorwürfe, daß ich so blöd gewesen war. Natürlich war ich mit den Regeln dieser abenteuerlichen Spiele nicht vertraut. »Sie selbst haben es mir doch vorgeschlagen...

»Auch ich habe schließlich meinen Beruf...«, sagte sie und riß ein neues Päckchen Lucky Strike auf. – »Ich habe einen Mann, der die Welt verwandeln will. Er redet sogar im Bett über Politik. Ununterbrochen. Schon seit fünfzehn Jahren. Zum Glück sehen wir einander jetzt nicht allzu oft. Er widert mich an mit seinen Hoffnungen, mit seinen Plänen.« Während sie sprach, sah sie mich ununterbrochen mit ihren durchdringenden Augen an. Es war mir, als hätte sie mich mit ihrem Knie berührt oder als hätte sie flüchtig meine Hand gestreichelt. Ich begriff nicht, weshalb sie mit mir flirten wollte, jetzt, da ich alles verloren hatte, da sie mich in der Hand hatte und da sie mich beim ersten Uniformierten anzeigen konnte, der das Lokal betrat.

Dann entwickelte sie ihren Plan. »Wir werden die ganze Welt überlisten. Ich habe von meinen Auftraggebern eine Menge Gold erhalten. Eigentlich bin ich hergekommen, um dieses Gold zu holen. Ich weiß, wo es steckt. Damit fliehen wir.« Ich verstand sie nicht. Hatte sie vielleicht den Verstand verloren?

»Wohin sollten wir fliehen?« fragte ich verständnislos.

Sie erklärte es mir. Diese Bunker bei mir im Institut waren Speziallaboratorien für ungeheure Geschwindigkeiten, in denen es möglich war, vor unserer Zeit zu fliehen. Ein deutscher Ingenieur, ihr ehemaliger Freund, hatte sich damit retten wollen, er hatte ihr seinerzeit das Geheimnis verraten, als ihn der Krebs zu zerfressen begann. Lampl war lediglich hinter das Geheimnis ihres Freundes gekommen. Es waren keine Raketenkamikaze. Es waren Apparate für Reisen durch die Zeit. Ich sei doch Fachmann, meinte sie, ich verstünde etwas von diesen Sachen. Sie pfiff auf die Pläne, sie wollte sich selbst retten, sie wollte der Welt von heute ausweichen, sie wollte ihren Reichtum retten.

»Ich will dem kommenden Krieg entgehen...« Zum ersten Mal sprach sie leidenschaftlich. »Ich will ein paar Jahre überspringen und in einer neuen Welt landen...«

Jetzt stand für mich endgültig fest, daß sie verrückt war. Ich hatte mich von einer Wahnsinnigen an der Nase herumführen lassen. Theoretisch war es freilich möglich, daß man fast zehn Jahre überspringt, wenn man etwa eine Stunde lang mit Lichtgeschwindigkeit reist, es ist das bekannte Zwillingsphänomen der

Relativitätstheorie, das die Schriftsteller schon so oft verarbeitet haben. Aber in der Praxis hatte das noch keiner versucht, es war unwahrscheinlich, daß unsere Apparate im Bunker so ungeheure Geschwindigkeiten erreichen könnten. Ich setzte ihr das alles bedächtig auseinander. Dabei nahm ich mir eine von ihren Zigaretten, obwohl sie mir bis jetzt keine angeboten hatte. Offenbar dachte sie nur an sich selbst.

»Wir sind im Besitz von Nachrichten, die besagen, daß Lampl solche Versuche schon zweimal gelungen sind. Sie haben seine Zeichnungen gesehen. Wir müssen zusammen fort, und Sie werden den Apparat lenken. Wir werden von hier wegkommen. Sie wollen doch nicht hier verbrennen wie die in Hiroshima. Sie wollen nicht zehn Jahre lang mit Lampl zusammenleben, und auch Sie wollen doch reich werden. Ich habe das ganze Gold, das für die Finanzierung der Untergrundbewegungen in Mitteleuropa und auf dem Balkan bestimmt ist. Wir werden Millionäre sein...« Ich mußte husten. Die Zigaretten, die diese Frau rauchte, waren nicht aus Tabak gemacht. Und Marihuana kannte ich nur vom Hörensagen. Ich hustete ein wenig, drückte die Zigarette aus und stand auf:

»Niemals habe ich an Selbstmord gedacht«, sagte ich entschlossen. »Und das dort wäre der sichere Tod. In einer so verzweifelten Situation bin ich doch nicht. Über Sie ist mir nichts bekannt. Wenn Sie es allein versuchen wollen, erkläre ich Ihnen alles. Es ist ein einfacher Mechanismus...« Ich ging zum Ober und beglich die Rechnung, über deren Höhe ich erschrocken war. Diese Dame war offenbar an verschwenderische Gastgeber gewöhnt.

»Ich werde dich um zwölf vor dem Institut erwarten«, sagte sie draußen und wollte mich küssen. Aber ich stieß sie zurück. »Um Mitternacht schlafe ich bereits.« »Du würdest aber nicht schlafen, wenn Lampl alles über dich wüßte. Oder jemand anders als Lampl. Die Leute interessieren sich für dich...« Sie lächelte vielsagend und stieg in den Wagen. »Um zwölf. In vier Stunden.« Sie mußte den Starter zweimal betätigen. Diesmal fuhr sie einen alten Wagen aus der Vorkriegszeit.

Das war wirklich die Höhe. Mir drohen! Aber auch jetzt hätte ich mich noch auf die Beine machen und zu Lampl gehen können, um ihm alles zu erzählen. Es wäre noch meine Rettung gewesen. Und ich hätte es auch bestimmt getan, wenn mich vor dem Haus nicht ein Polizist erwartet hätte. Er fragte mich nach meinem Namen. Schon sah ich mich hinter Schloß und Riegel. Ich begriff nicht einmal, was er sagte. Er salutierte. Ich weiß nicht, ob man Verhafteten salutiert. Ich hatte mir das zumindest niemals so vorgestellt. Erst nach einer ganzen Weile verstand ich, als er wiederholte:

»Sie ist um sieben Uhr gestorben. Wir haben Ihre Adresse bei ihr gefunden. Sind Sie mit ihr verwandt?«

»Nein«, antwortete ich und verspürte nicht einmal Reue. Anna war ja doch ein fremder Mensch für mich gewesen, obwohl wir ein Kind miteinander hätten haben sollen. Ich gab ihm die Adresse ihrer Eltern.

»Es heißt, sie hätte es möglicherweise Ihretwegen getan. Haben Sie mit ihr Schluß gemacht?«

»Eigentlich nicht…«, wiederholte ich.

»Das ist schließlich auch Ihre Sache«, sagte er und salutierte, diesmal nicht mehr so höflich. Ich atmete auf. Ich muß gestehen, daß diese schreckliche Nachricht doch nicht so schrecklich war, als wenn man mich verhaftet hätte. Ich eilte die Treppen hinauf, damit er es sich nicht etwa noch einmal überlege und zurückkehre, um mich zu holen. Ich wollte durch die Tür schlüpfen, als mich jemand mit verkrampften Fingern an der Schulter packte und mich auf den Gang zerrte.

Er schrie auf mich ein, ich hätte sie umgebracht. Er drohte mir, er würde mich vernichten, er schrie, daß es im ganzen Haus nur so hallte, als wollte er irgendeinen großen Schmerz loswerden. Niemals hatte ich ihn so erregt gesehen, niemals hätte ich ihn mir so vorstellen können. Es war Lampl. Und es berührte mich ein wenig peinlich, daß er überhaupt fähig war, sich so aufzuführen. Ich stieß ihn zurück.

»Ich hatte sie gern, verstehst du, hatte sie viel lieber als du. Und ich, ich wagte nicht, sie anzurühren…« Er begann hinter der geschlossenen Tür zu weinen wie ein Kind. Er mußte tatsächlich Schmerz empfinden, denn durch diesen Auftritt setzte er seine ganze Existenz aufs Spiel. Ich begriff, daß er Anna geliebt hatte. Er hatte sie den ganzen Tag um sich, aber er war schon seit langem verheiratet. Ich dagegen war noch frei. Jetzt erkannte ich, warum er mich mit seinem Neid verfolgt hatte. Jetzt erst begriff ich, daß es ihm nicht um das Buch, nicht um die Wahrheit oder um den Atomkern gegangen war, sondern um ein Weib, um ein persönliches Empfinden. Und ich sah auch, daß er mich vernichten konnte, falls es mir nicht gelänge, Zeugen herbeizuschaffen. Und daß er selbst dann mir gegenüber in einer viel günstigeren Situation sein würde, falls ich Zeugen herbeischaffte.

Es war nicht so, daß ich um Mitternacht zu unserer Halle ging, weil ich mich etwa in einen dieser sonderbaren Apparate setzen wollte. Dafür war ich auch dann noch nicht reif. Ich wollte Zet umstimmen, ich wollte, daß sie sich mit den Plänen zufriedengäbe und ihr erstes Versprechen hielte. Es war mir klar, daß ich jetzt bei Lampl im Institut nicht mehr die geringste Chance hatte. Ich mußte ins Ausland. Aber Zet wollte davon nicht einmal etwas hören. Sie schloß ihren Wagen ab und drückte mir einen alten Koffer in die Hand.

»Alle Berechnungen stimmen bis aufs letzte i-Tüpfelchen. Heinrich war ein Genie, das kannst du mir schon glauben...« Ich begriff nicht, weshalb er in diesem Fall nicht vor seiner Krebserkrankung die Reise in die Zeit angetreten hatte. Ich hoffte, Zet umzustimmen, wenn sie erst einmal die Pläne gesehen hatte, ich brach unter dem schweren Blechkoffer fast zusammen. Er klebte an meinen Fingern. Unter einer Lampe wollte ich mir meine Hand abwischen. Sie war vom Koffergriff blutverschmiert. Der süßliche Blutgeruch stieg mir in die Nase.

»Das ist Blut...«, sagte ich, obwohl das völlig klar war.

»Glaubst du, ich habe diesen Schatz umsonst bekommen?« fragte sie. Ich erkundigte mich nicht mehr, was sie hatte machen müssen, um diesen Metallkoffer hier zu kriegen. Aber es war offenbar, daß sie entschlossen war, wenn nötig auch mein Blut zu vergießen. Plötzlich schien ihr Gesichtsausdruck rücksichtslos, mit den Händen in den Taschen ihrer langen schwarzen Hose, die sich eng an ihre Beine schmiegte, sah sie aus wie ein Gangsterweib, das zu einem Picknick aufbricht. Ich sagte dem Portier, er möge mir die Laboratoriumsschlüssel geben, Lampl schicke mich.

»Das freut mich aber. Es heißt, daß Sie heute Streit mit ihm hatten, daß der Chef Sie hinausgeschmissen hat und ähnliches. Ich bin froh, daß es nicht stimmt. Ich habe gewußt, daß Sie unser Mann sind.« Er sperrte die Pförtnerloge zu und ging mit mir. Damit hatte ich nicht gerechnet. Ich wollte ihn um jeden Preis loswerden, ich wollte doch Zet noch im allerletzten Augenblick umstimmen, und draußen vor dem Haus hatte ich über unsere

Probleme nicht sprechen können. Aber der Portier stand auf der Schwelle, direkt neben der Versuchsmündung, und zündete ruhig seine Pfeife an.

»Wir haben hier länger zu tun... Danke schön...« So wollte ich ihn hinauskomplimentieren. Er rührte sich nicht von der Stelle: »Nach Arbeitsschluß muß ich mit Ihnen hierbleiben. Das ist Vorschrift...« Und so konnte ich über nichts mehr reden oder nachdenken.

Dieses verrückte Weibsbild brachte ihn um, ehe ich noch zu schreien vermochte. Niemals zuvor habe ich gesehen, wie ein Mensch umgebracht wird. Es ist schrecklich. Mir wurde übel. Seine Kappe fiel vom Kopf, sein Körper glitt langsam zu Boden. Ich ließ den Koffer los, das Gold rollte über den Boden in sein Blut. Ich wollte fliehen, aber sie zwang mich – ich schwöre es, daß sie mich gezwungen hat –, in diesen unsinnigen Apparat zu steigen. Sie kannte sich selbst mit diesen Hebeln hier aus. Ihr Heinrich hatte ihr das offenbar gut erklärt. Aber sie hätte dennoch beinahe einen Fehler gemacht, wenn ich sie im letzten Augenblick nicht korrigiert hätte. Ich drehte mich noch einmal zur Tür um, und es war mir, als erblickte ich dort Lampl. Die Flamme des Hauptstrahlwerks explodierte direkt gegen ihn und brannte ihn in der Mitte durch. Die Zaretschny preßte sich fest gegen mich, ich hörte, wie die Türe des Bunkers hinter uns zufiel, wir drangen in den geheimnisvollen Gang ein, wie Liebende lagen wir einer auf dem anderen. Ich hörte Lampl hinter mir stöhnen, ich sah die Kappe des Portiers, die noch den alten Namen unseres Instituts vor der Reorganisation trug, der Blechkoffer vor mir tanzte im violetten Gleiß, mein Kopf drehte sich, als stürzte ich in die Tiefe, während Zet auf mir lag und sich wand und die Wonne hinausschrie, die dieses Abenteuer in ihr entfachte, sie küßte und kratzte mich, ich empfand Schmerz und Lust, etwas Grausames wie den Tod, als endete tatsächlich die Zeit.

Grelles Licht weckte mich. Benommen versuchte ich mich aufzusetzen. Ich schlug mir den Kopf an etwas wund. Endlich gelang es mir, die Luke zu öffnen. Zet neben mir war schon wach. Wir verließen unsere Rakete.

Im Raum hatte sich überhaupt nichts verändert. Nur der Portier war verschwunden. Kein Blut war mehr zu sehen und keine Juwelen. Die Pläne lagen auf dem Tisch, als müßte jeden Augenblick Lampl kommen. Mit einem Satz war ich bei der Türe. Im

Institutsgebäude brannte schon Licht. Es war offenbar früher Morgen. Zet stolperte hinter mir her, in den Händen ihren Blechtresor.

»Es ist geglückt...«, flüsterte sie erregt. »Es ist geglückt. Morgen sitzen wir beim Roulettetisch in Cannes.«

»Ich dachte, daß sich unser Institut im Laufe der Jahre wandeln wird...«, sagte ich. Die Rakete hätte uns allzuweit in die Zukunft expediert, erklärte ich ihr, und so befänden wir uns etwa am Beginn der Sechzigerjahre, zwölf oder dreizehn Jahre in der Zukunft.

»Man hat hier ein schönes Stück Arbeit geleistet«, sagte sie. »Nach dem Krieg mußte doch bestimmt alles neu aufgebaut werden...«

Ich wollte nicht an der Pförtnerloge vorübergehen. Ich konnte mich eines sonderbaren Gefühls nicht erwehren. Ich kannte das Institut doch besser als sie. Und es schien mir, daß die Straße zum Verwaltungsgebäude noch immer nicht repariert worden war. Ich sah die gleichen Straßenwalzen dort wie vor dreizehn Jahren. Das war sonderbar. Ich führte sie also zum Zaun, ich kannte dort einen Nebenausgang.

Ich blickte mich nach irgendeiner Reklame um. Aber nirgends war etwas zu sehen. Unser Institut lag hinter der Stadt, der Feldweg war geblieben wie ehedem. Zet blieb beim ersten kleinen Tabakladen stehen:

»Geh hinein und kauf eine Zeitung und Kaugummi...«, sagte sie und drückte mir einen Dollar in die Hand. Ich dachte, bei uns wären Kronen das Zahlungsmittel. Ich begriff die Welt offenbar nicht. Ich betrat den Laden. Drinnen war Herr Náhlovský, wie eh und je. Auf dem Tisch die Parteizeitung »Rudé právo«. Weit und breit kein Kaugummi. Ich bezahlte mit Kleingeld, das ich in meiner Tasche fand. Die Zeitung in meiner Hand zitterte.

»Ist Ihnen nicht gut?« fragte Herr Náhlovský.

»Doch, doch. Aber ich wollte die heutige Zeitung.«

»Die haben Sie in der Hand«, sagte er verwundert. »Vor einer Weile hat man sie mir gebracht.« Es war die gestrige Zeitung, sie trug das gestrige Datum. Benommen taumelte ich aus dem Laden.

»Wir sind zurückgekehrt«, sagte ich der Zaretschny. »Wir sind in die Vergangenheit zurückgekehrt.« Und ich schaute auf die Uhr. Es war für mich höchste Zeit, zur Arbeit zu gehen. Ich würde wieder zu spät kommen, genau wie gestern. Ich ließ sie ohne Abschied stehen, wie ich es im Grunde immer tun wollte. Sie stand am Zaun, mit dem Blechkoffer und der Zeitung. Sie rührte sich nicht von der Stelle.

Ich dachte nicht daran, wie das alles hatte geschehen können, ich bemühte mich nicht, dieses sonderbare Phänomen zu deuten, das allen Theorien widersprach. Denn es ist zwar laut Einstein möglich, in die Zukunft zu reisen. Eine Reise zurück hatte aber bisher noch niemand mathematisch abgeleitet. Ich dachte nicht darüber nach, wie wir in die Vergangenheit geraten waren. Ich dachte nur daran, wie ich es verhindern konnte, daß sich das Gestern wiederhole. Und im ersten Augenblick schien mir das auch ganz einfach.

Der zweite Tag

Es war keine Täuschung, keine Illusion und keine Wahnvorstellung. Es war Wirklichkeit. Ich sollte den gestrigen Tag tatsächlich noch einmal erleben von der ersten Morgenstunde an. Wieder begrüßte mich der Pförtner ein wenig erstaunt. Ich erschrak, aber es war nicht sein Geist. Er wußte offenbar nicht, was geschehen war, er tippte nachlässig an den Rand seiner Kappe, die noch den alten Namen unseres Instituts vor der Reorganisation trug. Die Menschengruppen auf dem Gang verstummten abermals, die Aufräumefrau beantwortete wiederum nicht meinen Gruß, und vor meiner Tür war wieder das Modell des Atomkerns abgestellt worden. Dann rief Anna an, und ich riß das Telefonkabel aus der Wand und verbarrikadierte die Tür. Nun trommelte man schon seit fünf Minuten gegen sie.

Es schien mir, als wäre es ohne weiteres möglich, die gestrigen Fehler zu vermeiden. Was konnte schließlich einfacher sein, als diesen Weg zurückzulegen, den man bereits einmal gegangen war, und trotzdem die Hinterhalte zu meiden, in die man schon einmal geriet? Es kam mir leicht vor, weil ich doch frei und selbst entscheiden konnte, wie ich es wollte.

»Mach auf... Mach auf, ich bitte dich...«, hörte ich Annas Stimme hinter der Tür. Entscheiden konnte ich mich also, die Falle jedoch blieb gestellt.

Ich öffnete, Anna stand verängstigt auf der Schwelle.

»Ich komme schon. Ich mußte mich nur ein wenig für Lampl vorbereiten…«, sagte ich und küßte sie auf die Wange, was nie meine Gewohnheit gewesen ist. Ich war plötzlich so froh, daß mit ihr alles in Ordnung war und daß das Gestern in Wirklichkeit nur ein böser Traum gewesen sein konnte.

»Ja, es kann nicht erscheinen. Ich verstehe dich. Aber ich wollte kein feindliches Buch verfassen, verstehst du? Ich habe Fehler begangen. Erkläre mir, wo…« Lampl fiel fast die Brille von der Nase. Beinahe hätte er den Bleistift zerbrochen. Meine Worte raubten ihm völlig den Atem. Ich saß ihm lächelnd gegenüber und war entschlossen, mich mit ihm nicht zu streiten. Nein, nein, diesmal wollte ich ihm nicht auf den Leim gehen.

»Das habe ich wirklich nicht erwartet, daß du es so hinnehmen wirst…« Er sah mich mißtrauisch an, aber dann schlug er das Manuskript auf. »Das Prinzip der Unschärferelationen in der Quantenmechanik besagt im Grunde nichts anderes«, las er vor, »– als daß wir im Mikrokosmos die Lage und den Impuls der Elementarteilchen nicht mit beliebiger Präzision bestimmen können. – Soll das etwa heißen, daß im Inneren des Atoms ein freier Wille herrscht, genau so wie zum Beispiel in der menschlichen Gesellschaft? Freier Wille?« rief er theatralisch. – »Du behauptest also, daß die Natur wie die menschliche Gesellschaft vom Zufall regiert wird, daß es keine gesetzmäßige Entwicklung gibt, die wir erkennen könnten, daß unser Bemühen in der Wissenschaft im Grunde nichtig ist und daß wir nie in der Lage sein werden, vorauszusagen, wie sich in den nächsten Stunden beispielsweise nicht nur die Atompartikel, sondern auch wir beide, ich oder du, verhalten werden…«

»Aber das kann man ja wirklich nicht voraussagen…«, warf ich besorgt ein. Um nichts anderes ging es mir doch im Augenblick. Es wurde mir gar nicht bewußt, daß ich darüber bereits ein Buch geschrieben hatte. »Ich vermag immer etwas anderes zu machen…« Er lachte.

»Aber genau das ist doch Idealismus, Indeterminismus, reaktionär. Mit so einer Philosophie könnte man keine einzige Hütte bauen, geschweige denn Fabriken oder eine Gesellschaftsordnung…« Er lachte überheblich, weil er sich offenbar dachte, er allein hätte recht, und weil er die Überlegenheit nützte, die ihm seine philosophische Bildung verlieh. – »Kennst du denn Engels nicht?« Er zitierte auswendig: – »Die Freiheit beruht nicht auf einer erträumten Unabhängigkeit von den Naturgesetzen, sondern vielmehr auf der Erkenntnis dieser Gesetze und der daraus gewonnenen Möglichkeiten, sie planmäßig in Richtung auf bestimmte Ziele wirken zu lassen. Freien Willen nennen wir also nichts anderes als die Fähigkeit, uns bei Kenntnis des Notwendigen…«, sagte er feierlich und klappte mein Manuskript zu. »Da steckt eine Menge Dünkel drin, schwülstiges Zeug und wirkliche Fehler. Ich möchte dir nicht raten, es auch überarbeitet noch einmal vorzulegen.« Ich wollte ihm sagen, daß das doch nichts mit den letzten Kernforschungen zu tun hätte und daß er schließlich nicht nur die Fakten über die Elementarteilchen würde zur Kenntnis nehmen müssen, sondern auch jene über die vierte Dimension, über die Endlichkeit des Kosmos, über die Quantenmechanik, die Funktion des Hirnstammes, die Fakten über das Alter der Menschheit und der sich im Weltall ausdehnenden Galaxis. Daß er seine Theorie aus dem neunzehnten Jahrhundert genauso werde korrigieren müssen wie seinerzeit die Académie Française, die es ablehnte, die Existenz der Meteoriten anzuerkennen. Ich wollte sagen, daß sogar ich selbst frei sei, den gestrigen Tag nicht zu wiederholen, daß ich jetzt selbst mitten in einem Versuch bezüglich der Willensfreiheit und des Determinismus steckte. Doch gerade um diesen Versuch machen zu können, mußte ich schweigen, wenn ich den gestrigen Tag nicht bis in die letzten Einzelheiten wiederholen und Lampl recht geben wollte. Ich mußte nikken, ich mußte zustimmen, um ihn der Lüge überführen zu können. In der Tat ein kompliziertes Problem, der Quantenmechanik würdig.

»Ich denke nicht einmal dran«, sagte ich, während ich mir in die Lippen biß und versuchte, zuckersüß zu lächeln. »Ich will nichts umarbeiten. Wir alle werden jetzt Arbeit genug haben. Ich will es mit bestimmten, praktischeren Entdeckungen versuchen…« Er wußte, daß das Wort Praxis hier die Zauberformel war. Er nickte unsicher.

Ich nahm das Manuskript vom Tisch und ging, so gleichgültig ich konnte, zur Tür.

Anna erwartete mich dort allerdings genau wie gestern.

»Hab keine Angst. Ich habe nicht gekündigt.« Sie war überrascht. Fräulein Horský hörte zu schreiben auf Sie horchte mit ihrem ganzen Rücken. »Ich hab dich sehr lieb, Anna…« sagte ich, so vernehmlich ich konnte, und fast hätte ich sie sogar geküßt.

Der Horský fiel fast die Brille auf den Tisch. Sie drehte sich verblüfft um. Ich hatte mich nämlich vor Leuten niemals zu Anna bekannt. Ich hatte stets getan, als kennten wir einander nicht. Ich lächelte beiden zu, warf das Manuskript aus der rechten Hand in die linke und eilte aus der Kanzlei.

Ich war guter Dinge. Fast hätte ich zu pfeifen begonnen. War der gestrige Tag nicht doch ein Traum gewesen? Vielleicht hatte ich nur einen Rausch gehabt. Es war im Grunde ja leicht, das Gegenteil zu machen. Es war leicht, sich zu entscheiden. Ich meldete ein Ferngespräch mit Guido an. Guido war stets Philosoph gewesen, in der Klasse hatten wir uns ein wenig über ihn lustig gemacht, weil er sehr ungeschickt war. Aber heute konnte er mir bestimmt einen Rat geben. Ich hatte das nötig, wegen meines Buches, wegen Lampl und wegen dieses verrückten Tages, der mir zusätzlich beschert worden war.

»Der Freie Wille, Guido«, wiederholte ich, während uns die Zentrale ununterbrochen mit ihren Rückfragen belästigte. – »Ich brauche etwas über den FREIEN WILLEN«, buchstabierte ich. »Es ist für ein Kreuzworträtsel...« Guido war noch schußliger als sonst, er verhaspelte sich und redete durcheinander:

»Da wäre einmal der bewußte Ausspruch von Engels, den wir aus der Schulung kennen«, sagte er lachend ins Telefon. »Die existentielle Notwendigkeit der Wahl, der Fluch der Freiheit, dann die ganze Geschichte dieses Problems angefangen beim transzendenten Freiheitsbegriff Platos bis zu Kants Kategorischem Imperativ der Sittlichkeit. Aber das interessanteste an der Sache ist, daß vor der christlichen Ära dieses Problem nie für besonders wichtig erachtet wurde, ich glaube es zumindest...« Es war offenkundig, daß mir Guido keinen Rat geben konnte. Ich vergeudete sinnlos das Geld für das Ferngespräch, und Anna, die mir nachgekommen war, hörte mir mit Besorgnis zu. Ich hängte ein.

»Ich weiß, bald werden wir zu dritt sein. Ich freue mich. Und heute abend feiern wir Verlobung. Lad dir ein, wen du willst, den Wein kaufe ich selbst...«

Und so brachte ich es eigentlich fertig, das Gestern zu vereiteln. Ich hatte mich frei zu entscheiden vermocht. Aber ich hätte den Wein nicht kaufen sollen. Er war zu gut, und ich trank ziemlich hastig. Am Abend begann ich mir leid zu tun.

Wir feierten in meiner Mansarde, wir fanden kaum alle Platz in ihr. Heute saß hier keine Spionin mit mir, es war heute auch kein

Detektivfilm. Annas Mitschülerin gratulierte uns schon zum achten Male. Annas Vater klopfte mir auf die Schulter und redete über meine Zukunft, er war ein alter Revolutionär und kannte die Konzentrationslager aus eigener Erfahrung. Er wollte aus mir mindestens einen Minister oder einen Sektionschef machen. Lampl saß da und hörte zu. Der Plattenspieler, den die Mädchen mitgebracht hatten, spielte ununterbrochen. »Du mußt öfters in unseren Kreis kommen. Du bekommst eine Funktion. Wir werden dir eine andere Aufgabe zuteilen...«, sagte Lampl leise und heuchelte Freundschaft.

»Warum? Warum könnte ich nicht weiter leben wie bisher?«

»Du kannst doch nicht ewig allein bleiben. Dich nur um dich und deine Interessen kümmern...«

»Warum?«

»Das ist Egoismus...« Und er wendete wieder die Platte. Warum hatten die Mädchen nicht wenigstens etwas Vernünftiges mitgebracht! Irgend etwas Klassisches. Ich schenkte mir abermals ein. Alle erhoben sich schon zum Trinkspruch. Ich wußte genau, worauf man trinken wollte. Auf den Zufall, der auf Annas Schleimhaut den Keim eines Kindes hervorgezaubert hatte, auf den Zufall, an dem keiner von uns beiden schuld war und den eigentlich bis heute niemand begriffen hat. Was heißt da Gesetzmäßigkeit? Man wollte auf meinen Käfig trinken, in den ich freiwillig kletterte, auf weitere Abende bei diesem Grammophon mit dieser schrillen Freundin und diesem biederen Vater. Auf weitere Zusammentreffen mit Lampl, der mich ummodeln wollte und der mich keinen Augenblick tun ließe, was mir beliebte.

Ich zeigte plötzlich meine wahren Gefühle. »Ich pfeife darauf!« schrie ich ihnen ins Gesicht. »Das ist nicht mein Leben. Ich kann mich einen Tag lang verstellen, jahrelang kann ich es nicht. Soll ich denn mein ganzes Leben Komödie spielen? Selbst nach einer derart phantastischen Erfahrung vermag ich mich nicht über Nacht zu ändern... Heul nicht«, fuhr ich Anna an, die zu weinen begann. »Selbstmord brauchst du nicht zu begehen. Versuch es gar nicht erst, man wird dich gut bewachen«, und ich wandte mich an ihren Vater und an Lampl. – »Sie will den Gashahn aufdrehen oder sich die Pulsader aufschneiden, was weiß ich, sie glaubt mich dadurch umzustimmen. Aber darum geht es ja nicht. Ich kann einfach nicht, ich bin anders. Lampl wird dich heiraten, Anna. Lampl liebt dich schon seit langem, stimmt es?«

»Was erlauben Sie sich?« Er sagte wieder Sie zu mir wie gestern.

»Spiel doch kein Theater! Hast du es bei uns im Treppenhaus nicht herausposaunt? Hast du hinter meiner Wohnungstür etwa nicht geflennt?«

In meinem Schwips und in meiner Erregung brachte ich die Wirklichkeit mit dem ausgeliehenen Tag durcheinander.

»Ich schwöre...«, versuchte Lampl zu beteuern.

»Du liebst sie also nicht?« Er antwortete nicht. – »Ihr könnt getrost unter vier Augen anstoßen. Gern überlasse ich euch meine Wohnung. Lebt wohl...« Ich nahm meinen Rock und rannte hinaus. Es war schon kühl. Ich wurde ein wenig nüchtern. Und es wurde mir bewußt, daß ich nun alle Hoffnungen begraben hatte, daß ich schließlich doch gehandelt hatte, wie es mir vorbestimmt war, wie ich gestern gehandelt hatte und daß dieses Schicksal eigentlich meine Natur war, die ich nicht ändern konnte, die sich bereits in ferner Vorzeit geformt hatte und die mich daran hinderte, die Existenz anzunehmen, die mir Lampl bot. Das wurde mir ganz klar bewußt, und es bereitete mir nicht einmal Kummer. Nun, da ich wußte, wie es anzupacken war, konnte ich doch manches sehr günstig regeln. Anna zum Beispiel würde sich heute nicht mehr umbringen. Die beiden würden bis morgen in meiner Wohnung sitzen und Händchen halten. Und Lampl würde in diesem Falle nicht ins Laboratorium kommen, falls er es gewesen war, den ich beim Eingang erblickt hatte. Ich vermochte mein Schicksal wenigstens vorteilhaft zu formen, wenn ich mir schon kein anderes aussuchen konnte.

Der Professor war allein zu Hause. Man hatte die Möbel bereits fortgeschafft, er ging ein letztes Mal durch die Räume. Er tat, als erinnerte er sich an nichts, und er erinnerte sich ja tatsächlich an nichts.

»Ich muß ins Ausland, Herr Professor...«

»Wer müßte das nicht?« Er schloß die Wohnungstür und blickte sich vorsichtig um. – »Dann also glückliche Reise!«

»Aber ich dachte, Sie würden mir helfen.«

»Welchen Grund hätte ich dafür?« Natürlich, heute hatte ich ja das Buch vergessen. Ich hatte es unterlassen, ihn mit meinem Streit mit Lampl zu ködern, heute hatte ich das ganze verpfuscht. Und ehe ich es noch in Ordnung bringen konnte, entschlüpften mir die Worte:

»Nur diese Zet mag ich nicht.« Der Professor wurde blaß.

»Was für eine Zet? Mein Herr! Ich habe nie von einer Zet gehört. Ich empfehle mich!« Und er trippelte mit seinen kleinen Schritten die Treppe hinunter, wobei er die Mieter im Stockwerk darunter höflich grüßte. Da hatte ich mir etwas Schönes eingebrockt! So direkt hätte ich das Ganze nie anpacken dürfen. Was sollte ich nun tun? Ich hatte doch sonst niemanden. Und in meine Wohnung konnte ich nicht zurück. Das wurde mir erst jetzt bewußt, als ich wieder ein wenig nüchtern geworden war.

Ich kam etwas später als gestern ins Nocturno. Zet lachte, als ich eintrat. Sie lachte, daß das Lokal nur so hallte, daß sich die Kellner umdrehten, sie sah nicht aus wie jene Dame von gestern, sie trug noch immer die schwarze Hose. Offenbar hatte sie keine Zeit oder keine Gelegenheit gefunden, sich umzuziehen. Sogar die Hände hatte sie sich nur ganz flüchtig gewaschen, hinter ihren langen Fingernägeln steckte noch der Schmutz aus dem Laboratorium. Ich war überzeugt, daß sie unterm Tischtuch ihren tragbaren Tresor versteckt hielt.

»Ich bitte dich, mach keinen Unsinn! Du willst doch nicht noch einmal in diese Rakete kriechen? Jetzt, da du deine Schätze hast, da wir fliehen können...« Es kam mir vor, als wäre Flucht das einzige Programm, die einzige Möglichkeit, mein gestriges Los abzuwenden, jetzt, da es auch mit der Ehe schiefgegangen war.

»Ich besitze keine Schätze. Der Koffer ist leer. Ich weiß nicht, durch was für ein Wunder das geschehen konnte. Und mein Opfer habe ich heute früh im Kaffeehaus getroffen. Der Mann hat nicht einmal eine Schramme. Und er behauptet, das Gold zu Hause liegen zu haben. Alles begann von neuem, wie im Vorjahr...« Sie lachte und bestellte sich einen weiteren Kognak. Heute katzbuckelte der Ober nicht mehr so sehr vor ihr wie gestern. »Kurz, wir müssen das alles noch einmal versuchen.

» Warum?«

»Weil ich nicht mehr zurückkann. Ich habe alle Brücken hinter mir abgebrochen. Ich habe mich auf Heinrich verlassen.« – Ich wollte sagen, daß das ihre Sache sei. Doch das hätte keinen Sinn gehabt. Ich war an diese Frau gekettet. Ich begriff nicht, auf Grund welcher Gesetzmäßigkeiten sie mich anzog und was gerade sie in mein alltägliches verstaubtes Leben hatte treten lassen.

»Weshalb fürchtest du dich davor? Dein ganzes Leben ist doch eine Flucht in die Technik. Du bist im Grunde seit jeher ein Emigrant dieser besonderen Sorte gewesen.« Ich wollte ihr erklären, wie sich das verhielt. Ich bin wirklich überzeugt, daß die Entwicklung der Technik, der Automatisation und der Atomkraftgewinnung die gegenwärtigen politischen Spannungen sehr schnell überwinden und bald eine qualitativ neue Situation herbeiführen wird, genau wie der Aufschwung der Industrie in Europa im neunzehnten Jahrhundert den Absolutismus hinweggefegt hatte. Aber diese Frau hätte das bestimmt nicht begriffen.

»Ich lebe für die Wissenschaft, nicht für das Abenteuer...«, sagte ich ihr.

Ich erkannte immer klarer, daß Lampl recht hatte, daß seine Ansichten über das Verhalten des Menschen stimmten, was immer ich auch tun mochte. Zu ihm konnte ich nicht zurückkehren, der Professor hatte mich abgewiesen. Mir blieb nur übrig, ein unbedeutender, verkrachter Physiklehrer zu werden oder noch einmal zu versuchen, was ich gestern versucht hatte, nämlich mich abermals mit dieser Frau, die mich anzog, zu verbinden. Und ich erkannte immer mehr und mehr, daß gerade meine Beziehung zu Frau Zaretschny jetzt das Ausschlaggebende für mich war. Sie erklärte mir abermals ihre Pläne. Bis in die letzte Einzelheit. Daß sie Gold und Wertgegenstände, die ihr von ihrer Organisation anvertraut worden waren, an unzugänglichen Orten versteckt habe, Kapitel aus einem romantischen Kriminalroman, Geschichten, wie ich sie offenbar zu hören wünschte.

»Aber wenn du so viel Geld hast, warum willst du dann Menschen ermorden? Hör mich an! Ich wäre eventuell bereit, das Ganze noch einmal zu versuchen. Deinetwegen. Vielleicht, weil ich dich liebe. Die Menschen tun aus Liebe noch viel verrücktere Sachen. Aber ich will nicht, daß dabei gemordet wird. Verstehst du? Das ist gegen meine Natur. Ich ertrüge es einfach nicht. Vielleicht hat Lampl recht, vielleicht bin ich tatsächlich eine besondere Art Egoist. Aber ein Mörder bin ich nicht. Ich werde auch keiner werden, selbst wenn ich mich lebenslänglich einsperren lassen müßte...« Sie sah sich gezwungen, meine Bedingungen anzunehmen. Sie sagten ihr nicht allzusehr zu. Vielleicht ist der Mensch infolge seiner Erziehung, seiner Eltern oder seines Milieus Egoist, aber kein Mensch ist zum Mord vorbestimmt, dessen bin ich mir sicher.

Der Portier war gestern ermordet worden, das wußten wir also. Der Portier mußte um jeden Preis gerettet werden. Zet blieb im Dunkeln zurück. Ich sollte selbst handeln. Der Portier begoß das Blumenbeet beim Eingang. In der Nacht. Mitten unter Vorstadtgerümpel, Unkraut und Bauplätzen plötzlich ein kleines Beet mit Stiefmütterchen!

»Der Mensch will den ganzen Tag auf etwas Schönes blicken können...«, sagte er. »Diese Woche habe ich immer Nachtdienst, und jetzt ist die richtige Zeit dafür.« Es kam mir besonders schrecklich vor, einen Menschen umzubringen, der Stiefmütterchen liebte und pflanzte.

»Ich habe zu Hause ein paar Hyazinthen, Narzissen, Schwertlilien und Gladiolen«, log ich überglücklich. »Wollen Sie sich nicht ein paar abholen?« Auf der Stelle wäre er mitgekommen.

»Wann?«

»Am besten gleich. Ich weiß nicht, ob Anna nicht alles verschenken wird...« Er hatte Tränen in den Augen:

»Wo doch heutzutage Setzlinge nicht aufzutreiben sind. So ein Malheur! Und ich, ich habe ausgerechnet Nachtdienst...« Ich sagte ihm, ich erwarte hier Lampl, daß ich mit ihm im Laboratorium arbeiten würde und daß ich bis dahin den Wachdienst für ihn übernehmen könnte. Inzwischen würde ich mich in die Pförtnerloge setzen und etwas lesen. Er vertraute mir. Heute hatte es nämlich keine Gerüchte über meine Entlassung gegeben. Heute war ich ein Mitarbeiter, dem man vertrauen konnte. Er sagte mir, ich solle auf die Schlüssel vom Tresor aufpassen, dort läge die letzte Sendung Platinplättchen, und er lief, die Gladiolen holen. Der Tresorschlüssel hing hinter Glas. Die anderen waren frei zugänglich. Auch der Laboratoriumsschlüssel. Mit einem Male begegnete mir Zet sichtlich mit Respekt.

»Das hast du fabelhaft gemacht«, sagte sie. »Können wir sofort gehen?«

»Selbstverständlich.« Ich nahm rasch den Laborschlüssel.

»Aber ich bin nach wie vor der Meinung, daß es unsinnig ist...« Sie streichelte mich wie einen kleinen Jungen:

»Und das Platin?« – Sie wollte nicht mit leeren Händen in der Zukunft ankommen, um keinen Preis wollte sie diese Welt ohne Taschengeld verlassen. »Wir haben ein Recht darauf. Hat denn mit uns jemand Erbarmen? Von allen Seiten tritt man nur nach uns. Es gibt kein Ausweichen mehr, man bereitet einen Atombrand vor. Und du machst dir wegen eines Kilos Platin Gewissensbisse...« Auch ich wußte nicht recht, weshalb unser Institut

Platin bestellt hatte. Aber mit einem Male kam das alles auch mir sehr einfach und sehr wichtig vor. Sie schlug die Glasscheibe ein und nahm den Schlüssel heraus. Ich erklärte ihr, wo sich der Tresor befand. Ungeduldig wartete ich. Es war mir also gelungen, die Morde zu verhindern. Und zum Schluß ging ich wieder ein Risiko ein, zum Schluß nahm ich abermals ein Wagnis auf mich, weil ich nach Besitz strebte. Ich vernahm Schritte.

»Guten Abend...« Fräulein Horský ging an der Pförtnerloge vorüber, unterm Arm Manuskripte, die sie hier wie schon oft bis spät in die Nacht abgeschrieben hatte. Ich kannte Fräulein Horský nicht sehr gut, aber sie blieb dennoch stehen. Sie wollte wissen, warum ich hier herumsitze. Und da bemerkte sie die zerschlagene Scheibe. Wir konnten hören, wie über uns unser schwerer Tresor mühsam aufging. »Diebe!« schrie die Horský und begriff augenblicklich alles. Sie sprang so jäh von meinem Fensterchen zurück, daß sie sich den Schädel anschlug. Die Kappe des Portiers, die noch den alten Namen unseres Institutes trug, lag wie ein Menetekel des Schicksals vor mir auf dem Tisch. »Diebe!« rief die Horský nun viel lauter. Sie versuchte zu fliehen, aber das Tor war selbstverständlich verschlossen. Ich ließ sie nicht hinaus, ich drückte nicht auf den Knopf in der Portierloge. Zet tauchte hinter mir auf. Ich wußte, daß sie einen Revolver in der Hand hielt. Es war kein perlmuttverzierter Damenrevolver, sondern eine große Armeerepetierpistole, die gar nicht zur ihr paßte. Und ich begriff alles. Ich vermochte vielleicht das eine Opfer vor seinem Los zu bewahren. Ich konnte mein Schicksal in Nebensächlichkeiten korrigieren. Aber am Ende würde ich Egoist und Mörder sein, genau wie gestern.

»Nein!« schrie ich. So viel Freiheit hatte ich nun doch. Ich konnte bestimmen. Ich konnte mich für Zet entscheiden oder gegen sie. Entweder für den Tod oder gegen ihn. Wie jeder Mensch. Ich sprang direkt in den Schuß hinein. Ich sah noch, wie das Tor aufging, ich hörte die Horský schreien und sah Blut auf dem Boden. Mein eigenes Blut, das ich für meine Freiheit vergoß. Schmerz empfand ich nicht.

Schrecklich schön, schön schrecklich

Wir mußten den eisernen Vorhang überwinden, von dem uns die vorherigen Expeditionen so viel erzählt hatten. Es war selbstverständlich kein Vorhang aus Eisen, aber eine Zone, in der uns die Holostrahlen unbeweglich machen konnten, solange wir nicht alles aus Metall zurückließen: Waffen, Apparate und Verpflegung, auch auf Kunststoff war die Zone empfindlich. Wir mußten also beinahe nackt weitermachen, die meisten von uns ganz nackt. Bald zitterten wir vor Kälte und konnten wegen des hiesigen Smogs kaum atmen. Um uns herum gab es eine Halbwüste, aus der nur einige Hügel herausragten, krummen Zeigefingern ähnlich. Auf denen hausten die Einheimischen. Sonst nirgendwo. Sie mußten die Städte und Dörfer, die wir passierten und leer fanden, vor Jahren verlassen haben. Vielleicht wegen der Kälte und des Smogs. In einigen verlassenen Quartieren haben wir uns mit halbzerfallenen Kleidern umhüllt, wir froren zwar nicht, sahen aber erbärmlich und lächerlich aus. Wir wirkten wie Überreste einer geschlagenen Armee. Vielleicht war es gut so, vielleicht werden die Einheimischen deshalb vor uns nicht erschrecken.

Wir kletterten endlich auf den nächsten Hügel und standen vor der Pforte einer Siedlung. Es war eigentlich eine burgähnliche Siedlung, wie im Mittelalter. Die verlassenen Städte unten sahen viel moderner aus. Den Eingang versuchten auch andere Wanderer zu passieren, einer nach dem anderen, sie mußten Schlange stehen, weil sie von der Wache dort sorgfältig überprüft wurden. Sie sahen nicht anders aus als wir, ebenfalls in alten Kleidern steckend, auch frierend und hungrig. Es war klar, daß wir zuerst einen Mann zur Aufklärung schicken müssen. Deshalb hat unser Chef wie üblich mich auserkoren. Mich.

Aus der Nähe konnte ich sehen, daß die Wachmänner ihre Arbeit nicht so sorgfältig ausübten, wie es schien. Sie haben die Wanderer abgetastet, in ihre Säcke einen Blick geworfen, und das war es. Sie waren in demselben Zustand wie ihre Opfer. Erbärmlich. Und alle hatten nur einen Arm. Das war merkwürdig. Zuerst dachte ich, es handelte sich um Invaliden aus einem Krieg, der sich dort unten in der Ebene abspielte. Aber nicht nur die Wanderer waren einhändig, die Wachen waren es auch! Ich stellte mich dicht hinter einen alten Mann, der mit einem kleinen Esel kam und zwei Säcke auf dessen Rücken transportierte. Ich dachte, man werde mich übersehen. Leider war das ein Irrtum.

»Halt!...« Ich fühlte auf meinem Hals die Spitze einer Waffe. Degen oder Lanze? Der Mann, der mich stoppte, sah furchtbar aus. Sein linkes Auge war zweimal größer als das rechte, und er hinkte. Aufgeregt hat er auf meine rechte Hand gezeigt, als ob ihn die kränke. Ich mußte ihm folgen. In der Wachstube war eine Trompete, vielleicht haben sie damit Alarm gegeben, eine Trompete und ein Gong. Die Holozone, in der wir gefangen waren, muß aus einer früheren, technisch viel fortschrittlicheren Zeit stammen. Aus Höflichkeit bin ich vor meinem Wachtmeister langsam gegangen, er hinkte, und ich hätte ihm ohne Mühe entwischen können. Aber das hatte noch Zeit, es schien, daß dies kein Problem werden würde. Aber zuerst mußte ich wissen, was sie eigentlich von mir wollten. In einem Vorzimmer hat er mich aufgefordert zu warten. In aller Ruhe legte er seine Waffe in meiner Nähe ab. Er ging in das nächste Zimmer; wieder eine niedrige Decke, die Ausstattung primitiv, aber an der Wand gab es eine Sammlung von verschiedenen scharfen Messern, Scheren und Zangen, die in dem Dämmerlicht wie Flammen leuchteten. Ich bemerkte auf meinem Hals, wo ich die Spitze aus Stahl gefühlt hatte, jetzt einen leichten Druck. Man hat begonnen mich zu betreuen! Es war eine Frau. Aber wie sie aussah! Ich drehte mich langsam um und konnte einen Schrei nicht unterdrücken. Sie lächelte. Besser: sie dachte, sie lächelte. Tatsächlich entblößte sie aber nur die wenigen schwarzen Vorderzähne. sie hatte eine birnenhafte Nase, ihre Augen konnte ich kaum sehen, weil schmutzige und fettige schwarze Haare sie verdeckten. Ihre rechte Wange war geschwollen, als ob sie gerade ihren Zahnarzt besucht hätte. Vielleicht bin ich auch unwillkürlich vor ihr zurückgezuckt, weil ich fühlte, wie sie mich mit ihrer linken Hand auffing, es sah aus wie eine Umarmung, war aber überhaupt nicht zärtlich, ihre linke Hand war stark genug. Auch bei diesem Wesen konnte ich keine Rechte beobachten. Wie komisch war sie angezogen! Vom Hals herunter fiel ein Mantel, der wie ein Sack aussah und aus einem Stoff genäht wurde, den sie offenbar vor vielen Jahren geerbt hatte. Sie erinnerte mich an die Gespenster meiner Kindheit, als wir große rote Rüben als Köpfe präparierten und eine Kerze hineinstellten, so daß die Augenhöhlen leuchteten. Denn ihre Augen haben unter den Haarknoten geleuchtet. Wie im Fieber. Ihre Hilfe war aber erfolgreich. Ich fühlte, daß die Salbe, welche sie aufgetragen hatte, meine Wunde auf dem Hals sofort heilten. Sie zeigte auf einen Diwan, der hier weiß überzogen neben einem altmodischen Schrank stand, und begann mich auszuziehen. Fachmännisch, sachlich und ohne Interesse, als wenn sie daran gewöhnt wäre. Sie zückte aber ärgerlich, als sie meine Hosen herunterstreifte. Ich habe zuerst gedacht, sie wolle mich untersuchen, aber sie hat offenbar deshalb gezuckt, weil sie meine Unterhosen sah. Wie empört hat sie die mit einem Ruck weggerissen und in einen Abfallkorb in der Ecke geworfen. Danach hat sie mit sachlichem Interesse meinen Penis betrachtet. Ich wollte meine Genitalien mit den Händen schützen, weil ich nach der sexuellen Abstinenz der letzten Tage fühlte, daß mich auch die Tätigkeit dieses Ungeheuer zu reizen begann, und ich mich wegen meiner Erektion schämte. Das hat sie aber noch mehr empört, sie hat meine rechte Hand mit einem Karateschlag erledigt und mich wie einen Sack auf das Sofa geworfen. Kartoffelsack. Sie setzte sich auf mich und hob ihren Mantel an. Darunter war sie nackt. Dadurch hat sie an dem alten Streit teilgenommen: ob eine Frau einen Mann vergewaltigen kann? Sie hat es ohne Probleme vorgeführt. Ich muß gestehen, daß ich mich nicht allzu sehr gewehrt habe und ihr noch eher geholfen habe. Nur mußte ich dabei meine Augen fest schließen. Der Anblick ihres Rübengesichtes wirkte deserotisierend.

Als sie genug hatte, wollte ich mit ihr aufstehen. Konnte aber nicht. Ich konnte mich gar nicht bewegen. Während des Verkehrs hatte sie mich an den Ecken des Sofas angebunden, ganz fachmännisch. Ich lag ausgeliefert da, nackt, mit gespreizten Armen und Beinen, mein Glied schlaff. Darüber hinaus wurde ich durstig. Eine komisch Art, Fremde willkommen zu heißen, dachte ich. Aber ich wollte nicht allzu heftig protestieren, denn ich kannte die hiesigen Sitten nicht, und wir hatten doch eben Sex miteinander. Aber da erschien schon mein Wachtmeister. Er schaute jetzt mehr wie ein Metzger aus. Seine Vorderseite war in eine große weiße Gummischürze gehüllt. In einer Hand hielt er eine kleine chromierte Axt, in der anderen ein meterlanges Skalpell. Er zeigte auf meine recht Schulter. Meine Vergewaltigerin begann mich dort mit einer ekelhaft riechenden Tinktur zu bemalen. Es war klar, was sie vorhatten:

»Ich will nicht!« schrie ich laut und begann an meinen Fesseln zu zerren. »Deshalb bin ich nicht da...« »Es wird nicht lange dauern...«, sagte mein Metzger mit freundlichem Lächeln, auch er schaute wie ein Zahnarztpatient aus. »Wir haben viel Erfahrung...«, und er öffnete den altmodischen Schrank, der daneben stand. Darin sah ich eine Sammlung von Armen. Alles rechte und in verschiedenen Formen konserviert: in großen gläsernen hohen Behältern, offenbar im Alkohol, frei hängend, azeriert durch die Luft als Geselchtes, sorgfältig mumifiziert, eine Vielzahl nebeneinander, mit kleinen Zettelchen an den Zeigefingern, die den ursprünglichen Inhaber angaben. Es gab lange und kurze Arme, dicke und magere, manche hatten die eigentliche Hand zu einer Faust geballt, andere die Finger ausgestreckt, wie nach einer letzten Mahnung. Es gelang mir – mit Hilfe meiner noch lebendigen rechte Hand – die Fesseln zu sprengen, und ich setzte mich aufrecht. Zu meiner Überraschung versuchten sie nicht, mich daran zu hindern. Es schien, sie waren selber überrascht, und ich hatte das Gefühl, daß meine Rübenfrau mir meine Beine befreite.

»Wir dulden selbstverständlich in unserer Stadt keine Monster«, sagte mein Wachtmeister, diesmal traurig. »Das müssen Sie verstehen. Wir dürfen keine Ausnahmen machen. In diesem Fall müssen Sie unsere Stadt und unsere Gesellschaft verlassen, leider, ich kann Ihnen nicht weiter behilflich sein«, sagte er und versorgte seine Instrumente im Schrank. Eine Ausweisung aus der Stadt hielt er offenbar für eine Strafe, für eine der härtesten Maßnahmen. Meine Rübe war indessen in der Nebentür verschwunden. Der Mann streckte seine Linke aus: »Wir müssen uns leider trennen. In der Hauptpforte wird man Ihnen keine Schwierigkeiten machen.« Ich hatte seine Hand übersehen und nur kurz genickt, es schien mir, daß es andere Wege geben wird, wieder hereinzukommen, und daß ich dabei meine Extremitäten behalten kann. Ich wollte noch von meiner Rübe Abschied nehmen. Schließlich hatten wir einiges zusammen erlebt. Ich öffnete die Nebentür. Es war ein kleines Zimmerchen, offenbar diente es als Garderobe. Sie hatte dort gerade ihren alten Mantel ausgezogen und wollte in einen Strohrock schlüpfen. Dabei sah ich ihre zweite Hand, ihre Rechte. Sie war zwar an den Körper festgebunden (wie ein Zopf) ganz weiß und blutarm, aber sie war da. Wie ein weißer Molch aus der Tiefe hat sie ausgeschaut, ein wenig gruselig, ich mußte an die winzigen Stellen denken, die bei unseren Mädchen noch weiß sind, wenn sie am Strand Bikinis tragen.

Meine Partnerin reagierte wütend: »Zurück! Verschwinde sofort!« hat sie wie wahnsinnig geschrien. Ich schloß schnell die Tür und mußte daran denken, daß diese Frau, die ohne jede Scham meinen Penis betastet hatte, auf einmal rot und wahnsinnig wurde, wenn ich ihre verborgene Rechte sah. Malträtieren hier die Frauen ihre rechte Hand, wie bei uns einmal in China die Mädchen ihre Füße verstümmelten! Darüber hinaus war ich überrascht, daß meine Dame nach der Arbeit offenbar ihre Haare kämmte und sich auch sonst verschönerte, sie war mir bei diesem kurzen Eindringen gar nicht so furchtbar vorgekommen wie bei unserer ersten Begegnung. Sie war eigentlich gar nicht so häßlich. Warum täuscht sie das aber vor? Und machten das alle Frauen hier so? Und die Männer?

Unsere Expedition hatte sich inzwischen unweit des Eingangs zur Stadt niedergelassen, wobei ihnen niemand behilflich war, man hat es ihnen aber auch nicht verboten. Die Pförtner waren offenbar an Gedränge gewöhnt und befaßten sich nur mit jenen, die in die Stadt hinein wollten. Unser Chef bot mir an, nun jemanden anderen zu schicken. Er wußte, daß ich das ablehnen würde. Ich wollte nur einen Kaffee trinken und ein paar Augenblicke die Sache durchdenken. Ich brauchte noch eine Dusche und konnte wieder starten. Ich hatte bemerkt, daß die Mauern der Stadt sehr durchlässig sind, unweit meines Operationszimmers hatte ich eine Bresche gesehen, durch die man sogar mit Ausrüstung in die Stadt kam. Meine Taktik war klar, ich mußte mit dem arbeiten, was ich bisher erworben hatte. Mit dieser Rübenfrau. Sie war eigentlich noch jung, nicht einmal dreißig, würde ich sagen. Ich versuchte mir meine Aufgabe schmackhafter zu machen, ich mußte sie finden.

Der Zufall hat mir sicherlich geholfen, aber es gab sehr wenige Passanten auf der mittelalterlich gepflasterten Straße, und wie es schien, nur eine Einkaufsstelle, nahe der Pforte. Sie war gerade fertig dort und eilte jetzt offenbar nach Hause. In ihrem Korb trug sie ein Paar Karotten sowie eine Tüte mit Korn. Das war alles. Ich folgte ihr so unauffällig als möglich, versteckte meine rechte Hand unter meinem Rock und machte den linken Ärmel kürzer, so daß jeder nur meine Linke sehen konnte.

Sie hatte offenbar nichts gemerkt oder tat so, als ob sie mich nicht bemerkt hatte. Ich folgte ihr im Abstand von zwei Metern und begann zu flüstern:

»Ich will euch helfen. Allen. Haben Sie keine Angst.« Sie senkte ihren Kopf noch mehr nach vorne, als ob sie nichts hören wollte. Oder schämte sie sich einfach vor mir? Weil ich ihre Rechte gesehen habe? Schämte sie sich, wie wir uns auf der Erde schämen, wenn unsere Geschlechtsteile von anderen gesehen werden? Wir bedecken die in derselben Weise, wie die Einheimischen hier ihre Rechten bedecken.

»Ich wollte Sie nicht kränken«, begann ich erneut. »Es war dumm von mir. Ich erzähle das niemandem.« Ich mußte jetzt beinahe laufen, denn sie ging schneller und schneller. Wollte sie mich loswerden? Sie hatte mich offenbar gut verstanden, wollte aber vor mir fliehen. Und dabei nicht auffallen. Sonderbar. Wir hatten die Innenstadt verlassen, eigentlich war es nur eine Hauptstraße, die zum Platz führte, und befanden uns nun in einer Nebenstraße, mit lauter verfallenen Häusern, nur wenige waren bewohnt. Plötzlich verschwand sie ohne Vorwarnung in einem der Häuser. Sie schlug die schwere Tür vor mir zu.

Ich stand eine gute Weile vor dem Haus. Im ersten Stock brannte auf einmal Licht, denn draußen dämmerte es. Ich hoffte, ihre Silhouette zu sehen. Vielleicht zog sie sich wieder um und befreite ihre arme Rechte. Ich wollte zu ihr. Aber dazu hätte ich nach oben klettern müssen. Wie Romeo auf den Balkon. Romeo und Rübefrau. Eine furchtbare Geschichte. Ich traute mir das nicht zu. Und dann fühlte ich wieder einen Griff. Ein Doppelgänger meines Wachtmeisters stand vor mir, sein größeres Auge direkt in mein Gesicht starrend, seine Linke um meinen Hals. Dieser war noch dicker und häßlicher. Er brüllte mir etwas zu. Ich brüllte zurück, versuchte es wenigstens. vielleicht brauchten die hier schon auch die Sprache nicht mehr? Er zeigte mit seinem Kinn um die Ecke, befehlend. Ich nickte freundlich. Erst dann nahm er seine Hand von meiner Kehle, und ich konnte wieder frei atmen.

Um die Ecke befand sich eine Kneipe. Offenbar hatte dieser Wachtmeister keine bösen Absichten. Wenigstens vermutete ich, daß es eine Kneipe sei, denn sie befand sich in einem Haus, das weniger zerfallen war als die anderen, und man konnte verschiedene Stimmen hören. Zusammen mit zwei Liliputanerinnen trat ich ein. Die erste hatte nur eine Brust und die zweite einen Buckel. In dem Raum traten sie sofort zu der dort stehenden Schlange.

Alle Leute im Raum – mehr als zehn, würde ich sagen – standen vor dem Ausschank. Jeder konnte, wenn er vorne war, einmal die dort fließende schaumige Essenz kosten und mußte sich danach so schnell es ging wieder hinten anstellen und warten, bis er wieder dran war. Zum Zeitvertreib hatten sie Geschlechtsverkehr miteinander. Die Wartenden fanden sich langsam zu heterosexuellen Paaren, aber es gab auch homosexuelle. Die meisten verkehrten stehend miteinander, ihre Geschlechtsteile wie nebensächlich entblößend und ihr Hauptziel – die Flüssigkeit – nie aus den Augen verlierend. Es gab auch Paare, die nur masturbierten – das ging schneller. Wenige haben sich dabei in die Augen geschaut, auch sie achteten nur darauf, daß ihnen niemand zuvorkam. Die zerschundenen Mäntel, in die hier beinahe jeder gehüllt war, hielten sie mit der linken Hand hoch, ohne Scham, ich mußte ihre sexuellen Fähigkeiten bewundern. Noch nie in meinem Leben hatte ich so eine Schau von Genitalien gesehen. Frauen mit Scheiden, die an Hasen, Bären und Elefanten denken ließen, Männer mit Instrumenten in Form von Lanze, Hammer und Zylinder, sie alle benahmen sich so, wie wenn wir in der Öffentlichkeit niesen und die Nase putzen.

Es war mir klar, daß ich irgendwohin verschwinden mußte. Ich hatte unter meiner Hose wieder diese blöden Unterhosen, die meine Rübenfrau so geärgert hatten, es würde nicht einfach sein, wenn sich eine Frau für mich zu interessieren begänne. Und die ersten Anzeichen dazu gab es schon. Die bucklige Kleine hatte ihre Hand halb unbewußt auf meinen Penis gelegt. Meine Hosen haben sie offenbar überrascht, die anderen Männer trugen unter dem Mantel nichts. Vielleicht nur wenn sie hier in die Kneipe gingen? Ich machte einige Schritte zurück zu der Tür. Das überraschte sie total, offenbar verließen diese Gäste die Kneipe erst, wenn sie geschlossen wird. Meine Bucklige rief die Einäugigen zu sich. Sie wollten mich beide inspizieren. Wieder? Ich rettete mich mit einem Sprung aus dem Fenster, es war nicht verglast und offenbar schon vor Jahren zerbrochen. Ich sah noch, wie alle Wartenden überrascht aufschrien und ihre linken Hände zur Decke hoben, sie konnten nicht begreifen, daß jemand freiwillig aus der Schlange trat...

Es blieb mir also doch nur der Romeoweg. Ich mußte in ihr Zimmer hinaufklettern. Ich konnte kein weiteres Abenteuer mehr riskieren. Und es ist mir diesmal alles gelungen.

Sie saß direkt hinter dem Fenster und weinte stille Tränen.

»Ich wußte, daß du kommen wirst!« Sie wollte mich mit beiden Händen umarmen, ihre weiße Rechte war frei. Ihr Haar war zu einem Zopf gekämmt und so war ihr Gesicht frei, es war ein hübsches Gesicht. Die geschwollene Wange war weg, neben ihr lag ein Steinkern auf dem Tisch, vielleicht mußte sie sich damit verstellen: »Ich bin nämlich auch ein Monster«. Sie betrachtete mit Furcht ihre rechte Hand. Sie war schön. Nicht nur die Hand. Sie hatte sich in eine schöne Frau verwandelt. Auch die Nase war jetzt nicht mehr häßlich. Ich näherte mich vorsichtig. Sie sprang von mir weg, wie überrascht. Auf einmal spürte ich Verlangen, vielleicht hatte mich die Gesellschaft unten so gereizt? Aber nein, dies war etwas ganz anderes. langsam näherte ich mich und kniete vor ihr nieder. Dann begann ich ihre Hände zu küssen. Langsam, mit den Fingern beginnend. Offenbar kannte sie das nicht, hatte es nie erlebt. Plötzlich wurde es hell. In der Tür stand ein Mann mittleren Alters, kahlköpfig, seine rechte Hand war amputiert, in der Linken trug er eine alte Lampe:

»Abendessen«, teilte er uns sachlich mit.

»Das ist mein Gemahl«, sagte meine Schöne ohne jede Emotion. Ich sprang auf. Aber er lud auch mich zum Abendessen ein, als ob ich nicht gerade vor seiner Frau gekniet hätte und ihre Finger liebkoste. Als hätte er nichts gesehen.

Unten war ein Eßzimmer, das wohl vor vielen Jahren eingerichtet worden und jetzt nur noch eine Ruine war. Es gab gemahlenen gekochten Weizen. Ohne Salz. Vielleicht ist das gesund, aber lecker ist das nicht. Auch ihre Eltern saßen am Tisch, zwei Greise mit schwarzen Brillen, sie trauten sich nicht zu sprechen.

»Du darfst bei uns übernachten«, sagte der Gemahl, »aber in der Früh mußt du weg. Ich brauche keine Probleme.« Dabei nahm er aus meinem Teller Weizen, als ob er den Irrtum der Großmutter, welche das Essen zerteilte, korrigieren müßte. Sein Löffel war zerbrochen, auch die Teller waren Scherben, zusammengeschnürt mit Draht. Die Stühle nur auf drei Beinen, der Tisch wackelig.

Der Gemahl führte mich dann in den Keller des Hauses, als ob er mich dort verbergen wollte. Hier war die Einrichtung in demselben Zustand. Mein Bett hielt nicht zusammen. Und dabei gab es hier im Keller so viele Werkzeuge, mit denen man alles bald reparieren konnte! Ich konnte mich nicht zurückhalten. Es war doch so einfach. Mit ein Paar Nägeln reparierte ich das vierte Bein meines Bettes. Die Tür wurde geölt, so daß man sie leichter öffnen könnte. Und dann habe ich wieder ihre Hand an meinem Hals gefühlt, an derselben Stelle. Sie ist leise im weißen Gewand wie ein Engel zu mir niedergekommen und hat sich sogar gewaschen und parfümiert. Diesmal umarmte sie mich mit beiden Händen:

»Ich möchte mich nicht weiter verbergen, verstellen und vergewaltigen, ich bin wie du, und ich werde lieber im Untergrund leben als diese jämmerliche Existenz weiterführen. Wenn wir auch Krüppel sind, haben wir doch auch das Recht zu leben!« Sie begann mich zu küssen:

»Wir sind aber keine Krüppel, keine Monster!« Unsere Hände sind das wichtigste, was wir haben, sie bedingen die Entwicklung unseres Gehirns, besonders die Rechte ist wichtig.«

»Die Rechte wird nur von denen im Untergrund gebraucht«, schauderte sie ein wenig und zeigte auf eine Tür am Boden, wo es offenbar weitere Treppen gab, die ins Innere dieses Fingerhügels führten. Sie wollte, daß ich sie küßte, und gab mir ihre Hände dazu. Sie legte sich auf mein Bett, das sofort unter ihr zerbrach.

»Wir müssen vor allem diese Ruine reparieren.« Erst dann wollte ich ihr alles erzählen. Und ich zeigte ihr, wie man das macht. Neue Stützen anbringen, Bettbretter austauschen, Stühle reparieren, alles mit beiden Händen. Sie half mir, arbeitete mit mir zusammen. Und das war der Fehler. Als ihr Gemahl wieder kam, schrie er sie an: »Ehebrecherin! Hure! Arbeiterin!« Er schlug sie mit dem Rumpf seiner Rechten und einer sonderbaren Waffe, die er in seiner Linken trug und die modern aussah. Er schrie und benahm sich wie wild. Sie konnte sich leicht wehren, stand aber gehorsam da, als ob sie sich eines Verbrechens bewußt wäre. Mich erledigte er dann mit seiner Waffe. Ich war sofort bewußtlos. Mein letzter Einfall: Er ist eifersüchtig! Aber nicht auf unsere Erotik, sondern auf die Arbeit, die wir mit unseren beiden Händen erledigt haben!

Als ich aufwachte, waren beide weg. Ich stolperte über die Falltür. Wer sollte sich im Untergrund befinden? Krüppel wie ich? Also normale Menschen, die dort Zuflucht gefunden haben, um sich nicht verstellen zu müssen? Ich sollte sie besuchen. Aber ich konnte doch nicht meine Geliebte verlassen. Das war mir schon lange nicht passiert. Eine Liebesgeschichte wie im Buch. Lovestory. Mit abklingenden Kopfschmerzen lief ich in den ersten Stock. Die beiden Großeltern saßen auf derselben Stelle wie gestern bei der Mahlzeit. Aber diesmal sprachen sie. Es ging offenbar um ihre Tochter. Der Ehemann war ihnen fremd. Er hatte sie terrorisiert. Und jetzt hatte er darüber hinaus ihre Tochter auf das Schloß gebracht, wo alle Verdächtigen untersucht werden. Seine eigene Frau! Ins Gefängnis! Sobald ich alles verstanden hatte, lief ich hinaus auf die Straße. Das Schloßgebäude war verwahrlost, wie alles hier, stand aber in der Mitte des einzigen Platzes, von hölzernen Gerüsten an vielen Stellen gestützt. Vor dem Tor gab es wieder Wachleute. Diesmal zwei.

»Sie dürfen mit ihr nicht sprechen«, sagte mein Bekannter, der mir am Anfang die Hand abhacken wollte. »Sie haben einen schlechten Einfluß auf sie. Und Sie gehören hier überhaupt nicht her, Sie sind ein lästiger Fremder, wenn Sie mich fragen.« Man hatte mich in seine Kanzlei geführt, er saß hier hinter einem schlichten, gehobelten Tisch, vor sich ein Telephon, das ins Museum gehörte. »Aber unser Herrscher will mit Ihnen sprechen. Nur deshalb haben wir Sie hereingelassen.« Er hatte sein größeres Auge zum Starren gezwungen. Als er über den Herrscher sprach, hatte er sich erhoben und war zur Tür gehinkt. Offenbar setzte er voraus, daß ich ihm folgen würde.

»Ihre Expedition ist uns bekannt«, hat mich eine leise unklare Stimme überrascht. Der Herrscher, ein weißhaariger Greis, saß auf einem Thron in der Mitte des Empfangssalons, er lag eher darauf, weil er sich kaum bewegen konnte, seine einzige Hand, die Linke, zitterte parkinsonisch, und er konnte nicht einmal das Glas vor seinem Mund halten, von einer Waffe war nichts zu sehen.

»Wir brauchen Ihre Hilfe nicht. Wir haben unsere Probleme gelöst und lehnen jede Kommunikation ab. Nach der Überwindung unserer Zivilisationskrise orientieren wir uns nur auf die rechte Hemisphäre unseres Gehirns. Die Zivilisation war eigentlich durch unsere Rechte gebaut, und deshalb lehnen wir die rechte Hand und damit die linke Hälfte unseres Gehirns ab. Wir bauen unser Programm neu auf. Die Welt wird den Linkshändigen gehören, ihr Gehirn ist größer, gewichtiger und humaner. Dadurch werden wir eine friedliche, glückliche Welt schaffen, voll von Verständnis und Liebe. Richten Sie das auf Ihrem Planeten aus und verschwinden Sie von hier.« Er zeigt mit seiner zitternden Hand auf die Tür: »Hinaus!«

Vor der Tür erwartete mich mein Bekannter. Er hatte mich hinausführen sollen. Er benahm sich auf einmal viel freundlicher als damals, als er mich mit seiner Lanze gestoppt hatte. Auf einem leeren Korridor blieben wir stehen, und er flüsterte mir zu:

»Das ist selbstverständlich diplomatischer small talk. Propaganda, wie Sie sicher verstanden haben. Ich muß mich enttarnen, mein lieber Spion. Ich bin hier der Minister für innere Angelegenheiten. Ich weiß alles, wir haben auch unsere Informationen. Wie Sie heißen, wieviele Geschwister Sie haben und wie Ihre Mutter vor der Heirat hieß. Ich kann Ihnen sagen, daß diese Theorie von der Gehirnhälfte Opium für das Volk ist. Die sogenannte Zivilisationskrise waren Kriege, welche die Landschaft in der Ebene entvölkert haben, wie Sie selbst gesehen haben. Tausende wurden zu Krüppeln; einarmig, einbeinig und einäugig. Die verkrüppelten Massen wollten Gerechtigkeit, Gleichheit. Im Namen der Humanität. Und so ist unser Königreich auf den Trümmern entstanden. Seitdem haben wir die Macht.«

Er führte den Stumpf seiner rechten Hand vor. »Wir haben Gerechtigkeit eingeführt. Nur den Krüppeln ist jede Möglichkeit offen. Den armen Krüppeln. Und diese werden wieder und wieder geklont. Wie unser Herrscher, er lebt nun schon sein viertes Leben. Deshalb ist bei uns der Sex frei. Wir haben kein Bedürfnis, Menschen in anderen Formen zu sehen, als es sie damals nach den Kriegen gab. Deshalb gibt es bei uns einen ewigen Frieden. Leider auch Schlamperei und Langeweile. Wir haben die Krisen gemeistert, aber dennoch gehen wir langsam zugrunde. Beschreiben Sie das ihren Vorgesetzten bitte. Aber passen Sie auf! Sie werden von meiner Geheimpolizei, meinen eigenen Agenten verfolgt, ich kann schon nichts mehr für Sie tun! Beeilen Sie sich!«

Ich blieb aber stehen: »Was wird mit der Frau geschehen?« »Ihrer Rübenfrau?« Er konnte offenbar meine Gedanken lesen. »Sie wird geheilt. Ab und zu werden noch Menschen geboren und schauen so fürchterlich aus wie sie. Sie wird selbst bitten, daß man ihr den Arm abhackt. Und glücklich weiterleben. Laufen Sie weg!« Er ließ mich weiter alleine gehen, nicht einmal seine Linke hatte er mir gereicht. Offenbar glaubte er, daß meine Aufgabe erfüllt sei. Aber ich konnte meine lovestory so nicht beenden.

Also versuchte ich in die unterirdischen Räume einzudringen, wo das »Sanatorium« untergebracht war, das Gefängnis mit Folterkammern. Zwei Schatten waren hinter mir, und ich konnte sie nicht loswerden. Ich mußte in das Haus der Großeltern zurück. Ich fand sie im tiefen Schlaf. Der Gemahl war nicht da. Ich ging sofort zu der Falltür im Keller und entschloß mich, hinunterzusteigen. Bald verstand ich, wie diese fingerartigen Hügel entstanden sind. Es war der Müll und Abfall der vorherigen Zivilisation, deren Ende die Herrschaft der Krüppel verursacht hat. Ein wolkenkratzerartiges Gebäude aus Ruinen, Wracks, Kadavern und Abfall. Ich mußte mich durch abscheuliche Räume drängen, in denen der Geruch nicht auszuhalten war. Endlich gelangte ich zu den Katakomben. Und dort fand ich sie. Leute wie wir, Leute, die sich nach ihrem Geschmack vermehrten und frei ihre Formen entfalteten. Sie waren blaß und mager, nicht mehr als ein Häufchen, aber welch ein schönes. Ich erkannte unter ihnen neue Lollobrigidas, Cardinales, Belmondos, Nicholsons und andere Filmstars, wie auch immer sie heißen mögen. Sie waren die Schönsten und in dieser Welt deshalb die Verachtetsten. Sie waren ausgestoßen und isoliert. Sie dachten, ich wollte bei Ihnen Zuflucht suchen.

Ich habe sie überzeugen wollen: »Ihr seid die Glücklichen, Schönen. Ihr werdet diese Welt beherrschen, wie Eure Abbilder auf unserem Planeten. Eure beiden Hände sind ganz natürlich und nicht überflüssig. Ihr braucht Euch nicht für sie zu schämen. Und Ihr könnt mit ihnen jeden besiegen! Mit einer Geste werdet Ihr Euch befreien können! Bewaffnet Euch.«

Auf einmal riefen alle: »Zu den Waffen!« Es stellte sich heraus, daß es in einem der Lager eine Unmenge an Waffen gab. Für zweihändige Menschen natürlich.

Schon am Nachmittag desselben Tages hatten wir die lebendige Leiche des greisen Herrschers zum Fenster hinausgeworfen. Der Minister für innere Angelegenheiten beging Selbstmord. Der Gemahl meiner Rübe wollte die Seiten wechseln, wurde aber umgebracht, weil er keine Rechte hatte. Gegen Abend sah ich endlich meine Rübenfrau, die jetzt wieder einem Engel ähnlich war.

»Ich kann diese Welt nicht mir dir verlassen«, sagte sie. »Wir müssen deine Zivilisation nachholen, wir müssen in die Gemeinschaft der Galaxis hinein. Es ist meine Pflicht, dabei zu helfen. Wir haben viel zu tun... Als wir dann zusammen auf den Balkon des Schlosses traten, gab es auf dem Platz eine regelrechte Schlägerei. Fast jeder kämpfte, denn die Waffen gaben ihnen die Freiheit, zu kämpfen. Und mit Begeisterung haben sie ihre Rechte wiederentdeckt, die bei einem Kampf so nützlich ist. Auf dem Pflaster floß wieder Blut. Jeder Einhändige verlor seinen Kopf. Auch die alten Eltern meiner Schönen. Die Krüppel sind über Nacht aus der Stadt verschwunden. Wird es nach den Kämpfen neue geben? Meine Freundin ist aber durch alles, was sie erlebte, schöner und schöner geworden. Bald wird sie sicher zu einer der begehrtesten und einflußreichsten Frau hier werden. Und ich werde sie beschützen.

Fortsetzung in Regensburg

Es war Anfang der achtziger Jahre, als ich in Prag einen alten Bekannten traf. Er war Maler und Bildhauer. Ich hatte ihn schon lange nicht gesehen.

»Jetzt werden wir bald wieder zusammen sein«, sagte er, »denn du wirst meine Ausstellung in Regensburg mit einer Lesung eröffnen.« Eine Ausstellung seiner Bilder in Regensburg? Ich lachte, denn schon seit 1968, seit meinem Aufenthalt in Wien, durfte ich nicht mehr ausreisen.

»Das wird sich bald ändern«, meinte er zuversichtlich und stellte mir seine beiden Begleiter vor. Herr Altmann und Herr Zeberger waren nach Prag gekommen, um diese Vernissage zu organisieren. Sie sollte der Anfang eine neuen Beziehung zwischen den beiden Staaten sein. Es war ein erster Versuch, nach der russischen Besetzung, aber Herr Altmann, ein charmanter und charismatischer Mensch, war gewohnt zu erreichen, was er sich in den Kopf gesetzt hatte. Herr Zeberger entpuppte sich als Polyhistor und gediegener Kenner der Kulturszene, dem auch das tschechische Literaturleben geläufig war. Schon nach vierzehn Tagen bekamen wir unsere Pässe.

In Regensburg las ich dann eine meiner frühen Geschichten. Es waren ungewöhnlich viele Leute gekommen, wohl weil wir zu den ersten Schwaben aus Böhmen gehörten. Die Bilder meines Freundes verkauften sich gut. Die Aufgeschlossenheit und das Verständnis, mit dem wir empfangen wurden, war für mich eine Überraschung.

Regensburg gefiel mir. Es hatte eine gewisse Ähnlichkeit mit Prag, wenn auch Moldau und Donau in die entgegengesetzten Richtungen flossen. Besonders die Innenstadt erinnerte mich an meine Heimat. An die historische Beziehung zwischen Prag und Regensburg dachte ich kaum.

Vor allem für uns Tschechen gab es in diesen Tagen eine Überraschung: Breschnew war in Moskau gestorben.

Einige Tage nach unserer Rückkehr saßen im Wartezimmer meiner Ordination zwei auffallend unauffällige Herren mittleren Alters.

»Sie wünschen eine Untersuchung?« fragte ich. Der eine grinste und nickte.

»Aber wir wollen Sie untersuchen, Herr Doktor«, sagte der zweite mit trauriger Miene, als er die Tür geschlossen hatte. »Sie machen uns ja wieder Sorgen.« Mit dieser Bemerkung spielte er auf die vielen Besuche seiner Kollegen an, die diese mir gemacht hatten, als ich Ende der sechziger Jahre nach längerer Zeit in Wien und Amerika wieder nach Prag zurückgekehrt war. Mir war sofort klar, was sie meinten. »Aber Sie haben mir doch einen Paß gegeben...«

»Das schon, aber niemand konnte annehmen, daß Sie Ihr altes Spiel fortsetzen würden. Es gibt zwei Städte, von denen aus unser Land bedroht wurde: Wien mit seinen Habsburgern, unter denen wir dreihundert Jahre lang gelitten haben, und Regensburg natürlich. Von dort kamen die Eroberer, die im neunten und zehnten Jahrhundert unsere slawische Kultur vernichtet haben und uns an das Reich ketteten.« Er zog ein dickes altes Buch aus seiner Aktentasche. Irgendwie paßte es nicht zu seinem Beruf, und ich mußte mich bemühen, nicht zu lachen.

»Sind Sie wegen dieser alten Geschichten gekommen? In der Tat hat man im vergangenen Jahrhundert diese Auseinandersetzung mit der römischen Kirche auf böhmischem Boden als nationalen Angriff empfunden und interpretiert. Darüber könnten wir uns einmal im Kaffeehaus unterhalten, aber ich glaube nicht, daß Sie das besonders interessiert.«

»Wir sind an den Methoden interessiert«, sagte der mit der traurigen Miene.

»Und an Ihrer Gesundheit...«, lachte der andere. »Ihr Gastgeber, Herr Altmann, benimmt sich wie ein Kaiser der damaligen Zeit. Er ist bereit, alles zu kaufen, nur um sein Ziel zu erreichen. Denken Sie daran, daß Kaiser Otto der Zweite bei Bischof Gumbold die Legende vom Heiligen Wenzel bestellt und auch bezahlt hat, die dann als Regensburger Dichtung ›Crescente fide‹ zur Propaganda des Wenzelskults benutzt wurde. Sie diente zur politischen Bindung Böhmens an das Reich, dem dann Tribut in Form von Silber und Ochsen gezahlt werden mußte. Von der militärischen Hilfe im Kriegsfall gar nicht zu reden. König Wenzel mußte sich fügen, und die haben dann aus einem unerfahrenen Jüngling, den sein Bruder Boleslav beseitigen mußte, einen Heiligen und Märtyrer gemacht. Schlau, finden Sie nicht?« Sie hatten das alte dicke Buch offensichtlich genau gelesen.

»Darüber kann man streiten«, antwortete ich: »Aber warum jetzt? Und warum hier? Und warum mit Euch?«

»Weil Sie auf dieselbe Weise benutzt werden sollen. Die Zeiten ändern sich, aber die Methoden bleiben gleich, Herr Doktor. Machen Sie, was Sie wollen, aber jeden ihrer Versuche müssen Sie uns melden.«

»Mich heiligzusprechen? Zum Märtyrer machen?« fragte ich. »Sie gegen uns zu benützen. Unser Heiliger heißt Boleslav«, sagte der mit dem traurigen Gesicht und stand auf. »Es ist ja ganz einfach. Wenzel war der erste Dissident.«

In der Tür drehte er sich noch einmal um:

»Und statt dem Nobelpreis erwarb er die Heiligkeit.«

Auch die internationale Situation änderte sich nach Breschnews Tod. Als ich nach einem Jahr eine Einladung von Herrn Zeberger zu einem internationalen Schriftstellerkongreß bekam, fuhr ich wieder nach Regensburg. Wieder bewunderte ich das alte Rathaus, fand das Keplerhaus an der Donau. Auch erfuhr ich in einer Bierstube, daß es auch in Regensburg Vorurteile gegen Prag gibt, Karl der Vierte sollte Prag bevorzugt haben. Während der Tagung las ich dann zwei meiner Geschichten in einer Schule, wobei auch Journalisten anwesend waren.

Herr Zeberger war die Initiative in Person, agil und voll von gutem Willen. Er sah in der Literatur ein Esperanto der neuen Zeit und in den Literaten die Apostel des Friedens. Er wollte auch mit dem offiziellen Prag zusammenarbeiten. Die zwei auffallend unauffälligen Herren hatte ich vergessen. In Regensburg kam mir auf einmal alles so einfach vor. Herr Altmann bewirtete mich königlich. Er zeigte mir sein Haus und sein mit den modernsten Denkmaschinen ausgestattetes Büro. Ich mußte an die Taufe der ersten tschechischen Fürsten in Regensburg denken. Dieser Staatsakt hatte bei uns viel Staub aufgewirbelt, denn so etwas gab es in Mähren nicht. Wir Tschechen wurden also mehrmals getauft. Einmal im örtlichen und dann im östlichen und dann wieder im westlichen Ritus. Für die Chauvinisten späterer Zeiten war dies Anlaß und Thema ihrer Auseinandersetzungen. Manches blieb bis heute erhalten. Ich empfand wieder die Furcht der Heiden vor der modernen Technik, als ich vor Herrn Altmanns Computern stand. Die Heiden mußten damals vor der Taufe auf dem Boden essen, erst danach wurden sie zur Tafel geladen. Irgendwie hatte ich das Gefühl, daß sich alles wiederholte. Meine Stadt Prag sah nach den vergangenen vierzig Jahren verwahrlost aus, in seiner Entwicklung um Jahrzehnte verspätet. Damals dachte ich, daß man darüber eine Geschichte schreiben sollte. Beim abschließenden Empfang lernte ich Stadtrat O. kennen: Er erzählte mir, daß er in der Adenauer-Zeit in Prag studiert hatte und es seinen Gastwirt in der Nähe der Uni immer ärgerte, wenn er ihn als »Herr Adenauer« ansprach. Der Wirt soll dem Staatsmann ähnlich gesehen haben. Der Herr Stadtrat borgte mir einige Samisdat-Bücher, die ich noch nicht kannte. Auch einige von meinen Werken standen in seiner Bibliothek. Nachdem ich verschiedene Geschenke für meine Familie im heidnischen Prag gekauft hatte, kehrte ich nach Hause zurück.

»Sie haben sich also nicht wehren können...«, sagten die Herren, als sie nach einer Woche in die Ordination kamen. Und sie zeigten mir einen Artikel in einer Lokalzeitung: »Ein Tscheche spricht durch die Blume«, stand dort. »Die heutigen Bedingungen in Prag lassen nichts anderes zu, wenn man publizieren und die Leute ansprechen will. Man muß Gleichnisse und Phantasien benützen, Zweideutigkeiten und Symbole.« Die Herren wollten mich überreden, eine Entgegnung zu schreiben. Ich lachte. Gleichnisse sind doch kein Vergehen.

»Haben Sie nicht erkannt, daß die Methoden gleich geblieben sind? Herr Zeberger agiert doch genau so wie der Bischof Wolfgang, der sein Bistum aufgab, weil er Bischof von Prag sein wollte. Die Wenzelslegende wurde doch nur deshalb geschrieben. Und Herr Altmann benützt wieder die Methode der Kaiser Heinrich und Otto und des Königs Arnulf. Stadtrat O. aber ist die Reinkarnation des Priesters Paul, der durch die Großmutter Ludmilla den jungen Vaclav im lateinischen Sinn beeinflußte... Und Sie?... Welche Rolle wollen Sie spielen?« »Ich sehe, daß sich auch Ihre Methoden nicht geändert haben«, sagte ich. »Sie haben zwar jetzt die Geschichte eingehend studiert, sind aber immer noch so paranoid wie früher. Ich habe meine Rolle gefunden. Ich werde machen, was ich will.«

»Das werden Sie bereuen...«, sagten beide mit einer Stimme: »Das werden Sie bereuen...«

Ein paar Monate später fuhr ich zur 6. Internationalen Begegnung der Schriftsteller wieder nach Regensburg. Diesmal fand die Tagung in einem großen Saal statt. Neben meinen Gönnern, die fast schon zu Freunden geworden waren, waren auch der Ministerpräsident und ein Minister aus München anwesend. Auch die Prinzessin von Thurn und Taxis fehlte nicht. Welche Rolle werden sie im Gleichnis meiner unauffälligen Besucher spielen?

Ich hatte eine neue Geschichte vorbereitet und sollte nach einem jungen Autor lesen. Herr Zeberger führte mich aufs Podium und stellte mich mit einschmeichelnden Worten vor. Noch ehe ich beginnen konnte, entstand im hinteren Teil des Saales Unruhe. »Herr Nesvadba zum Telephon!« Wir mußten das Ritual unterbrechen, und ich eilte zum Apparat. Als ich den Hörer ans Ohr hielt, war die Verbindung unterbrochen. Ich mußte an meine Familie und an das Spital in Prag denken. Überall konnte etwas passiert sein. Nachdem zwei Kollegen gelesen hatte, bat mich Herr Zeberger nochmals aufs Podium. Kaum hatte ich ein paar Sätze gelesen, erscholl wieder der Ruf: »Herr Nesvadba zum Telephon!« Wieder rannte ich durch den Saal. Einige Leute lachten. Und wieder war die Leitung tot. Diesmal aber schaltete sich Herr Zeberger ein, und die Post beteuerte, daß der Anruf nicht aus Prag, sondern aus Kempen gekommen sei. Ich beschloß, beim Telephon zu warten. Der Saal lehrte sich, die Lesung war zu Ende. Ohne gelesen zu haben, saß ich wie ein treuer Hund neben dem Apparat. Endlich klingelte es. »Nesvadba?« hörte ich eine alte, wie angetrunkene Frauenstimme fragen. »Josef? Wir haben Dir versprochen, daß Du das bereuen wirst«, sagte sie und legte auf. Ich begann zu lachen.

Die Freunde eilten herbei und fragten, was denn geschehen sei. Ich konnte ihnen nur schwer erklären, warum ich lachte. Vor Jahren, als ich in Wien war, hatte ich erfahren, daß unsere Geheimpolizei ihre Opfer früher in den fünfziger Jahren manchmal zu Tode gequält und die Toten dann in das flüssig-glühende Eisen der Hütte Kladno warf, um keine Spuren zu hinterlassen. Später hat man dann die Leute jahrelang ohne Gerichtsverfahren eingesperrt, sie wurden aus ihren Stellungen entfernt und ihre Kinder durften nicht studieren. Wegen meiner Reisen ins Ausland konnte meine Frau nicht Dozentin werden, und ich selbst mußte für einige Jahre die Klinik verlassen. All das war vor Breschnews Tod. Wenn man nun nur mehr fähig war, unliebsame Leute durch Telephonanrufe zu verunsichern, neigte sich die Zeit des

Regimes ihrem Ende zu. Ich lachte. Aber nicht lange, denn an der Bar gab es keinen Rotwein mehr.

Originaltitel und Quellennachweis

Traktat über die Luftschiffe (Traktát o vzdušných), Einsteins Gehirn (Einsteinův mozek), Die chemische Formel des Schicksals (Chemický vzorec osudu), Theriak (Dryák), Der Idiot von Xeenemünde (Blbec z Xeenemünde) aus *Einsteinův mozek,* Copyright 1960 Mladá Fronta, Prag.
Die absolute Maschine (Absolutní stroj), Wie Kapitän Nemo starb (Jak zemřel kapitán Nemo), Die zweite Insel des Doktor Moreau (Druhý ostrov Doktora Moreau), Der Engel des Jüngsten Gerichts (Anděl posledního soudo), Vampir Ltd. (Upír ltd.), Die Expedition in umgekehrter Richtung (Výprava opačným směrem) aus: *Výprava opačným směrem,* Copyright 1962 Ceskoslovenský spisovatel, Prag.

Die deutschen Übersetzungen wurden folgenden Bänden entnommen:
Die absolute Maschine, Wie Kapitän Nemo starb, Die zweite Insel des Doktor Moreau, Traktat über die Luftschiffe, Der Engel des Jüngsten Gerichts
aus: *Die absolute Maschine,* Artia, Prag 1966.
Einsteins Gehirn, Die chemische Formel des Schicksals, Theriak
aus: *Die Erfindung gegen sich selbst,* Paul Neff Verlag, Wien – Berlin – Stuttgart 1962.
Der Idiot von Xeenemünde, Vampir Ltd., Die Expedition in umgekehrter Richtung
aus: *Das verlorene Gesicht,* Kiepenheuer & Müller, Hanau o. J.

Deutsche Erstdrucke:
Schrecklich schön, schön schrecklich; Fortsetzung in Regensburg.

Phantastische Bibliothek
in den suhrkamp taschenbüchern

»Phantastische Bibliothek« – das ist Verzauberung der Phantasie, keine Betäubung der Sinne, sondern Öffnen der Augen als Blick über den nächsten Horizont ins Hypothetisch-Virtuelle. Der Zukünftige verbindet sich mit dem Zeitlosen, rationales Kalkül steht neben poetischer Vision, denkbare Wirklichkeit und analytischer Blick in menschliche Abgründe neben Wunsch- und Alptraum. Anregend und unterhaltsam ist es immer.«

Abe, Kōbō: Die Entdeckung des R 62. Vier Erzählungen. Aus dem Japanischen von Michael Noetzel. PhB 333. st 2559
– Die vierte Zwischeneiszeit. Roman. Aus dem Japanischen von Siegfried Schaarschmidt. PhB 331. st 2530
Autobiographie einer Leiche. Russische phantastische Erzählungen. Herausgegeben von Dagmar Kassek. PhB 341. st 2672
Blackwood, Algernon: Besuch von Drüben. Gruselgeschichten. Deutsch von Friedrich Polakovics. PhB 331. st 2701
– Das leere Haus. Geschichten. Aus dem Englischen von Friedrich Polakovics. PhB 339. st 2664
– Der Tanz in den Tod. Unheimliche Geschichten. Ausgewählt von Kalju Kirde. Aus dem Englischen von Friedrich Polakovics. PhB 355. st 2792
Boye, Karin: Kallocain. Utopischer Roman. Aus dem Schwedischen von Hermine Clemens. PhB 303. st 2260
Carroll, Jonathan: Das Land des Lachens. Roman. Aus dem Amerikanischen von Rudolf Hermstein. Mit Illustrationen von Hans-Jörg Brehm. PhB 284. st 1954
Eliade, Mircea: Der besessene Bibliothekar. Roman. Aus dem Rumänischen von Richard Reschika. PhB 357. st 2828
Franke, Herbert W.: Einsteins Erben. Drei Romane. PhB 336. st 2587
Genzmer, Herbert: Das Amulett. Roman. PhB 338. st 2641
Hammerschmitt, Marcus: Der Glasmensch. Und andere Science-fiction-Geschichten. PhB 324. st 2473
– Wind. Zwei Romane. PhB 353. st 2778
Hodgson, William Hope: Stimme in der Nacht. Unheimliche Seegeschichten. PhB 340. st 2709
Irwin, Robert: Der arabische Nachtmahr oder die Geschichte der 1002. Nacht. Roman. Übersetzt und vorgestellt von Annemarie Schimmel. PhB 304. st 2266
Kazic, Mihajlo: Die unterbrochene Reise. Roman. Aus dem Serbischen von Goranka Vogl. PhB 334. st 2566
Kiss, Ady Henry: Atlantic City. PhB 358. st 2838
– Baker's Barn. Roman. PhB 337. st 2633

252/1/7.97

Phantastische Bibliothek
in den suhrkamp taschenbüchern

Kiss, Ady Henry: Manhattan II. Roman. PhB 319. st 2416

Künstliche Menschen. Dichtungen und Dokumente über Golems, Homunculi, lebende Statuen und Androiden. Herausgegeben von Klaus Völker. PhB 308. st 2293

Lem, Stanisław: Also sprach GOLEM. Aus dem Polnischen von Friedrich Griese. PhB 175. st 1266

– Altruizin und andere kybernetische Beglückungen. Der Kyberiade zweiter Teil. Mit Zeichnungen von Daniel Mróz. Aus dem Polnischen von Jens Reuter. Die Übersetzung wurde vom Autor autorisiert. PhB 163. st 1215

– Die Astronauten. Aus dem Polnischen von Rudolf Pabel. PhB 16. st 441

– Frieden auf Erden. Science-fiction-Roman. Aus dem Polnischen von Hubert Schumann. PhB 220. st 1574

– Imaginäre Größe. Aus dem Polnischen von Caesar Rymarowicz und Jens Reuter. PhB 335. st 2580

– Irrläufer. Erzählungen. Aus dem Polnischen von Hanna Rottensteiner. PhB 285. st 1890

– Die Jagd. Neue Geschichten des Piloten Pirx. Aus dem Polnischen von Roswitha Buschmann, Kurt Kelm, Barbara Sparing. PhB 18. st 302

– Das Katastrophenprinzip. Die kreative Zerstörung im Weltall. Aus Lems Bibliothek des 21. Jahrhunderts. Aus dem Polnischen von Friedrich Griese. PhB 125. st 999

– Lokaltermin. Science-fiction-Roman. Aus dem Polnischen von Hubert Schumann. PhB 200. st 1455

– Mehr phantastische Erzählungen des Stanisław Lem. Herausgegeben von Franz Rottensteiner. PhB 232. st 1636

– Memoiren, gefunden in der Badewanne. Mit einer Einleitung des Autors. Aus dem Polnischen von Walter Tiel. Autorisierte Übersetzung. PhB 25. st 508

– Der Mensch vom Mars. Science-fiction-Roman. Aus dem Polnischen von Hanna Rottensteiner. PhB 291. st 2145

– Eine Minute der Menschheit. Eine Momentaufnahme. Aus Lems Bibliothek des 21. Jahrhunderts. Aus dem Polnischen von Edda Werfel. PhB 110. st 955

– Mondnacht. Hör- und Fernsehspiele. Aus dem Polnischen übersetzt von Klaus Staemmler, Charlotte Eckert, Jutta Janke und I. Zimmermann-Göllheim. PhB 57. st 729

– Nacht und Schimmel. Erzählungen. Aus dem Polnischen von I. Zimmermann-Göllheim. PhB 1. st 356

252/2/7.97

Phantastische Bibliothek in den suhrkamp taschenbüchern

Lem, Stanisław: Die phantastischen Erzählungen. Herausgegeben von Werner Berthel. PhB 210. st 1525

– Die Ratte im Labyrinth. Ausgewählt von Franz Rottensteiner. PhB 73. st 806

– Robotermärchen. Herausgegeben von Franz Rottensteiner. Aus dem Polnischen von I. Zimmermann-Göllheim und Caesar Rymarowicz. PhB 85. st 856

– Der Schnupfen. Kriminalroman. Autorisierte Übersetzung aus dem Polnischen von Klaus Staemmler. PhB 33. st 570

– Sterntagebücher. Mit Zeichnungen des Autors. Aus dem Polnischen von Caesar Rymarowicz. PhB 20. st 459

– Die Stimme des Herrn. Roman. Aus dem Polnischen von Roswitha Buschmann. PhB 311. st 2494

– Terminus und andere Geschichten des Piloten Pirx. Aus dem Polnischen übersetzt von Caesar Rymarowicz. PhB 61. st 740

– Der Unbesiegbare. Roman. Aus dem Polnischen von Roswitha Dietrich. PhB 322. st 2459

– Die Untersuchung. Kriminalroman. Aus dem Polnischen von Jens Reuter und Hans Juergen Mayer. PhB 14. st 435

– Vom Nutzen des Drachen. Erzählungen. Aus dem Polnischen von Hubert Schumann und Hanna Rottensteiner. PhB 297. st 2199

– Wie die Welt noch einmal davonkam. Der Kyberiade erster Teil. Mit Zeichnungen von Daniel Mróz. Aus dem Polnischen von Jens Reuter, Caesar Rymarowicz, Karl Dedecius und Klaus Staemmler. PhB 158. st 1181

Lovecraft, Howard Phillips: Azathoth. Erzählungen und Schriften. Ausgewählt von Kalju Kirde. Aus dem Amerikanischen von Franz Rottensteiner. PhB 349. st 2759

– Cthulhu. Geistergeschichten. Deutsch von H.C. Artmann. Vorwort von Giorgio Manganelli. Übersetzung des Vorworts von Gerald Bissinger. PhB 19. st 29

– Cthulhus Ruf. The Best of H. P. Lovecraft. Aus dem Amerikanischen von H. C. Artmann, Rudolf Hermstein u. a. PhB 332. st 2552

– Das Ding auf der Schwelle. Unheimliche Geschichten. Mit einem Nachwort von Kalju Kirde. Deutsch von Rudolf Hermstein. PhB 2. st 357

– Das Grauen im Museum und andere Erzählungen. Ausgewählt von Kalju Kirde. Aus dem Amerikanischen von Rudolf Hermstein. PhB 136. st 1067

– In der Gruft. Makabre Erzählungen. Aus dem Amerikanischen von Michael Walter. PhB 347. st 2757

252/3/7.97

252/4/7.97

Phantastische Bibliothek
in den suhrkamp taschenbüchern

Strugatzki, Arkadi / Boris Strugatzki: Der ferne Regenbogen. Erzählung. Aus dem Russischen von Aljonna Möckel. PhB 330. st 2516

– Ein Käfer im Ameisenhaufen. Science-fiction-Roman. Aus dem Russischen von Erik Simon. PhB 314. st 2323

– Eine Milliarde Jahre vor dem Weltuntergang. Aus dem Russischen von Welta Ehlert. PhB 186. st 1338

– Montag beginnt am Samstag. Roman. Aus dem Russischen von Hermann Buchner. PhB 321. st 2452

– Picknick am Wegesrand. Utopische Erzählung. Mit einem Nachwort von Stanisław Lem. Aus dem Russischen von Aljonna Möckel. PhB 49. st 670

– Die Wellen ersticken den Wind. Phantastische Erzählung. Aus dem Russischen von Erik Simon. PhB 206. st 1598

– Die zweite Invasion der Marsianer. Erzählung. PhB 315. st 2381

Das Tagebuch der Rose und andere klassische Science-fiction. Herausgegeben von Franz Rottensteiner. PhB 343. st 2725

Turner, George: Das Menschenprojekt. Roman. Aus dem Englischen von Michael Koseler. PhB 354. st 2787

Vidal, Gore: Messias. Roman. Aus dem Amerikanischen von Helga von Tramin und Peter von Tramin. PhB 342. st 2717

Von den Vampiren und Menschensaugern. Dichtungen und Dokumente. Herausgegeben von Dieter Sturm und Klaus Völker. PhB 306. st 2281

252/5/7.97

Ödön von Horváth
Sein Werk im Suhrkamp Verlag

Gesammelte Werke. Herausgegeben von Traugott Krischke unter Mitarbeit von Susanna Foral-Krischke. Leinen
Band 1: Stücke 1920-1930
Band 2: Stücke 1931-1933
Band 3: Stücke 1934-1937
Band 4: Prosa und Verse 1918-1938
Supplementband: Skizzen, Fragmente und Kommentar

Die großen Dramen und Romane. Sieben Bände in Kassette. st 2369-2375

Einzelausgaben

Der ewige Spießer. st 2373

Geschichten aus dem Wiener Wald. Volksstück in drei Teilen mit einer Nacherzählung von Peter Handke. BS 247 und st 2370

Glaube Liebe Hoffnung. Herausgegeben und mit einem Nachwort versehen von Traugott Krischke. BS 361 und st 2372

Italienische Nacht. Edition und Nachwort von Traugott Krischke. st 2369

Jugend ohne Gott. Roman. BS 947 und st 2374

Kasimir und Karoline. Herausgegeben und mit einem Nachwort versehen von Traugott Krischke. BS 316 und st 2371

Ein Kind unserer Zeit. st 2375

Sechsunddreißig Stunden. Die Geschichte vom Fräulein Pollinger. Roman. st 2211

Materialien

Horváths ›Geschichten aus dem Wiener Wald‹. Herausgegeben von Traugott Krischke. stm. st 2019

Horváths ›Jugend ohne Gott‹. Herausgegeben von Traugott Krischke. stm. st 2027

18/1/10.96

Wolfgang Koeppen im Suhrkamp Verlag und im Insel Verlag

Gesammelte Werke in sechs Bänden. Herausgegeben von Marcel Reich-Ranicki in Zusammenarbeit mit Dagmar von Briel und Hans-Ulrich Treichel. Leinen, Leder und st 1774

Gesammelte Werke in sechs Bänden. Herausgegeben von Marcel Reich-Ranicki in Zusammenarbeit mit Dagmar von Briel und Hans-Ulrich Treichel. 6 Bände in Kassette. st 1774

– Band 1: Romane I: Eine unglückliche Liebe. Die Mauer schwankt (nicht einzeln erhältlich)
– Band 2: Romane II: Tauben im Gras. Das Treibhaus. Der Tod in Rom (nicht einzeln erhältlich)
– Band 3: Erzählende Prosa
– Band 4: Berichte und Skizzen
– Band 5: Berichte und Skizzen
– Band 6: Essays und Rezensionen

Einzelausgaben

Amerikafahrt. st 802

Angst. Erzählende Prosa. st 1459

Drei Romane. Tauben im Gras. Das Treibhaus. Der Tod in Rom. Ein Gedenkbuch. Gebunden

»Einer der schreibt«. Gespräche und Interviews. Herausgegeben von Hans-Ulrich Treichel. st 2450

Die elenden Skribenten. Aufsätze. Herausgegeben von Marcel Reich-Ranicki. Leinen und st 1008

Es war einmal in Masuren. Als Film eingerichtet von Peter Goedel. Mit 35 Fotografien. Bütten-Broschur und st 2394

Ich bin gern in Venedig warum. Leinen und BS 1208

Ich ging Eulenspiegels Wege. Ein Lesebuch. Herausgegeben von Dagmar von Briel. Gebunden

Jakob Littners Aufzeichnungen aus einem Erdloch. Roman. Mit einem Vorwort des Autors. Gebunden und st 2267

Jugend. Leinen und BS 500

Die Mauer schwankt. Roman. Gebunden und st 1249

Morgenrot. es 1454

Nach Rußland und anderswohin. Empfindsame Reisen. st 115

Reisen nach Frankreich. st 530

Romanisches Café. Erzählende Prosa. st 71

Tauben im Gras. Roman. BS 393 und st 601

Der Tod in Rom. Roman. BS 914 und st 241

29/1/10.96

Wolfgang Koeppen
im Suhrkamp Verlag und
im Insel Verlag

Das Treibhaus. BS 659 und st 78
Eine unglückliche Liebe. Roman. BS 1085 und st 392

Vorworte, Nachworte

Deutsche Märchen vom 18. Jahrhundert bis zur Gegenwart. Zwei Bände. Ausgewählt von Elisabeth Borchers und eingeleitet von Wolfgang Koeppen. Gebunden

Philipp Otto Runge / Wolfgang Koeppen: Von dem Machandelboom. Ein Märchen nach Philipp Otto Runge. Mit einer Nacherzählung und einem Nachwort von Wolfgang Koeppen. Mit zwei Bildern von Anita Albus. IB 1036

Zu Wolfgang Koeppen

Wolfgang Koeppen. Herausgegeben von Eckart Oehlenschläger. stm. st 2079

29/2/10.96